中国艺术研究院基本科研业务费项目

（项目编号：2018-1-13）

前海戏曲研究丛书（第二辑）

金批西厢研究

傅晓航　著

文化艺术出版社

Culture and Art Publishing House

图书在版编目（CIP）数据

金批西厢研究/ 傅晓航著. —北京：文化艺术出
版社，2021.1
（前海戏曲研究丛书 / 韩子勇主编 . 第二辑）
ISBN 978-7-5039-6891-4

Ⅰ.①金… Ⅱ.①傅… Ⅲ.①《西厢记》—戏剧研究
Ⅳ.①I207.37

中国版本图书馆CIP数据核字（2020）第205885号

金批西厢研究
（前海戏曲研究丛书　第二辑）

主　　编　韩子勇
著　　者　傅晓航
责任编辑　梁一红　左灿丽
书籍设计　姚雪媛
出版发行　文化艺术出版社
地　　址　北京市东城区东四八条52号（100700）
网　　址　www.caaph.com
电子信箱　s@caaph.com
电　　话　（010）84057666（总编室）　84057667（办公室）
　　　　　　　　84057696—84057699（发行部）
传　　真　（010）84057660（总编室）　84057670（办公室）
　　　　　　　　84057690（发行部）
经　　销　新华书店
印　　刷　国英印务有限公司
版　　次　2021年1月第1版
印　　次　2021年1月第1次印刷
开　　本　710毫米×1000毫米　1/16
印　　张　19.5
字　　数　296千字
书　　号　ISBN 978-7-5039-6891-4
定　　价　88.00元

作者简介

————

　　傅晓航　中国艺术研究院研究员。男，1929年生，汉族，祖籍山东蓬莱。1949年毕业于国立东北大学文法学院政治系。同年12月考入中央戏剧学院普通科。1951年3月毕业留校戏剧文学系任教，讲授中国戏曲史、戏曲名著选读课。1979年调入中国艺术研究院戏曲研究所，主攻戏曲理论史至今。曾任戏曲文学研究室主任，《中国大百科全书·戏曲　曲艺》戏曲文学分支副主编，《中国京剧百科全书》编委会副主任兼京剧教育分支主编，《中国戏曲经典》南戏卷主编，《昆曲艺术大典·音乐典》主编，《中国近代戏曲论著总目》主编，报告文学《中关村巨变》《京都商厦大潮》主编（笔名：肖汉）。博士生导师，享受国务院政府特殊津贴专家。

　　主要研究成果有《贯华堂第六才子书西厢记》（校点）、《西厢记集解》（汇释）、《戏曲理论史述要》、《漫漫求索——傅晓航戏曲论文选集》、《古代戏曲理论探索》、《戏曲理论史述要补编》、《历史机遇——傅晓航著述总汇》等。

作者像

水有源，树有根

——《前海戏曲研究丛书》第二辑·序

韩子勇

　　洋洋大观的《前海戏曲研究丛书》第二辑共 12 本即将出版。这是中国艺术研究院戏曲研究所承担的 2018 年度基本科研业务费项目"中国戏曲前海学派学术史整理与研究"的课题成果。丛书的出版要有个序，这个序，本该像第一辑一样，由汉城老写——我不配，没资格。请示了汉城老，他执意要我写。我很惶恐，只好硬着头皮，勉为其难。

　　2018 年 7 月，组织安排我到中国艺术研究院工作。我意识到，这或许是我工作生涯的最后一站了。人生不易，要在意想不到的环境和时代里漫游。想想看，没有哪种植物、动物，能适应所有的地方，但人可以。人还可以适应比自然差异大千倍万倍、且瞬息变化的人群社会。由此可见，那些冥冥中推攘或牵引着命运的力量，并不比布置了宇宙星图的力量更简单。如果有一种技术，能复现堆积如山的生命灰烬的全息影像，一点不湮灭流失，那该是一个多么复杂幽微的世界呀。但很难完全复现，每个人都和更多的人、更辽阔的社会和时代连在一起。比如，我工作的最后一站，是走到一棵郁郁苍苍的大树下。面对这棵郁郁苍苍的大树，我不了解它，它独木成林，太大太高了。年代久远仍枝繁叶茂，硕果累累也伤痕累累，烟笼雾锁又霞光万道。我心生欢喜，也心生敬畏。我若更早些有一段和它一同成长的岁月该多好，不至于像个闯入者，疑虑重重又必须前行。我得想想，怎样干好这最后一桩活计。

"夫天地者，万物之逆旅也；光阴者，百代之过客也。"在老之将至、一身困倦时，我成了守林人，要时时登上望楼，为森林歌唱。大树、老树，像老人，像隐秘而孤独的文明，可能会嗜睡、打盹、犯迷糊、沉湎旧梦，视无限的春光如无物。这时，需要春雷的轰唱，唤醒它、激励它，一个激灵，使它血脉贲张。要浇水施肥、除草打药、修枝剪蔓……这一切的细致烦琐，是为了提纯复壮，最大限度减少岁月的消磨、侵蚀和种性退化。中国艺术研究院是共和国艺术科学的奠基之地，在中华戏曲、音乐、美术等诸领域，涌现过一批声名赫赫的开拓者。今天，这些学术大家多已故去，健在的多是百岁老人。但我们居然没有一部院史，明年是建院70周年，我们需要一部清晰准确的院史，一个佐证生动的院史陈列，插上一根根庆生的烛焰，缅怀前辈恩泽，也为后来者鼓劲祈福。我们已经把一些学术先贤的肖像，挂在研究生院的厅廊里，正为他们创作雕像，想着将来立在院子里，让来这里的人能够抚摸、亲近、相拥而立、合影留念。我们启动了"口述史"的课题。以大家的名号，举办论坛、展览、年度优秀论文评选。我们出版文集文丛，开辟名家讲坛，在报刊推出《他们是共和国艺术学科奠基人》栏目。我们发挥优势、集中力量，制定《中国艺术研究院关于加强中国特色艺术学"三大体系"建设的工作意见》……这一切，都是为了接续学术传统，打造有形或无形的先贤祠，形成优良的学术生态和氛围。

这套《前海戏曲研究丛书》，也是为了体现如此的意图。丛书第二辑，汇集了傅晓航《金批西厢研究》、沈达人《在灿烂的古代文化面前——戏曲评论集》、龚和德《龚和德戏剧文录》、颜长珂《戏曲文化丛谭》、刘沪生《梨园撷萃》、胡芝风《胡芝风戏曲导演手记》、薛若琳《戏林琐谈》、王安奎《戏曲美学范畴论》、吴乾浩《当代戏曲发展学》

（修订本）、孙崇涛《南戏论丛》（增订本）、谭志湘《戏曲研究与创作实践——谭志湘作品选》、刘荫柏《中国杂剧史》，共12位前海学者的代表性学术论著。这批学者的年龄基本在80岁以上，最年长的傅晓航先生今年91岁高龄。此套丛书延续由郭汉城先生支持出版的《前海戏曲研究丛书》第一辑的学术精神，进一步遴选老一辈前海学者的学术成果集中编辑出版，力求全面展现前海学派的风貌。12本论著，涉及戏曲史、戏曲美学、戏曲批评、舞台美术、表导演、剧目创作等多个领域。有的是作者在某一领域研究的集大成之作，有的是作者近年来对某些学术问题深入思考的新成果，有的论著初版年代久远，此次经作者修订、增补后再版，有的是作者毕生所撰论文的精选汇编。

中华戏曲是高台教化，是民间之诗，是市镇乡野的狂欢节，是黎民百姓的百科全书，是众声喧哗、活色生香的世俗传统，是底层人民最主要的文化食粮，它曾经如终年不息的长风吹拂，参与塑造了我们这个民族最普遍的、摇曳多姿的生命心象。今天，随着技术进步和文化传播方式的变迁，广播、电影、电视和互联网等文化业态的兴起，戏曲成为传统艺术，需要传承保护，也需要赋予时代内涵和新的表达形式，但这一切都要建立在深入研究的基础上，要符合艺术规律和内在的发展规律。这套丛书，无疑会对此有所帮助。

说到这套丛书的由来，不能不感谢汉城老。汉城老是丛书的首倡者、亲力亲为者。第一辑15种共18册著作的出版之资，是他捐出了"中华艺文奖"的奖金，以成就学术同道。汉城老今年104岁了。每次看望他，都使我受到一次精神的洗礼。我惊讶和感慨于他生命的青春底色如此鲜亮浓郁。从百岁老人身上，我感受到了比我、比我接触过的老者和年轻人，更多、更亮、更热烈的希望感、未来感。他乐观、谦逊、淡泊名利、奖掖后进。他对党和国家、民族和人民，对中华戏曲事业刻骨铭心的爱，火力不减，一直炽热燃烧。我羞愧自己悄然而来的暮气、怅惘和厌世情绪，在钦佩和感动中获得新的力量。他是我见过的最纯净透明、最积极向上、最乐观喜气，最不改初衷、一往无前、默默燃烧、保持了青春本色的人。我觉得，所谓的人格魅力，所谓的生命意志，所谓的大自在大境界，也许正是这样返璞归真，不忘初心，始终如一地行进在理想大道上的人。我想，那些已故去、我无缘得见的中国艺术研究院的先贤们，也一定多是如汉城老这样的前辈吧。他们在学术创造上的卓异光彩，也一定和他们的人格魅力合二为一，只有如此，才能惺惺相惜，引众多追随者风云际会，共襄学术盛举，从而呈现群星拱辰、交互辉耀的盛景。

学术传统是中国艺术研究院的根与魂。毛泽东主席在中国艺术研究院的前身——中国戏曲研究院成立时，亲笔书写院名，并题词"百花齐放，推陈出新"。我想，这也是我们的院训。老一辈学者、专家、艺术家，为社会、为人民、为中华文化，惕惕自厉、矻矻以求，回应文化发展的时代要求，以马克思主义为指导，建构中华各艺术门类的史论体系，这与今天"构建具有中国特色的学术体系、学科体系、话语体系"的目标是一致的。想想真是惭愧，和今天的情况相比，那个年代，那一代学者，有个鲜明的共性，就是把学术事业看得比自己更重，心无旁骛、安贫乐道、奋不顾身，对事业、对学术、对工作，有一份终身不移的痴迷、真诚和敬重，有强烈的献身意识和牺牲精神。正因为如此，桃李不言，下自成蹊，自然而然地形成了学术界颇有影响的"前海学派"。这是一笔弥足珍贵的学术遗产，更是精神遗产。新中国70年，在戏曲艺术研究领域，除了"前海学派"，尚不知有其他学派。从这一点看，就值得认真总结、继承弘扬。我以为，形成"前海学派"的原因是多样的，首先，前海诸师是贯彻"二为"方向、"双百"方针的典范，他们的学术研究是真心实意地为中华艺术立言，这个大志向超越小我、超越斤斤计较和名利得失，从而形成稳定的学术共同体，上下用心，一体发力，不避艰辛，完成奠基之功。其次，深厚的理论联系实际的学风，问题和命题系于时代，从艺术实践中来，到艺术实践中去，投身田野，参与艺术实践，为艺术的传承与变革立功。最后，有一批学问精深、胸怀博大、具有强烈人格感召力的宗师，立德树人，风云际会，专心做事，以成大观。

我以为，人文科学特别是艺术科学，和自然科学相比，更感性、更具社会性，与土地、人民、时代有更加直接紧密的血缘关系，它不像科学技术，有一个严密精致独立的实验室，它的"实验室"是广阔的人群社会，它只能扎根在土地和人民中间，汲取养分和力量，须臾不离，否则很快就会枯萎。一方水土养一方人，人文科学尤其艺术科学，很难躲进象牙塔里，脱离水土、孤立生存。具体到某个地方、某个机构和单位，自然而然产生聚集效应，形成生态群落的特点。他们相互滋养、彼此依存、和而不同、休戚与共。大树不移，移也移不动，移则失魂落魄。真正的巨木，都是有深根长根的，它又粗又密的根须，牢牢抓住了一大片泥土，而且在土地深处与其他大树的根，紧紧地挽在一起，形成一个整体。今天一些单位，为各种评比，简单靠砸钱大范围引人，以充门面，以期速效奇效，实际上如同用绿漆刷山石代替自己的种草种树。学术生态、学术传统、学术流派的生发形成，是个复杂的过程。"其兴也勃焉，其亡也忽焉。"这里有什么规律？它是如何萌发、聚集、相互作用、形成良性循环、日益扩展壮大、最终形成太空中星云般的壮丽景象——或者，它又是如何流失、沉寂、衰老、坍塌、风流云散、不知所终的？不禁使人感慨万端，值得深思细想。

水有源，树有根。有根有源，就能青山永续、绿水长流。

2020年5月17日

| 目 录 |

自 序

我干戏曲理论这个行当，大致可以分为两个阶段：

第一阶段，1951年初从中央戏剧学院普通科毕业留校至"文革"前期，组织分配我学习、讲授戏曲史这门课程。我阅读了王国维、盐谷温、青木正儿、周贻白、徐慕云、任二北、孙楷第等先生的著述；阅读了《元人百种曲》《六十种曲》等元明清的剧本，以及大量与戏曲史相关的史料。我还围绕戏曲史阅读了郑振铎的《插图本中国文学史》、杨荫浏的《中国音乐史纲》。在中央戏剧学院这个环境里，我的知识兴趣很广泛，很容易听到表演理论（斯坦尼斯拉夫斯基表演体系）课，包括苏联专家讲授的"莎士比亚"等课程。我还自学了相关的西洋音乐史、音乐理论。这些为我后来的研究工作做了很好的铺垫。

总之，在中央戏剧学院这个时期，讲课的时间用得很少，大部分时间是学习、阅读，另外也写过少数几篇文章。

第二阶段，"文革"后至今，在中国艺术研究院戏曲研究所学习、工作。在此期间，最大的收获，是对戏曲史这个专业有了全面的了解。知道它最薄弱的环节是理论部分。古代部分，有杜颖陶、傅惜华先生编撰的《中国古典戏曲论著集成》，初步探明了古代戏曲理论的格局。近代戏曲理论史则是寸草未生的荒芜土地。我把研究重心放在戏曲理论史这个领域，重点是近代戏曲理论史部分。这个想法得到了当时的领导张庚先生的支持。

在近代戏曲理论史部分，我首先做的也是勘探工作，在没有得到立项，在人力、物力极端困窘的情况下，用三年的时间，硬是编出一部百余万字的《中国近代戏曲论著总目》，对近代戏曲理论发展的范围、轮廓，以及应该有哪些课题，做到了心中有数。

戏曲理论史古代部分，有两位重点人物，一位是李渔，另一位是金圣叹。李渔是个熟题，有很多人研究他。金圣叹也不完全是生题，《金批水浒》就一度是极热的题目。《金批西厢》却是一个冷题，很少有人研究。在古代戏曲理论史这个研究领域我又把重点放在了《金批西厢》上，断断续续做了四十年。

金圣叹是文学批评史、戏曲理论史上的尖子，王实甫的《西厢记》是元明清戏曲文学的尖子。两个尖子加在一起的《金批西厢》能不好看吗！

我做学问有点傻气，不避讳"难"。既认定它是个好东西，就要做得尽善尽美（能力所限，不一定做到）。首先感到缺少一个好版本，于是我查阅了四十余种《金批西厢》的不同版本，校点了那本《贯华堂第六才子书西厢记》，并写了那篇《〈金批西厢〉诸刊本纪略》。第二件傻事儿，是《金批西厢》的底本问题。自清以来批评金圣叹的，大都说"原本"如何如何。原本即底本是什么，金圣叹本人没有说过，你说的那个原本，不能令人信服。不知真正的原本是什么，不可能确切评价金圣叹评点的功过得失。金圣叹本人没有说过原本是什么，这几乎是一个"绝户题"。我硬是知难而上了。

在北京、上海、成都、天津、沈阳等国内各大图书馆，我查阅了四十余种明刊本《西厢记》，经过细致地核对、勘比，认定它的底本是《张深之秘本西厢记》（载于《古本戏曲丛刊》），并写了那篇两万余言的《金圣叹删改〈西厢记〉的得失》，并以这篇论文参加了第一届国际戏曲研讨会。而后写了那篇《〈西厢记〉笺注解证本》。后来有人约稿，我又通宵达旦地做了那本《西厢记集解》。研究《金批西厢》这个课题，没承想在文献方面搞出了这么多的副产品。

文艺批评的根本任务，是评价艺术作品的成就、得失，并揭示其成就的途径、方法。金圣叹对《西厢记》的批评在这两方面都达到了极致。

恩格斯在1888年《致玛·哈克奈斯》的信中给"现实主义"一词所下的定义是："据我看来，现实主义的意思是，除细节真实外，还要真实地再现典型环境中的典型人物。"

金圣叹没有提出"现实主义"这个概念，但是他借以评价《西厢记》的重视"典型环境中的典型人物""细节真实"，与恩格斯提出的"现实主义"内涵是完全一致的，并且以其"极微论""化工说"作了理论上的升华，同时不厌其烦地揭示达到这种现实主义成就的方法、技法和艺术创作心理学——艺术想象和以"女儿之心去写女儿"。在这些方面都给予我们极大的启示。

这本文集收集了这些年来我所写的有关《金批西厢》以及《西厢记》的研究文章，现在看来都是很肤浅的。希望后来的研究者把它作为垫脚石，更上一层楼。

2019年12月20日于红庙北里

《贯华堂第六才子书西厢记》前言

    自从王实甫《西厢记》问世以来，它以犀利的思想锋芒和瑰丽的艺术魅力，在中国晚期封建社会中产生了巨大的反响。不少著名的文学家、戏剧家，如徐渭、李卓吾、汤显祖、王骥德、凌濛初、金圣叹等人，把它作为古典戏曲中的典范，采用评点形式阐述这部伟大作品的思想成就和艺术成就。在《西厢记》各家的评点本中，刊刻最多、流传最广、影响最大的，应该说莫过于金圣叹评点的《西厢记》——《贯华堂第六才子书西厢记》(以下简称《金批西厢》)了。但是三百多年来，人们对《金批西厢》的评价一直是众说纷纭。有人赞誉它说："圣叹之书，无不切中关键，开豁心胸，发人慧性者矣。《西厢》为千古传奇之祖，圣叹所批西厢又为传神之祖。"(《笺注第六才子书解释》原序)也有人诋毁它，说金圣叹"评书儇佻刻薄，导淫诲盗"(毛庆臻《一亭杂记》)。新中国成立后三十多年来，曾多次对《金批水浒》进行了广泛、深入的讨论，对《金批西厢》亦略有涉及，也大都是肯定和否定各执一端。在把这部《金批西厢》校点本奉献给读者的时候，笔者想对《金批西厢》的成就和缺陷提出一些不成熟的看法，就正于读者和同道，并对校点工作做一些必要的说明。

一

金圣叹原名采，又名喟，字若采，后改名人瑞，圣叹是他的别号，苏州府长洲（今江苏吴县）人。生于明万历三十六年（1608）。少年时补长洲博士子弟员，因年终考试文章"怪诞不经"，而被革除学籍。后来又应科试，以优异成绩"举拔第一"，补吴县庠生。他没有担任过官职，一生以评书衡文、设座讲学为业。清顺治十八年（1661），因参加揭发贪官污吏的抗粮活动，而陷入轰动江南的"哭庙案"，旋被清廷杀害，时年五十四岁。

金圣叹一生著述甚富，在他的族兄金昌为他刊刻的《第四才子书杜诗解》里，附有《唱经堂遗书目录》，其中分"内书"和"外书"两个部分，共计不下三十余种。他将《离骚》、《庄子》、《史记》、杜甫诗、施耐庵《水浒传》、王实甫《西厢记》依次命名为六才子书，准备逐一评点，然而事未竟而罹难。流传下来的著作，除人们所习见的他评点的《水浒传》《西厢记》之外，还有《唱经堂才子书汇稿》《沉吟楼诗选》《金圣叹尺牍》等。其中以《金批水浒》《金批西厢》最负盛名。

由于金圣叹是被清王朝当作叛逆而杀害的，关于他的生平官书史志很少记载。当我们要了解他的一生活动时，可资参考的材料并不很多。我们只能根据后人为他所作的简短的传记和评述，以及他的诗文等，对他的一生做一简略的勾勒。

金圣叹世居苏州憩桥巷。他有一子三女，子名雍，字释弓。金圣叹童年时，家境已开始衰落，自谓："门祚单薄，自幼时亲属凋丧至多。"然而青少年时期的金圣叹，大约对生活还充满了憧憬，如他在《秋兰篇》中流露的那种安逸自得的心绪："秋兰绿叶紫茎，照水一何分明。水上芙蓉并蒂，花下鸳鸯丽情。花亦万岁不谢，鸟亦千年不惊。贱妾与君一室，共乐仁王太平。"他竟幻想着"芙蓉并蒂""鸳鸯丽情"的美好时光，千年万代永世长存。他向往为封建王朝献身的情状，亦见于他早年的诗文，如他在《日升歌》中表达的："登山望朝阳，丹鸡无端鸣。烛龙全身骧，光华未离海，其势照万方。此物如可揽，持用献君王。"这种忠君济世的情怀，已跃然纸上了。但是到了他的中年和晚年，即他一生大部分时光，是在忧患贫病中度过的，他的诗篇也愈来愈沉郁了，掺和了血和泪。明末清初的战乱和动荡的生活现实，给他的家庭和亲友带来了很大不幸。他的弟弟妹妹都是在战乱中离散的，当他听到他的妹妹"弄璋"的喜讯时，竟难作苦乐："乱离存舍妹，艰苦得添丁"，"造物真轻忽，翻欢作泪零"。（《外甥七日》）当他想到漂泊在外的弟弟时写道："舍弟西风里，流离数口家"，"火食何由得，儿童哪不哗"。（《忆舍弟》）他和他的妻子也处在贫病交迫的境遇之中，这在他的诗文里时有流露。如在《妇病》这首诗歌中所写的："妇老周旋久，呻吟入性情。贫穷因讳疾，井臼且伤生。夫子渐衰暮，儿曹全未成，百端寒热里，误汝一身婴。"他在病中常常为同窗或挚友送来的一点鱼肴酱醋之类，而感慨挥毫。如他写的《道树遣人送酱醋各一器》《病中承贯华先生遗旨酒糟鱼各一器寄谢》，表达了他对友人馈赠的感激心情。在《水浒传》《西厢记》的评语中，亦常见"苦因丧乱，家贫无资"一类的感叹。

他的交游没有显赫的达官贵人和社会名流。在他的诗文中提到的韩住（字嗣昌，号贯华居士）、王伊（字学伊，道号道树）、他的族兄金昌（字文长、夔翁，法名圣瑗）等人，都是没有功名的布衣之士。只有给他资助最多和他关系最为密切的王斫山，根据邵宝撰写的其父王文恪的墓志推测，王斫山可能是昭圣皇后的亲眷。除此之外，他经常出入之地就是庙院寺观了，曾与不少僧道结识。他对佛、道的态度不是愚昧的信仰膜拜，而是作为一种哲学思想去追索的。从他的诗文看，他一生的兴趣，除评书衡文外，就是研读佛经道忏，如《唱经堂遗书目录》中的不少篇目，是有关佛学、道学的著作。他晚年评点的《西厢记》，更可见到佛道思想对他影响之深。

金圣叹的性格豪放不羁，他恃才傲物，目空古今，常以圣贤自比。后人说他"倜傥高奇，俯视一切"（廖燕《金圣叹先生传》），"遇贵人辄嬉笑怒骂以为快，以是大吏颇憾之"（蔡丐因《金人瑞》）。从个人因素上看，他的不幸遭遇是同他这种个性有关系的。这一点后人看得很清楚："金圣叹愤世嫉俗，然遇理所不可事，则亦慷慨激昂，不计利害，直前蹈之，似非全无心肝者，以此而得杀身之祸。"（邱炜萲《菽园赘谈》）但在客观上究竟应该如何认识金圣叹在"哭庙案"中被害的性质，有人把他看作彻头彻尾的"反动封建文人"，认为他的被害只不过是"封建统治阶级内部的一场误会"，固然不可；也有人认为他的被害同他的"反清复明"思想有关，这种看法同样缺少事实根据。从金圣叹的现存诗文看，他的思想并没有也不可能超出封建传统儒学的思想范畴。对封建社会的局部动乱，他确认是"乱自上作"，是"官逼民反"，对受压迫群众的反抗斗争寄予了深切的同情。但是从总体上看，金圣叹并不反对封建制度，不可能赞同农民起义，他的政治理想依然是合乎儒学规范的"君君臣臣、父父子子"的太平盛世。"太平天子当中坐，清慎官员四海分。但见肥羊宁父老，不闻嘶马动将军。"（《贯华堂第五才子书施耐庵水浒传》第七十回结尾诗）道出了他的理想社会蓝图。这和前面提到的《日升歌》中表现的忠君济世思想，以及明亡后他在《春感八首》里表达的，他对顺治感恩知遇、诚惶诚恐的心情是一致的。在这里我们看不到他对两个封建王朝明显的异眼看待。同样，他在《水浒传》的批语里表达的对贪官污吏的憎恶，同他在抗粮事件中揭发吴县县令任维初的劣迹，表现的为民请命的精神也是一致的。因此，他在"哭庙案"中被杀害的性质，既不是反清复明，更不是清王朝的误杀。我们对古人不应苛责，仅就金圣叹敢于触忤暴政、勇于为民请命而被杀害这一事实来说，即很值得同情和赞赏。

我们对金圣叹的评价，主要应从他作为一个评点家对人民的贡献来评定，从这一方面看，金圣叹不失为一位杰出的人物。首先他的精神是值得称道的。金圣叹不仅承担着物质生活的重压，由于他的思想不为封建社会所容纳，同时还承受着巨大的精神压力。他在四十岁时写道："其书（《童寿六书》）一成，便遭痛毁，不惟无人能读，乃至反生一障。"（《南华字制》）五十三岁时更加愤然地写道："一开口而疑谤百生，或云立异，或云欺人。"（《菽秋堂诗词序》）贫困和诽谤都没有使他折腰，他依然坚持不懈地"黾勉著书"，"日夜矻矻，鬓发为之尽白"。直到他生命的最后一刻，仍然不忘他的著述，在他赴难前交给他的族兄金昌的《绝命词》中说:"鼠肝虫臂久萧疏,只惜胸前几本书。虽喜唐诗略分解,庄骚马杜待何如。"这种精神是很值得赞叹的。其次从他评点的成果看,他的一部分著述散佚了,一部分著述还没有引起人们足够的重视。仅就人们熟知的《金批水浒》和《金批西厢》来说,以他自立的格局、细致的批评,在中国文学批评史、戏曲批评史中获得了不容忽视的地位。同时他的批评使《水浒传》和《西厢记》这两部伟大作品得到了广泛流传,对封建社会产生了难以估量的影响。

金圣叹被清王朝杀害了,但是作为一个为民请命而赴难的义士,为人民留下了宝贵精神财富的文艺批评家,人民不会忘记他。苏州浒关阳山东麓有一座土地庙,其中有十八个塑像,衣冠各异,故老相传即哭庙案中"同难者之像","初因民避祸,诡称马王庙"(《吴县志》卷七十九)。苏州城外五峰山下原有金圣叹墓,现已荒芜不见了。

二

从明嘉靖、万历年间到清康熙年间,是以昆曲为代表的传奇发展的繁盛时期。在这个时期里,戏曲理论、戏曲批评都得到了阔步的发展,一时名家辈出,理论批评的空气十分活跃。人们对《西厢记》的研究,已成为这一时期戏曲理论批评的重要内容之一。金圣叹对《西厢记》的批评与诸家相比较,无论就其所持的理论深度,还是分析问题的细致性和接触问题的广泛性,都大大超越了前人,对戏曲批评做了重要发展。金圣叹是一位专业的文艺批评家,他对文艺批评的目的和意义有独到的理解,对文艺作品有卓越的鉴赏力。他认为"书"有巨大的思想力量,这种力量能够对社会产生十分深远的影响,他说:"世间之一物,其力必能至于后世者,则必书也。"(序二,留赠后人)又说:"一日成书而百年犹在,且能家至户到,无处无有之者。"在曹雪芹《红楼梦》尚未问世之前,中国古典戏曲小说数以千计,金圣叹唯独选中了《水浒传》和《西厢记》这两部伟大作品进行评点,看到了它们的思想力量和艺术力量"必能至于后世",我们不能不赞叹他的眼力。如果说完成于明崇祯十四年（1641）的《水浒传》评点，已经表现了一个批评家的巨大才能，那么完成于清顺治十三年（1656）的《西厢记》评点，他的思想和理论见解则更为成熟了。在金圣叹之前，《西厢记》已有不少名家的评点本，但是金圣叹认为这部伟大作品的价值还没有被充分地揭示出来，它的意义还没有被人们普遍认识。更为令他气愤的是《西厢记》还在遭受封建卫道士的践踏和诬蔑。于是他自创新的评点格局，"尽智竭力"地加以评点，用它"留赠后人"，发挥它更大的社会影响。

《金批西厢》的成就是十分显著的，首先，他对《西厢记》的思想倾向给予了热情的肯定，明中叶以来，一些进步的思想家、文学家所宣扬的与封建理念相对立的"情"，已经成为一种具有一定冲击力量的进步的社会思潮。这种思潮反映在戏曲领域内，虽然产生了李贽的"化工"说和汤显祖的"唯情论"，然而还没有人以"情"的观念去阐发《西厢记》的思想倾向。金圣叹接受了这一思潮的影响，他对《西厢记》所歌颂的青年男女的"必至之情"给予了热情的赞扬。他以《西厢记》捍卫者的姿态，痛斥冬烘道学说《西厢记》是"淫书"，他反驳说："他止为中间有此一事耳，细思此一事，何日无之，何地无之，不成天地中间有此一事，便废却天地耶！"（《读第六才子书法》三）他认为对《西厢记》的看法是仁者见仁智者见智的，"文者见之谓之文，淫者见之谓之淫"。在他看来，"才子佳人"的相互爱慕，是合乎自然的"必至之情"，堪称才子佳人的张生和莺莺"无端一日而两宝相见，两宝相怜，两宝相求，两宝相合"，不仅不应该被谴责，反而是"顺乎天意之快事"。他还进一步地肯定了最遭封建卫道士反对的莺莺的《酬简》，是"合乎恒情恒理"的正当行动，鲜明地表明了他与封建卫道者看法的对立。如此肯定《西厢记》这一主导反封建的思想倾向，金圣叹超越了过去所有的评点家。

无可讳言，金圣叹不是也不可能是一个具有彻底反封建思想的评点家，他对《西厢记》的思想评价，还存在一些自相矛盾的看法。比如，他在肯定青年男女"必至之情"的同时，又企图肯定"先王"制定的礼教是"万万世不可毁"的教条。在他看来，张生之所以称为才子，莺莺之所以称为佳人，是以遵守封建礼法作为衡定标准的，他们必须按照"外言不敢或入于阃，内言不敢或出于阃"的教条去生活，否则就不成其为才子佳人了。红娘教张生以"琴心"，在金圣叹看来自然是悖礼行为，因此他慨然写道："盖圣叹于读西厢之次，而犹怃然重感于先王焉。后世之守礼尊严千金小姐，其于心所垂注之爱婢，尚慎防之矣哉。"（《琴心》开篇批语）从这里看到，生活在 17 世纪中国封建社会的金圣叹，没有也不可能彻底摆脱封建思想的束缚。然而，可贵的是他却看到了封建宗法婚姻制度的不合理性，看到了莺莺和张生互相爱慕的"必至之情"之间，存在着极为森严的屏障。他们想要达到结合的目的，"必听之于父母，必先之以媒妁"，否则就会遭受到连同子孙在内的"贱之恶之"的谴责，他惊心地指出："听琴"之前，"两人之互爱，盖至于如是之极也，而竟亦互不得知。则是两人虽死焉，可也。然两人死则宁竟死耳，而终亦无由互出于口，互入于耳者，所谓礼在则然，不可得而犯也"。（《琴心》开篇批语）这正是张生和莺莺生活的那个社会的现实，也正是造成无数青年男女爱情悲剧的社会根源，这里表现了金圣叹思想的犀利。

在青年男女"必至之情"与"万万世不可毁"的"先王之礼"的尖锐冲突中，金圣叹最终还是站在同情莺莺和张生"不辞千死万死，而几几乎各愿以其两死并为一死"的至情的立场上，寻找封建礼教的一切罅隙为崔、张的行动辩解。这个鲜明的思想倾向，贯穿在他的全部评点当中。翻开《西厢记》的首页，便可见到他在"老夫人开春院"这个题目上大做文章，强调崔夫人让莺莺和红娘"于前庭闲散心"的"闲闲一白"，而使崔、张相逢，是生出一部《西厢记》之"根"。继而他高兴看到"寺警"这一偶然事件给这对青年爱侣造成了结合的机缘："万万无幸而大幸猝至，而忽然贼警，而忽然许婚。"在他看来，崔夫人的许婚，使横置在崔、张之间的屏障出现了一个巨大的缺口；"老妪之计倏然又变"的毁婚，成为与封建理念相违背的背信弃义的行为。在这个无信无义的行为的掩护下，从"前候""闹简""赖简""后候"直到"酬简"，崔张这一切的悖谬"先王之礼"的行动，都变成了合乎"恒情恒理"的正当行动。前面提到，金圣叹曾对红娘授张生以"琴心"，发出过谨宜提防的喟叹，但是由于他上述的立场，对崔张命运的深切同情，终于使他谅解了红娘，并热情地赞扬了红娘赞助崔张的行为："世间有斤两可计较者银钱，世间无斤两不可计较者情义也，如张生莺莺男贪女爱，此真何与红娘之事，而红娘便慨然将千金一担，两肩独挑。细思此情此义，真非秤之可得称，斗之可得量也。"（《前候》右第八节批语）这种思想倾向，使他的评点和原著的思想倾向保持一致，并对它做了正确的阐发。

其次，金圣叹第一次从审美的高度，从创作规律方面对《西厢记》的艺术成就和创作经验进行了总结，从这一方面讲，《金批西厢》不仅是一部戏曲批评专著，也是一部具有较高美学价值的著作。

金圣叹美学理论的核心是他的极微论和挪碾法，可以这样认为，前者是他的认识论，后者是他的方法论，由此构成金圣叹相当完整的美学理论。金圣叹从释家学说里提取了"极微论"，他说："曼殊室利（文殊师利）菩萨好论极微，昔者圣叹闻之而甚乐焉。夫娑婆世界，大至无量由延，而其故乃起于极微。以至娑婆世界中间之一切所有，其故无不一一起于极微。"（《酬韵》开篇批语）他认为作家对于生活中有如"轻云鳞鳞""野鸭腹毛""草木花萼""灯火之焰"等极其微小的客观事物，都应细心观察。在他看来，在每一个极其微小的事物中，都包藏着一个五彩缤纷的美的世界，他还认为只有从联系发展的角度去观察客观事物，才能看到事物的各自特点。从认识论的整体上看，金圣叹的极微论含有极其合理的部分。辩证唯物主义的认识论认为，作家对生活的观察，既要从宏观方面去鸟瞰生活的海洋，又要从微观方面去捕捉、剖析瞬间即逝的生活浪花。不从宏观方面去鸟瞰海的整体，便不可能了解浪花在海的整体中的地位；但是如果忽视从微观方面去观察海浪的神韵，就无从生动地表现海的壮美的气势。金圣叹的极微论使他十分重视《西厢记》的局部描写，重视、强调细节描写的真实性，并从联系发展的角度去开掘《西厢记》的情节和人物性格的特殊性，从而使他的评点获得了明显的现实主义因素，评点的细致性和具体性，又构成了《金批西厢》的鲜明特色。

《金批西厢》的艺术分析不是漫无目的，而是着眼于创作经验的总结。他为《西厢记》的艺术描写归纳了很多技法，如"烘云托月法""移堂就树法""月度回廊法"等。在诸多技法中，最根本、最有特色、带有普遍指导意义的，是他的以"极微论"的认识论为基础的"那辗（挪碾，下同）法"。这种方法论是金圣叹在《前候》一折的开篇批语中提出来的，他说："此篇不过走覆张生，而张生苦央代递一书耳。题之枯淡窘缩，无逾于此。"《西厢记》作者为什么会写出如许"洋洋洒洒一大篇"，他从双陆高手陈豫叔向他讲过的挪碾法中得到了启示，陈豫叔说："那之为言搓那，辗之为言辗开也。"他指出搓挪、碾开时的心理状态，以及由此产生的积极效果："所贵于那辗者，那辗则气平，气平则心细，心细则眼到。"获得了这种心理状态，"一黍之大，必能分本分末；一咳之响，必能辨声辨音"，"一刻之景，至彼而可以如年；一尘之空，至彼而可以立国"。金圣叹认为气平、心细、眼到同样是铺展文章时所需要的心理素质，结合创作实践，他进一步指出铺展文章时应在哪里"搓挪""碾开"。他说，文章有题，应体察题之前后，前前后后，可使题蹙而文舒长，题急而文迂迟，题直而文曲折，题竭而文悠扬。"如不知题之有前有后，有诸迤逦，而一发遂取其中间，此譬之以概击石，确然一声，则遽已耳，更不能多有其余响也。盖那辗与不那辗，其不同有如此者。"（《前候》开篇批语）金圣叹详细地分析了《前候》一折"正题"前后人物行动和细节的铺陈，认为《西厢记》作者"正用此法"将这一"枯淡窘缩"的题目，铺展成为"洒洒然一大篇"。《西厢记》读法二十五："《西厢记》之一十六章，每章只用一两句写题正位，其余便都是前后摇之曳之。"可见金圣叹不仅以挪碾法分析了"前候"，也以这种方法分析了全部《西厢记》作者用笔的心曲。

再次，典型人物是一切优秀文学描写的中心，是文学的生命，金圣叹评点的《西厢记》一个非常突出的特点，是他十分重视人物描写，或者说是他的评点是紧紧围绕着《西厢记》的三个主要人物——莺莺、张生、红娘的描写展开的。金圣叹没有提出过"典型"这样的名词，然而他借以分析人物所遵循的原则，却与典型理论相一致。即：他以极微论为指导思想，严格从人物的社会地位、教养、个性，以及他们的生活环境的细节描写中去剖析人物性格的真实性，并从人物性格的发展和人物相互关系的描写中去揭示人物性格的特殊性，这样就使他的人物分析获得了充实的典型性内涵，接触到《西厢记》这部伟大作品现实主义创作方法的核心问题。这一点他不仅超越了在他之前的所有戏曲评点家，对中国戏曲理论、戏曲批评做出了突出的贡献，即从世界范围来看，也步入了先进的行列。如果说西方以 1888 年恩格斯在《致玛·哈克奈斯》信中给"现实主义"一词所下的定义"据我看来，现实主义的意思是，除细节真实外，还要真实地再现典型环境中的典型人物"是最完善的，那么 17 世纪中叶金圣叹分析人物所遵循的原则，已经同恩格斯所归纳的现实主义原则十分近似了。

《金批西厢》，既是金圣叹的评点本，又是他的删改本。改动较多并引起争议的是莺莺的性格问题，金圣叹的删改就是以上述原则为指导思想的。其一，他从莺莺是"千金国艳"这个特定身份出发，凡是他认为同这种身份不相称的描写，一概斥之为"忏奴"的篡改而以删改。比如《惊艳》一折，金圣叹认为此时莺莺的心目中并没有张生，他斥责"忏奴"对莺莺性格的曲解："欲于此一折中谓双文售奸"，以致张生心旌摇荡。他认为作者通过张生的眼睛写尽莺莺的"妙丽"是合理的，是莺莺婀娜体态的自然外露，"是天仙化人，目无下土，人自调戏，曾不知也"。不像"彼小家十五六女儿，初至门前，便解不可尽人调戏"。张生唱词中所说的莺莺的"尽人调戏"，是张生的疯魔臆想，"怎当他临去秋波那一转"，同样是张生的自作多情。其二，金圣叹十分重视生活环境的真实性与人物描写的关系。比如莺莺在普救寺的住所问题，金圣叹根据崔家的社会地位做了新的解释。他说，崔夫人是"一品国太君"，莺莺是"千金国艳"，而普救寺是"河中大刹"，"堂内堂外，僧徒何止千计"，又是"八部海涌，十方云集"的所在。他认为要让"双文远嫌"，她的住处不应混于寺中，又要"挽弓逗缘"，莺莺的住处又必须附于寺中。他认为这样确定莺莺的生活环境，既照顾了生活真实，又照顾了戏的需要，并据此进行了删改评点。

形象的真实性和形象的审美价值是成正比的，金圣叹以"千金国艳"为莺莺性格的基本内涵，严格按照生活逻辑，运用大量的笔墨，细致地分析了莺莺性格的发展过程，揭示了莺莺的性格的复杂性和典型性。金圣叹认为"文章"的曲折莫过于莺莺的"闹简""赖简"行动。他分析莺莺看简之后勃然大怒的原因，是由于她看到红娘从张生那里回来之后对她的轻慢举动："其归而如行不行以行也，如笑不笑以笑也，如言不言以言也。昔曾未敢弹帐，而今舒手而弹也；昔曾未敢偷看，而今揭帘而看也；昔曾未敢于我轻言，而今俨然调我懒懒也。"她猜疑这些一反常态的举动，都是张生把简帖的内容向红娘"罄尽言之"的证明。红娘对她的不尊重固然使她恼怒，更为重要的是莺莺心底的秘密，不愿意被第三者知道，是少女的羞愤之心使她发作了。至于莺莺的"赖简"行动，金圣叹分析同样是出于少女的自尊心："夫更未深，人未静，我方烧香，红娘方在侧，而突如一人则已至前，则是又取我诗于红娘前，不惜罄尽而言之也。此真双文之所决不料也，此真双文之所决不肯也，此真双文之所决不能以少耐也。"金圣叹总括莺莺的"闹简""赖简"行动，认为："盖双文之尊贵矜尚，其天性既有如此，则终不得而或以少贬损也。由斯以言之，而闹简岂双文之心，而赖简尤岂双文之心！"这就是金圣叹对莺莺性格复杂性的精彩分析。他对红娘、张生的性格同样做了极其细致的分析，在这里就不一一列举了。

金圣叹看到了《西厢记》的艺术魅力，就在于它的细节描写的真实性，也可以这样说，他是从细节描写着手总结《西厢记》的创作经验的，在这一方面他同样超越了过去的评点家。比如《赖婚》一折，当老夫人赖婚之后，他让莺莺以兄妹的礼节为张生敬酒，金圣叹细致地分析了莺莺两次为张生敬酒的不同心理。他在莺莺唱【折桂令】【月上海棠】两支曲子之后批道："只一把盏，看他一反一复，写成如此两节。前节向他人疼解元，后节向解元疼解元。前节分明玉手遮护解元，直将藏之深深帐中，几于风吹亦痛。后节分明身拥解元，并坐深深帐中，通夜玉手与之按摩也。"（《赖婚》右第九节批语）再如《闹简》中的【粉蝶儿】是写红娘带着张生的简帖从张生处回莺莺闺房，《赖简》中的【新水令】是写莺莺走出闺房，时间都是夜里，地点都是莺莺闺房门外，金圣叹抓住两者细节描写的不同时指出：由于是一出和一入，作者描绘景物的次第就大不相同了。他说："右第一节（指【新水令】曲文），写双文乍从闺房中行出来；前篇【粉蝶儿】是红娘从外行人闺中来，故先写窗外之风，次写窗内之香。此是双文从内行出闺外来，故先写深闭之窗，次写不卷之帘。夫帘之与窗，只争一层内外，而必不得错写者。"金圣叹从这笔墨精微的细节描写里发现了一个道理，写景是为了写人，要写好人物行动和心理过程，就必须写好"景之次第"。他由此引出一条创作"至理"，即这些细节描写的"次第"，不是凭空杜撰出来的。他说："此非作者笔墨之精微而已，正即观世音菩萨经所云：应以闺中女儿身得度者，即现闺中女儿身而为说法。盖作者当提笔临纸之时，真遂现身于双文闺中也。"金圣叹从《西厢记》的细节描写里还看出了另外一个道理，即：同样的生活内容，同样的生活场景，但由于作者选择、摄取的角度不同，便可形成异趣，便有"入画"和"不入画"，"神来之笔"和"恶笔""庸笔"的差别。比如他对《前候》一折【村里迓鼓】一曲的批语："与其张生申诉，何如红娘觑出，与其入门后觑出，何如隔窗先觑出。盖张生申诉，便是恶笔，虽入门觑出，犹是庸笔也。今真是一片镜花水月。"金圣叹从《西厢记》的细节描写里，总结了作家与生活的关系，细节描写与人物塑造的关系，以及作家对生活细节的提炼等重要问题。

以上我们提到的是《金批西厢》的主要成就，在其他方面，诸如戏曲语言、戏曲结构等问题，金圣叹也还有不少精辟的理论见解，这里就不一一论及了。即使从如上几个方面亦可见到他对戏曲理论、戏曲批评的重要贡献。

但是，金圣叹同许多古代思想家、文学家一样，他的思想十分复杂，在他的思想领域内，几乎包罗了儒、释、道各种思想因素，可以说是薰莸交集、瑕瑜互见的。在《金批西厢》中，除了上述积极、健康的内容之外，还存在不少消极落后的东西。主要是他哲学思想上的虚无主义和美学思想上的主观唯心主义。

《西厢记》是封建社会生活在观念形态上的反映，作者通过《西厢记》这一题材，目的十分明确地要揭露封建宗法势力的罪恶和封建伦理道德观念对青年男女的桎梏。作者热情地歌颂了以崔、张为代表的青年男女对爱情、婚姻自由的渴望和追求。"愿天下有情的都成了眷属"，表达了作者伟大的道义理想。这正是《西厢记》思想力量的所在，也是这种思想力量产生的社会原因和历史原因。如前所述，金圣叹似乎看到了这种思想力量，但是由于他的世界观中的虚无主义思想，不能对这种力量产生的原因做出正确的解释。他认为人生和历史都是"水逝云卷，风驰电掣"的随波逐流，人的行为都是无目的的"消遣"。王实甫作《西厢记》是"消遣"，他评点《西厢记》也是"消遣"。《西厢记》所反映的生活内容，在他看来也是"水逝云卷，风驰电掣"，"忽而有之，忽而无之"飘忽不定的生活的再现。《西厢记》为什么止于"惊梦"，他做了人生如梦虚无主义的解释："天地梦境也，众生梦魂也。"并认为这就是《西厢记》所要表达的"至理"。至于王实甫为什么会写出《西厢记》这部伟大作品，他的回答同样是虚无缥缈的，比之为"风云无定"的偶然现象，这些看法显然是错误的。

前面谈到，金圣叹从审美的高度评点了《西厢记》，他的极微论和挪碾法，以及他分析人物形象所持的与典型论极其近似的原则，使他的评点获得了很高的成就。但是由于他对艺术的基本看法是唯心主义的，而把他本来富有唯物主义色彩的极微论引向极端、引向无谬。

金圣叹以匡庐"晴空中劈插翠嶂"的奇景，眼见不如耳闻的事例，说明艺术美是人主观精神的产物。这种看法导致他的极微论，不仅把"海山方岳、洞天福地"与"一草一木、一花一鸟"的审美价值等同起来，他还进一步把局部与整体加以对立。他借用庄子的话说："指马之百体非马，而马系于前者，立其百体而谓之马也。"由此他推论"洞天福地"的层峦叠嶂，飞流湍瀑，不过是碎石的堆积，细流的汇集。这种理论实际上是否定了"宏观"在认识上的重要地位，否定了从整体上观察生活的重要性，否定了作家要注视生活中那些"骇目惊心"的题材的重要性。这种认识论限制了他的评点，不能高屋建瓴地去开掘《西厢记》题材的重大社会意义；他只从局部看到了封建宗法婚姻制度对青年男女"必至之情"的种种限制，而不能从整体上去认识"先王之礼"对青年男女的戕害，不能进一步认识王实甫通过这一题材所要表述的伟大道义理想。

在作家与生活的关系的问题上，金圣叹的主观唯心主义的美学观点，必然导致他过分强调作家的"胸中的一副别才""眉下之一双别眼"的作用。艺术创作是一种精神劳动，应该充分认识艺术家进行创作时主观的积极作用。我们也承认作家需要有"一副别才""一双别眼"，这是指作家所应具备的思想修养、感情境界，以及敏锐观察生活、提炼生活的能力。但是这种"别才""别眼"是不能改变客观世界的。金圣叹却把作家的"别才""别眼"看成是不受客观限制的特殊才能。"三十辐共一毂，当其无，有车之用；埏埴以为器，当其无，有器之用"，"回看为峰，延看为岭，仰看为壁，俯看为谿"，客观世界是随着人的不同要求、不同视角、不同精神状态而改变它们的形态的。于是他得出结论："夫吾胸中有其别才，眉下有其别眼，而皆必于当其无处而后翱翔，而后排荡，然则我真胡为必至于洞天福地。"他认为作家只要有"一副别才""一双别眼"，肯于"翱翔""排荡"，在任何一个地方都能找到奇奇妙妙的美的世界。

金圣叹既然把他所谓的"别才""别眼"强调到如此绝对重要的地位上，那么怎样才能得到这种"别才""别眼"呢？他这样回答了这一问题："天下亦何别才、别眼之与有，但肯翱翔焉，斯即别才矣；果能排荡焉，斯即别眼矣。"原来"别才""别眼"就是"翱翔""排荡"。那么什么是"翱翔""排荡"呢？金圣叹在他的批语里使用过"排荡"一词，是指作家进行创作时主观的能动状态。但他又具体地以米芾画石的技法解释说："米老之相石也，曰：要秀、要皱、要透、要瘦。"他认为能看到石头的极秀、极皱、极透、极瘦处，掌握了秀、皱、透、瘦的表现技法，便能"翱翔""排荡"，画出奇奇妙妙的石头来。对于文学创作来说也应如是。只要掌握了"极微论",从细小的事物去开掘美的世界,掌握了表现这个美的世界的种种技法,就能创作出无限的奇文、妙文。作家便无须高瞻远瞩地观察生活,也无须寻找重大的生活题材,只要能熟练地掌握表现生活的种种技法,就能解决全部创作问题。金圣叹这些看法是有害的,因为它必然引导作家脱离生活,而使技法成为无源之水,失去灵魂的躯壳。

总之,从《金批西厢》中所看到的金圣叹的哲学思想和美学思想,都没有形成十分完整的体系,有不少看法自相矛盾,不能自圆其说。但是这些矛盾是在这样一个思想脉络上表现出来的:他所谈的无论是哲学问题还是美学问题,越抽象,越趋向于荒谬,越接近实际,越趋向于真理。掌握了这一特点,便不难分辨出他的思想或理论上的瑕瑜。

金圣叹和李渔是明末清初那个战乱动荡年代里几乎同时出现的两位理论巨擘,至今还没有材料证实他们有所交往。但是金圣叹评点的《西厢记》却把两颗心沟通了,当素昧平生的李渔看到《金批西厢》之后,热情地肯定了金圣叹的历史功绩,他说:"自有西厢以迄于今,四百余载,推西厢为填词第一者,不知几千万人,而能历指其所以第一之故者,独出一金圣叹!"同时他又指出了《金批西厢》的基本缺陷:"圣叹之评《西厢》,可谓晰毛辨发,穷幽极微,无复有遗议于其间矣。然以予论之,圣叹所评,乃文人把玩之西厢,非优人搬弄之西厢也。"(《闲情偶寄·填词余论》)这种评价同那些片面肯定或片面否定的意见相比较,不仅是公允的,而且是抓住了关键。

三

本书所选用的刊本,以及校勘标点所遵循的原则,主要有如下几点:

(一)尽可能恢复原刻本的面貌。中国艺术研究院戏曲研究所原来藏有傅惜华先生藏书顺治年间刊刻的《贯华堂第六才子书》原刻本,但"十年动乱"之后,此书已不知去向。笔者四方索寻,均未见此种刊本。因此只能选择如下一些刊本进行校勘：

1. 康熙三十九年四美堂刊刻《贯华堂第六才子书》，校勘记简称四美堂本。

2. 康熙五十九年怀永堂刊刻的巾箱本《绘像第六才子书西厢记》，校勘记简称怀永堂本。

3. "因百藏曲"写刻本《贯华堂注释第六才子书》，校勘记简称写刻本。

4. "金谷园藏板"重刻本《贯华堂第六才子书》，校勘记简称重刻本。

5. 乾隆四十七年楼外楼刊刻本《绣像妥注第六才子书》，校勘记简称楼外楼本。

6. 宝淳堂精刻本《贯华堂第六才子书西厢记》，校勘记简称精刻本。

在这六种刊本中，以估计刊刻于乾隆年间的宝淳堂精刻本为底本，因为它与诸本相比较，校勘最细、错误较少，而且是与原刻本较为近似的刊本。

（二）上述诸刊本中的错别字甚多，如一一注录，不胜其烦。为了简化校勘记，除底本中的错别字注录，其他刊本中明显的、没有任何参考价值的错别字一概不录。

（三）金圣叹对原著的唱词改动甚多，而且不是按格律改易的。因此对曲词的校勘，无法参订曲谱，只能参照原著按意断读。

（四）各刊本所用字体很不统一，有古体或各种简体字，今一并改为近代繁体字。

（五）为了净化书面，便于标点，原刊本中的着重圈点一概删除。采用近代汉语标点。

（六）《金批西厢》附录的《醉心篇》，计二十章，是按《西厢记》各折的内容所作的夹叙夹议的短文。文字骈俪排比，很见功夫，并含有一些批评见解，历来为人们所称赞。但是诸本《醉心篇》长短不一。如四美堂本截止于"酬简"，写刻本、楼外楼本止于"惊梦"。精刻本附录的《醉心篇》为陈维崧（1625—1682）"订正"。他是清初著名词人，善骈体文，这篇《醉心篇》可能出自他的手笔，其文字与诸刊本大相径庭。这大大地增加了宝淳堂精刻本的版本价值，今一并收录。古籍校点是一种专门学问，限于笔者的水平，本书疏漏、错误之处在所难免，敬希读者不吝指正。

1983年7月于北京白塔寺庆丰胡同

（本书收录此文时，删掉了《金批西厢》的版本分类部分）

《金批西厢》的美学思想

在明末清初战乱动荡年代的文苑里，几乎同时出现了两位理论巨擘，这就是人们所熟知的评点家金圣叹（1608—1661）和戏曲理论家李渔（1611—1680），他们在当时的文坛、曲坛已享有盛名。虽然至今还没有材料证实他们有所交往，但是金圣叹评点的《西厢记》——《贯华堂第六才子书西厢记》（以下简称《金批西厢》），却把两位理论家的心连接起来了。当素昧平生的李渔看到《金批西厢》之后，热情地肯定了金圣叹的历史功绩，他说："自有西厢以迄于今，四百余载，推西厢为填词第一者，不知几千万人，而能历指其所以第一之故者，独出一金圣叹。"（《闲情偶寄·填词余论》）至今我们重温这几句评语，感到它并非溢美之词。

有元一代创造了辉煌灿烂的杂剧艺术，然而元代的戏曲理论批评却十分沉寂。从现存材料看，最早批评王实甫的是明初的朱权，他说："王实甫之词，如花间美人"，"铺陈委婉，深得骚人之趣"。（《太和正音谱·古今群英乐府格势》）这是指王实甫的杂剧、散曲全部创作而言的，他约略地道出了王实甫创作风格的特色和美的意趣。这几句简单的评语却被后来不少人奉为金科玉律。到了明嘉靖、万历年间，随着传奇繁盛时期的出现，戏曲理论批评得到了空前的进展，《西厢记》已成为当时戏曲家议论的重要课题之一。但是迄至《金批西厢》问世之前，人们对《西厢记》的研究或批评的理论深度是有限的。比如在那一时期由于对《西厢记》《琵琶记》的不同评价而引起的一场旷日持久的争论，尽管有许多名家参加，唇枪舌剑，争论十分激烈，与其说参与者各自提出了对《西厢记》的不同看法，还不如说是借《西厢记》《琵琶记》这两部典范著作，表达了各家对当时戏曲创作状况的看法和各自的创作主张。这一时期对《西厢记》的批评有较高理论价值的是李贽的见解，他针对当时人们对《西厢记》《琵琶记》的不同评价，提出了两个具有深刻美学内涵的批评标准，即"化工"说和"画工"说。他认为《西厢记》和《琵琶记》都可以称作优秀作品，然而它们却有本质上的差异，《西厢记》是"化工"之笔，而《琵琶记》则是"画工"之作。这不仅指对语言的加工锤炼是否留有人工痕迹，同时也包含着要看作品反映的内容是否出于真情。这就扩大了当时戏曲批评的视野，从内容和形式两个方面区分了《西厢记》和《琵琶记》的不同价值。李贽对《西厢记》的批评所持的理论见解及其评价，代表了当时评论《西厢记》的最高成就。

从明嘉靖、万历年间到《金批西厢》产生之前，已经出现了许多《西厢记》的评点本和校注本。如李贽、汤显祖的多种评点本，徐渭、李贽、汤显祖等人的多种汇评本，以及陈继儒、孙月峰、王骥德、魏仲雪、凌濛初等人的评点本或校注本。这些评点本和校注本大体可以分为两类，一类是以李贽、汤显祖为代表的评点本，它们着眼于《西厢记》的思想和艺术上的分析和评价。但是由于它们的真伪问题在学术界一直存有较大的争议，而削弱了这些评点本的学术价值。即或抛开它们的真伪问题不论，它们批评的理论价值也是有限的，比如，较有可能是真本的容与堂刊刻的李卓吾评点本，在它的评语中虽然可见对人物描绘的重视，如第十一出总批："写画两人光景，莺之娇态，张之怯状，千古如见。"但是批评的理论深度并没有超出他的"化工"说。另一类是以王骥德、凌濛初为代表的校注本，在他们的刊本中虽然也附有简短的评语，但是他们主要是针对"赝本盛行"，着重于《西厢记》文辞、声韵、格律的诠释和订正。王骥德在他刊本的序言中说，他刊刻《西厢记》的目的是"订其讹者，芟其芜者，补其阙者，务割正以还故"。凌濛初在他刊本的"凡例"中也说过类似的话："评语及解证，无非以疏疑滞、正论误为主，而间及其文字入神者。"终明一代对《西厢记》的研讨与批评，可以认为他们的主要贡献在于对它的文辞、声韵、格律的诠释和订正，而在思想和艺术方面的分析和评价却相当疏略。

如果说李渔的戏剧理论继承了王骥德的《曲律》，而对明代传奇创作经验进行了全面的系统的总结，取得了中国古代戏剧理论的最高成就，那么金圣叹则是继承了李贽的文艺批评，突破了明中叶以来戏曲评点的局限，自立新的评点格局，以酣畅的笔墨对《西厢记》的思想成就、艺术成就、创作经验进行了全面、细致的分析、评价或总结，攀登了古代戏曲批评的顶峰。

金圣叹对《西厢记》思想内容的分析评价，虽然表现出了他思想上的种种曲折，但他继承了明代中叶以来与封建伦理道德观念相对立的激进的"至情"观念，作为他评定《西厢记》思想倾向的基石，这一立场克服了他头脑中的落后的思想因素，使他的批评与原著的反封建精神基本上保持了一致，并对《西厢记》的思想内容做了较为正确的阐发。他盛赞青年男女的"必至之情"，痛斥封建道学以《西厢记》为"淫书"的诬蔑。在他看来，"才子佳人"相互爱慕乃是"必至之情"，堪称"才子佳人"的张生和莺莺，"无端一日两宝相见，两宝相怜，两宝相求，两宝相合"，不仅不应该谴责，反而是"顺乎天意之快事"。由此他肯定莺莺在封建卫道士眼里的叛逆行为——"酬简"，完全是合乎"恒情恒理"的正当行动。他对《西厢记》反封建思想倾向的肯定，超越了过去所有的评点家，为他的评点奠定了良好的思想基础。

金圣叹第一次从审美的高度发现了《西厢记》的巨大的艺术价值。他认为"好美嫉丑"是人的"天性"，是人们从事艺术活动最基本的思维规律，他说："吾亡友邵僧弥先生尝论画云：天生恶树，我特不得尽斩而伐之耳。若饭后无事，而携门人晚凉散步，则必选佳树坐立其下焉。无他，亦人之好美嫉丑，诚天性则有然也。"在他看来，美与丑正是人们区分艺术优劣的基本标准。金圣叹在他的批语中多次提到他在《西厢记》里看到了令人动情的明艳的艺术美。比如《闹简》一折，当红娘拿出莺莺的回简，张生读过喜出望外，便向红娘讲解回简的内容，是莺莺约他相会。张生自吹自擂，红娘将信将疑。金圣叹从审美的角度去感受这段生动的对话，在批语中把它比喻为"春枝小鸟双双斗口"，"鸣琴将终随指泛音"，"一片纯是光影，一片纯是开悟"，说明这段对话的美的情趣和美的意境。相反，他把《西厢记》第五本比作"臃肿恶树"。其中的郑恒是"人人恶之厌之之恶物"，他的道白充满了"恶言丑语"。人们不可能从这个"臃肿恶树""恶言丑语"中得到美的感受。这是他删掉第五本的重要的理由之一。

金圣叹不仅从欣赏的角度给《西厢记》以美学评价，他还企图以较为完整的美学理论全面地总结《西厢记》的创作经验。可以认为金圣叹评点《西厢记》的美学理论，是以他的极微论、挪碾法和富有现实主义精神的创作论作为支撑的。这些理论使他的评点获得了鲜明的特色，并开创了我国戏曲批评的新篇章。

极微论，是金圣叹的基本美学理论。这个富有生气的极微论是他从释家学说里汲取来的，他说："曼殊室利（即文殊师利）菩萨好论极微，昔者圣叹闻之而甚乐焉。夫娑婆世界……一切所有，其故无不一一起于极微。"(《酬韵》开篇批语）他借用这个极微论"以观行文之人之心"，认为作家对待生活中的那些有如"轻云鳞鳞""野鸭腹毛""草木花萼""灯火之焰"，乃至"花之一瓣""草之一叶""鱼之一鳞""鸟之一羽"等极其细小的事物，都应细心观察。在他看来每一件极其微小的事物中都包藏一个五彩缤纷的美的世界。在这个微小的美的世界里，它的时空是无限的。比如"花之一瓣""人自视之一瓣之大，如指顶耳，自花计焉，乌知其道里不且有越陌度阡之远也。人自视之，初开至今，如眴眼耳，自花计焉，乌知其寿命不且有累生积劫之久也"。更可贵的是，他认为只有从联系、发展的角度去观察事物才能看到它们各自的特点，他列举生活中的许多细小事物说明这一看法。例如，对灯火的观察和分析，他说："灯火之焰也，淡淡焉，此不知于世间五色为何色也。吾尝相其自穗而上，讫于烟尽，由淡碧入淡白，此如之何其相际也；又由淡白入淡赤，此如之何其相际也；又由淡赤入干红，由干红入黑烟，此如之何其相际也。必有极微于其中间，分焉而得分，又徐徐分焉，而使人不得分，此亦又不可以不察也。"他让人们细心观察客观事物"相际"变化之处，从那里去开掘客观事物各自的特点。由此他推论作家对生活细节的观察："操笔而书乡党馈壶浆之一辞，必有文也；书人妇姑勃豀之一声，必有文也；书途之人一揖而别，必有文也。何也？其间皆有极微。"他说写作时遇到一个很窄的题目，如果粗心对待，只能"废然以搁笔"，但是如能以极微的眼光去开掘细小事物无穷无尽的内藏，即在路旁拾取的蔗渣中，也能"压得浆满一石"。结合《西厢记》这个创作实体，他说《酬简》一折，写出如此"洋洋一章"，只是在烧夜香上"生情布景，别出异样花样"，粗心人不知作者的苦心，读到这里只是称赞"一通好曲"，殊不知这一折戏都是从"一黍米中剥出来也"。

从认识论的总体上看，金圣叹的极微论是不完整的，存在着很大的片面性，但它却包含着合理的内容。辩证唯物主义的认识论认为，作家对现实生活的观察，既要从宏观方面去鸟瞰生活的海洋，又要从微观方面去捕捉、剖析瞬间即逝的生活浪花。不从宏观方面去鸟瞰海的整体，便不可能了解浪花在海的整体中的地位，如果忽视从微观方面去细致地观察海浪飞溅的神韵，也就无从认识或表现海的磅礴气势。他的极微论还告诉人们，对微小事物的认识是无限的，要从联系、发展的角度去开掘微小事物无限的美的内涵。这种认识论在我国丰富的文艺理论遗产中也很具有特色，它对于作家认识客观生活无疑是有益的。

极微论是金圣叹的认识论，这种认识论的方法论是他的"那辗（应为挪碾，下同）法"。它是在《前候》一折的"开篇批语"里被提出来的。他说《前候》一折的内容，只不过是红娘走覆张生，代莺莺向张生问候，又由张生求红娘向莺莺递一简帖，"题之枯淡窘缩，无逾于此"。作者为什么会写出如此"洋洋洒洒一大篇"，金圣叹说他从双陆高手陈豫叔讲的挪碾法中得到了启示，陈豫叔曾经对他说过："今夫天下一切小技，不独双陆为然，凡属高手，无不用此法已，曰：那辗。那之为言搓那；辗之为言辗开也。"（《前候》开篇评语）金圣叹分析这种挪碾法的实质说："所贵于那辗者，那辗则气平，气平则心细，心细则眼到。夫人而气平、心细、眼到，则虽一黍之大，必能分本分末；一咳之响，必能辨声辨音。人之所不睹，彼则瞻瞩之；人之所不存，彼则盘旋之；人之所不悉，彼则入而抉剔、出而敷布之。一刻之景，至彼而可以如年；一尘之空，至彼而可以立国。"他认为这同样是铺展文章时所需要的心理境界。当获得了这种心理境界之后，应把注意力放在哪里？他认为要集中力量研究题目的内涵，仔细体察题目的前前后后，因为"题也者，文之所由以出也"。在仔细研究题目所包含的内容之后，还要想到文章的整体布局，可使题蹙而文舒长，题急而文迂迟，题直而文曲折，题竭而文悠扬。"不知题之有前有后，有诸迤逦，而一发遂取其中间，此譬之以概击石，确然一声则遽已耳，更不能多有其余响也。"从形式逻辑看，这些话说得是有道理的。金圣叹不仅以这种挪碾法详细地分析了《前候》一折"正题"前后的人物行动和细节的铺陈，也可以说他以这种方法分析了全部《西厢记》作者的种种心曲。在《读第六才子书法》二十五中，金圣叹说："仆思文字不在题前必在题后，若题之正位，决定无有文字。不信但看西厢之一十六章，每章只用一两句写题正位，其余便都是前后摇之曳之。"

如果说金圣叹的极微论和挪碾法还没有接触到文学创作的本质问题，那么他的富有现实主义精神的创作论则接触到文学创作的特殊问题。这个创作论与极微论相结合，构成了《金批西厢》美学思想熠熠发光的内容。金圣叹以这个独具特色的美学思想，清除了前代对《西厢记》的种种错误认识，并为他的戏曲评点确定了一个崭新的理论范畴。

自从《会真记》产生以来，这个描写文人学士风流韵事的题材，曾经引起了包括苏东坡在内的许多著名文人学士的兴趣，纷纷猜测《会真记》是否出于真人真事。到了明代随着人们对《西厢记》的注视，《西厢记》的题材问题也成为戏曲家议论的课题之一。但是在明代越来越以《会真记》中的张生即作者元稹的托名的说法占上风，如王世贞说："元微之莺莺传，谓微之通于姑之子，而托名张生者，有为微之考据中表亲甚明。"（《曲藻》）即使对《西厢记》素称有研究的王骥德也认为："微之文章节义，表著当时，不得以风流一售为名贤掩也。"（绘图新校注古本《西厢记》卷六，白居易撰《书右仆射河南元公墓志铭》一文的按语）这种颇占势力的看法在很大程度上限制了对《西厢记》思想内容以及创作方法等重要问题的深入探讨。金圣叹从创作规律出发，驳斥了《西厢记》的题材出于真人真事的种种说法。古代是否有其人其事不能妄加判断，即或真有其人其事，古人既无法将他的事告知今人，今人也无法"排神风御气，上追至十百千年之前问诸古人"。他断定"今日提笔而曲曲写，盖皆我自欲写，与古人无与"。他认为《西厢记》的题材不仅不是真人真事，也不是《会真记》。"《西厢记》是《西厢记》文字，不是《会真记》文字"。它是王实甫以"寄托笔墨之法"，"手搦妙笔、心存妙境、身代妙人、天赐妙想"的独自创造。这个认识使他的评点从烦琐的考证中解脱出来，按照《西厢记》作者对这一题材的实际处理进行艺术分析。

出于同样的认识，金圣叹反对"俗本"对莺莺和张生任何低格调的描写。汤显祖曾经赞扬王实甫对《西厢记》题材和人物的处理，他说像《西厢记》这样的才子佳人戏，既有投书递简，又有密约偷期，假如处理不当，"莺莺一宣淫妇耳，君瑞一放荡子耳"。金圣叹的看法与汤显祖是一致的，但是他不满足于仅仅指出《西厢记》是被净化了的，他从创作规律上探讨了所以被净化的原因。金圣叹认为莺莺、张生是作者所钟爱的理想人物，崔、张的命运寄寓了作者深切的同情，他们是作者"心头口头，吞之不能，吐之不可，搔爬无极，醉梦恐漏，而至是终竟不得已，而忽借古人之事，以自传道其胸中若干日月以来七曲八曲之委折"。作者对他的理想人物不可能"肆然自作狂荡无礼之言"，在他们的身上不允许有些微的瑕疵。金圣叹以这种理由，凡是他认为有损于莺莺、张生性格的描写，一概斥之为"忤奴"的篡改而加以删改。

金圣叹评点《西厢记》一个非常突出的特点，是他十分重视人物描写，或者说他的评点是紧紧围绕着《西厢记》的三个主要人物——莺莺、张生、红娘的描写问题展开的。可以看出金圣叹创作论的中心内容，是他与西方典型论十分近似的理论原则，即：他以极微论为指导思想，严格从人物的社会地位、教养、个性，以及他们的生活环境的细节描写中去剖析人物性格的真实性，并从人物性格的发展和人物相互关系的描写中去揭示人物性格的特殊性。如果说近代对"现实主义"这个概念所下的定义，以 1888 年恩格斯《致玛·哈克奈斯》一信中所说的，"据我看来，现实主义的意思是，除细节真实外，还要真实地再现典型环境中的典型人物"，最为精确，那么生活在 17 世纪的比欧洲著名古典理论家高乃依（1606—1684）生年略迟的金圣叹，他虽然没有可能提出"现实主义""典型"之类的名词，但是他借以评点《西厢记》的理论原则，已经同这种现实主义理论十分近似了。

金圣叹十分重视人物与环境的关系，重视人物生活环境的真实性。在他看来，没有真实的环境就不可能写出真实的人物；人物的真实性依赖于环境真实性的衬托，这是他评点《西厢记》的一个基本指导思想。他首先从《西厢记》的构思上提出了莺莺生活环境的真实性问题。根据崔家的社会地位，他对莺莺在普救寺的具体住处做了新的解释。他说：崔夫人是"一品国太君"，莺莺是"千金国艳"，即使侍女红娘也是"上流姿首"，而普救寺是河中大刹，是"八部海涌，十方云集"的所在，"堂内堂外，僧徒何止千计"。莺莺寄居在这样的环境里，他"详睹作者实于西厢之西，别有别院"。他认为："此院必附于寺中者，为挽弓逗缘；而此院不混于寺中者，为双文远嫌也。"作者这样处理，既照顾了戏的需要——"挽弓逗缘"，又照顾了生活的真实性"为双文远嫌"。按照这一理解，他认定莺莺在普救寺寄居，全部生活在别院里，并据此进行了评点。他多次证实他理解的正确性，比如在《惊艳》一折【村里迓鼓】的第一句"随喜了上方佛殿"下批道："只一了字，便是游过佛殿也。而后之忤奴，必谓张、莺同在佛殿（按：不少刻本将此折名为"佛殿奇逢"），一何悖哉。"在下一句"又来到了下方僧院"下继续批道："又游一处，如忤奴之意，不成张、莺厮赶僧院耶！"多次令人发噱的提问，既证实他理解的正确，也说明这一重要问题历来被人们忽视了。他还多次强调写景是为了写人，强调没有环境描写的具体性和真实性，也就没有人物描写的具体性和真实性。比如《赖简》一折，红娘唱的【新水令】和【驻马听】是描绘莺莺和红娘走出闺房，径直步入花园时的具体情景。他在【驻马听】一曲后批道："写双文渐渐行出花园来。是好园亭，是好夜色，是好女儿。是境中人，是人中境，是境中情，写来色色都有，色色入妙。"人、情、境相互生发，这才是好笔法，由此说明人物描写与环境描写的相互依赖关系。这一理论不仅对我们了解《西厢记》是有益的，也加深了我们对传统戏曲环境描写的理解。

关于人物描写问题，金圣叹强调突出主要人物。他认为《西厢记》作者的人物描写没有平均地使用笔力，着重写的是莺莺、张生、红娘三个主要人物。其他如崔夫人、白马将军、欢郎、法本、法聪、孙飞虎等人，"俱是写三人时，忽然应用之家伙耳"。即在莺莺、张生、红娘三人当中也有所侧重，"若仔细算时，《西厢记》上写得一个人。一个人者，双文是也"。但是他并没有孤立地强调莺莺的重要性，他从联系、辩证的观点提出一个十分精湛的见解，即：要写好主要人物必须写好陪衬人物，并对这一见解做了透彻的阐发。他认为主要人物与陪衬人物自有其不容忽视的地位，他把莺莺、张生、红娘在戏中的各自地位或作用，形象地比喻为："双文是题目，张生是文字，红娘是文字之起承转合。有此起承转合，便令题目透出文字，文字透入题目也。"又比喻为："张生是病，双文是药，红娘是药之炮制，便令药往病，病来就药也。"从《西厢记》的整体看，他们是有机地联系在一起的，都不可缺少。从艺术描写方面，金圣叹把主要人物与陪衬人物的关系比作月与云：

> 亦尝观于烘云托月之法乎，欲画月也，月不可画，因而画云。画云者，意不在于云也，意不在于云者，意固在于月也，然而意必在于云焉，于云略失则重，或略失则轻，是云病也，云病即月病也。于云轻重均停矣，或微不慎，渍少痕如微尘焉，是云病也，云病即月病也。

月与云这种相互依存的关系，"合之固不可得而合，而分之乃决不可得而分"，要画好月就必须画好云。金圣叹称赞《西厢记》第一折《惊艳》对张生性格描写得"轻重均停",没有纤渍微尘。"设使不然,写张生时,厘毫夹带狂且身份,则后文唐突双文乃极不小"。他以同样的理由认为第五本让粗野的郑恒上场,即是对莺莺性格的亵渎。金圣叹还进一步阐发写好陪衬人物能够起到水涨船高的作用,他引用一则十分生动的寓言说明这一理论问题。说的是两个画匠在一座大殿的东西两侧的墙壁上竞画"天尊"。由于东壁画匠所画的"陪辇"人物的起点高出西壁画匠一筹,便衬托出一个"日角月表龙章凤姿超然于尘埃之外煌煌然一天尊"。而西壁画匠的陪衬人物的起点低于东壁画匠,他的主要人物也只能是东壁画匠的陪衬人物,结果失败了。他认为《西厢记》的作者就是按照这种方法处理他的主要人物与陪衬人物的关系的,要想写好主要人物莺莺,就先要写好张生和红娘。

金圣叹认为《西厢记》描写人物的成功之处,就在于作者写出了人物的特定身份和有深度地揭示了人物的内心世界,写出了不同性格人物之间的微妙关系。他以"千金国艳"作为莺莺性格的基本特征,严格按生活逻辑分析了莺莺性格的发展过程。在《惊艳》一折里,金圣叹认为莺莺的心目中还没有张生;他斥责"忤奴"对莺莺性格的曲解,"欲于此一折谓双文售奸",以致张生心旌摇荡。他说作者写尽张生眼中的"妙丽"是合理的,但是在莺莺则是"天仙化人,目无下土,人自调戏,曾不知也";"尽人调戏"只是张生的疯魔臆想。在他看来,莺莺不应像"彼小家十五六女儿,初至门前,便解不可尽人调戏,于是如藏似闪,作尽丑态"。作者写双文见客即走,是合乎常理的回避,但是"千金闺女"的回避,"不必如惊弦脱兔",因为在莺莺"一片清净心田中,初不曾有下土人民半星醒龊也"。至于"临去秋波那一转",同样是张生"于无情处生扯出来"的自作多情。

金圣叹说:"文章之妙,无过于曲折。"他认为《西厢记》的曲折莫过于《闹简》《赖简》几折里莺莺的性格。正是这种曲折反映了莺莺性格的深度。金圣叹自称是"以世间儿女之心,平断世间儿女之事",是"自容与其间"去把握莺莺性格的复杂性的。他首先肯定"酬简"是莺莺性格发展的必然,"何则?感其才一也,感其容二也,感其恩三也,感其怨四也。以彼极娇小、极聪慧、极淳厚之一寸之心，而一时容此多感，其必万万无已而不自觉，忽然溢而至于阃之外焉，此亦人之恒情恒理，无足为多怪也"。金圣叹看到在许婚之前莺莺即有意欲寄简的潜在心理："我于听琴之夜知之，不闻其有【绵搭絮】之辞曰：'一层红纸，几眼疏棂，不是云山几万重，怎得个人来信息通。'此岂非欲寄简之言哉。抑不宁惟是而已，前此犹为初酬韵之后，未许婚之前也，不闻其有【鹊踏枝】之辞曰：'两首新诗，一段回文，谁做针儿将线引，向东邻通一殷勤。'此岂非欲寄简之言哉。"这些都是莺莺意欲寄简的证明。张生先于莺莺寄简，正投莺莺下怀，当她拿到张生手简时，金圣叹在批语中指出莺莺动心的情态："开而读，读而卷，卷而又开，开而又卷，至于纸敝字灭犹不能以释于手者也。"既是这样，莺莺为什么还会有"闹简""赖简"的行动，金圣叹着重对莺莺的复杂心理进行了细致的分析。他从作品提供的特定的莺莺性格出发，认为莺莺是天下"至尊贵、至有情、至矜尚之女子"，他分析莺莺看简之后"勃然大怒"的原因，主要是由于作为初恋的少女、相国的千金，不愿意包括红娘在内的第三者了解她心底的秘密；而红娘从张生那里回来之后对她一系列的轻慢举动，已使她那颗精细、敏感的心灵猜疑张生已对红娘"取我而罄尽言之"，而触犯了她的自尊心。"其归而如行不行以行也，如笑不笑以笑也，如言不言以言也；昔曾未敢弹帐，而今舒手而弹也，昔曾未敢偷看，而今揭帘而看也，昔曾未敢于我乎轻言，而今俨然谓我懒懒也。"在她看来红娘这些一反常态的轻慢举动，"悉是张生罄尽言之之后之态"的明验。至于莺莺"赖简"的举动，同样是由于莺莺的自尊心使然，金圣叹分析当时莺莺的心理："更未深，人未静，我方烧香，红娘方在侧，而突如一人则已至前，则是又取我诗于红娘前，不惜罄尽而言之也。……此真双文之所决不肯也，此真双文之所决不能以少耐也。"金圣叹总括莺莺"闹简""赖简"的行动说："盖双文之尊贵矜尚，其天性既有如此，则终不得而或以少贬损也。由斯以言，而闹简岂双文之心，而赖简尤岂双文之心！"金圣叹就是这样把莺莺性格的真实性和莺莺性格的反封建性统一起来认识的。

金圣叹对红娘的性格以及她和莺莺之间的微妙关系，同样做了细致的分析。他看到红娘是崔张二人的"针线关锁"，红娘的性格的发展，是紧密地围绕着崔张事件的发展展开的。在《寺警》之前，金圣叹看到了作品提供红娘性格的基调是"大家举止，端详，全不见半点轻狂"，不是一个"叠被铺床"的侍妾，"鹘伶渌老"，抹倒张生。最初张生在红娘眼里，只不过是一个不谙世事的"傻角"。但是随着情节的发展，红娘渐渐地认识了张生。金圣叹在《闹简》一折的开篇批语中，概括了红娘对待张生由"抹倒"到赞助的思想发展线索："初焉以退贼，故方德张生，既然以赖婚，故方怜张生，既然以挥毫，故方爱张生，既然以不效，故方羞张生……"于是她毅然地卷入了这场纠葛，成为张生热情的赞助者。但是红娘与莺莺的关系却是复杂的，金圣叹详细地分析了"闹简"前后红娘言行失常，以致使莺莺感到轻慢的原因。他说："红娘带得书回，一时将张生分明便如座主之于门生，心头凭增无限溺爱，无限照顾，意思不难便取莺莺登时双手亲交与之。看她走入房来，其于莺莺便比平日亦自另样加倍珍惜。所以然者，意谓莺莺真乃一朵鲜花，却是我适间已许过我门生了也。门生是我之宝，此一朵鲜花便是我门生之宝也。只因心头与张生别成一条线索，便自眼中看莺莺别起一番花样。"（《闹简》开篇批语）在他看来红娘正是出于这种自矜自爱的特定心情，才产生了爱怜的"弹帐""揭帐""偷看"，乃至率直地说出莺莺懒睡等反常的言行。由此招来莺莺的"斗然变容"，也由此弄得红娘蒙了："明明隔墙酬韵，蚤漏春光，明明昨夜听琴，倾囊又尽，我本非聋非瞎，悉属亲闻亲见，而今忽然高至天边，无梯可扪，深至海底，无缝可入。此岂前日莺莺是鬼，抑亦今日莺莺是鬼，岂红娘今日在梦，抑亦红娘前日在梦。本意扬扬然弄马骑，何意疙瘩地却被驴子扑！"她埋怨莺莺，把她的好心当成驴肝肺了。红娘被这样突如其来地打击之后，在《赖简》一折，金圣叹分析她的心理，是一半"怨毒"，一半"狐疑"，"岂有昨日于我扎起面皮，既已至于此极，而今夜携我并行，忽然又有他事者。我亦独不解张生所诵之诗，则何故而明明又若有其事耳，只此一点委决不下，自不免有无数猜测"。金圣叹指出在当时特定的情况下，聪明而稍带狡黠的红娘是猜疑，是观望，是提防莺莺的"诈变多端"，于是她抽身远去，"便如耸身云端看人厮杀者，成败总不相干矣"。当张生闯出，莺莺发作，红娘才出头主动发落张生。金圣叹在这里指出红娘的性格特征："写红娘既不失轻，又不失重，分明是一位极滑脱问官。"红娘此时既是发落张生，同时也是为莺莺下台阶，"极似当时玄宗皇帝花萼楼下与宁王对局，太真手抱白雪猫儿，从旁审看良久，知皇帝已失数道，便斗然放猫儿蹂乱棋子，于是天颜大悦"。以此比喻此时此刻红娘的伶俐机智。金圣叹重视人物形象的真实性，并着眼于通过性格分析对作品艺术成就进行评价，开创了我国戏曲批评的先河。

细节真实是现实主义创作方法的重要表征之一，是现实主义创作方法塑造人物典型的基本手段。金圣叹十分重视《西厢记》的细节描写，也可以这样说，他是从细节描写着手总结《西厢记》的创作经验的。在这一方面他同样超越了过去所有的评点家。比如《赖婚》一折，当老夫人赖婚之后，她强迫莺莺以兄妹的礼节为张生敬酒，以这个具体行动改变张生和莺莺未婚夫妇的关系，毁掉她的诺言。这是一个十分有戏剧性的行动。金圣叹抓住了这个细节，细致地分析了莺莺两次为张生敬酒时的不同心理，他在莺莺唱的【折桂令】【月下海棠】两支曲子之后批道："……只一把盏，看他一反一复，写成如此两节。前节向他人疼解元，后节向解元疼解元。前节分明玉手遮护解元，直将藏之深深帐中，几于风吹亦痛。后节分明身拥解元，并坐深深帐中，通夜玉手与之按摩也。"作者通过莺莺两次斟酒的不同心理的细节描写，写出了莺莺对张生的一往情深。再如《闹简》中的【粉蝶儿】，写红娘带着张生的简帖自张生处回莺莺闺房：

> 风静帘闲，绕窗纱麝兰香散，启朱扉摇响双环，绛台高，金荷小，银釭犹灿。

《赖简》的【新水令】，写莺莺走出闺房：

> 晚风寒峭透窗纱，控金钩绣帘不挂，门阑凝暮霭，楼阁抹残霞，

恰对菱花，楼上晚妆罢。

时间都是夜里，地点都是莺莺闺房门外，金圣叹抓住两者细节描写的不同，指出："一出一入"，作者描写景物的"次第"是不同的。他说："右第一节（指【新水令】曲文），写双文乍从闺中行出来，前篇【粉蝶儿】是红娘从外行入闺中来，故先写窗外之风，次写窗内之香。此是双文从内行出闺外来，故先写深闭之窗，次写不卷之帘。夫帘之与窗，只争一层内外，而必不得写者。"金圣叹从作者这种笔墨精微的细节描写里发现了一个道理，写景是为了写人，要写好人物行动和心理过程，就必须写好"景之次第"。金圣叹又由此引出一条创作的"至理"，即这些细节描写的"次第"不是凭空而来的，他说："此非作者笔墨之精微而已，正即观世音菩萨经所云：应以闺中女儿身得度者，即现闺中女儿身而为说法。盖作者当提笔临纸之时，真遂现身于双文之闺中也。"通过这个例子，说明了细节描写与生活的关系。

以上是我们看到的金圣叹的以极微论、挪碾法和富有现实主义精神的创作论所构成的美学思想的合理部分。这种美学思想使他十分重视局部描写，重视强调《西厢记》细节描写的真实性，并从联系发展的角度去开掘《西厢记》的情节和人物性格的特殊性，这些使他的评点获得了明显的现实主义因素。评点的细致性和具体性构成了《金批西厢》的鲜明特色。

金圣叹同许多古代的思想家、理论家一样，他的世界观和美学思想充满了矛盾，甚至容纳了两种截然对立的思想体系。如前所述，他的极微论是不完整的，却含有极为合理的部分。但是他对艺术美这一带有根本性质的理论问题的看法，却是主观唯心主义的，于是在认识论上把他的生机勃勃的富有唯物主义精神的极微论，最终引向极端，引向了反面。

金圣叹在《闹斋》一折的评点中，以【新水令】的第一句"梵王宫殿月轮高"阐明了他对艺术美的基本看法。他认为艺术美是人的主观精神的产物，他以匡庐奇迹眼见不如耳闻这个事例，说明了这一理论见解。他的友人王斫山曾经对他说过："匡庐真天下之奇也，江行连日，初不在意，忽然于晴空中劈插翠幛，平分其中，倒挂匹练，舟人惊告，此即所谓庐山也。"但是金圣叹接连问过江西来的人，是否也有同样的感受，回答都是"无有是也"。他怀着这个疑问再次询问王矴山，王回答说，他也未曾见过庐山真面目，都是听从江西来的人讲的，有人称赞匡庐奇迹，也有人不以为然。但他听信称赞庐山奇迹人们讲的话，因为他相信"诚以天地之大力，天地之大慧，天地之大学问，天地之大游戏，即亦何难设此一奇以乐我后人，而顾吝不出此乎哉"（《闹斋》开篇批语）。金圣叹从这番话里得到了启示，看到了人的主观精神对于生成艺术美的作用。当他读到"梵王宫殿月轮高"时，得到了王矴山向他叙述匡庐奇迹时同样的美的感受。他说："梵王宫殿月轮高，不过七字也，然吾以为真乃江行初不在意也，真乃晴空劈插奇翠也。"这七字给予人们强烈的艺术美，同样是作者主观虚幻的产物。于是他得出"真乃殊未至于庐山也，真乃至庐山即反不见也"的主观唯心主义的结论。

由此，在解释作家与生活的关系时，金圣叹便完全颠倒了主观世界与客观世界的关系。他在《请宴》一折的开篇批语里，以游览山水为例，说明"海山方岳、洞天福地"同"一草一木、一花一鸟"在作家的面前的意义都是相等的。他认为只要作家胸中有"一副别才"，眉下有"一双别眼"，不论客观事物的巨细，都可以发现"造化者之大本领、大聪明、大气力"。他说："善游之人也者，其于天下之一切海山方岳、洞天福地，固不辞千里万里而必一至以尽探其奇也。然而其胸中之一副别才，眉下之一双别眼，则方且不必直至于海山方岳、洞天福地，而后乃今始曰，我且探其奇也。"他认为善游者即在寻常的景物里，"又何尝不以待洞天福地之法而待之哉"。在他看来那些触目惊心、令人望之兴叹的"海山方岳、洞天福地"固然是造物之"大本领、大聪明、大气力"结撰而成的，但是人们在生活中常见的一草一木，乃至鸟之一毛、花之一瓣又何尝不是"费造化者之大本领、大聪明、大气力而后结撰而得成也"。金圣叹并没有止于这种等同，为了强调细小事物的重要性，他又进一步把局部与整体割裂开来。他说："庄生有言，指马之百体非马，而马系于前者，立其百体而谓之马也。"由此他进一步推论那些"海山方岳、洞天福地"的层峦叠嶂，是积石而成的；飞流湍瀑，是由条条的细流积聚而成的。"果石石而察之，殆初无异于一拳也；诚泉泉而寻之，殆初无异于细流也。"他以这样的论据和论证方法，把生活中的"骇目惊心"的题材与随处可见的细小的素材等同起来，否定作家从整体上去观察生活的重要性。

我们承认作家需要有"一副别才""一副别眼"，这是指作家所具备的思想修养、感情境界和敏锐观察生活的能力。金圣叹却把作家这种"别才""别眼"看成是不受客观制约的特殊才能。他首先从根本上颠倒了主观和客观的关系，在他看来客观事物的形态是随着人们的主观需要而改变的："三十辐共一毂，当其无，有车之用；埏埴以为器，当其无，有器之用；凿户牖以为室，当其无，有室之用。"他还认为客观事物是随着人们的不同视角、不同地位而改变它们的形态，他以山谷为例："回看为峰，延看为岭，仰看为壁，俯看为豁，以至正者坪，侧者坡，跨者梁，夹者涧。"由此金圣叹进一步推论千变万化的客观事物的形态都是人的主观世界的产物。"吾有以知其奇之所以奇，妙之所以妙，则固必在于所谓当其无之处也矣。"于是他得出结论："夫吾胸中有其别才，眉下有其别眼，而皆必于当其无处而后翱翔，而后排荡，然则我真胡为必至于洞天福地。"

金圣叹既然把这种"别才""别眼"强调到如此重要的地位，那么怎样才能得到这种"别才""别眼"呢？他这样回答了这一问题："天下亦何别才、别眼之与有，但肯翱翔焉，斯即别才矣；果能排荡焉，斯即别眼矣。"原来"别才""别眼"就是"翱翔""排荡"，这是脱离了生活根基的"别才""别眼"的必然归宿。那么什么是"翱翔""排荡"呢？金圣叹在他的批语中多次使用过"翱翔""排荡"一词，是指作家、艺术家在创作过程中的主观的能动状态。但是在具体解释这两个词时，他引用北宋著名画家米芾画石的技法作了说明，他说："米老之相石也，曰：要秀、要皱、要透、要瘦。"这种"秀""皱""透""瘦"，既是观察石头的要领，也是表现石头的技法。金圣叹认为只要掌握了这种要领或技法，就能画出奇奇妙妙的石头。这样我们就可以比较准确地判断金圣叹所谓的"别才""别眼""翱翔""排荡"的全部内涵，即熟练的表现技法加上创作时的主观精神的能动状态。他认为不仅绘画是这样，文学创作亦应如是，只要熟练地掌握了表现技巧，在创作时又能发挥主观精神的能动性，就能写出奇文妙文。我们认为艺术创作是一种精神劳动，不应低估主观精神的能动作用，同样也不应低估技法在创作上的地位。但是不论主观精神或表现技法，它们与生活的关系只能譬之鱼与水，花木与土地。脱离开生活根基的主观精神，不可能迸发出艳丽的艺术美的火花；而来之于生活的技法脱离开生活的根基，将变成苍白僵硬的躯壳。金圣叹的上述看法是有害的。

总之，从《金批西厢》中体现出来的金圣叹的美学思想，已存在比较完整的理论。但是他的思想有如一匹脱缰的野马，海阔天空，骎骎驰骋，无拘无束。这种思想风貌既使他冲破了种种正统的思想樊篱，同时也往往给他的思想带来较多的枝蔓，披上了一层玄奥色彩，从《金批西厢》美学思想的全貌看，他的思想越接近实际则越趋向于真理，越侧重抽象则越趋向荒谬，掌握这一思想脉络，便不难分清他思想中的瑕瑜。尽管《金批西厢》的美学思想还存在不少缺陷，然而这些缺陷并不能掩盖他的美学思想的光彩，不能掩盖他对文艺理论、美学理论、戏曲批评的卓越贡献。

1984年6月于白塔寺庆丰胡同

（原载《中山大学学报》哲学社会科学论丛《古代戏曲论丛》第二辑）

"无"字的美学内涵

——赞美化境

　　《金批西厢》的《读第六才子书西厢记法》，是金圣叹评点《西厢记》的全部理论依据。其中，在一个"无"字上大做文章，可以说从二十五条至四十五条，用这么大的篇幅，说一个玄而又玄的"赵州和尚"，"一切含灵具有佛性，何得狗子却无？赵州曰'无'。《西厢记》是此'无'字"，他借用佛道思想中的"无"字，赞美、倡导文学创作中的"化境"。

　　二十四："……今此《西厢记》便是吕祖指头，得之者，处处遍指，皆作黄金。"

　　二十五："仆思文字，不在题前，必在题后，若题之正位，决定无有文字。不信但看《西厢记》之一十六章，每章只用一句两句写题正位，其余便都是前后摇之曳之。可见。"

　　三十二："西厢记是何一字，西厢记是一无字。赵州和尚，人问狗子还有佛性也无，曰：无。是此一无字。"

　　联系金氏的《水浒》评、《西厢》评、唐诗评、古文评，可以看出，"三境"说的观点贯穿于金氏一生的文学批评之中，成为富有美学意义的基本指导思想。"三境"者，即圣境、神境、化境。剖析"三境"说，有助于我们认识金圣叹美学思想"杂糅三教，一以贯之"的特点。

　　金圣叹在《第五才子书施耐庵水浒传·序一》中，首标"三境"之说，以庄周、屈平、司马迁、杜甫、施耐庵、董解元（后改为王实甫）为文学史上的六才子，并概括其创作特色道：

> 此其人……心之所至，手亦至焉；心之所不至，手亦至焉；心之所不至，手亦不至焉。心之所至，手亦至焉者，文章之圣境也。心之所不至，手亦至焉者，文章之神境也。心之所不至，手亦不至焉者，文章之化境也。夫文章至于心手皆不至，则是其纸上无字、无句、无局、无思者也，而独能令千万世下人之读吾文者，其心头眼底乃窅窅有思，乃摇摇有局，乃铿铿有句，乃烨烨有字，则是提笔临纸之时，才以绕其前，才以绕其后，而非徒（陡）然卒然之事也。

在《第六才子书》第一本中有一段总批，与此相似：

> 吾尝观古人之文矣，有用笔而其笔不到者，有用笔而其笔到者，有用笔而其笔之前、笔之后、不用笔处无不到者。夫用笔而其笔不到，则用一笔而一笔不到，虽用十、百、千乃至万笔，而十、百、千、万笔皆不到也，若兹人毋宁不用笔可也。用笔而其笔到，则用一笔，斯一笔到；再用一笔，斯一笔又到；因而用十、百、千乃至万笔，斯万笔并到，如先生是真用笔人也。若夫用笔而其笔之前、笔之后、不用笔处无处不到，此人以鸿钧为心，造化为手，阴阳为笔，万象为墨。心之所不得至，笔已至焉；笔之所不得至，心已至焉；笔所已至，心遂不必至焉；心所已至，笔遂不必至焉。

以上两段文字一写于崇祯十四年，一写于顺治十三年，相隔十六年，分属金圣叹文学批评鼎盛期之首尾。参照看来，虽个别提法有别，但大端如合符契。

从表面一层看来，"三境"说谈的是文学作品达到的艺术高度问题。《水浒传序》中提出圣境、神境、化境，《西厢记》批语中也提出了类似三种水准。二者稍有出入。《西厢记》提出的最低水准是"用笔皆不到"，所指为文学门外汉。次高水准为"用笔皆到"，则相当于"圣境"，亦即"心至手亦至"的达辞之境。而最高水准为"不用笔处无处不到"，则相当于"神""化"之境。"神""化"二境有程度上的差别，但意在言外是共有的特征（"化境"说来自李卓吾）。金圣叹在评点中常把"神""化"联缀合用，可见他对二者的差异不甚看重，所着意处是与"圣"境的对比，略异求同观之，上面两段论述的中心意思是一致的，都是认为文学作品的表现能力不同（说得不清楚），或言尽于意，或言外有意，而言外有意为上品。

《西厢记》一本二折张生向法聪借房，上场后劈头唱了一句："不做周方，埋怨杀你个法聪和尚！"——金圣叹在此有两段详细批语，其中云："张生固未尝先云借房，则聪殊不知其'不做周方'之语为何也。张生未尝先云借房而便发极云'不做周方'者，此其一夜心问口、口问心，既经百千万遍，则更不计他人之知与不知也。只此起头一笔二句十三字，便将张生一夜无眠，尽根极底，生描活现。所谓用笔在未用笔前，其妙则至于此。""试思'不做周方'二句，十三字耳，其前乃有如许一篇大文，岂不奇绝！"

以上皆属金圣叹盛赞的"化境"文字，其特点在于略过人物复杂多变的心理活动不写，却写心理活动后的语言行为，把言行学得富有特色，往往显得突兀、出人意料，从而引起读者注意，激发想象力使读者领悟到前此曾有一番心理活动。此正所谓"用笔在其笔之前后"，而其作用则在于含蓄地表现人物心态使作品更耐品味。

金圣叹在《读第六才子书西厢记法》中，也从第一层次挖掘了一下。他反复申明"文学最妙，是目注彼处，手写此处，题之正位决定无有文字"之后，总结道："《西厢记》是一无字，赵州和尚①，人问狗子还有佛性也无，曰'无'，是此一'无'字。"这个赵州和尚的"无"字，颇为费解，而意味也颇深长，作为禅家机锋，含有揭示心态、禅境之意，是很明显的。金圣叹借用过来，则是要指出《西厢记》之妙，既表现作品中的"无文字"，也表现作家创作时"无"的微妙心态，而这种"无"的心态与"神""化"二境所要求的"不至"心态是一致的。

附录

金圣叹厌恶和尚

金圣叹癖好佛书，喜谈禅讲经，又与僧道过从甚密。但他不盲从，不顶礼膜拜，对佛、道是作为哲学来追索的。因此他对僧人的种种恶道，深恶痛绝，这在《水浒传》的批语中多处可见。如第五回总批，对鲁智深大闹五台

① 赵州和尚（778—897），法号从谂，曹州（今山东菏泽市）人，是禅宗史上一位震古烁今的大师。他幼年出家，后得法于南泉普愿禅师，为禅宗六祖惠能大师之后的第四代传人。唐大中十一年（857），八十高龄的从谂禅师行脚至赵州，受信众敦请驻锡观音院，弘法传禅达 40 年，僧俗共仰，为丛林模范，人称"赵州古佛"。其证悟渊深、年高德劭，享誉南北禅林并称"南有雪峰，北有赵州"，"赵州眼光烁破天下"。赵州禅师住世 120 年，圆寂后，寺内建塔供奉衣钵和舍利，谥号"真际禅师"。

赵州禅师八十多岁以后，才来到河北赵州观音院（现在的柏林禅寺），驻锡传禅，时间长达四十年。在接引信众的过程中，赵州禅师为后人留下了不少意味深长的公案。这些公案现在仍比较完好地保存在《赵州禅师语录》中。

狗子无佛性——问："狗子还有佛性也无？"师曰："无。"曰："上至诸佛，下至蝼蚁，皆有佛性，狗子为什么却无？"师曰："为伊有业识在。"

禅师虽然道誉四布，并有燕赵二王的供养护法，但他的生活却十分朴素清贫。他的"绳床一脚折，以烧断薪用绳系之"。他经常是"裤无腰，褂无口，头上青灰三五斗。土榻床，破芦席，老榆木枕全无被"。禅师正是在这种艰苦的生活环境中弘传祖师心印，接引四方学人。脍炙人口的"吃茶去""洗钵去""庭前柏树子""狗子无佛性"等公案不仅启悟了当时的许多禅僧，而且流传后世，历久弥新。从宋朝开始，中国禅门盛行以"参话头"为方便的话头禅，赵州禅师的公案语录最频繁地为人们所参究，许多人在赵州语录的启发下明心见性。其中"狗子无佛性"更凝炼而为"无门关"，成为禅门一大总持，直至今天在中国、日本、欧美等地仍是最流行的公案。

山打坏山门金刚再三致意。第四十四回总评，大骂"诸恶比丘于佛事中广行非法，破坏象教"，"外作种种无量庄严，其中包藏无量淫恶"，"破坏佛法，破坏世法，破坏常住，破坏檀越"，对这些恶僧"可以刀剑而砍刺之"。

金圣叹对世俗佛法可谓深恶痛绝，诸如造佛像、烧香、作道场等世俗佛事，俱加驳斥其荒谬无稽。如《西厢记·寺警》夹批：农夫力而收于田，诸奴坐而食于寺，有王者作，比而诛之，所不待再计也。而愚之夫，尚忧罪业。夫今日之秃奴，其游手好闲，无恶不作，正我昔者释迦世尊于《涅槃经》中所欲切嘱国王大臣，近则刀剑，远则弓箭，务尽杀之，无一余留者也！

《寺警》中惠明唱"不念《法华经》"，圣叹夹批云："是，是，念它做甚！我见念经者矣！"他非但不主张念经，还提倡吃狗肉，同在《寺警》这一折，有这样一番妙论：昔日世尊于涅槃场，制诸比丘不得食肉，若食肉者断大慈悲。夫大慈悲止于不食肉而已乎？麋鹿食荐，牛马食料……皆不食肉，即皆得为大慈悲乎？吾见比丘稗贩如来，垄断檀越，伪铺坛场，炫招女色，一切世间不如法事，无不毕造，但不食肉，斯真无碍大慈悲乎？夫世尊制不得食肉者，彼必有取尔也。昔我先师仲尼氏，释迦之同流也。其教人也务孝弟，主忠信，如是云云。至于再三，独不教人不得食肉，亦以孝弟忠信之与不食肉，其急缓大小则有辨也。若食肉，即不得为孝弟忠信；但不食肉，即是孝弟忠信，则是仲尼有遗言也？今儒者修孝弟忠信于家，而食大享于朝；比丘分卫，日中一食于其城中，而广造大恶于其屏处，此其人之相去，虽三尺童子能说之也。今诸秃奴，乃方欲以己之不食肉，救拔我之食肉，此其无理可恨，真应唾之、骂之、打之、杀之也！

金圣叹论《西厢记》的写作技法

《西厢记》是我国深厚的古代艺术土壤中生长的绚丽的艺术之花。在这部伟大作品中汇集了无数人的文学才华，蕴藏着丰富的创作经验。它使人百读不厌，每次重读都可以从中得到美的享受和艺术的启迪。但是在金圣叹之前，人们对它的研究和评论，眼界还比较狭窄，大都从语言的角度阐述它的文学成就。金圣叹以他卓越的艺术鉴赏力，高度地评价了《西厢记》的思想成就和艺术成就，全面地总结了《西厢记》的创作经验。其中对写作技法的分析，有不少精辟的见解，对于我们今天的戏曲创作仍有借鉴作用。

"临文无法，便成犬嗥"

我国古代的艺术大师，都十分重视艺术技巧的磨炼。金圣叹说："临文无法，便成犬嗥。"此话虽不雅，却形象地说明了技法对于创作的重要性。他在《读第六才子书法》（以下简称《读法》）三中说："一部书，有如许洒洒洋洋无数文字"，应着重分析它"从何处来，到何处去，如何直行，如何打曲，如何放开，如何捏聚，何处公行，何处偷过，何处慢摇，何处飞渡"。他认为《西厢记》这部伟大作品没有"鸳鸯绣出从君看，不把金针度与君"那种狭隘性。他以一则寓言说明这一看法："《西厢记》便是吕祖的指头，得之者处处遍指，皆作黄金。"（《读法》二十四）他希望后世的"友生"读过《西厢记》之后，都能得到这个点石成金的"指头"，并以同样方法读"别部奇书"。这样，他遥计在一二百年之后，将会产生无数优秀的作品。到那时"一切不必读、不足读、不耐读等书，亦既废尽矣"。（《读法》十三）

技法与创作方法有联系，又不能等同。创作方法是指全局性的指导作家、艺术家进行创作的方法，它是在作家、艺术家的立场、观点，亦即世界观、艺术观的基础上形成的；技法则是指局部艺术处理上的技巧或方法。由此可以看出任何技法都必定受到创作方法的制约，但是正如任何纯熟的技法不能取代先进的创作方法一样，任何先进的创作方法同样不能取代纯熟的技法。作家或艺术家只有取得先进的创作方法，并获得了纯熟的技法之后，才能使他的创作达到完美的境地。《西厢记》的典范性正体现在这里，它是作者先进的创作方法与纯熟的创作技巧高度结合的产物。

金圣叹对《西厢记》创作经验的总结包括这两方面的内容。比如他谈到《西厢记》作者对该剧主人公莺莺、张生的艺术处理时，既指出了作者的倾向性——崔、张是作者心爱的理想人物，对他们的行动是赞美歌颂的，又在艺术上着意分析了崔、张性格的典型性。这就接触到作者的现实主义、浪漫主义创作方法的核心问题。但是金圣叹同我国古代文艺理论家一样，更着力于为创作方法服务的创作技法的总结。任何文艺批评都带有批评者的主观色彩，金圣叹对《西厢记》技法的总结，既有符合《西厢记》实际的经验，又掺和了金圣叹主观方面的艺术见解，反映了他对技法的看法和主张。

"觑见"与"捉住"

生活既是丰富多彩的，又是瞬息万变的，作家对于生活有如泛舟江河，时而峡谷春晓，时而荒滩枯岭，假如作家毫无选择地描写生活，则不可能产生艺术精品。作家在生活中必须善于捕捉那些瑰丽的却也是瞬间即逝的生活图景，才能创作出新异的作品。金圣叹在总结《西厢记》的创作经验时，提出了"觑见"与"捉住",这个文艺创作带有普遍性的问题。所谓"觑见",即是把握时机,属于作家观察生活、认识生活方面的能力;所谓"捉住",属于作家表现生活方面的能力,即对表现手段的掌握。金圣叹从主观和客观两个方面说明了这个问题,他说作家既要善于把握创作时机,捕捉那些转瞬即逝的生活浪花,又要善于把"觑见"的客观事物及时地用艺术手段表现出来,因此"觑见"与"捉住"应该是同步的。他认为:"文章最妙,是此一刻被灵眼觑见,便于此一刻放灵手捉住。"稍事于前不可能见到,过此以往,便成为过眼烟云永不可得了。他说:"仆尝粥时欲作一文,偶以他缘不得便作,至于饭后方补作之,仆便可惜粥时之一篇也。"这就同掷骰子一样,"略早、略迟、略轻、略重、略东、略西,便不是此六色",是带有很大偶然性的。他认为就像《西厢记》这部伟大作品,不必说后人难以作出,就是王实甫本人,假如当时烧掉此本,让他重写,同样不可复得,即或再写出一部,"也是别一刻所觑见,便用别样捉住,便是别样文心,别样手法,便别是一本,不复是此本也"。金圣叹不是宣扬创作的神秘主义,而是相当深刻地揭示了作家在捕捉生活、把握创作时机的复杂心理因素,由此形成的所谓"灵感"这一类的东西。这对于我们认识"灵感"这一特殊现象是很有意义的。

"觑见"与"捉住"相比较,金圣叹更强调"捉住"的重要性。他认为属于认识生活、把握时机的"觑见",是天赋的才能,不可强求;而"捉住"则是属于"人工"的。他说过去不知有多少人,他们已经"觑见"了生活中那些可以表现的东西,却因为不能"捉住",及时地把它们表现出来,遂成为"泥牛入海,永无消息"的憾事。他认为《西厢记》的作者"实是又会觑见,又会捉住"。他说属于王实甫天赋的"觑见",是无法学到的,而他的"捉住"却是可以学到的。因此他要求人们"一味学其捉住",即学习《西厢记》的表现技巧,这样后世必然会"平添无限妙文"。

"挪辗法"

"挪辗法"是金圣叹提出的带有他强烈个人色彩的方法论，也可以说它是金圣叹提出的"极微论"的方法论，是他提出的一系列技法当中的根本方法。

带有唯物主义色彩的极微论，是金圣叹从释家学说中汲取来的。他说："曼殊室利好论极微，昔者圣叹闻之而甚乐焉。夫娑婆世界，大至无量由延，而其故乃起于极微。以至娑婆世界中间一切所有，其故无不一一起于极微。"①他认为作家应该有这样一种素质，即对待生活当中的有如"轻云鳞鳞""野鸭腹毛""草木花萼"等一切细微的事物，都要细心观察。在他看来每一个极其微小的事物里都包藏着一个美的世界；在此有限的世界中又包藏着它们自身的无限的时间空间。金圣叹从心理学的角度提出了掌握这种认识论的方法，这就是"挪辗法"。他说《前候》这一折戏，只不过是写红娘"走覆张生，而张生苦央，代递一书耳。题之枯淡窘缩。无逾于此"。作者为什么会写出如此"洋洋洒洒一大篇"，这使他想到他的友人双陆高手陈豫叔跟他讲过的一番话："今夫天下一切小技，不独双陆为然，凡属高手，无不用此法已，曰'那（挪）辗（碾）'。那之为言搓那，辗之为言辗开也。"②陈豫叔向他提出这种"挪辗法"的心理依据：

> 所贵于那辗者，那辗则气平，气平则心细，心细则眼到。夫人而气平、心细、眼到，则虽一黍之大，必能分本分末；一咳之响，必能辨声辨音。人之所不睹，彼则瞻瞩之；人之所不存，彼则盘旋之；人之所不悉，彼则入而抉剔、出而敷布之。一刻之景，至彼而可以如年；一尘之空，至彼而可以立国。

金圣叹从陈豫叔这番话里得到了重要启示，他认为"气平、心细、眼到"

---

① 《酬韵》开篇批语。
② 《前候》开篇批语。

同样是写文章时所需要的心理素质。金圣叹以这种挪碾法分析了《前候》这一折戏的人物行动和细节的铺陈。他说这一折戏的正文只不过是【元和令】那四句话："他昨夜风清月朗夜深时，使红娘来探尔；他至今胭粉未曾施，念到有一千遍张殿试。"就其情节来说，不过红娘领承莺莺的意旨探望张生，张生恳求红娘带回一张简帖给莺莺。情节如此简单，作者所以会写出如此"洋洋洒洒一大篇"，正是因为作者运用了挪碾法。他说："此篇如【点绛唇】【混江龙】，详叙前事，此一那辗法也。甚可以不详叙前事也，而今已如更不可不详叙前事也。【油葫芦】，双写两人一样相思，此又一那辗法也。甚可以不双写相思也，而今已如更不可不双写相思也。"这种挪碾法是金圣叹的方法论，他不仅以这种方法分析了《前候》这一折戏的人物行动和细节的铺陈，也以这一方法总结了《西厢记》的创作经验。

选题　落笔　布局

金圣叹从选题、落笔到布局，都有很细致的论述，这些虽然都属于一般文章的技法问题，但是他独到的见解，对戏曲创作也不无裨益。

金圣叹认为从事写作，选题是十分重要的，他在评点《水浒传》时即提到这一问题。他说："题目是作书第一件事，只要题目好，便书也作得好。"[①]他在评点《西厢记》时又提出了这一问题："凡作文必有题，题也者，文之所由以出也。"[②]这里所说的题目，不限于标题，更确切地说是指一篇文章的中心意旨。在金圣叹看来，《西厢记》除了有它总的意旨之外，每一折戏都有它的中心思想，据此他对《西厢记》前四本一十六折的标题做了改动，与其他刊本相比较则大异其趣：

---

① 《第五才子书施耐庵水浒传·读第五才子书法》。
② 《前候》开篇批语。

王骥德本	张深之本	金批本
遇艳	奇逢	惊艳
投禅	假馆	借厢
赓句	倡和	酬韵
附斋	目成	闹斋
解围	解围	寺警
邀谢	初筵	请宴
负盟	停婚	赖婚
写怨	琴挑	琴心
传书	传书	前候
省简	窥简	闹简
踰垣	踰垣	赖简
订约	问病	后候
就欢	佳期	酬简
说合	巧辩	拷艳
伤离	送别	哭宴
入梦	惊梦	惊梦

比较起来，各折的标题，以金批本的标题更能准确地体现各折的中心思想，由此可以看出他对文章中心意旨的重视。金圣叹认为只有抓住了这个中心意旨才能把文章写好。

文章的开端是一个比较难和比较重要的问题，金圣叹对这个问题也十分重视。他说："圣叹每言作文，最争落笔，若落笔落得着，便通篇争力气，如落笔落不着，便通篇减神采。"他以《赖婚》这一折戏的第一支曲牌【双调·五供养】莺莺的头两句唱词："若不是张解元识人多，别一个怎退干戈"，说明这一问题。他说："初落笔便抬出张解元三个字"，表明莺莺对张生的感恩戴德，张生已是她"芳心系定，香口嚼定""海枯石烂"不可移易的心上人。莺莺这一意念和这一折戏的中心内容——崔夫人赖婚，形成了尖锐的冲突。这样落笔便是开门见山，而使冲突明朗化了，必然给这一折戏增添了"力气"和"神彩"。

怎样寻找落笔的地方，金圣叹从整体构思上提出了解决这一问题的"秘诀"。他说："我尝谓吾子弟，凡一题到手，必有一题之难动手处，但相得其难动手在何处，便是易动手之秘诀也。"他列举从《惊艳》到《闹斋》，张生三次见到莺莺，如何把这三次"觑见"写得不雷同，这是很难动手的地方。他说王实甫正是从这一难动手处入手，以"深浅恰妙"之法，写出了"遥见""瞥见""近见"的不同意趣。说明只要抓住了难入手处，恰好那里就是容易动手的所在。

文章如何铺展，使之摇曳多姿，金圣叹在《西厢记》的批语中对这个问题作了多方面的阐述。他说："仆思文字不在题前，必在题后，若题之正位，决定无有文字。"认为《西厢记》之一十六章，每章只用一两句写题正位，其余便都是前后摇之曳之。① 又说："知文在题之前，便须恣意摇之曳之，不得便到题；知文在题之后，便索性将题拽过了，却重与之摇之曳之。若不解此法，而误向正位，多写作一行或两行，便如画死人坐像。"他还说题目是可大可小的，"有以一字为之，有以三五六七乃至数十百字为之"。不论题目大小，"而总之题则有其前，则有其后，则有其中间"，还有其前之前，有其后之后。"如不知题之有前有后，有诸迤逦，而一发遂取其中间，此譬之以橛击石，确然一声则遽已耳，更不能多有其余响也"。他还把"题目"与文字比作狮子滚绣球，绣球有如"题目"，狮子有如文字，狮子翻滚腾跃，紧跟绣球。观众看的是狮子的舞蹈，狮子盯着的却是绣球。这个比喻是十分生动的。

怎样才能使文章避免平铺直叙，金圣叹提出了"手写此处，眼看彼处"的方法。他在《水浒传》第九回"林教头风雪山神庙，陆虞候火烧草料场"的开篇批语中，也曾提出相近似的技法。他说："夫文章之法岂一端而已乎，有先事而起波者，有事过而作波者。"所谓"先事而起波者"，是"文自在此，而眼光在后，则当知此文之起，自为后文，非为此文"；所谓"事后而作波者"，是"文自在后，而眼光在前，则当知此文未尽，自为前文，非为此文"。这样就可以避免平铺直叙。金圣叹在《西厢记》评语里提到的"手写此处，眼看彼处"，是指作者着笔处，并非是作者用意的实处，而为用意处点染。他在《惊艳》的"右第四节"批语中说明了这一技法在《西厢记》中的运用：

---

① 《读第六才子书法》二十五。

"凡用佛殿、僧房、厨房、法堂、钟楼、洞房、宝塔、回廊无数字都是虚字；又用罗汉、菩萨、圣贤无数字，又都是虚字。"这些"虚字"都是为后文中的"蓦然见五百年风流业冤"作渲染的。再加《请宴》《闹斋》等折，多处夸张地描写张生遇事总往美处想，作"满心满意之笔"，都是为了反衬"后文之不然"。

"行文如张劲弩，务尽其势"

对于一部长篇作品，金圣叹十分重视它的通盘构思，以及各章节之间的照应。比如他对红娘写法的分析："《西厢记》写红娘，凡三用加意之笔。其一于《借厢》篇中，峻拒张生；其二于《琴心》篇中，过尊双文；其三于《拷艳》篇中，切责夫人，一时便似周公制礼，乃尽在红娘一片心地中，凛凛然、侃侃然，曾不可得而少假借者。"金圣叹认为作者这样写红娘，不是为了突出红娘这个人物形象，而是为了衬托知书达礼的"千金国艳"——莺莺。可见他是从《西厢记》的整体构思去分析作家对人物的处理的。但是当着笔时，他却十分强调要全力以赴地把一个局部写好。他不无夸张地说："《西厢记》正写《惊艳》一篇时，他不知《借厢》一篇应如何写；正写《借厢》一篇时，他不知《酬韵》一篇应如何写。总是写前一篇时，他不知后一篇应如何写，用煞十二分心思、十二分力气，他只顾写前一篇。"这些话可以理解为，当通篇的构思了然于心之后，就要思想十分集中，竭尽全力写好每一个局部，不要左顾右盼而使精力分散。因为只有把每个局部写好，才会有全部整体的成功。

怎样才能把一个局部写好，金圣叹认为应该把笔力放在最为关键的地方，用现在话说即放在"戏胆"上，他以《闹简》这一折戏阐发了这一思想。《闹简》是《西厢记》中揭示莺莺性格的复杂性、揭示她对张生的爱情皮里阳秋十分重要的一折戏，金圣叹在这里对莺莺性格的复杂性做了十分精辟的分析。当莺莺看到红娘带回的张生的书简之后，勃然大怒。金圣叹细致地指出了莺莺发怒的性格上的、心理上的依据：一是出于她"千金国艳"的身份，不能容忍红娘揭帐、偷看、责怪她贪睡等一系列的轻慢的举动与言辞；二是出于初恋少女的羞涩心、自尊心，不愿意包括红娘在内的第三者了解她心底的秘密。上述那些轻慢的言行，恰好使聪慧敏感的莺莺猜想到张生已将这一秘密"罄尽"向红娘讲述了，这是她绝不能默许的。莺莺的"斗然变容"却使红娘蒙了，因为莺莺的心事尽在红娘眼底，"明明隔墙酬韵，蚤漏春光；明明昨夜听琴，倾囊又尽。我本非聋非瞽，悉属亲闻亲见"①。红娘受到莺莺的申斥，装着满肚皮"狐疑""怨毒"，拿着莺莺掷给她的简帖来到张生书房，向张生尽述委屈；并说："从今后会少见难"，情势已是"月暗西厢，凤去秦楼，云敛巫山"；只是迟迟不拿出莺莺的回简。金圣叹在这里批道："右第十五节，袖中回简，不惟来时不便取出，顷且欲去矣，犹不便取出。直至今欲去不去，又立住矣，犹不便取出也。行文如张劲弩，务尽其势，至于几几欲绝，然后方肯纵而舍之。"这里所说的"势"，即是"戏胆"——戏的躯干。因为莺莺的发怒，只是一种表象，是一层迷雾；而回简才是莺莺赤诚炽热的心，是这层迷雾的谜底。它既表现了莺莺性格的复杂性，也是这一折戏的躯干。过早地拿出回简，揭开莺莺性格的谜底，必然会减弱这一折戏的戏剧性。"务尽其势"，即是把戏剧冲突写得十分充分。这一经验对于我们的写作是十分有用的。

描写角度的选择

传统画论说，一棵树正面画可能不入画，而侧面画可能入画。文学描写亦同，不同角度的选择可使描写对象表现的情趣大不相同。金圣叹在《西厢记》的描写里，看到了这一写作经验。比如《前候》一折，写崔夫人赖婚之后，莺莺遣红娘去探望张生的情状，作者是透过红娘的眼睛进行描写的。其中有【村里迓鼓】一曲：

---

① 《闹简》开篇批语。

我将这纸窗儿湿破，悄声儿窥视。多管是和衣儿睡起，你看罗衫上前襟褶袷，孤眠况味，凄凉情绪，无人服侍，涩滞气色，微弱声息，黄瘦脸儿。张生呵，你不病死，多应闷死。

金圣叹十分赞赏作者选择的这一描写角度，他说："与其张生申诉，何如红娘觑出；与其入门后觑出，何如隔窗先觑出。盖张生申诉，便是恶笔，虽入门觑出，犹是庸笔也。"唯有从窗孔窥视张生无精打采的自然神态，才是"一片镜花水月"。

元杂剧的特点之一是一人主唱，这对于表现人物、展示剧情都是很大的限制。但是优秀杂剧作家往往能自如地运用这种一人主唱的形式，不仅能细致地刻画人物，还能流畅地展示剧情。王实甫就是这样一位作家，他在《西厢记》里常常通过主唱人的眼睛去描写其他人物的音容笑貌，既描写了非主唱人物，也表现了主唱的主观世界，表现了主唱人与在场人物之间的感情的交流和神情的激荡，由此揭示人物各自的特征。这是《西厢记》作者表现人物性格、揭示人物内心世界、展示剧情的基本方法。在每一折戏里选择哪一个人物主唱最为适宜，无疑这里存在一个描写角度问题。金圣叹在《赖婚》一折的开篇批语中，深入地分析了作者在这一折戏里安排莺莺主唱的原因。他说："《赖婚》一篇，当时若写作夫人唱，得乎？曰：不得。然则写作张生唱，得乎？曰：不得。然则写作红娘唱，得乎？曰：不得。"他详细地分析了作者之所以选择莺莺主唱的原因："盖事只一事也，情只一情也，理只一理也"，他们面临的都是一个"赖婚"的问题，但是由于他们的心情、所处的地位和身份的不同，对待同样的"事""情""理"的态度是大不相同的：

事固一事也，情固一情也，理固一理也，而无奈发言之人，其心则各不同也，其体则各不同也，其地则各不同也。彼夫人之心与张生之心不同，夫是故有言之而正，有言之而反也；乃张生之体与莺莺之体又不同，夫是故有言之而婉，有言之而激也；至于红娘之

地与莺莺之地又不同，夫是故有言之而尽，有言之而半也。夫言之
而半，是不如勿言也；言之而激，是亦适得其半也；至于言之而反，
此真非复此书之言也。

在金圣叹看来，作者只有选择莺莺主唱，既"言之而婉"，又能"言之
而尽"，能更充分地体现作品的中心思想，而不能选择崔夫人、张生、红娘主
唱。金圣叹是严格依据人物性格去追索作者的构思的。一人主唱的问题在今
天的戏剧创作中已经不存在了，但是怎样安排人物的唱词更有利于人物刻画，
更有益于展示剧情，金圣叹的上述见解对我们仍然是有启迪的。

除上述各种描写方法外，金圣叹还为《西厢记》归纳出一些有名堂的技
法，诸如"烘云托月法""移堂就树法""月度回廊法""羯鼓解秽法""龙王掉
尾法"等，分别讲人物的衬托、结构的铺垫、情节的进展、节奏的变换、结
尾的突转等表现手法，此处从略。

上述种种技法，是金圣叹总结《西厢记》创作经验的一个重要方面。怎
样去认识这些经验？如前所述，批评家对作品所总结的创作经验，都必然带
有批评家浓重的主观色彩，即不能不受到他自身创作思想的制约，而详细地
论述技法在创作中的地位，又不是本文所能容纳的。但是可以指出一点，金
圣叹对技法在创作中的地位强调得是过分的，即技法可以决定一切，作家只
要熟练地掌握了技法，即可创作出"奇文妙文"。我们则认为：技法是重要
的，但它永远是为一定创作方法服务的。它既不能取代先进的创作方法，更
不能挽救作者生活的贫乏。

（原载《中华戏曲》第2辑，山西人民出版社1986年版）

《金批西厢》的底本问题

　　《贯华堂第六才子书西厢记》（以下简称《金批西厢》），既是金圣叹的评点本，又是他的删改本。对《金批西厢》的评论历来包含这两方面的内容。金圣叹实在是一个背时的历史人物，四百多年来，人们对他删改的《西厢记》的评价，和对他评点《西厢记》的评价一样，大都持否定态度。比如清代的梁廷枏说他"强作解事，取《西厢记》而割裂之，《西厢》至此为一大厄"，"所改纵有妥适，存而不论可也"。① 这种偏颇的看法，是有一定代表性的。新中国成立后，在一段时间里，也常常有人首先给他戴上一顶"反动封建文人"的帽子，而后便历数其"篡改"的罪状了。当我们稍加仔细地研究《金批西厢》以及有关史籍之后，便感到这种否定意见是不慎重的，也是不公正的。

　　《金批西厢》既然是一个删改本，就要确切地评价金圣叹删改的得失，首先应该了解他删改的底本是什么，否则就很难做出公允准确的评价。过去那些指责他"妄加篡改"的人，并没有认真地考查这一问题，往往随手拿到一种批评者认为的"原本"，便寻章摘句历数其不是了。比如梁廷枏用来批评《金批西厢》的所谓的"原本"，经核查即是凌濛初《即空观主五本解证西厢记》（以下简称凌刻本）。周昂《此宜阁增订金批西厢》，自称是参照了"周宪王、朱石津、金白屿、屠赤水、徐士范、徐文长、王伯良及赵氏诸本"加以

---

① （清）梁廷枏：《曲话》卷五。

勘比的，但它们是不是《金批西厢》的底本却大可研究。

《金批西厢》的底本是什么，回答这一问题的确有不少困难。一是金圣叹并没有告诉人们，他是以何种刊本作为删改的底本的。二是他讲明经他删改的地方只有几处，如《赖婚》【殿前欢】中的一句唱词，原本是"江州司马泪痕多"，他改为"肚肠阁落泪珠多"。并注明改动的理由："本作'江州司马泪痕多'，我意元（稹）、白（居易）同时，恐未可用，故持改之。"再如《闹斋》的结尾处，那支应由谁来唱历来颇有争议的【锦上花】前后两阕，他认为这两支曲子的内容有损于张生的性格，注明是他删掉了。此外他很少说明改动了什么。相反，他却一再申明对原著的尊重，"只贵眼照古人"，不敢妄自"揎杀"。但在实际上他对《西厢记》却做了较多的增删。经过勘比，我们看到凡是他斥责"忤奴""伧父""俗本"篡改的地方，或是他大加赞赏之处，大都是经过他删削或改动了的。三是从王实甫写就《西厢记》到金圣叹批改《西厢记》，这中间经历了四百余载，这部伟大著作虽然一直在人民群众中间流传，但是经过历代的兵燹毁禁，所谓的"原本"早已不存。目前流传下来的刊本早就有人认为是："自《西厢记》产生以来，刻者无虑数十家，大都增改原文十之四五。"① 不少刊本都自称是"古本""原本""秘本"，我们很难说哪种刊本是真正的"古本"或"原本"，更难以确定哪一种"古本"或"原本"是《金批西厢》的底本。四是金圣叹参照的刊本可能不止一种两种，而明代《西厢记》的刊本又是如此众多，有些刊本已经散失了，这更增加了查寻的困难。

尽管存在上述种种难题，要确切地评价金圣叹删改《西厢记》的得失，我们仍然不得不在《金批西厢》的底本问题上花一些工夫。为了缩小查寻的范围，姑且将我们所能见到的明刊本《西厢记》，从体例或规制方面划分为如下几类：（1）保留元杂剧特色较多的刊本，如徐渭评注的《重刻订正元本批点画意北西厢》（以下简称画意本）、王骥德的《新校注古本西厢记》（以下简称王校本）、《明何璧校本北西厢记》（以下简称何璧本）、凌濛初校注的《即

---

① （清）邓汝宁：《笺注第六才子书释解》凡例。

空观主五本解证西厢记》（以下简称凌刻本）、《张深之正北西厢秘本》（以下简称张校本）等。（2）形式上已经传奇化了的刊本，如徐士范《重刻元本题评音释西厢记》、刘龙田《元本题评西厢记》等。（3）既保留了元杂剧若干特点，又有若干传奇化倾向的"混合型"刊本，如刊刻于弘治年间的岳家《新刊奇妙全相注释西厢记》①（以下简称弘治本）、容与堂刊刻的《李卓吾先生批评北西厢记》、师俭堂刻的《鼎镌陈眉公先生批评西厢记》等。按照这样的分类，经过一番勘比之后，不难发现金批本和第一类刊本十分近似。在这一类刊本中，它与张校本的关系更为密切。（按：张校本并非是不可知的"秘本"，经过勘比可知它的底本即是徐渭的画意本，而与王校本又有某些近似之处。）这样在第一类刊本中，从徐渭画意本、王校本、张校本直至金批本，自成一个系列。但张校本是一种经过不少名家如孟称舜、陈洪绶、沈自征等人"参订"的改订本。张深之在《秘本西厢略则》中曾明确地提出他"删""改""正"的原则："词有正谱合弦也，其习俗讹烦者删"；"字义错谬，诸本莫考者改"；"曲白混淆者正"。唯其是一种改订本，它的许多方面独与金批本相同或近似，更可以证实它与金批本的继承关系。在很大程度上可以认为它是《金批西厢》的底本。

金批本与张校本的上述关系，我们可以从以下几个方面加以证实：

第一，"题目总名""题目正名"和各折的标题，排列方式是一致的。在上述第一类刊本中，大都保留元杂剧固有的"题目正名"，但是把题目正名放在哪里，各本是不尽相同的。一类是把它放在各"本"或"卷"或"折"（按：画意本、王校本均将《西厢记》分为五折二十套）的后面，如王校本、凌刻本、何壁本等。另一类是放在各"本"或"卷"的前端，这样排列的却

---

① 弘治本《西厢记》是目前所能见到的《西厢记》的最早刻本，它在《西厢记》版本中的地位不容忽视，但版本的迟早，并不能与接近原本面貌的程度画等号。弘治本就是这样，它的校勘十分粗疏，舛误极多，而且容纳了大量的显然出自艺人之手的上下场诗或舞台"套话"，诸如"只因兵火至，引起雨云心""风月天边有，人间好事无""只因午夜调琴手，引起春闺爱月心""异乡易得离愁病，妙药难医断肠人"等等水词，难以一一备举。这些显然与原本相去甚远。

只有画意本与张校本，可见张校本是承继了画意本的体例。但张校本更改了画意本的"套"为折，并吸收了王校本、何璧本的标题方式，更改了画意本各"套"的四字标题为二字标题。金批本与张校本在体例上完全相同，只是在"名目"上略有改动。

金批本 [①]	张校本
题目总名	楔子
张君瑞巧做东床婿	张君瑞巧做东床婿
法本师住持南禅地	法本师住持南禅地
老夫人开宴北堂春	老夫人开宴北堂春
崔莺莺待月西厢记	崔莺莺待月西厢记
第一之四章题目正名	卷一 正名
老夫人开春院	老夫人开春院
崔莺莺烧夜香	崔莺莺烧夜香
小红娘传好事	小红娘传好事
张君瑞闹道场	张君瑞闹道场
惊艳	奇逢
借厢	假馆
酬韵	倡和
闹斋	目成
第二之四章题目正名	卷二 正名
张君瑞破贼计	张君瑞破贼计
莽和尚杀人心	莽和尚生杀心
小红娘昼请客	小红娘昼请客
崔莺莺夜听琴	崔莺莺夜听琴
寺警	解围
请宴	初筵
赖婚	停婚
琴心	琴挑
第三之四章题目正名	卷三 正名
张君瑞寄情诗	老夫人命医士
小红娘递密约	崔莺莺寄情词
崔莺莺乔坐衙	俏红娘问汤药
老夫人问医药	张君瑞害相思
前候	传书
闹简	窥简

① 以下引文均出自宝淳堂《贯华堂第六才子书西厢记》。

续表

金批本	张校本
赖简	踰垣
后候	问病
第四之四章题目正名	卷四 正名
小红娘成好事	小红娘成好事
老夫人问由情	老夫人问由情
短长亭斟别酒	短长亭斟别酒
草桥店梦莺莺	草桥店梦莺莺
酬简	佳期
拷艳	巧辩
哭宴	送别
惊梦	惊梦
续之四章题目正名	卷五 正名
小琴童传捷报	小琴童传捷报
崔莺莺寄汗衫	崔莺莺寄汗衫
郑伯常干舍命	郑伯常干舍命
张君瑞庆团圆	张君瑞庆团圆
	捷报
	缄愁
	求配
	荣归

从上述情况看，题目正名"第三之四章"完全相异，"第二之四章"中的第二句，一为"莽和尚杀人心"，一为"莽和尚生杀心"，存一字之差，其余相同。金批本改动的第三本题目正名同张校本相比较，当以金批本的题目正名更切合这四折的内容。各折的标题，金批本不仅与张校本相异，与王校本、何璧本相比较，也大相径庭，纯属金圣叹的属意。同各本相勘比，金批本的标题更能体现各折的中心思想，因而被后人广泛引用，几乎成为各折的定名。

在第一类刊本中，有的刊本保留了四折一楔子的体制，如凌刻本在第一、二、三、四、五本的第一折前均有一楔子；第二本第一折《寺警》的中间夹一楔子。画意本、王校本、张校本均不存在楔子这一结构形式。画意本、张校本虽然在第一本的前端标有"楔子"字样，但它的实际内容即是金批本的"题目总名"。在结构方面张校本为二十折，金批本与它完全相同。

第二，金批本与张校本的曲牌名目和曲牌的排列基本相同，而与王校本、凌刻本相异之处甚多。兹摘其主要的列举如下：

（一）金在衡本（以下简称金本）第二本第一折《寺警》，张校本与金批本的【元和令带后庭花】，王校本作【元和令】【后庭花】两支曲子，凌刻本作【后庭花】。王骥德在【元和令】下有注，写道："此【元和令】及下曲【后庭花】，今本合作一调，并名【后庭花】。筠本（碧筠斋本）前调作【元和令】，后调作【带后庭花】。金本亦并作【后庭花】。"可见各本对这支曲牌的处理是颇不相同的，亦可见画意本、张校本、金批本与碧筠斋本的关系更为密切。

（二）第二本第三折《赖婚》，张校本与金批本的【清江引】，除徐渭画意本外，诸本均作【江儿水】。按朱权《太和正音谱》所载北曲曲牌"三百三十五章"，在"双调一百章"中有【清江引】，不见【江儿水】，而在南曲曲牌仙吕宫却有"可入双调"的【江儿水】。这是画意本、张校本、金批本之间的继承关系最有力的说明。

（三）第四本第一折《酬简》，张校本与金批本均删掉了"稍嫌猥俗"（王骥德语），"语意少露，殊无蕴藉"（徐士范语）的【后庭花】，诸本均保留此曲。

（四）诸本在第二、三、四本的后面，大都有那支是场上人唱的还是场外人唱的历来存有争议的【络丝娘煞尾】一曲，张校本与金批本都没有这支曲子。

第三，各种西厢刊本，它们之间差异最大的是道白。明代人就已经看到了这一点："坊本白尽讹甚，至增损搀入，不可双辨。"①而在道白方面金批本与张校本相同之处甚多，即或有些不同，也可以清楚地看到金批本是在张校本的基础上增删的。为了更清楚地证实这一关系，除了同张校本进行比较，我们还在第一类刊本中选择了影响较大的自称是"悉遵周宪王原本"的凌刻本加以勘比。比如翻开《西厢记》的第一折《惊艳》，即可看到金批本与张校

---

① 起凤馆王世贞、李贽评《元本出相北西厢记》凡例。

本的承继关系。

金批本	张校本	凌刻本
（夫人引莺莺、红娘、欢郎上云） 老身姓郑，夫主姓崔，官拜当朝相国，不幸病薨。只生这个女儿，小字莺莺，年方一十九岁，针黹女工，诗词书算，无有不能。相公在日，曾许下老身侄儿，郑尚书长子郑恒为妻，因丧服未满，不曾成合。这小妮子是自幼伏侍女儿的，唤做红娘。这小厮儿唤做欢郎，是俺相公讨来压子息的。相公弃世，老身与女儿扶柩往博陵安葬，因路途有阻，不能前进，来到河中府，将灵柩寄在普救寺内。这寺乃是天册金轮武则天娘娘敕赐盖造的功德院。长老法本是俺相公剃度的和尚。因此上有这寺西边一座另造宅子，足可安下。一壁写书附京师，唤郑恒来，相扶回博陵去。俺想相公在日，食前方丈，从者数百，今日至亲只这三四口儿，好生伤感人也呵。【仙吕·赏花时】（夫人唱）……	（夫人引莺莺、红娘、欢郎上）（夫） 老身姓郑夫主姓崔，官拜前朝相国，不幸病殂。只生这个女儿，小字莺莺，年方一十九岁，针黹女工，诗词书算，无有不能。相公在日，曾许下老身侄儿，郑尚书长子郑恒为妻，因丧服未满，不曾成合。这小妮子是自幼伏侍女儿的，唤做红娘。这小厮儿唤作欢郎，是俺夫主讨来压子息的。夫主弃世，老身与女儿扶柩往博陵安葬，因途路有阻，不能前进，来到河中府，将灵柩寄在普救寺内。这寺乃武则天娘娘命俺夫主盖造的香火院。长老法本是俺相公剃度的和尚。因此上在这寺西厢一座宅子安下。一壁写书附京师，唤郑恒来，相扶回博陵去。俺想夫主在日，食前方丈，从者数百，今日至亲则这三四口儿，好生伤感人也呵。 【仙吕·赏花时】（夫）……	（外扮老夫人上云） 老身姓郑，夫主姓崔，官拜前朝相国，不幸因病告殂。只生得个小姐，小字莺莺，年方一十九岁，针黹女工，诗词书算，无不能者。老相公在日，曾许下老身之侄，乃郑尚书之子郑恒为妻，因俺孩儿父丧未满，未得成合。又有个小妮子，是自幼伏侍孩儿的，唤作红娘。一个小厮儿，唤作欢郎。先夫弃世之后，老身与女孩儿扶柩至博陵安葬，因路途有阻，不能得去，来到河中府，将这灵柩寄在普救寺内。这寺是先夫相国修造的，是武则天娘娘香火院。况兼法本长老又是俺相公剃度的和尚。因此俺就在这西厢下一座宅子安下。一壁写书附京师去，唤郑恒来，相扶回博陵去。我想先夫在日，食前方丈，从者数百，今日至亲则这三四口儿，好生伤感人也呵。 【仙吕·赏花时】……

凌濛初在他刻本的眉批中写道："凡楔子不宜同唱，故老夫人独上独唱先下，而莺自上自唱，始为得体。时本亦有从此者。乃他本竟作夫人、莺、红同上同唱同下，殊失北体矣。"《惊艳》一折，金批本、张校本与凌刻本相比较，不仅在结构、人物上下场存在明显的差异，而且在语言方面也有许多不

同。金批本与张校本则基本相同，它们在语言上较大的差异之处只有一句话，即崔家的住处，张校本为"在这寺西厢一座宅子安下"，金批本为"有这寺西边一座另造宅子，足可安下"。（按：这是金圣叹有意的改动，因为他认为崔家的住处不应混于寺中。）再如《借厢》开场后的一段对白：

金批本	张校本	凌刻本
（夫人上云）红娘，你传着我的言语，去寺里问他长老，几时好与老相公做好事。问的当了，来回我话者。（红娘云）理会得。（下）（法本上云）老僧法本，在这普救寺内住持做长老。夜来老僧赴个村斋，不知曾有何人来探望。（唤法聪问科）（法聪云）夜来有一秀才，自西洛而来，特谒我师，不遇而返。（法本云）山门外觑者，倘再来时，报我知道。（法聪云）理会得。	（夫人上）红娘，你传着我的言语，去问长老，几时好与老相公做好事。问的当了，回我话者。（下）（法本上）老僧法本，在这普救寺内做长老。夜来老僧赴斋，不知曾有人来探望否。（唤聪问科）（聪）夜来有一秀才，自西洛而来，特谒我师，不遇而返。（本）山门外觑者，倘再来时，报我知道。	（夫人上白）前日长老将前去与老相公做好事。不见来回话。道与红娘，传着我的言语去问长老，几时好与老相公做好事。就着他办下东西的当了，来回我话者。（下）（净扮洁上）老僧法本，在这普救寺内做长老。此寺是则天皇后盖造的，后来崩损，又是崔相国重修的。见今崔夫人领着家眷，扶柩回博陵，因路阻，暂寓本寺西厢之下，待路通回博陵迁葬。老夫人处世温俭，治家有方，是是非非，人莫敢犯。夜来老僧赴斋，不知曾有人来望老僧否。（唤聪问科）（聪云）夜来有一秀才，自西洛而来，特谒我师，不遇而返。（洁云）山门外觑者，若再来时，报我知道。

这个例证，以张校本同凌刻本相比较，可以看出张校本的删改是大刀阔斧的，而金批本则在张校本的基础上略做润饰或做合理的补充。更有些道白金批本几乎是一字不动地挪用了张校本，比如在同一折里张生和红娘那段有趣的对白：

金批本	张校本	凌刻本
……（张生云）再问红娘，小姐常出来么？（红怒云）出来便怎么。先生是读书君子，道不得个非礼勿言，非礼勿动。俺老夫人治家严肃，凛若冰霜。即三尺童子，非奉呼唤，不敢辄入中堂。先生绝无瓜葛，何得如此，早是姿前，可以容恕，若夫人知道，岂便干休。今后当问的便问，不当问的休得胡问。	……（生）再问小娘小姐常出来么？（红怒科）出来便怎么。先生是读书君子，道不得个非礼勿言，非礼勿动。俺老夫人治家严肃，凛若冰霜。即三尺童子，非呼唤，不敢辄入中堂。先生绝无瓜葛，何得如此。早是姿前，可以容恕，若夫人知道，岂便干休。今后当问的便问，不当问的休得胡问。	……（末云）敢问小姐常出来么？（红怒云）先生是读书君子，孟子曰：男女授受不亲，礼也。君知瓜田不纳履，李下不整冠。道不得个非礼勿视，非礼勿听，非礼勿言，非礼勿动。俺夫人治家严肃，有冰霜之操。内无应门五尺之童，年至十二三者，非呼召，不敢辄入中堂。向日莺莺出闺房，夫人窥之，召立莺莺于庭下，责之曰：汝为女子，不告而出闺门，倘遇游客小僧私视，岂不自耻。莺立谢而言曰：今当改过从新，毋敢再犯。是他亲女，尚然如此，何况以下侍姿乎。先生习先王之道，尊周公之礼，不干己事，何故用心。早是姿身，可以容恕，若夫人知其事呵，决无干休。今后得问的问，不得问的休胡说。

凌刻本和许多刊本中的红娘都是如此唠叨一通。它的毛病在于：一是红娘在《闹简》一折里自称是不识字的，在这里却大掉书袋子。二是这里说莺莺走出闺房都要受到崔夫人的斥责，但在《惊艳》一折里却抛头露面，大逛寺院。三是这里说"年至十二三者，非呼召，不敢辄入中堂"，而在第五本《捷报》一折里，琴童不仅步入中堂，竟径直闯入闺房了。张校本删削得十分得体，金圣叹几乎一字不易地把张校本这段对白加以挪用。这样的例子比比皆是。比如《寺警》的白马将军杜确和《续之三》的郑恒，他们上场后的大段自白，金批本和张校本均一字不差，而与凌刻本、弘治本大相径庭。特别是张校本那些关系人物性格、思想主题的重要改动，经过金圣叹权衡审度，

都做了合理的继承。比如白马将军杜确平息孙飞虎兵变之后，向崔夫人和张生贺道："既然有此姻缘，可喜可贺。"崔夫人立即回复一句含含混混的话："老身尚有处分！安排茶饭者。"表明此时崔夫人已萌毁婚的意念，为下面的《赖婚》埋下了伏笔。金批本继承了张校本杜确和崔夫人这段对白。

总之金批本与张校本在道白方面的相同或近似，是张校本为金批本的底本的重要实证之一。

第四，各刊本唱词之间的差异都是比较小的，但这一方面金批本和张校本相同或近似，而与其他刊本相异之处，也不难看到。比如《惊艳》【赚煞尾】的唱词：

金批本	张校本	凌刻本
望将穿，涎空咽，我明日透骨髓，相思病缠，怎当他临去秋波那一转，我便铁石人也意惹情牵。近庭轩花柳依然，日午当天塔影圆，春光在眼前，奈玉人不见，将一座梵王宫，化作武陵源。	饿眼望将穿，逸口涎空咽，怎不教透骨髓，相思病缠，他临去秋波那一转，便是铁石人也意惹情牵。近庭轩花柳依然，日午当天塔影圆，春光在眼前，奈玉人不见，这一所梵王宫，疑是武陵源。	饿眼望将穿，逸口涎空咽，空着我骨髓，相思病染，怎当他临去秋波那一转，休道是小生，便是铁石人也意惹情牵。近庭轩花柳争妍，日午当庭塔影圆，春光在眼前，争奈玉人不见，将一座梵王宫，疑是武陵源。

按【赚煞尾】的词格，去掉衬字，金批本与张校本的词句基本是相同的。此折【天下乐】中的唱词，金批本、张校本作："疑是银河落九天，高源云外悬"，凌刻本、弘治本此句作："疑是银河落九天，渊泉云外悬"。王骥德在他的刻本中对此句作注，写道："'疑是银河落九天'，系李太白诗句：'黄河之水天上来'，故云'高源'二字作句，……俗本'渊泉'，谬。"再如《借厢》【快活三】，张生唱：

金批本	张校本	凌刻本
崔家女艳妆，莫不演撒上老洁郎。既不是睃趁放毫光，为甚打扮着特来晃。	（生）崔家女艳妆，莫不演撒上老洁郎。（本）那有此事。（生）既不沙睃趁放毫光，打扮着特来晃。	崔家女艳妆，莫不是演撒你个老洁郎。（洁云）俺出家人那有此事。（末）却不沙，却怎睃趁着你头上放毫光，打扮的特来晃。

周昂的此宜阁本《西厢记》在这支曲子下批道："原本云'既不沙，却怎睃趁着你头上放毫光，打扮……'云云。此改本（按：指金批本）较明顺。"周昂不知道这并不完全是金圣叹的功劳，他只是在张校本的基础上略作改动而已。

第五，剧中人物的称谓，张校本只有《惊艳》一折店小二上场作"末上"，其余都使用人物名称，如夫人、莺莺、红娘、欢郎、张生、琴童、法本、法聪、惠明、孙飞虎、郑恒等。金批本则全部使用人物名称，与张校本基本相同，而与弘治本、凌刻本大异，它们主要是使用行当名称。

按上述勘比核查，金圣叹删改《西厢记》时，虽然可能参照了包括凌濛初刻本在内的其他一些刊本，但是我们有理由认为《金批西厢》的底本，有极大的可能性是《张深之正北西厢秘本》。这虽然还不能说圆满地回答了《金批西厢》的底本问题，至少对于我们了解金圣叹删改《西厢记》的范围是有益的。

（原载《文献》1989年第3期）

金圣叹删改《西厢记》的得失

　　《贯华堂第六才子书西厢记》(以下简称《金批西厢》),既是金圣叹的评点本,又是他的删改本,对《金批西厢》的评论历来包含这两方面内容。金圣叹实在是一个背时的历史人物。四百多年来,人们对待他删改的《西厢记》的评价和对待他评点的《西厢记》的评价一样,大都持否定态度。比如梁廷枏说他"强作解事,取西厢记而割裂之,西厢至此为一大厄","所改纵有妥适,存而不论可也"。[①]这种偏颇看法,是有一定代表性的。新中国成立后,在一段时间里,也常常有人首先给他戴上一顶"反动封建文人"的帽子,而后便历数其"篡改"的罪状了,当我们稍加仔细研究《金批西厢》以及有关的史籍之后,便感到这些否定意见并非是公正的。笔者认为金圣叹对《西厢记》的删改,他的得大大超过于失。

　　通观金批本与张校本尽管有很多相同或近似之处,但不同之处,特别是那些细枝末节的不同之处则比比皆是。可以看出金圣叹对《西厢记》的删改,不是只言片语的改动,而是做了全面的增删,这种大规模的删改,有比较完整的意图和理论为指导。我们经过一番勘比之后,发现金圣叹的评点和删改有密切联系。可以认为他评点《西厢记》的理论原则,就是他删改《西厢记》的指导思想。

---

① (清)梁廷枏:《曲话》卷五。

首先我们应该看到，金圣叹对《西厢记》思想内容的正确认识，为他的删改工作奠定了良好的思想基础。金圣叹热情地肯定了《西厢记》的思想内容，他说以崔、张为代表的青年男女对爱情的要求与渴望，是一种"必至之情"。堪称才子佳人的张生和莺莺，"无端一日而两宝相见，两宝相怜，两宝相求，两宝相合"，反而是"顺乎天意之快事"，乃至莺莺的"酬简"，都应该看作是合乎"恒情恒理"的正当行为。他痛斥冬烘道学说《西厢记》是"淫书"，"他止为中间有此一事耳，细思此一事，何日无之，何地无之，不成天地中间有此一事，便废却天地耶！"[1]这个进步的立场有可能使他以同情、赞美的笔触去处理剧中的主要人物，正确地表达《西厢记》的思想主题。其次，他重视人物形象的典型性，重视细节描写的真实性，重视戏剧冲突，重视语言的通俗化和口语化，这些对艺术规律的深刻理解，有可能使他在艺术上对《西厢记》进行十分成功的改动。

综观金圣叹删改《西厢记》的主要成就，表现在如下几个方面。

一、完善人物形象

金圣叹重视人物形象的个性化描写，这一思想在他评点的《水浒传》中已表现得相当充分了。他说："别一部书，看过一遍即休，独有《水浒传》，只是看不厌，无非为他把一百八个人性格都写出来。""只是写人粗鲁处，便有许多写法。如鲁达粗鲁是性急，史进粗鲁是少年任气，李逵粗鲁是蛮，武松粗鲁是豪杰不受羁靮……"[2]他在评点《西厢记》时，根据戏剧这一特殊的文学样式，又进一步地发展了这一思想。

第一，金圣叹强调人物的性格的真实性，这种真实性既包含人物的个性，又包含人物的社会性。比如他对莺莺性格的处理，是严格按照莺莺的特定身份——"千金国艳"和特定的性格——"极矜持、极聪慧"的初恋少女加以

---

[1] 《读第六才子书法》三。
[2] 《第五才子书施耐庵水浒传·读第五才子书法》。

改动的。从这一性格出发，金圣叹认为在《惊艳》一折里，在莺莺的心目中并不曾有张生。于是他删掉了张校本或一般刊本通常所有的（莺觑张生科）（莺回顾觑生科）等科介。他认为莺莺的一举一动都应该是稳重的，要有别于"小家儿女"，他斥责"忤奴"对莺莺性格的曲解，"欲于此一折中谓双文售奸"，致使张生心荡神摇。他说作者透过张生的眼睛写尽莺莺的"妙丽"是合理的，这是莺莺美丽体态的自然流露。至于张生唱词中的"尽人调戏"，只是张生的疯魔臆想，因为莺莺是"天仙化人，目无下土，人自调戏，曾不知也"，不应像"小家十五六女儿，初至门前，便解不可尽人调戏，于是如藏似闪，作尽丑态"；写莺莺见客即走者，是千金女合乎常理的回避，这种回避又不必像"惊弦脱兔"那样惊慌失措。因为在她的一片清净心田中，"初不曾有下土人民半星龌龊也"。张生唱词中的"怎当他临去秋波那一转"，同样是张生的自作多情。这是金圣叹理解的莺莺的性格，也是据此对莺莺的性格进行改动的。

第二，金圣叹认为人总是生活在具体环境当中的，没有人物生活环境的具体性和真实性，也就没有人物形象的具体性和真实性。这种看法颇为近似近代的现实主义典型化理论了。从这一认识出发，他对莺莺在普救寺的住处做了改动。前面援引的崔夫人上场后的"自报家门"，对其住处，张校本作"在这寺西厢一座宅子安下"，金批本作"有这寺西边一座另造宅子，足可安下"。很明显，前者是住于寺内，后者是住于寺外。金圣叹说明了他改动的理由：普救寺是"河中大刹"，"其堂内堂外，僧徒何止千计"，又是"八部海涌，十方云集"的所在，作为相国的家眷的住处，不可能也不应该"混于寺中"，而应是在西厢之西"别有别院"。他认为只有这样处理才近于情理，这既符合生活的真实——"为双文远嫌"，又照顾了戏的需要——为崔、张"挽弓逗缘"。根据上述认识，他还认为"俗本"中把莺莺和张生的初次相逢安置在"佛殿"（许多刊本把这一折戏叫《佛殿相逢》）是不真实的，作为"千金国艳"的莺莺，在僧俗众多的寺院中，不可能信意嬉戏，张生撞见莺莺只能在"崔相国家眷寓宅"，亦即"别院"中的"前庭"。为证实他看法的正确，他在《惊艳》【村里迓鼓】这支曲子的唱词"随喜了上方佛殿"下批道："只一'了'字，便是游过佛殿也，而后之忤奴必谓张莺同在佛殿，一何悖哉！"又在"又来到下方僧院"下批道："又游一处，如忤奴之意，不成张莺厮赶僧院耶！"他从这个令人发噱的提问，证实他的正确。

第三，金圣叹认为任何题材都有它的主要人物，《西厢记》是才子佳人戏，它的主要人物应该是莺莺和张生，以及崔、张之间的"针线关锁"人物红娘，其他人物如崔夫人、白马将军、法本、法聪、惠明、孙飞虎等人，都是描写崔、张的爱情波折随手应用的"家伙"。在莺莺、张生、红娘三个人物中间又要着重写好莺莺，他认为《西厢记》的中心人物只有一个，那就是莺莺，从这个意义上讲，金圣叹把张生和红娘都叫作陪衬人物。金圣叹在这里提出一个精彩的辩证的观点，他说主要人物与陪衬人物的区分，并不在于表面上作者用笔的多少或着墨的轻重。他提出了要写好主要人物必须写好陪衬人物这一可贵的观点，并对这一观点做了细致的阐发。他把主要人物和陪衬人物的关系比作云和月，要想画好月，必须画好云，假如云画得有毛病，不只是云病，同时也是月病。由此他认为写陪衬人物一笔马虎不得，不许存在些微"污渍"。他又以一则寓言说明这一问题，说的是两个画匠在一座大殿东西两侧的墙壁上竞画天尊，由于东壁画匠所画的陪衬人物的起点高于西壁画匠一等，结果突出了主要人物，画出"煌煌然一天尊"；而西壁的画匠所画的陪衬人物落笔便低于东壁画匠一头，结果他的主要人物也只能是东壁画匠的陪衬人物。这样在这场竞赛中，西壁画匠失败了。

根据这一指导思想，金圣叹对张生和红娘这两个人物做了较多的修改。（一）相当干净地删掉了张校本和一般刊本中那些有损于张生性格的描写，而使张生的性格净化了。诸如张校本和一般刊本的《惊艳》一折，莺莺走后张生对法聪所讲的那些轻薄的话语："休说那模样，则那一对小脚儿价值百镒之金。"以及《请宴》《闹简》两折的结尾处，各本几乎都有一段张生自轻自贱相当猥琐龌龊的自白，金批本把这些损害张生性格的语言一并删掉了。（二）有些刊本把张生和红娘的关系描写得不堪入目，张校本已把张生和红娘的关系处理得相当洁净了，但是在红娘的道白里依然保留了一些打情骂俏的语言。金批本把这些降低张生和红娘品格的描写，又做了进一步的删削。经过这样的修改，金批本的张生、红娘的品格和精神境界都大为提高了。金圣叹这一理论在实践中得到验证：对陪衬人物张生、红娘的品格和精神境界的提高，必然会不费一渖笔墨地提高主要人物莺莺的品格。

第四，准确地描绘人物之间的关系，是金批本完善人物性格的另一个重要方面。

首先金圣叹对张生和莺莺的关系，按照特定的人物身份和青年男女初恋时那种纯洁的心境做了较大的改动。比如，《酬韵》一折里，金圣叹并没有完全删掉原本中对张生性格那种夸张的喜剧性的描写，如张生在【紫花儿序】这支曲子所唱的："等我那齐齐整整、袅袅婷婷、姐姐莺莺。一更之后。万籁无声，我便直至莺庭，到回廊下，没揣的见你那可憎，定要我紧紧搂定，问你个会少离多，有影无形。"也没有回避莺莺深夜慕才和诗的大胆举动。但金圣叹根据他们的身份和地位，对他们相互爱慕之情的描写是有分寸的，金批本删掉了张校本、凌刻本"小姐倚栏长叹，似有动情之意"这种近似纨绔浪荡子弟惯于揣摩女人心理的语言，改为爱怜的疑问句："小姐，你心中如何有此倚栏长叹也。"同时删掉了"（莺莺见生科）""（莺回顾下）"的科介，把张校本、凌刻本【麻郎儿】实写的"我拽起罗衫欲行，他赔着笑脸相迎，不作美的红娘（忒）浅情"，改为张生的奇思遐想："我拽起罗衫欲行，他可赔着笑脸相迎，不作美的红娘莫浅情。"仔细玩味金圣叹这些细小的改动，与张校本、凌刻本相比较，可以看到它们的意趣大不相同了，张生和莺莺这一对青年男女初恋的心境，在金批本里得到更准确的刻画。

金圣叹看到在《西厢记》里莺莺与红娘的关系最复杂。红娘既是莺莺的贴身丫鬟，又是莺莺和张生爱情的热情的赞助者；莺莺既需要红娘为她传书递简，又羞于将她心底秘密直告红娘，由此产生"闹简""赖简"等层层波澜。红娘处在这样的环境之中，她的行动既不能失轻，又不能失重，做得多了不仅触忤崔夫人森严的家规，还会触犯莺莺脆弱的自尊心；做得少了又要违拗莺莺的心愿。恰如其分地写出她们之间的微妙关系，必然会增强红娘和莺莺性格的真实性和戏的感人力量。金圣叹处理莺莺和红娘的关系显然胜过其他刊本。

《闹简》是莺莺和红娘的关系表现得最为复杂、最为紧张的一折戏，金批本、凌刻本相比较，显然也写得更为简洁，人物关系更为合理了。首先看各本是如何处理红娘安放简帖这个细节的：

金批本	张校本	凌刻本
（红云）是便是，只是这简帖儿，俺那好递与小姐，俺不如放在妆盒儿里，等他自见。（放科） （莺莺整妆，红娘偷觑科）	（红云）俺小姐心多，把这简帖儿就递与他，他定然撒假，俺将来放在妆盒儿里，等他见了说甚么。（莺整妆见帖看科）（红偷觑科）	（红云）我待便将简帖与他，恐俺小姐有许多假处哩。我则将这简帖儿放在妆盒儿上，看他见了说甚么。（且做照镜科，见帖看科）

显而易见金批本是在张校本的基础上改动的，但它比张校本、凌刻本都更为合理。红娘之所以不敢把简帖儿面交莺莺，是碍于主仆的关系，并不是出于防范莺莺会"撒假"。这样写才能和前面她的"揭帐""偷看"等行动连贯起来，假如此时，红娘已对莺莺有所提防，那么"揭帐""偷看"的越轨行动就成为不合理的了。金圣叹认为红娘从张生处回来时的心情，已把自己当作张生和莺莺的贴心人，因此才情不自禁地产生那些不安分的举动。只有这样莺莺的发作才使红娘有意外之感。

金圣叹十分善于运用道白刻画人物。他对道白做了较多的增益，这种增益不仅使对白更为生动、流畅，也使人物之间的思想感情的交流得到更加细致的表达，它把莺莺的色厉内荏，红娘的机智伶俐、反唇相讥，主仆之间的微妙关系表现得淋漓尽致。

总之，经过金圣叹的删改，剧中的三个主要人物——莺莺、张生、红娘的性格更加完美了，获得了更高的典型性和审美价值，这是金圣叹删改《西厢记》第一个成功的方面。

二、增强戏剧性

自从李渔批评金圣叹不了解"场上三昧"以来，不少人也随声附和，说《金批西厢》是"文人把玩"的案头之物，这个延续了数百年的看法未必是公正的。当我们详细地勘比了有关的西厢刊本之后，看到《金批西厢》的另一个突出的成就，即是它的戏剧性增强了，主题突出了。说明这一成就的例子比比皆是。比如《寺警》一折，张校本、凌刻本、弘治本都是【元和令带后庭花】（或【后庭花】）、【柳叶儿】接【青哥儿】，写孙飞虎兵围普救寺欲掠莺莺的紧急形势下，莺莺自献三计，一是"献于贼汉"，以保护寺内诸人的性命，免受兵灾；二是"白练套头，寻个自尽"，以维护自己的名节；三是不拣何人，杀退贼军，"倒陪家门，情愿与英雄结婚姻，成秦晋"。金圣叹在【柳叶儿】【青哥儿】之间加一段对白，把最后一个退兵之策改由崔夫人提出，以此加重她毁婚的责任。

当然，这样改也有人非议，认为是削弱了莺莺的"自我牺牲精神"。然而《西厢记》毕竟不是要表现莺莺这种崇高品德的，而是着重表现封建宗法势力对青年男女自由婚姻的戕害的。金圣叹的改动，非但没有损害莺莺的性格，恰好是增强了这一中心思想的表现。

再如《赖婚》一折，金圣叹也做了较大的改动。崔夫人想以兄妹的称呼，"把盏"的行动，改变她一口承诺的莺莺和张生的未婚夫妻关系。金圣叹为了加重对崔夫人这一背信弃义行径的鞭笞，他在笔下强调了莺莺对张生的爱怜和一往情深。

这一折里，金批本与张校本相比较，金批本对于张校本除了个别词句的更易外，重要的改动有如下几点：第一，为了强调崔夫人通过敬酒的行动，企图达到毁婚目的的用心，金批本把张校本崔夫人的道白"再把一盏者，"改为"小姐，你是必把哥哥一盏者"。口气被强调了，带有命令的意味，表现了崔夫人迫不及待和不可违拗的意志。它还增加了如下一些道白、科介："（莺莺把盏科）说过小生量窄。（莺莺云）张生，你接这台盏者。"一个难以下咽这毁婚的苦酒，一个违背自己心愿地劝饮，动作语言不多，却充分地揭示了张生和莺莺此时此地的复杂心情。这一改动也势必加强了【月上海棠】这一支曲子表现莺莺对张生深切痛惜之情的艺术感染力。第二，【月上海棠】【幺篇】之后，张校本、凌刻本均作如下的道白："（夫）红娘，送小姐卧房里去者。（莺送生出科）"至此莺莺已离开席间，下面的【乔牌儿】【殿前欢】【离亭宴带歇拍煞】等曲白，都是莺莺的自怨自艾。把好端端的一整场戏，分为里外场做，实在是不聪明的。金圣叹看到了这一点，他在【月上海棠】【幺篇】之后，改作："（张生饮酒科）（莺莺入席科）（夫人云）红娘，再斟上酒者，先生满饮此杯。（张生不答科）"而后，莺莺唱【乔牌儿】等曲，直到唱过【离亭宴带歇拍煞】，即这一折戏结束之前，莺莺的戏做尽了，才下场。金圣叹把张校本、凌刻本将莺莺和张生分开的戏合拢了，这样改动必然会增强在场人物之间的感情交流，而使戏剧性增强了。第三，把莺莺所有的唱词都改成为莺莺爱怜张生之词。如张校本或凌刻本的"我这里手难抬，称不起肩窝"金批本改为"他手难抬，称不起肩窝"。在【清江引】和【殿前欢】之间张校本有一句红娘的插白："姐姐，出洞房来好不快活。"下面莺莺接唱【殿前欢】，这支曲子的第一句是："恰才笑呵呵，变做了江州司马泪痕多"。与红娘的插白相接，这句话似乎是莺莺自比，但以"江州司马泪痕多"相喻又似指张生，语意是不甚明确的，金圣叹删掉了红娘的插白，加"（张生冷笑科）"，把【殿前欢】的第一句改为明确的莺莺对张生的疼爱之词："你道他笑呵呵，这是肚肠阁落泪珠多。"这样"把盏"便成为一个一气呵成的戏剧动作；酒是掺和着莺莺和张生血泪的苦水，是崔夫人罪恶的象征。金圣叹明白这个道理：莺莺对张生的感情越深厚、越真挚，它的控诉力量也越大。她对张生的怜爱之词，即是对崔夫人罪恶控诉的激语。金圣叹的改动无疑是成功的，大大提高了这一折戏的思想性和艺术性。

有些地方落墨一字千金，而使戏剧性大为增强。这样的例子也不胜枚举，比如张生接到莺莺回简之后，向红娘讲了回简的内容，是莺莺约他去花园相会，并自夸是"猜诗谜的杜家、风流随何、浪子陆贾"。红娘对此将信将疑。

当张生贸然跳过墙去，立即遭到莺莺的斥责。金圣叹在这里对莺莺、张生、红娘之间的一处对话，仅仅改动几个字，便使人物神态毕露，情趣盎然：

金批本	张校本	凌刻本
（莺莺云）红娘，有贼。 （红云）小姐，是谁。 （张生云）红娘，是小生。 （红云）张生，这是谁着你来。你来此有甚么的勾当。 （张生不语科）	（莺）红娘，有贼。 （红）是谁。（生）是小生。 （红）张生，你来这里有甚么勾当。 ……	（旦）红娘，有贼。（红）是谁。（生）是小生。 （红）张生，你来这里有甚么勾当。……

可以看出金批本的增改是十分巧妙的，当红娘露面，他们之间的对话，金圣叹只寥寥加了四个字，即红娘问莺莺"是谁"，而应声的却是张生向红娘作答，这一改动把三个人各怀的心事，以及他们的性格都充分地展现出来，金圣叹给红娘增加的一句提问："张生，这是谁着你来。"一箭双雕，将莺莺出尔反尔的矛盾行为和张生自吹自擂的自讨无趣，一并加以奚落讥刺，喜剧气氛顿时变得十分浓郁了。

金圣叹为了增强戏剧性，还着意增加了大量的科介和舞台指示，而使场上人物更富有行动性和戏剧性。比如《哭宴》一折，金圣叹使用了大量的科介和舞台指示表现崔夫人意志的不可违抗，和她对莺莺和张生命运的主宰，从而增强了这一折戏的森严的悲剧性气氛，深刻地揭露了崔夫人这个封建宗法势力代表人物的冷酷无情。

金圣叹在《西厢记》中所增加的大量科介，不仅是人物行动的确定，也包含有人物神态的规定，如"张生良久良久云""张生冷笑科""张生惊喜云""莺莺怒科云"，等等，这样细致地规定人物动作的科介在我国古代戏曲剧本中是极为少见的。

三、对语言的加工锤炼

金圣叹十分重视戏剧语言的加工锤炼，他不仅从文学语言的一般规律去强调惜墨如金，一笔要当十笔用，讲求文学的简练、生动、准确、富有表现力，他更为重视戏剧语言的特殊规律，即性格化和富有行动性，这可以看作他删改《西厢记》在语言文学方面加工的着力点。这样的例证也可以说俯拾即是的，比如在《请宴》一折中，张校本比凌刻本简练，有些地方也改得比凌刻本合理。比如张生说："小娘子拜揖。"张校本在此处加一句："张先生万福。"礼尚往来，这就合理了。又在唱词中相应地把"我这里万福先生"，改为"刚道个万福先生"，不使曲白重复。金批本并没有原封不动地承继张校本，而是删掉了红娘和张生寒暄的对白，在红娘的唱词里表述了张生匆匆忙忙以礼相迎的行动："叉手躬身礼数迎，我道不及万福先生……"增强了人物的行动性，而简化了语言，再如红娘刚说出："奉夫人严命……"还没等她把请字讲出来，迫不及待的张生便急忙插话："小生便去。"假如单看这两句对话，也许会感到张生的插话有些突然，但联系全文，就会看到这句插话恰好十分生动地表现了张生情急难耐的戏剧性格，而且和下边红娘的唱词是十分吻合的。因为这一折的开始，在张生的自白中已经交代过："夜来老夫人说使红娘来请我，天未明便起身，直等至这晚不见来，我的红娘也呵。"这样改动就使张生的性格前后贯通一致，而省去不少啰唆的笔墨。这样改动又和下面红娘的【上小楼】中唱词呼应起来。在唱词中已有了的，尽可能不在道白中重复，而使曲白更富有表现力了。

同道白相比较，各本对唱词的改动都比较少，这是因为杂剧创作，历来人们对填词更为重视，而且由于格律的限制是不易于改动的。金圣叹对唱词的改动也远比道白为少，但是他同样按着性格化、口语化、生动、准确的要求，对唱词进行了全面的改动。在这一方面他同样取得了重要的成就。

《拷红》(《拷艳》)一折，张校本已是相当简洁，金圣叹在张校本的基础上又做改进，而使唱词更加口语化，更为简练、准确、含蓄、耐人寻味。他在【秃厮儿】"定然是神针法灸，难道是燕侣莺俦"句下批道："俗本之纯置，真乃不足道也。"这种批评是很有道理的，这句唱词要比"我则道神针法灸，谁承望燕侣莺俦"更为蕴藉，更能表现红娘机智灵敏的性格。值得注意的是金圣叹把【圣药王】最后一句唱词"常言道，女大不中留"，放在红娘大段雄辩的词之后，而使这句话的意趣大不相同了。

如果说《西厢记》中的唱词出于性格化的需要，红娘的唱词是"本色"的，莺莺和张生的唱词则是华丽文雅的，那么对莺莺和张生华丽文雅的唱词，金圣叹同样力求性格化和口语化。《琴心》一折，当莺莺听到张生抱怨她"说谎"之后的几段唱词，经过金圣叹的改动，唱词与宾白已融合为一个有机的整体。

《前候》中一段唱白，金批本增加了不少道白和科介，不仅使曲白呵成一气，连同科介浑然一体，而且在很大程度上增加了人物的真实性和剧本的舞台实感。

当然金批本也有一些败笔。第一类，对唱词的改动失去了原有的韵味和光彩。比如《寺警》一折的【赚煞尾】(凌刻本作【赚煞】)，凌刻本、弘治本作："果若有出师表文，吓蛮书信，张生呵，则愿得笔尖儿横扫五千人。"张校本作："若果有出师的表文，下燕的书信，敢教那笔尖儿横扫了五千人。"金批本改为："他真有出师的表文，下燕的书信，只他这笔尖而敢横扫五千人。"再如《赖婚》一折的【得胜令】，凌刻本、弘治本作："谁承望这即即世世老婆婆，着莺莺作妹妹拜哥哥。"张校本作："谁想着积世老婆婆，教妹妹拜哥哥。"金批本改为："真是积世老婆婆，其妹妹拜哥哥。"类似这样的例子还可以找出一些，张校本同凌刻本、弘治本相比较已是相形见绌了，在张校本的基础上删改的金批本，又稍逊张校本一筹。第二类，原本的唱词即不甚合理，金圣叹做了改动，但同样没有改好。比如《寺警》一折【六幺序】【幺篇】中的一句，凌刻本、弘治本、张校本均作"更将这天宫般盖造焚烧尽"。这是不合理的，因为当日孙飞虎兵围普救寺，并没有焚烧寺院的举动。金圣叹看到了这一点，却把这句唱词杂凑为"他将这天宫般盖造谁僝问，"竟是不知所云了。但是从全貌来看，类似这种删改不当或疏漏之处毕竟是少数，而大多数的改动是成功的或是比较成功的。

《西厢记》应在哪里结束，要不要第五本，在明代就是一个有争议的问题。即使同是赞同止于"惊梦"的，理由也不尽相同。一种意见认为："西厢之妙，正在于草桥一梦，以假疑真，乍离乍合，情尽而意无穷，何必金榜题名，洞房花烛而后乃愉快也。"① 另一种意见认为："男女幽期，不待父母，不通媒妁，只合付之草桥一梦耳！"② 金圣叹为什么删掉第五本，他确实说过这样的话："天地梦境也，众生梦魂也。"《西厢记》止于"惊梦"，即是表达了这种人生如梦的"至理"。有人说他这样删改《西厢记》同他"腰斩"《水浒传》的用意是一样的，是宣扬人生如梦的虚无主义思想。在这一点上我们不能完全为他开脱，因为在金圣叹的复杂世界观中确实存在着这种消极的思想因素。但是把这种看法当作他删掉第五本的全部理由或主要理由，则是不全面的。因为他从艺术方面详细地提出了他删掉第五本的见解。

金圣叹从理论上否定了《西厢记》的第五本，但他并不像比金批本稍迟付梓的李书云刊本《西厢记》那样，干脆把第五本砍掉了，而是把它当作反面材料"附录"在《贯华堂第六才子书》之中。他说："此续《西厢记》四篇，不知出何人之手，圣叹本不欲更录，特恐海内逐臭之夫不忘膻芗，犹混弦管，因与明白指出之，且使天下后世学者睹之，而益悟前十六篇之天仙化人，永非螺蛳蚌蛤之所得而暂近也者。"③ 他在批语中虽然一再表白他对第五本并不抱任何成见，一再申明他不肯"埋没古人"，对那些写得好的词句一再给予肯定，诸如"笔态翩翩如舞，浏亮如泻，便可云与西厢无二"之类的评语，但从总的方面却把第五本比作"臃肿恶树"，认为是要不得的。

金圣叹认为第五本无论从人物、情节、主题方面都是累赘。第一，在他看来崔夫人"偶借为辞"的郑恒上场，无论从阐发主题还是情节发展的需要

① （明）徐复祚：《曲论》。
② 李书楼刊本《西厢记》李书云序。
③ 《续之一》开篇批语。

来看都是多余的。因为郑恒这个形象非但不能"点染莺莺""发挥张生",反而以他那"着二三十个伴当……"一类粗俗不堪的语言和丑恶的行为,而使莺莺和张生的形象受到损害。第二,从人物描写方面看,存在许多不真实的地方。他说《续一》描写的莺莺没有一点点相国小姐的样子,和张生刚刚分别半载,便"不胜啧啧怨怒","一味纯是空床难守,淫啼浪哭"。对张生的描写同样是不真实的,如《续四》,当张生见到崔夫人,崔夫人责怪他入赘卫尚书家时,在张生的口中竟冒出这样的市井俗语:"你听谁说来,若有此事,天不盖,地不载,害老大小疔疮。"金圣叹在这句话下批道:"《西游记》猪八戒语也。"第三,在细节描写方面存在许多纰漏。比如"琴童报捷",竟直入小姐闺房,做"咳嗽科"。金圣叹批道:"潭潭相府,乃不传云板请小姐上堂,而使一琴童自入去,童则隔板咳嗽,而红又早接应之。"这是很不真实的。第四,他说第五本的语言同前四本相比较有天渊之别,有些语言丑到"使人不可暂目"的程度,有些语言则"杂凑为文",甚至存在许多不通语。总之,他认为第五本的四折戏都是虚设之笔。第一、二折是"一通报书去,一通答书来,干讨琴童气嘘嘘地,而于彼崔、张二人,乃更不曾增得一毫颜色"。第三折是为"人人恶之厌之之一物"的郑恒"独作一篇"。第四折又将崔夫人、白马将军、法本诸人"一一画卯过堂",更是画蛇添足。他说前四本给人们以"飘飘凌云"的无限美感,而读到第五本就如同忽然把读者拉到鬼门关前,观看面目狰狞的"诸变相"一样令人不快。这些批评意见不仅使我们看到了金圣叹在艺术上删节第五本的理由,也从反面印证了他在前四本中的删改原则。

金圣叹批评《西厢记》是有较强的理论依据的,这一理论的核心是重视人物性格的真实性和细节描写的真实性,这使他的戏曲批评获得了鲜明的现实主义光彩。有人说金圣叹以"衡文"的尺度论曲,没有注意到戏剧艺术的特殊性,这种意见是片面的。清初一位戏曲家张简庵讲得好,他说:"天下之理一而已,苟得其一,凡文事可通,况制艺之与填词,均类乎文。"① 金圣叹既重视文艺批评的一般原则,同时又没有使他的戏曲批评停留在一般原则之上,

———————

① 张简庵《醉高歌》潘未序。

他在试图捕捉戏剧创作自身的特殊规律，比如他的突出主要人物的理论，强调戏剧冲突，这对于戏剧创作无疑是十分重要的。再如他认为戏剧语言既需要性格化，又需要有丰富的内涵和动作性，这无疑是戏剧这一文学样式语言的特殊要求。

金圣叹在删改《西厢记》的过程中实践了他的理论，他在人物性格的真实性和戏剧性方面所下的功夫，以及取得的成就是显而易见的。除此而外，他还着意加强了语言的通俗性和人物的科介，而使剧中人物唱词、道白和行动浑然一体。它构成了《金批西厢》的鲜明特色，而所有这些无疑是十分适合演出的。即是把金圣叹删改《西厢记》看作一大灾难的梁廷枏，也不得不承认《金批西厢》对后世的影响。他说："近日嘉应吴石华学博，以六十家本、六幻本、琵琶本、叶氏本与金本重勘之，科白多用金本，曲多用旧本。取金本所改，录其佳者。"[1] 不仅如此，后世的昆曲、京剧、地方戏的《西厢记》演出本，亦多用金批本，可见它是适合演出的。《金批西厢》在《西厢记》诸刊本中的地位不容抹杀。

（原载《戏剧》1986年第3期）

---

[1] （清）梁廷枏：《曲话》卷五。

金圣叹说"梦"

——《金批西厢》四之四《惊梦·开篇批语》解读

梦是一种生理现象，以人生观观照梦，它是一个十分宽泛的哲学命题，而作为一种思维活动，是人的思想感情不受任何拘束的自由活动空间，七情六欲都可以在梦中自由展现，也可以展现各种期盼与梦想。梦在文艺中往往具有浓重的美学意味；以梦境反映社会生活，往往带有厚重的哲学色彩。传统诗歌中有更多的梦，比如被宋太祖赵匡胤囚禁在东京的李后主所作的感人肺腑的【浪淘沙】："帘外雨潺潺，春意阑珊，罗衾不耐五更寒。梦里不知身是客，一晌贪欢。……"是梦，让他忘掉自己被囚禁的俘虏的身份，还在宫殿一味寻求欢乐。醒后，却是帘外淅淅沥沥的雨声，冷落的残春，薄薄的罗衣，耐不得五更寒冷所萦绕的孤独的囚徒生活……梦与现实形成的巨大反差，倍加突现李后主处境的悲凉凄苦。这也是"梦"给我们强烈的审美感受。戏剧（戏曲）是社会生活的一面镜子。以梦为依托，表现作家的社会理想和爱憎情感，自然会使我们想到的是汤显祖的"因情成梦，因梦成戏"的《临川四梦》。尽管"临川四梦"的主旨各有不同，"《紫钗记》，侠也；《牡丹亭》，情也；《南柯记》，佛也；《邯郸记》，仙也"（王思任语），但都是以梦幻的形式表现的，都表现情大于理，借梦境表现了汤显祖的人生哲学理念。

金圣叹是我国文学史、戏曲理论史中十分杰出的评点家、理论家。在他自创的《西厢记》评点格局中，"开篇批语"（这种称谓要比"总评""总批"

确切）是他阐发理论观点的重要所在。诸如他的"极微论"、与恩格斯典型论极为近似的人物论，以及"挪碾法"等，都是十分有创意的重要理论观点。但是"四之四"（第四本第四折）"惊梦"的开篇批语，却比较集中地暴露了他理论风格中的缺点，这就是，好"忽悠"、"绕脖子"、卖弄才学，好标新立异，在这篇开篇批语中汇集了诸多儒释道经典，论证了梦就是人生，人生就是梦。

首先他把"惊梦"这一折戏提到"立言"的高度。金圣叹说："旧时人读《西厢记》，至前十五章既尽，忽见其第十六章，乃作'惊梦'之文，便拍案叫绝，以为一篇大文，如此收束，正使烟波渺然无尽。于是以耳语耳，一时莫不毕作是说。独圣叹今日心窃知其不然。"那么这一折戏表现的是什么主旨呢？金圣叹大谈儒家的"立德、立功、立言"。他认为"伶伦"所做的事情虽为"小道"，但与圣贤提倡的"立言"并行不悖。第一折戏漫不经心地写出来了，第十五折漫不经心地写完了，假如没有"惊梦"这一折戏，过此以往，《西厢记》就会像雪的融化、风息后窠窿没有呼啸声一样地销声匿迹了。

接着他提出一个大命题："天地梦境也，众生梦魂也。"他运用形式逻辑，搬弄大量儒、释、道诸家有关梦的经典，推论人生就是梦，梦就是人生。他说：梦是没有源头的，我不知道哪一年进入梦中，也不知道哪一年走出梦境；我不知道由于夜间哭泣，白天才得到饮食，还是由于白天哭泣，夜间才得到饮食。那么何必说夜间是梦，白天就不是梦呢。《列子·周穆王》中的梦中的鹿是不是现实存在的鹿，醒时看到的鹿是不是梦中的鹿，是说不清的；《庄子·齐物论》中的庄周梦蝴蝶，还是蝴蝶梦庄周，同样是说不清楚的问题。他认为所谓的有智慧的人没有梦，不是有智慧的人没有梦，而是因为他能跟着梦走；所谓的愚人没有梦，也不是没有梦，那是因为愚人就生活在梦中。他又引用佛经说："诸佛身金色，百福相庄严"，"闻法为人说，常有是好梦"，是说有人在梦中看见佛身散发着金光，诸佛面目表情庄严，聆听他们宣讲佛法，就会常常做好梦。

接着他引出了孔子的一句话，换了个话题。金圣叹说：我们的先师孔老夫子也为周公梦蝴蝶这个寓言感叹了。孔子说："我很衰老了，已经很久没有梦见周公了。"金圣叹说：依我说孔老夫子岂止是梦不见周公了，连自己也梦不见自己了；先师梦不见自己，是先师就是先师，已经达到忘我的状态了。正像孟子赞扬孔子那样："可以仕则仕，可以止则止，可以久则久，可以速则速，可以虫则虫，可以鼠则鼠，可以卵则卵，可以弹则弹，无可无不可……"随遇而安、超然豁达的状态。人生世上必定要说："天地必是天地，夫妇必是夫妇，富贵必是富贵，生死必是生死。"那是因为他们没有读过《诗经》的《斯干》所说的：男人做了皇帝，女人做了后妃，他们只不过是梦中的一只熊和一条蛇而已。用不着那么执着地看待世间的一切。金圣叹认为：人生世上，真不必像《枕中记》《南柯记》中所说的"人生如梦"，那是很肤浅的；梦就是人生，人生就是梦，是无法区分的。这就是金圣叹所说的"今夫天地，梦境也；众生，梦魂也"。

说了这些与"惊梦"内容完全无关的事情，实际上是金圣叹借"梦"这个话题向他的朋友展示他的才华，表述自己对待生活的超然的态度，这多少有些"吃不到葡萄说葡萄酸"的味道。那么王实甫写"惊梦"的意图是什么呢？在金圣叹看来是因为："吾闻《周礼》，岁终，掌梦之官"，有"献梦"之说，作者无非是在这里也"献"了一个梦而已。

然而在具体艺术分析中，金圣叹对"惊梦"却有另一番解释。请看【步步娇】：

> 昨宵个翠被香浓熏兰麝，欹枕把身躯儿趄，脸儿厮搵者，仔细端详，可憎得别。云鬟玉梳斜，恰似半吐的初生月。

批语说："右第三节，此入梦之缘也。佛言：亲者为因，疏者为缘。亲者为第一夜之张生，疏者为前一夜之莺莺。第一夜之张生为结业，前一夜之莺莺为谢尘，因而因缘遂以入梦也。"在这里金圣叹又以佛家的因果论解释入梦的原因了。

《西厢记》以及"惊梦",作者写作的"主旨"究竟是什么呢？金圣叹在"四之四"最后一支曲子【鸳鸯煞】"柳丝长,咫尺情牵惹,水声幽,仿佛人呜咽。斜月残灯,半明不灭。旧恨新仇,连绵郁结。别恨离愁,满肺腑难陶写,除纸笔代喉舌,千种相思对谁说"下面的批语写道："右第二十节,此自言作《西厢记》之故也。为一部一十六章之结,不只结'惊梦'一章也。于是《西厢记》已毕。"(夹批："何用续,何可续,何能续。今偏要续,我便看你续。")第五本且不论"关续"之说,就其思想、艺术性来说,都不及前四本,这是公论。但是"五之四"最后一支曲子【清江引】中写道："愿天下有情的都成了眷属。"所宣示王实甫的伟大的道义理想,原本是《西厢记》的中心命题,金圣叹却把它仅仅说成是写了"别恨离愁"而已。这个见解并不比别人高明多少。由于金圣叹否定了第五本,连并这一伟大的道义理想也一并扬弃了,这不能不说是难以弥补的缺憾。

与金圣叹说"梦"有关的重要话题,那就是他伪作的金批水浒第七十回："忠义堂石碣受天文　梁山泊英雄惊噩梦。"金圣叹同样是用"梦"表露了他的政治思想,而且是赤裸裸的。在这篇开篇批语中开宗明义："……古之君子,未有不小心恭慎而后其书得传者也。吾观《水浒传》洋洋数十万言,而必以'天下太平'四字终之,其意可以见矣。后世乃复削去此节,盛夸招安,务令罪归朝廷而功归强盗,甚且至于哀然以'忠义'二字而冠其端。抑何其好犯上作乱,至于如是之甚也哉！"这些话把他伪作七十回的意图说得再明白不过了。

于是金圣叹也不得不假借梦幻这一最"自由"的形式,将一部《水浒传》七十回,结束在卢俊义的一场梦上：

> 是夜,卢俊义归卧帐中,便得一梦。梦见嵇康来抓他,卢俊义反抗无效。"右臂早断,扑地跌倒。"这时一百零七人"都绑缚着",是无计可施,吴用实施的"苦肉计",自缚前来,"情愿归附朝廷,庶几保全员外性命。"然而这条"苦肉计"并没有见效,被嵇康拍案骂

道："万死狂贼！你等造下弥天大罪，朝廷屡次前来收捕，你等公然抗杀无数官军。今日却摇尾乞怜，希图逃脱刀斧。我若今日赦免你们时，后日再以何法去治天下！（夹批：不朽之论，可破续传招安之谬。）况且狼子野心，正自信你不得！（夹批：不朽之论。）我那刽子手何在？"于是"两个伏一个""一百单八个好汉"，"一齐处斩"。（夹批：真是吉祥文字。）

这篇伪作的七十回，金圣叹借梦中的情节、话语、夹批，把他对梁山"狂贼"的看法，咬牙切齿、毫不掩盖地表述出来。当卢俊义梦醒之后，"看堂上时，却有一个牌额，大书'天下太平'四个字"。（夹批：真正吉祥文字，古本《水浒传》如此，俗本妄肆改窜，真所谓愚而好自用也。）用"农民起义是推动社会发展的动力"的观点，来看待金圣叹的伪作的这场凶梦，和他的批语，金圣叹自然是不折不扣的"封建反动文人"了。然而用通常的思维看待金圣叹的思想，在那个农民起义烽火四起动乱的明代末年，认定封建社会秩序，反对"犯上作乱"，期盼"天下太平"，是老百姓最为普遍的想法。这个"天下太平"具体是个什么样子，金圣叹有进一步的描绘：

太平天子当中坐，清慎官员四海分。

但见肥羊宁父老，不闻嘶马动将军。

……

这才是好故弄玄虚、卖弄学识的金圣叹最真实、最朴素的社会理想。

2013年6月20日于红庙北里

《金批西厢》四之四《惊梦·开篇批语》 原文、注解、释文

原文

旧时人读《西厢记》，至前十五章既尽，忽见其第十六章，乃作"惊梦"之文，便拍案叫绝，以为一篇大文，如此收束，正使烟波渺然无尽。于是以耳语耳，一时莫不毕作是说。独圣叹今日心窃知其不然。语云：太上立德，其次立功，其次立言。^①何谓立德，如黄帝尧舜，禹汤文武，周公孔子，以其至德，参天赞化，俾万万世，食福无厌，此立德也。何谓立功，如禹平水土^②，后稷布谷^③，燧人火化^④，神农尝药^⑤，乃至身护一城，力庇一乡，智造一器，工信一艺，传之后世，利用不绝，此立功也。何谓立言，如周公制《风》《雅》，孔子作《春秋》。《风》《雅》为昌明和恺之言，《春秋》为刚强苦切之言。降而至于数千年来，巨公大家，撼胸奋笔，国信其书，家受其说。又降至于荒村老翁，曲巷童妾，单词居要，一字利人，口口相授，称道不歇，此立言也。

夫言与功德，事虽递下，乃信其寿世，同名曰"立"。由此论之，然则"言非小道，实有可观"^⑥。文王既没，身在于兹，必恐不免^⑦。不可以不察也。《西厢记》一书，其中不过皆作男女相慕悦之辞，如诚以之为无当者而已，则便可以拉杂摧烧，不复留迹。赵威后有言，此相率而出于无用者，胡为至今不杀也。^⑧如犹食之弃之，恋同鸡跖^⑨，则计必当反复案验，寻其用

心。盖乌知彼人之一日成书，而百年犹在，且能家至户到，无处无之者，此非其大力以及其深心，既自作流传，又自作呵护者也。昨者因亦细察其书，既已第一章无端而来，则第十五章亦已无端而去矣。无端而来也，因之而有书。无端而去也，因之而书毕。然则过此以往，真成雪淡。譬如风至而窍号，风霁即窍虚，胡为不惮烦又多写一章，蛇本自无足，卿又为之足哉。及我又再细细察之，而后知其填词虽为末技，立言不择伶伦，此有大悲生于其心，即有至理出乎其笔也。今夫天地，梦境也。众生，梦魂也。无始以来，我不知其何年齐入梦也；无终以后，我不知其何年同出梦也。夜梦哭泣，且得饮食；夜梦饮食，且得哭泣。[⑩] 我则安知其非夜得哭泣，故且梦饮食，夜得饮食，故且梦哭泣耶。何必夜之是梦，而且之独非梦耶。郑之人梦得鹿，置之于隍中，采蕉而覆之，彼以为非梦，故采蕉而覆之也。[⑪] 不采蕉而覆之，则畏人之取之。彼以为非梦，故畏人之取之也。使郑之人正于梦时，而知梦之为梦，则彼岂惟不采蕉而覆之，乃至不复畏人取之。岂惟不复畏人取之，乃至不复置之隍中。岂惟不复置之隍中，乃至不复以之为鹿。传曰：至人无梦。[⑫] 至人无梦者，非无梦也，同在梦中而随梦，自然我于其事萧然焉耳。经曰：一切有为法，应作如是观。是以谓之无梦也。无何而郑之人梦觉，顺途而归，口歌其事，其邻之人闻之，不问而遽信之，往观于隍中，发蕉而鹿在此。则非御寇氏之寓言也。天下之事，实有之也。传曰：愚人无梦。愚人无梦者，非无梦也，实在梦中而不以为梦，所有幻化皆据为实。经曰：世间虚空，本自不有，业力机关，和合即有，是以谓之无梦也。既而邻人烹鹿，而郑人争鹿，则极可哀也已。彼固不以为梦，故真得鹿也；子则已知是梦，而无鹿者也。若诚梦中之鹿，则是子乃欲争其无鹿也；如将争其有鹿，则是争其非子之鹿也。甚矣，此人之愚也，梦鹿一梦也，今争鹿是又一梦也。然则顷者之梦觉无鹿，是犹一梦也。幸也，御寇氏则犹未欲言之而尽也，脱正争之，而梦又觉，则不将又大悔此一争乎哉。而郑之君，方且与之分之。夫今日之鹿其何事分之与有。如使此鹿而无鹿也者，则全归之郑人，邻人本无与焉。若使此鹿而真鹿也者，则全归之邻人，郑人又不与焉。如之何其与之分之者也？为分无鹿与邻人与？为分真鹿与郑人与？如分无鹿，则是邻人今日又梦得半鹿也；如分有鹿，则是郑人前日只梦失半鹿也。盖甚矣，梦之难觉也，梦之中又有梦，则于梦中自占之，乃觉而后悟其犹梦焉。因又欲占梦中，占梦之为何祥乎。夫彼又乌知今日之占之，犹未离于梦也耶。善乎，南华氏之言曰："庄周梦为蝴蝶，栩栩然蝴蝶也。自喻适志与，不知周也。及其觉，则蘧蘧然周也。不知庄周梦为蝴蝶与，不知蝴蝶梦为庄周与。"⑬庄周与蝴蝶，其必有分也。何谓分，庄周则庄周也，蝴蝶则蝴蝶也。既已为庄周，何得是蝴蝶；既已是蝴蝶，何得为庄周。且蝴蝶既觉而为庄周，而犹忆其梦为蝴蝶之时，则真不知庄周正梦蝴蝶之蝴蝶，之曾不自忆为庄周也。何也，夫梦为蝴蝶，诚梦也，今忆其梦为蝴蝶，是又梦也。若庄周不忆蝴蝶，则庄周觉矣；若庄周并不自忆庄周，则庄周大觉矣。彼蝴蝶不然，初不自忆为庄周，遂并不自忆为蝴蝶。不自忆为庄周，则是蝴蝶觉也。因不自忆为庄周，遂并不自忆为蝴蝶。蝴蝶并不自忆为蝴蝶，则是蝴蝶大觉也。此之谓物化也者。我乌知今身非我之前身，正梦为蝴蝶耶。我乌知今身非我之前身，已觉为庄周耶。我幸不忆我之前身，则是今身虽为蝴蝶，虽未发于阿耨（nòu）多罗三藐三菩提心⑭，而已称大觉也。我不幸犹忆我之今身，则是今身虽为庄周，虽至发于阿耨（nòu）多罗三藐三菩提心，而终然大梦也。经云："诸佛身金色，百福相庄严。""闻法为人说，常有是好梦。"我则谓梦之胡为乎哉。又云：又梦作国王，舍宫殿眷属，及上妙五欲，行诣于道场。我则又谓梦之何为乎哉。至矣哉，我先师仲尼氏之忽然而叹也，曰：甚矣，吾衰也，久矣我不复梦见周公。⑮夫先师则岂独不梦见周公焉而已，惟先师此时实亦不复梦见先师。先师不复梦见先师也者，先师则先师焉而已。可以仕则仕，可以止则止，可以久则久，可以速则速，⑯可以虫则虫，可以鼠则鼠，可以卵则卵，可以弹则弹，⑰无可无不可，此天地之所以为大者也。借曰不然，而必谓人生世上，天地必是天地，夫妇必是夫妇，富贵必是富贵，生死必是生死，则是未尝读于斯干⑱之诗者也。诗曰：下莞（guān）上簟（diàn），乃安斯寝，乃寝乃兴，乃占我梦。吉梦维何，维熊维罴，维虺（huǐ）维蛇。泰人占之，维熊维罴，男子之祥；维虺维蛇，女子之祥。嗟乎，嗟乎，夫男为君王，女为后妃，而其最初，不过梦中飘然忽然一熊一蛇。然则人生世上，真乃不用邯郸授枕[19]，大槐叶落[20]，而后乃今歇担吃饭，洗脚上床也已。吾闻周礼，岁终。[21]掌梦之官献梦于王。夫梦可以掌，又可以献，此岂非《西厢》第十六章立言之志也哉。而岂乐广[22]卫玠扶病清谈之所得通其故也乎。知圣叹此解者，比丘圣默大师，总持大师，居士贯华先生韩住[23]，道树先生王伊[24]，既为同学，法得备书也。

注解

①"太上立德"下三句，出自《左传》襄公二十四年："太上有立德，其次有立功，其次有立言。虽久不废，此之谓不朽。"

②禹平水土：《史记·夏本纪》载：帝尧之时，洪水滔天，……下民其忧。……舜命禹治水，禹劳身焦思，居外十三年，过家门不敢入，终成其事。

③后稷布谷：后稷，周之祖先。《孟子·滕文公》："后稷教民稼穑，树艺五谷。五谷熟而民人育。"

④燧人火化：燧人，古帝名。《韩非子·五蠹》："民食果蓏（luǒ）蚌蛤，腥臊恶臭，而伤害腹胃，民多疾病。有圣人作，钻燧取火以化腥臊，而民说之，使王天下，号之曰燧人氏。"

⑤神农氏，医药之祖。《史记·补三皇本纪》谓：神农氏作蜡祭，以赭鞭鞭草木，尝百草，始有医药。《淮南子·修务训》亦谓：神农尝百草之滋味，一日而遇七十毒。东晋干宝《搜神记》卷一："神农赭鞭鞭百草，尽知其平毒寒温之性，臭味所主，以播百谷。"

⑥"言非小道，实有可观"，《论语·子张》："道虽小，必有可观者焉。致远恐泥，是以君子不为也。"小道：指各种农工商医卜之类的技能；泥：阻滞，不通，妨碍。

白话大意，子夏说："虽然都是些小的技艺，也一定有可取的地方，但用它来达到远大目标就行不通了，所以君子不干这些事情。"

⑦ "文王既没，身在于兹，必恐不免"句，见《论语·子罕》。"子畏于匡"。曰："文王既没，文不在兹乎？天之将丧斯文也，后死者不得与于斯文也；天之未丧斯文也，匡人其如予何？"

"子畏于匡"：匡，地名，在今河南省长垣县西南。公元前 496 年，孔子从卫国到陈国去经过匡地。匡人曾受到鲁国阳虎的掠夺和残杀。孔子的相貌与阳虎相像，匡人误以为孔子就是阳虎，所以将他围困。

白话大意，孔子被匡地的人们围困时，他说："周文王死了以后，周代的礼乐文化不都体现在我的身上吗？上天如果想要消灭这种文化，那我就不可能掌握这种文化了；上天如果不消灭这种文化，那么匡人又能把我怎么样呢？"

⑧ "赵威后问齐使"，出自《战国策·齐策》。赵威后，即战国时赵惠文王王后。这是齐王派使臣去访问赵威后，赵威后与齐国使臣的一句对话。原话是："於陵子仲尚存乎？是其为人也，上不臣于王，下不治其家，中不索交诸侯。此率民而出于无用者，何为至今不杀乎？"

白话大意："於陵子仲还活着吗？这个人为人：对上，不为国君服务；在下，也不治理其家庭；又不结交诸侯。这是带头要人们做一个对国家不负责任的人，为什么至今还不杀掉他呢？"赵威后是非常贤德有威望的皇后，这句话应该是正面的问话。但金圣叹在这里引用这句话，与上面引用的《论语·子罕》的一段话联系起来看，赵威后的话就是反义词了：齐国要是杀了於陵子仲，那就杀错了，齐国将失掉一位贤人。

⑨ 鸡跖：鸡足踵，古人视为美味。语本《吕氏春秋·用众》："善学者若齐王之食鸡也，必食其跖数千而后足。"金圣叹用这个词，只能作贬义词理解，是不好吃的东西。

⑩ 见《庄子·齐物论》："予恶乎知夫死者不悔其始之蕲生乎？梦饮酒者，旦而哭泣；梦哭泣者，旦而田猎。方其梦也，不知其梦也。梦之中又占其梦焉，觉而后知其梦也。且有大觉而后知此其大梦也，而愚者自以为觉，窃窃然知之。'君乎！牧乎！'固哉！丘也与女皆梦也，予谓女梦亦梦也。是

其言也，其名为吊诡。万世之后而一遇大圣知其解者，是旦暮遇之也。"

白话大意：我又怎么知道那些死去的人不会后悔当初的求生呢？睡梦里饮酒作乐的人，天亮醒来后很可能痛哭饮泣；睡梦中痛哭饮泣的人，天亮醒来后又可能在欢快地逐围打猎。正当他在做梦的时候，他并不知道自己是在做梦。睡梦中还会卜问所做之梦的吉凶，醒来以后方知是在做梦。人在最为清醒的时候才知道他自身就是一场大梦，而愚昧的人则自以为清醒，好像什么都知晓什么都明白。君主尊贵，牧民卑贱，这种看法实在是非常浅薄！孔丘和你都是在做梦，其实我也在做梦。上面讲的这番话，它的名字可以叫作怪异。万世之后假若一朝遇上一位大圣人，悟出上述一番话的道理，这恐怕也是偶尔的知遇吧！

⑪见《列子·周穆王》："郑人有薪于野者，遇骇鹿，御而击之，毙之。恐人见之也，遽而藏诸隍中，覆之以蕉。不胜其喜。俄而遗其所藏之处，遂以为梦焉。顺涂而咏其事。傍人有闻者，用其言而取之。既归，告其室人曰：'向薪者梦得鹿而不知其处；吾今得之，彼直真梦矣。'室人曰：'若将是梦见薪者之得鹿邪？讵有薪者邪？今真得鹿，是若之梦真邪？'夫曰：'吾据得鹿，何用知彼梦我梦邪？'薪者之归，不厌失鹿。其夜真梦藏之之处，又梦得之之主。爽旦，案所梦而寻得之。遂讼而争之，归之士师。士师曰：'若初真得鹿，妄谓之梦；真梦得鹿，妄谓之实。彼真取若鹿，而与若争鹿。室人又谓梦仞人鹿，无人得鹿。今据有此鹿，请二分之。'以闻郑君。郑君曰：'嘻！士师将复梦分人鹿乎？'访之国相。国相曰：'梦与不梦，臣所不能辨也。欲辨觉梦，唯黄帝、孔丘。今亡黄帝、孔丘，孰辨之哉？且恂士师之言可也。'"

白话大意：郑国有个人在野外砍柴，碰到一只受了惊的鹿，便迎上去把它打死了。他怕别人看见，便急急忙忙把鹿藏在没有水的池塘里，并用砍下的柴覆盖好，高兴得不得了。过了一会儿，他忘了藏鹿的地方，便以为刚才是做了个梦，一路上念叨这件事。路旁有个人听说此事，便按照他的话把鹿取走了。回去以后，他告诉妻子说："刚才有个砍柴人梦见得到了鹿，忘记放在什么地方，我把它找到了，他做的梦简直和真的一样。"妻子说："你梦见砍柴人得到了鹿，难道真有那个砍柴人吗？现在你得到的鹿，是你的梦想成为真的了吗？"丈夫说："我真的得到了鹿，哪里用得着搞清楚是他做梦还是我做梦呢？"砍柴人回去后，不甘心丢失了鹿。夜里梦到了藏鹿的地方，并且梦见了取走了鹿的人。天一亮，他就按照梦中的线索找到了取鹿的人的家里。于是两人为了这只鹿争吵起来，告到了法官那里。法官说："你最初真的得到了鹿，却胡说是梦；明明是在梦中得到了鹿，又胡说是真实的。他是真的取走了你的鹿，你要和他争这只鹿。他妻子又说他是在梦中认为鹿是别人的，并没有什么人得到过这只鹿。现在只有这只鹿，你们就平分了吧！"这事被郑国的国君知道了。国君说："唉！这法官也是在梦中让他们分鹿吧？"为此他询问宰相。宰相说："是梦不是梦，这是无法分辨的事情。如果要分辨是醒还是梦，只有黄帝和孔子能做到。现在黄帝和孔子都不在了，谁还能分辨呢？姑且听信法官的裁决算了。"

⑫至人无梦：见《庄子·大师宗》："古之真人，其寝不梦。"原文："古之真人，其寝不梦，其觉无忧，其食不甘，其息深深。真人之息以踵，众人之息以喉。屈服者，其嗌言若哇。其嗜欲深者，其天机浅。古之真人，不知说生，不知恶死；其出不欣，其入不距；翛然而往，翛然而来而已矣。不忘其所始，不求其所终；受而喜之，忘而复之，是之谓不以心捐道，不以人助天。是之谓真人。若然者，其心志，其容寂，其颡頯；凄然似秋，煖然似春，喜怒通四时，与物有宜，而莫知其极。"

白话大意：古时候的"真人"，他睡觉时不做梦，他醒来时不忧愁，他吃东西时不追求美味，他呼吸时气息深沉。"真人"呼吸凭借的是着地的脚跟。而一般人呼吸则靠的是喉咙，屈服的时候，言语在喉咙那儿哇哇地挤出来。那些嗜好和欲望太深的人，他们的智慧也很浅薄。古时候的"真人"，不知生的喜悦，也不懂得死的畏惧；生不欣喜，死不恐惧；无拘无束地就走了，自由自在地又来了。不寻求自己从哪儿来，也不寻求自己往哪儿去，不管什么事情都欢欢喜喜，看待死生是回归自然，这就叫作不用心智去损害大道，也不用人为的因素去帮助自然。这就是"真人"。像这样的人，他的内心忘掉了周围的一切，他的容颜淡漠悠闲，他的面额质朴端严；严肃得像秋天，温暖得像春天，高兴或愤怒跟四时更替一样自然无饰，和外界事物和谐相称，没有人能猜测到他内心世界是多么高深。

⑬见《庄子·齐物论》："昔者庄周梦为蝴蝶，栩栩然蝴蝶也。自喻适志与！不知周也。俄然觉，则蘧蘧然周也。不知周之梦为蝴蝶与？蝴蝶之梦为周与？周与蝴蝶则必有分矣。此之谓物化。"

白话大意：过去庄周梦见自己变成蝴蝶，是一只很生动的蝴蝶，多么愉快和惬意啊！不知道自己原本是庄周。突然间醒过来，仓皇不定之间，才知道原来自己是庄周。不知是庄周梦中变成蝴蝶呢，还是蝴蝶梦见自己变成庄周？庄周与蝴蝶那必定是有区别的。这就可叫作物我的交合与变化。

庄子梦中幻化为栩栩如生的蝴蝶，忘记了自己是人，醒来后才发觉自己仍然是庄子。庄子是战国时期道家的主要代表人物，在这里庄子所提出的一个哲学命题：究竟是庄子梦中变为蝴蝶，还是蝴蝶梦中变为庄子，真实与虚幻，人是难以分辨的，和生死物化的观点。

⑭阿耨（nòu）多罗三藐三菩提：梵语，即无上正觉。是无上正等正觉之简称。谓佛之领悟，无过于此之悟，故云无上；离偏邪故云正，悟真理故云觉。梵语阿耨多罗三藐三菩提，故译为无上正等正觉。

⑮"甚矣，吾衰也，久矣我不复梦见周公"两句，见《论语·述而》。周公，姓姬名旦，周文王子，鲁国国君的始祖。传说是周典章制度的制定者，是孔子崇拜的古圣人之一。孔子自称是继承了尧舜禹汤文王武王周公的道统，肩负着发扬光大古代文化的大任。

⑯"可以仕则仕"四句，见《孟子·公孙丑》中赞孔子语。是孟子回答公孙丑的一段对话："不同道。非其君不事，非其民不使；治则进，乱则退，伯夷也。何事非君，何使非民；治亦进，乱亦进，伊尹也。可以仕则仕，可以止则止，可以久则久，可以速则速，孔子也。皆古圣人也。吾未能有行焉；乃所愿，则学孔子也。"

白话大意：孟子说："处世的方法不同。不是理想的君主不去侍奉，不是理想的百姓不去使唤；天下安定就入朝做官，天下动乱就辞官隐居，这是伯夷的处世方法；可以侍奉不好的君主，可以使唤不好的百姓，天下安定去做官，天下动乱也去做官，这是伊尹的处世方法；该做官就做官，该辞官就辞官，该任职长一些就长一些，该辞职就赶快辞职，这是孔子的处世方法。他们都是古代的圣人，我还做不到他们那样；我所能做的，就是学习孔子。"

⑰ **"可以虫"四句**，见《庄子·大宗师》："伟哉造化，又将奚以汝为？将奚以汝适？以汝为鼠肝乎？以汝为虫臂乎？"是子祀、子舆、子犁、子来四个人对话中，子犁对子来说的一句话。

白话大意："伟大啊，造物者！又将把你变成什么，把你送到何方？把你变化成老鼠的肝脏吗？还是把你变化成虫蚁的臂膀？"

⑱ **斯干**：《诗经·小雅》篇名。

⑲ **邯郸授枕**：见唐传奇文沈既济《枕中记》。

⑳ **大槐叶落**：见唐传奇文李公佐《南柯太守传》。

㉑ **"岁终"句**，见《周礼·春官·占梦》。

㉒ **乐广**：卫玠乐广，晋南阳人，字颜辅。官至尚书令。与王衍同时崇尚清谈。故时言风流者，以两人首。卫玠，字叔宝，乐广婿。风神秀异，好谈玄理。《世说新语·文学》：卫玠总角（未成年的人，头发扎成抓髻）时，问乐令梦，乐云是想。卫曰："形神所不接而梦，岂是想邪？"乐云："因也。未尝梦乘车入鼠穴，捣齑啖铁杵，皆无想无因故也。"卫思因，经日不得，遂成病。乐闻，故命驾为剖析之。卫即小差，乐叹曰："此儿胸中当必无膏肓之疾！"

白话大意：卫玠幼年时，问尚书令乐广为什么会做梦，乐广说是因为心有所想。卫玠说："身体和精神都不曾接触过的却在梦里出现，这哪里是心有所想呢？"乐广说："是沿袭做过的事。人们不曾梦见坐车进老鼠洞，或者捣碎姜蒜去喂铁杵，这都是因为没有这些想法。"卫玠终日思索这个问题，得不出答案，终于因思虑过度得了病。乐广听说后，特意坐车去帮助他分析这个问题。卫玠的病渐渐地好了，乐广感慨地说："这孩子的心里不会得无法医治的病！"

㉓ 韩住：字嗣昌，号贯华居士，是金圣叹的亲戚和同窗好友。

㉔ 王伊：号道树，金圣叹好友，尝与他共论诗文。

释文

以往人们读《西厢记》，到第十五章，故事已经说完了，忽然看到第十六章，又做了"惊梦"一章，于是拍案叫绝，觉得这样收尾，真是烟波浩渺，余味无穷。这样相传开来，没有不这么说的。唯独我金圣叹暗想不是这样。古代圣贤说："太上立德，其次立功，其次立言。"什么叫"立言"，譬如，汤、尧、禹、舜，文王、武王、周公、孔子，以他们完美的德行、言行和功绩，造福后世，使后人得到无穷的福祉，这叫"立德"；什么叫"立功"，如禹王治理水患、后稷教人民播种五谷杂粮、燧人教人取火做食物、神农尝百草为医药，为人民治病，乃至保卫一个城市、庇护一方，创造一种器具，发明一种手艺，传到后世，永远为人所用，这就叫立功；什么叫"立言"，如周公编纂诗经《风》《雅》，孔子作《春秋》。《风》《雅》是"昌明和怿"的文艺诗歌，《春秋》是"刚强苦切"的政治言论。数千年来，大文豪用它们著书立说，国家相信它，家庭接受它，乃至"荒村老翁，曲巷童妾"，都能看重它每一个词，每一个字，"口口相授，称道不歇"，这就叫"立言"。

"言"与"功""德"相比，虽然没有那么重要，但仍然可以不朽，因此它们都可以称作"立"。由此推论，"言"是不可以当作工、农、商、医、卜之类的"小道"看待，实在也是很重要的。文王死了以后，肩负着传承文化的孔子，从卫国到陈国路过"匡"这个地方时，他的相貌长得像匡地的仇人鲁国的阳虎，而受到围攻，由此文化可能被断送了，这是不可以看到的。《西厢记》一书，写的不过是男女爱悦的事情，假如把它当作不很得体的书，随随便便把它烧掉，这部书也就不存在了。赵威后问来问候她的齐国使臣，你们那个"上不臣于王，中不索于诸侯"的於陵子仲，这么没有用的人，为什么至今还没有杀掉他呢？这样看起来像可吃可弃的鸡肋，我们必须反复地研究它，寻找作者写这部书的用心。谁能想到《西厢记》这本书，直到现在还存在，到达家喻户晓无处不在的地步，这难道不是作者深厚的功力使然吗？由此我再仔细地研究这本书，第一章漫不经心地写出来了，第十五章也漫不经心地写完了。过此以往，它会像雪一样地融化、像风吹窟窿有呼啸声，风停了窟窿也就没有声息一样地销声匿迹了。为什么不嫌麻烦又写"惊梦"一章呢，这不是画蛇添足吗？我又仔细地思考一番，我终于明白，填词虽然是雕虫小技，不管你是不是戏子，只要你的笔下能写出真切的感情和至理名言，就合乎"立言"的标准。

呵，"天地"是"梦境"，"众生"是"梦魂"。没有源头，我不知哪一年进入梦中。没有终结，我不知哪一年又一齐走出梦境。夜里做梦哭泣，白天得到饮食；夜里梦见饮食，白天在哭泣；我不知道由于夜间哭泣，白天才得到饮食，还是由于夜间得到了饮食，白天才哭泣，这样何必区分夜间是梦，白天不是梦呢。郑国有一个人做梦得到一只鹿，把它放在壕沟里，然后用柴火把它遮盖起来，他不认为这是梦，所以才用柴火把它遮盖起来。不遮盖起来，是怕别人把它拿走。他不认为是梦，才怕别人拿走。假如郑国这个人，知道是梦，不但不会用柴火把它掩盖起来，也不怕人把它拿走，也不会把它藏在壕沟里；不但不用放在壕沟里，乃至不认为有鹿这件事。书上说：有智慧的人没有梦。所谓有智慧的人没有梦，我说不是有智慧的人没有梦，而是他能跟着梦走。这样我们对这件事情就可以理解了。佛经说：一切合乎规律的事情，都应该这样看。这就是所谓的有智慧的人不做梦。没过多久郑国人醒了，在回家的路上，用歌唱这件事情。他的邻居听到了，没有问他，就深信有这件事。于是找到那藏鹿的壕沟，发现柴火盖着的那只鹿。这可不是御寇氏（列子）的寓言，而是实实在在有的事情。书上说：愚人无梦。所谓的愚人无梦，并非无梦，那是因为他就生活在梦中，所有幻觉的东西都成为实在的东西。佛经说：世间的一切是空无所有的，由于"因""缘"的聚合，就有了世间的一切，所以称为"无梦"。邻人得了鹿，就把它做熟了。郑人来了和他争鹿。这实在是一件令人悲哀的事情。邻人不认为是梦，就得了真鹿；郑人把它认作是梦，而没有得到鹿。若相信梦中的鹿，那你是在争要没有的鹿；你在争没有的鹿，那所争的鹿就不是你的鹿了。真够巧的，此人之愚，梦鹿是一梦，现在争鹿又是一梦。刚刚醒来没有看到鹿，又是一梦。所幸的是，御寇氏还没有把话说到尽头，假如没有这种争执，梦醒了，岂不后悔这场争执吗。如果郑国的官员把鹿给他们分了，那么就没有今天分鹿的事了。假如真有这只鹿，全给了郑人，邻人就没有什么可给的了，又怎么和郑人分呢？为了分没有的鹿给邻人吗？为了分真鹿给郑人吗？如分没有的鹿，而邻人在今日只梦得半只鹿；如分真有的那只鹿，而郑人前日只梦见失掉半只鹿。太不可思议了，梦的难以觉醒，梦之中又有梦，则在梦中自己推算，醒了以后悟到的还是梦。于是又想占卜梦中之梦，是一个好梦。他哪里知道今日占卜的，还是没有离开梦境呵。

呵，还是南华氏说得对："庄周梦的蝴蝶，翩翩飞舞的蝴蝶，毫无拘束地自由翱翔呵，不知道自己是庄周。当他觉醒之后，分明是庄周嘛。不知是庄周梦蝴蝶，还是蝴蝶梦庄周。"庄周和蝴蝶，分明有区别，什么区别，庄周是庄周，蝴蝶是蝴蝶。既然已经是庄周，怎能说是蝴蝶；既然已经是蝴蝶，怎能说是庄周。而且蝴蝶已经知道自己成为庄周，尤其是当它回想起梦为蝴蝶的时候，真不知道庄周梦中的蝴蝶，蝴蝶忘掉了自己是庄周。为什么，因为梦为蝴蝶，实在是梦。如今想起他梦为蝴蝶，又是梦。假如庄周不想起蝴蝶，是庄周觉醒了。假如庄周不想自己曾经是庄周，则是庄周彻底觉醒了。而蝴蝶则不然，从没有想过自己是庄周，于是并不想自己是蝴蝶，不曾想自己是庄周，这是蝴蝶的觉醒。因为不曾想过自己是庄周，所以并不曾想自己是蝴蝶；不曾想自己是蝴蝶，是蝴蝶的大觉醒。这就是所谓的物物相等的"物化"的道理。我哪能知道现在不是我的前身，正是梦中的蝴蝶呢；我哪能知道现在不是我的前身，已是觉醒的庄周呢。所幸的是想不起我的前身，现在的我虽是蝴蝶，还不能称为最高的醒悟，然而它却是一场大觉大悟的大梦呵。不幸的是，我还记得现在的我，还是庄周，虽然已经达到最高的觉悟，但它依然是一场大梦。

佛经说："诸佛身金色，百福相庄严。"（人们用金箔贴佛身佛面，是庄严佛像的功德。）"闻法为人说，常有是好梦。"（有人于梦中见佛放金光上，三十二相和八十种随形好，微妙清净庄严之相。在诸佛前闻法，并为人说法，常得此等好梦。）这个梦要告诉我们什么呢？又说："又梦作国王，舍宫殿眷属，及上妙五欲，行诣于道场。"（又梦见自己做国王，舍弃三宫六院妃嫔，财、色、名、食、睡及上妙之色、声、香、味、触。走到道场，在菩提树下，坐师子座，求道过七日后，得诸佛之智，成无上道。八相成道，大转，为比丘、比丘尼、优婆塞、优婆夷四众说法。梦中过千万亿劫。说无漏妙法，度无量众生，后当入涅槃。如烟尽灯灭。若将来恶世中，说此妙法莲华经，是人必得最大利益，做种种好梦。）

这些梦又要告诉我们什么呢？说得太到家了，我们的先师孔老夫子也为之感叹了，说："我已经很衰老了，已经很久没有梦见周公了。"呵，先师孔老夫子岂止梦不见周公，孔老夫子自己也梦不见自己了。先师不再梦见自己，是因为先师就是先师。正像孟子赞扬孔子那样："可以仕则仕，可以止则止，可以久则久，可以速则速"，豁达、随遇而安对待生活的潇洒的态度；也正像庄子所说的："可以虫则虫，可以鼠则鼠，可以卵则卵，可以弹则弹，无可无不可。"这正是天地之大可以容纳的。有人说不这样，必定要说人生在世界上，天地就是天地，夫妇就是夫妇，富贵就是富贵，生死就是生死，这是因为他没有读诗经"斯干"那章名篇，诗曰："下莞上簟，乃安斯寝，乃寝乃兴，乃占我梦。吉梦维何，维熊维罴，维虺（huǐ）维蛇。泰人占之，维熊维罴，男子之祥；维虺维蛇，女人之祥。"

（蒲席下面铺竹席，无忧无虑地睡好觉。一觉醒来天尚早，占卜一下夜梦是啥征兆。梦见什么好事情？若是熊罴定有喜事，若是虺蛇定有好运。听听太卜对梦的解释吧：熊罴有力量，预示生个漂亮的男孩儿；虺蛇性柔弱，预示生个漂亮姑娘。）可叹呵，可叹呵，男人做了皇帝，女人做了后妃，然而最初他们只不过是梦里的一只熊一条蛇而已。人们生活在这个世界上真不用

《邯郸记》《枕中记》那两个故事的提醒，才知晓撂下担子吃饭，洗脚上床睡觉。我听说周朝的礼仪，到了年终，掌管梦的官员要献梦给君主。梦既可以掌握，又可以献，这难道不是《西厢记》第十六章"立言"的心意所在吗？而不是古人乐广、卫玠对梦的狭隘理解所能讲得通的，认为梦必须有生活依据。能理解我上述看法的，有比丘圣默大师，总持大师，和我的同学居士贯华先生韩住、道树先生王伊，这篇文章理应请他们过目。

《金批西厢》诸刊本纪略

　　我国古代戏曲作品刊刻最多、流传最广的，当以王实甫的《西厢记》为首屈一指。据傅惜华《元代杂剧全目》(以下简称《全目》)、日本学者传田章《增订明刊元杂剧西厢记目录》，明刊本《西厢记》不下六十余种。到了清代之后，《西厢记》的新刊本虽还时有出现，如含章馆刊刻的封岳本、沈远程清的合订本、毛西河本、桐华阁刊刻的吴石华本、朱璐本等，但是直到清代末年，《西厢记》刊本的领地基本上已被金圣叹评点的《西厢记》——《贯华堂第六才子书西厢记》所占据。清末的著名刻书家暖红室主人刘世珩说："《西厢记》，世只知圣叹外书第六才子，若为古本多不知也。"(《暖红室汇刻西厢记》《董西厢题识》)

　　《全目》搜录的《金批西厢》各种刊本已有三十余种，而实际数字远远不止这些，仅就笔者狭窄的眼界所能见到的《金批西厢》不同刊本，尚可为《全目》补充二十余种。现将《全目》搜录的以及可为《全目》补充的《金批西厢》不同刊本分别抄录如下：

　　《全目》载，凡三十二种：

　　（一）清顺治间贯华堂原刻本，书名：《贯华堂第六才子书西厢记》，八卷。傅惜华藏，又吴梅旧藏。

　　（二）清康熙八年（1669）刻本，书名：《贯华堂绘像第六才子书西厢记》，八卷，傅惜华藏。

（三）清康熙间四美堂刻本，书名：《贯华堂第六才子书》，八卷。中国艺术研究院戏曲研究所资料室藏。

（四）清康熙间世德堂刻本，书名：《贯华堂第六才子书西厢记》八卷。（笔者按：此书为残本，存七卷，缺"卷四"）北京大学图书馆藏。

（五）清康熙五十九年（1720）怀永堂刻巾箱本，书名：《怀永堂绘像第六才子书》八卷。北京图书馆，傅惜华藏。

（六）清雍正十一年（1733）成裕堂巾箱本，书名：《成裕堂绘像第六才子书》，八卷。

（七）清乾隆十七年（1752）新德堂刻本，书名：《静轩合订评释第六才子西厢记文机活趣》，八卷。清邓温书编。

（八）清乾隆三十二年（1767）松陵周氏琴香堂刻本，书名：《琴香堂绘像第六才子书》，八卷。

（九）清乾隆四十五年（1780）文德堂刻本，书名：《西厢记》，八卷。

（十）清乾隆五十六年（1791）书业堂刻本，书名：《西厢记》，八卷。

（十一）清乾隆六十年（1795）尚友堂刻本，书名：《绣像妥注第六才子书》，六卷。清邹圣脉注。

（十二）清乾隆六十年（1795）此宜阁刻朱墨套印本，书名：《此宜阁增订金批西厢》，六卷。

（十三）清乾隆间楼外楼刻本，书名：《楼外楼订正妥注第六才子书》，七卷。清邹圣脉注。

（十四）清乾隆间九如堂刻本，书名：《楼外楼订正妥注第六才子书》，六卷。清邹圣脉注。

（十五）清乾隆间致和堂刻本，书名：《增补笺注绘像第六才子西厢释解》，八卷。清邓汝宁注。

（十六）清乾隆间（按：应为乾隆五十年）刻本，书名：《云林别墅绘像妥注第六才子书》，六卷。清邹圣脉注。

（十七）清乾隆间五车楼刻本，书名：《第六才子书》，八卷。

（十八）清嘉庆五年（1800）文盛堂刻本，书名：《第六才子书西厢记》，八卷。

（十九）清嘉庆二十一年（1816）三槐堂刻本，书名：《槐荫堂第六才子书》，八卷。

（二十）清嘉庆间致和堂刻本，书名：《吴山三妇评笺注释第六才子书》，八卷。

（二十一）清嘉庆间五云楼刻本，书名：《增补笺注绘像第六才子西厢释解》，八卷。清邓汝宁注。

（二十二）清道光间文苑堂刻巾箱本，书名：《吴山三妇评笺注释第六才子书》，八卷。

（二十三）清嘉道间复刻怀永堂本，书名：《怀永堂绘像第六才子书》，八卷。

（二十四）清嘉道间会贤堂刻本，书名：《西厢记》，八卷。

（二十五）清嘉道间四义堂刻本，书名：《西厢记》，八卷。

（二十六）清道光二十九年（1849）味兰轩刻巾箱本，书名：《第六才子书西厢记》，八卷。

（二十七）清刻本，书名：《增像第六才子书》，五卷。

（二十八）清光绪十三年（1887）上海石刻本，书名：《增补笺注第六才子书释解》，六卷。清邓汝宁注。

（二十九）清光绪十三年（1887）古越全城后裔校刊石印本，书名：《增像第六才子书》，五卷。

（三十）清光绪十五年（1889）润宝斋石刻本，书名：《绘像第六才子书》，五卷。

（三十一）清光绪间广州刻朱墨套印巾箱本，书名：《绘像第六才子书》，八卷。

（三十二）清光绪间石印巾箱本，书名：《增像第六才子书》，六卷。

可为《全目》补充的刊本：

（一）清康熙八年（1669）文苑堂刻，书名：《贯华堂第六才子书》，八卷。（山西省文物局藏）

（二）清康熙四十九年（1710）京都永魁斋刻，书名：《满汉合璧西厢记》。（北京师范大学图书馆藏）

（三）清乾隆十五年（1750）刻，书名：《绣像第六才子书》，八卷。（中国艺术研究院戏曲研究所资料室藏）

（四）清乾隆四十七年（1782）楼外楼藏版，书名：《绣像妥注第六才子书》，六卷。邹圣脉妥注，邹延猷订正。（北京图书馆藏）

（五）清乾隆五十六年（1791）金阊书业堂刻，书名：《绣像第六才子书》，八卷。（中国科学院图书馆藏）

（六）清道光二年（1822）金城西湖街简书斋刻，书名：《西厢记》，八卷。（中国社会科学院文学研究所资料室藏）

（七）清同治十二年（1873）刻，书名：《绣像妥注六才子书》，六卷。邹圣脉注。（南开大学图书馆藏）

（八）清光绪二年（1876）如是山房刻，书名：《增订金批西厢》。（南开大学图书馆藏）

（九）清光绪十三年（1887）上海石印，书名：《绣像增注第六才子书释解》。邓汝宁音释。（北京师范大学图书馆藏）

（十）清光绪三十二年（1906）善成堂刻，书名：《绘图第六才子书》，五卷。（四川省图书馆藏）

（十一）清金谷园藏版，书名：《绘像真本贯华堂第六才子书》，八卷。（北京图书馆藏）

（十二）清宝淳堂刻，书名：《第六才子书》，八卷。（中国科学院图书馆藏）

（十三）未注刊刻堂号年代，书名：《绣像全本第六才子书》，八卷。（中国科学院图书馆藏）

（十四）清文辛堂刻，书名：《增补第六才子书释解》，六卷。邓汝宁音释。（南开大学图书馆藏）

（十五）清高阳齐氏百合斋藏，书名：《贯华堂注释第六才子书》，六卷。（中国艺术研究院戏曲研究所资料室藏）

（十六）清文盛堂刻巾箱本，书名：《绣像第六才子书》，六卷。邓汝宁音释。（山西省图书馆藏）

（十七）民国五年（1916）扫叶山房石印，书名：《绘图西厢记》，八卷。（北京师范大学图书馆藏）

（十八）民国十五年（1926）石印本，书名：《增像第六才子书西厢记》，八卷。（中国社会科学院文学研究所资料室藏）

（十九）民国二十三年（1934）上海汉文渊书局石印，书名：《西厢记》，八卷。（南开大学图书馆藏）

（二十）上海广益书局印，书名：《第六才子书西厢记》，八卷。（山西省图书馆藏）

（二十一）上海大众书局印行，书名：《足本大字西厢记》，五卷。（天津市图书馆藏）

《金批西厢》刊本虽然很多，但其中有特点、影响较大的主要有如下几种：

（一）原刻本。此种刻本已属罕见，《全目》介绍此书的特点和收藏情况写道：

清顺治间贯华堂原刻本，书名：《贯华堂第六才子书西厢记》，八卷。清金人瑞评。傅惜华藏，又吴梅旧藏。此本卷首题目总名曰："张君瑞巧做东床婿，法本师住持南禅地，老夫人开宴北堂春，崔莺莺待月西厢记。"第一本题目正名作："老夫人开春院，崔莺莺烧夜香，小红娘传好事，张君瑞闹道场。"第二本题目正名作："张君瑞破贼计，莽和尚杀人心，小红娘昼请客，崔莺莺夜听琴。"第三本题目正名作："张君瑞寄情词，小红娘递密约，崔莺莺乔坐衙，老夫人问医药。"第四本题目正名作："小红娘成好事，老夫人问由情，短长亭斟别酒，草桥店梦莺莺。"续本题目正名作："小琴童传捷报，崔莺莺寄汗衫，郑伯常干舍命，张君瑞庆团圆。"

傅惜华藏《金批西厢》原刻本，经十年浩劫下落不明，吴梅旧藏亦不知去向。笔者在山西省图书馆曾见到一部原刻本，有郭象升题跋，记述购买此书的经过："《西厢记》金批本流播世间，真同恒河沙数，而原刻本标贯华堂者则已无人见之。偶于坊市睹此本，审为贯华堂原刻，为之一惊。试问其价，意以为必昂贵也，则曰十圆五角耳。盖彼商贾自不能知也，遂掷付十圆携之而归。此尚非初印，故略有漶损之□，然已属天壤难遇之书矣。"郭象升不知何许人，但此书和可见的《贯华堂第六才子书》翻刻本、重刻本相印证，并据该书纸张的质地，可以认为郭象升的话是可信的。由此可知原刻本的特征，除傅惜华先生提出的题目总名、题目正名，还有如下一些与《金批西厢》其他刊本不同之处：

不著录刊刻书坊的堂号和刊刻的时间。

无图，无他人序跋题识。

分八卷，目次为：

卷一　序一，曰：恸哭古人

　　　　序二，曰：留赠后人

卷二　读第六才子书西厢记法

卷三　会真记

　　　　附录：王性之、范摅、王懋、陶宗仪考据文章四篇。

　　　　　　　　元稹、白居易、杜牧、沈亚之、李绅等人诗词二十余篇。

圣叹外书

题目总名

卷四　第一之四章

　　　　题目正名

　　　　惊艳　借厢　酬韵　闹斋

　卷五　第二之四章

　　　　题目正名

　　　　寺警　请宴　赖婚　琴心

　卷六　第三之四章

　　　　题目正名

　　　　前候　闹简　赖简　后候

　卷七　第四之四章

　　　　题目正名

　　　　酬简　拷艳　哭宴　惊梦

　卷八　续之四章

　　　　题目正名

　　（各折不注篇名）

　　（二）根据原刻本翻刻或重刻的刊本。如刊刻于康熙年间的四美堂刻本、世德堂刻本、怀永堂刻本；刊刻于乾隆年间的书业堂刻本、宝淳堂刻本；以及刊刻于光绪年间的善成堂刻本等。这类刊本基本上保存了原刻本的面目。分八卷，它们的目次与原刻本相同。但多数刊本已增有唐寅、陈洪绶等人为《西厢记》所作的画页。收录的多寡有所不同，如四美堂刻本收录二十一帧，世德堂刻本收录十六帧。这是第一点。第二点，有的刻本在卷首已增有吕世镛的序。第三点，第五本"续之四章"增添了篇名，如世德堂刻本等挪用了明刊本（如徐士范本、刘龙田本）《西厢记》中常见的"泥金报捷""锦字缄愁""郑恒求配""衣锦荣归"。也有用两字标目的，如善成堂刻本等则为"捷报""猜寄""争艳""荣归"。第四点，皆附录《醉心篇》（又名《六才子西厢文》）。

　　在这类刊本中以中国科学院图书馆收藏的宝淳堂写刻本最为精善，它的校勘较细，错误较少，也最为近似原刻本。该书附录的《醉心篇》是经过陈维崧改订了的。陈维崧（1625—1682），字其年，是清初与朱彝尊齐名的著名文学家。康熙十年举博学鸿词，授检讨，参与编修《明史》，以诗、词、骈文称著于世。此刊本当与陈维崧有密切联系。

（三）邹圣脉汇注本，书名一般标为《绣像妥注第六才子书》。如乾隆四十七年（1782）楼外楼刻本、乾隆六十年（1795）尚有堂刻本，以及九如堂刻本等。这种刊本分六卷或七卷，如楼外楼刻本：

卷首　序一，曰：恸哭古人

　　　序二，曰：留赠后人

　　　读第六才子书西厢记法

　　　会真记

一卷　第一之四章

　　　（每折标目同原刻本，略，下同）

二卷　第二之四章

三卷　第三之四章

四卷　第四之四章

五卷　续之四章

　　　泥金报捷

　　　锦字缄愁

　　　郑恒求配

　　　衣锦荣归

六卷　《醉心篇》

有的刊本"首卷"名为"一卷"，依次排列则为七卷。这一类刊本与原刻本、重刻本或翻刻本相比较，《醉心篇》的地位突出了，它已不是附录，而是当作正文列为一卷，篇章的顺序并没有太大的差异，但在内容方面与原刻本已有较大的差别。1. 校订者认为《金批西厢》原刻本"字句不拘、谱法多寡"，他根据凌濛初日新堂刻本对原刻本做了订正。2. 原刻本对批语中的"妙语"，都在句侧勾画了圈点，以示重要。但连篇累牍的圈点影响了句读，"使读者往往不知句数"。该刻本将圈点全部删掉，加以标点，使"雅俗"皆能阅读。3. 对方言俗语，校订者参照徐文长、王骥德、凌濛初、袁了凡诸本，"妥而注之，附以音义，去其谬误。可解者解之，或从而两存之，不可解者存以俟之"（《例言》）。4. 卷首增加汪溥勋的一篇序。5. 在书页的上端附有评述、考证《西厢记》的文章十余篇，如《李卓吾杂说》《李笠翁填词余论》《会真记为诬谤辨》等。

（四）邓汝宁注本。如乾隆年间和嘉庆年间致和堂的两种刻本、嘉庆年间五云楼刻本、文苑堂刻本等。这种刊本的书名一般标为《增补笺注绘像第六才子书西厢记》，又常有副标题为《吴山三妇评笺注释第六才子书》。有的索性以此作为正标题，冒充假古董，招徕读者。分八卷，次目与原刻本大体相同，只是在"卷之二"，除原有的"金圣叹读《西厢记》法"，还增加了"毛西河读《西厢记》法"。五本各折均沿用徐士范四字标目，如"佛殿相逢""白马解围""锦字传情""月下佳期"等，附录无《醉心篇》。这是一种掺和多种评释本的汇释本，并附有音释。该书"例言"中说："《西厢》一书，刻者无虑数十家，大都增改原文十之四五，唯第六才子书为正。但批繁于文，音义未备，连篇累牍，折数未分。今合参诸本，上层注以参释，下层悉依金批。支分节解，每折标明，是书称完璧矣。"这是招揽生意的自誉之词。如果说"间有曲白中易一二字者，皆出古本"，这话还说得过去，那么"评语中删一二句者，取便抄写"，就不是很严肃的了。

（五）刊刻于乾隆六十年的朱墨套版《此宜阁增订西厢记》，也是一种有影响的刊本。各地书坊屡有翻刻者，如光绪二年如是山房刊印的《增订金批西厢》，即是此种刻本的翻刻本。此种刻本的卷数、目次和金批原刻本基本相同。但是它的内容同原刻本以及其他刻本迥然有异，确切地说，它是一种批评金批西厢的刻本。增订者周昂，在《重修常昭合志》卷二十《人物志》中记载其生平大略：

> 周昂，字少霞，蔡泾人。以技贡官宁国训导，旋举子乡。负隽才，尤长韵学，中年移疾归里著述自娱，有校正十国春秋、古韵通

叶、入韵备叶、小学卮言、韵学集成、此宜阁说经剩稿、视荫笔记、诗文集增辑小志（支溪诗录）。弟元徽，字少猷，初名慕然，诸生，亦以隽雅称。

有人说他著有《玉环缘》三十八出、《中州全韵》（一称《此宜阁天籁》）一书，均未见著录。可见他是一位戏曲的里手。他在该书的"例言"中说："实甫、圣叹虽属天才，然白璧之瑕，殊难阿好，索垢求疵，为二家羽翼，非有意操戈也。"这可以说是他增订《金批西厢》的目的。增订者自称参照了"周宪王、朱石津、金白屿、屠赤水、徐士范、徐文长、王伯良及赵氏诸本"，"兼收并取，即其言未的，亦有附录者，以广见闻"。凡是他认为"原文曲白有不可删者"，都用赤色字"随处附入"。这种刊本对于我们了解《金批西厢》是有益的。

此外还有一些《金批西厢》刊本，它们虽然也有其特点，但影响不大，如注有"因百藏曲"的写刻本《贯华堂注释第六才子书》，是把注释以夹注的形式附在曲文中间的，而广泛流传的只有上述五种刊本。总之，自从《金批西厢》出现之后，以它为底本的注释、汇释、音释本出现很多。但是要了解《金批西厢》的本来面目，还是要看原刻本或与原刻本近似的其他刊本。众多的《金批西厢》刊本，大多数刊刻粗糙，校勘粗疏，舛误极多。即或是较好的刊本或善本，各种纰漏也在所难免。造成种种状况的原因归纳起来有如下几点：1. 原刻本的批语就存在不少别字、错字，词句欠通顺的地方。金圣叹已经把丑话说在前面了，他说："圣叹《西厢记》，只贵眼照古人，不敢多让。至于前后著语，悉是口授小史，任其自写，并不曾点缀一遍，所以文字多有不当意处。"（《读第六才子书西厢记法》八），应该说有一部分是实话。2. 书商刻书的目的是牟利，态度往往是不严肃的。各种刊本由于校勘的疏忽造成的错误，所占比例最大，比如近似字的误刻，如"目"字刻为"日"字，"若"字刻为"苦"字，"翼"字刻为"冀"字，"且"字刻为"旦"字，等等，不胜枚举。3. 以讹传讹。比如刊刻于康熙年间的四美堂刻本，应该说是一种较好的刻本了，但它竟有两处错页，分别在《琴心》《哭宴》两折的开篇批语中，都是由于页码的模糊，在装订时把前后页颠倒了。稍后"金谷园藏版"的重刻本，延续了这个错误。但是它的行款已经改变了，通刻下来就成为十分不易识别的错误。再如，某一句话某一刻本刻错一个字，以后的刻本妄加附会，最后这一句话竟变得面目全非。比如《请宴》一折"右第十三节"批语中，有"岂有家常饭挖耳相招"一语，有的刊本刻为"它耳相招"，有些刊本则索性改为"率尔相招"了。更有甚者，有些话一字之差，谬之千里。比如"是必休忘旧"，误刻为"何必休忘旧"，语意完全相反。错误较少的善本是颇难见到的。

这里需要提出来谈一谈的是它的外序和《醉心篇》。

《金批西厢》除原刻本、翻刻本、重刻本，一般刊本除金圣叹的两篇自序外，大都有一篇补加的序文。这个补加的序文有两种，一种是康熙五十九年（1720）写的（见附录），作者吕世镛，内容是称赞金圣叹的才识与眼力，它的真伪问题是毋庸置疑的。另一种是康熙八年（1669）写的，作者汪溥勋。更多的刊本采用汪序，但是它的真伪问题却大可怀疑。

刘世珩《暖红室汇刻西厢记》"西厢记考据"中说，汪序最早见于大业堂刻本《第六才子书西厢记》（不见著录），原序如下：

> 凡书不从生动处看，不从关键与照应处看，犹如相人不以骨气，不以神气，不以眉目。虽指点之工，言验之切，下焉者也，乌足名高。语曰：传神在阿睹间。嗟夫，此处着眼，正不易易。吾窃怪夫世之耳食者，不辨真赝，但听名色，便尔称佳，如卓老、文长、陈（眉）公种种诸刻盛行于世，亦非真本。及观真本，反生疑诧。掩我心灵，随人嗔喜，举世尽然矣，吾亦奚辨。今睹圣叹所批西厢秘本，实为世所未见，因举"风流隋何、浪子陆贾"二语，叠用照应，呼吸生动，乃一评曰妙，再评曰妙、妙，三评以至五评，皆称妙绝，趣绝；又如用头巾语甚趣，带酸腐气可爱，往往点出，皆人所绝不

着意者，一经道破，煞有关情，在彼作者亦不知技之至此极也。圣叹尝言：凡我批点，如长康点睛，他人不能代。识此而后知圣叹之书，无有不切中关键，开豁心胸，发人慧性者矣。夫西厢为千古传奇之祖，圣叹所批又为西厢传神之祖。世不乏只眼，应有如扬子云者，幸勿作稗官野史读之，当以史记、左、国诸书读之可也。

刘世珩说在这篇序下有一条"原注"，写道："右序字字珠玑，语语会心，真看书之要诀也。今坊刻借作李卓吾叙者，误。"肯定"李卓吾叙"是伪作，但注者并没有说明哪种"坊刻"本。据现在所能看到的《西厢记》序文，只有明末西陵天章阁项南州刊刻的《李卓吾先生批点北西厢真本》有醉香主人序，与上述序文是十分近似的。

看书不从生动处看，不从关键处看，不从照应处看，犹如相人不以骨气，不以神色，不以眉目。虽指点之工，言验之切，下焉者矣，乌得名相。语曰：传神在阿睹间者。呜呼！此处着眼，正不易易。吾独怪夫世之耳食者，不辨真赝，但借名色，便尔称佳。如假卓老、假文长、假眉公，种种诸刻，盛行不讳，及睹真本，反生疑诧。掩我心灵，随人嗔喜，举世尽然矣，吾亦奚辨。往陶不退语，余家藏卓老西厢，为世所未见。因举"风流隋何，浪子陆贾"二语，叠用照应，呼吸生动。乃评之曰：一用妙，二用妙、妙，三用以至五用，皆称妙绝，趣妙；又如用头巾语甚趣，带酸腐气可爱，往往点出，皆人所绝不着意者。一经道破，煞有关情，在彼作者，亦不知技之至此极也。卓老尝言：凡我批点，如长康点睛，他人不能代。识此而后知卓老之书，无有不切中关键，开豁心胸，发我慧性者矣。夫西厢为千古传奇之祖，卓老所批又为西厢传神之祖。世不乏只眼，应有取证在，毋曰剧本也，当以李氏之书读之矣。

崇祯岁庚辰仲秋之朔，醉香主人书于快阁。

两相比较所不同的，只是一为"圣叹尝言"，一为"卓老尝言"；一为"圣叹所批"，一为"卓老所批"，以及最后的几句话，是以各自的语气写的，此外除个别字句稍有出入，两者完全相同。然而大业堂刻本中序的"原注"的结论，毕竟使人感到唐突。因为天章阁刻本是有写序的时间的，"崇祯岁庚辰"，即崇祯十三年（1640），而金批本汪序作于"康熙己酉"，即康熙八年（1669），它迟于天章阁刻本序二十九年。其次，天章阁本序，全文语气贯通，序文引用的评语，是李卓吾眉批常见的用语，不着修补痕迹，而汪序所谓的"一评曰妙，二评曰妙、妙"，则不知所云，全文有明显的改篡痕迹。由此可以认为大业堂刻本序的"原注"，不仅是不确切的，而且是把是非颠倒了。所谓的"李卓吾"是误，序的作者应为醉香主人；改篡的不是天章阁刻本序，汪序才是剽窃之作。当然在那时这种欺世骗人的事情并非是仅有的，比如明末同出于师俭堂的《陈眉公先生批评西厢记》和《汤海若先生批评西厢记》，两书的序文都是那篇"文章自正体四六之外……"，前者作"云间陈继儒题"，后者题为"海若汤显祖"，这显然是骗人的把戏了。由此可知把坊间刻本的序跋题识都看作是真货色，难免要大上其当的。

《醉心篇》，又名《西厢才子文》。《金批西厢》各种刊本的附录，绝大多数转抄于明代各种《西厢》刊本，如"围棋闯局""园林午梦""西厢八咏""闺怨蟾宫"，等等，唯有《醉心篇》是《金批西厢》所独有的。它在附录中所占的地位最为突出。

《醉心篇》一般为二十章，它是从《西厢记》五本二十折，各折提出一个中心意念，如"怎当他临去秋波那一转""隔墙儿酬和到天明"，运用骈体文的形式对那个意念生发议论、抒发感情，讲求文字华美，对仗奇巧，议论精湛。它的作者是谁，各刊本皆不见署名。从现有的材料看，最初它是由单篇产生的。现在所能见到的《西厢记》最早的刊本弘治本，其附录已有"新增秋波一转论"，署名"西蜀璧山来凤道人"。万历年间刊刻的徐士范、熊龙峰、刘龙田诸本，除附有"秋波一转论"，还增添了没有署名的"松金钏减玉肌论"，这大约就是《醉心篇》的最初形态。此外在尤侗《西堂全集》卷七收有"怎当他临去秋波那一转"。可知它同"蒲东诗百首""摘翠百咏"等一样，是文人学士借《西厢记》这一题材运用骈体文形式展露才华的再创造。《暖红室汇刻西厢记》"重编会真记杂录上"，"制艺"，收有明唐寅"怎当他临去秋波那一转""穿一套缟素衣裳"等二十章，已具《醉心篇》的规模，但未注明出处。这样完整篇章明刊《西厢记》诸本以及明刊本《西厢记考》均不见著录，因此它是否唐寅所著是很可怀疑的。比如"怎当他临去秋波那一转"便是采用尤侗的，其他各章亦有不同的删改。乾隆年间的宝淳堂精刻本《贯华堂第六才子书西厢记》的《醉心篇》，经陈维崧的"订正"，文字与一般刊本大有出入。陈维崧（1625—1682）是清初著名词人，善骈体文，这篇《醉心篇》可能出自他的手笔。它增加了宝淳堂精刻本的版本价值。还有一些刊本中的《醉心篇》已不止二十章了，比如《贯华堂注释第六才子书》《寺警》附"笔尖儿横扫五千人"和"系春情短柳丝长，隔花人远天涯近"两章；《琴心》附"中间一层红纸几眼疏棂，不是云山几万重"和"他做了个影儿里情郎，我做了个画儿里爱宠"两章；《哭宴》附"倩疏林你与我挂住斜晖"和"昨霄今日清减了小腰围"两章。由此可以看出《醉心篇》是一个群体的创作，大体形成于明末清初。它反映了人们，特别是文人阶层对《西厢记》这一题材的兴趣有增无减。

附录

重刻绘图西厢记序

原夫镂云裁月，卓吾兴化工之叹，惊心动魄，圣叹有才子之称。发作者之巧，睛点僧繇，传崔徽之真，毫添顾恺。岂殊讲学，不言性而言情，若共论文，亦中规而中矩。誉绮语闲情之赋，宁识风诗，悟秋波临去之词，方知禅义。是不独绿么小部，声声花外之传，红豆妖姬，粒粒酒边之记而已。兹因以三余缩之短本，珍藏怀袖，敢云径寸之珠，佐以文房，还共吉光之羽。扁舟选胜，载同文蛤香螺，蜡屐探幽。携并锦囊奇句。娱骚人之目，底须略略频弹，醉韵士之心，不啻堂堂低唱。幸等之左、国、庄、史，观其掀天盖地之才，毋徒因月露风云，求之减字偷声之末。

康熙庚子岁仲冬上浣丰溪吕世镛题于西郊之怀仁堂。

（原载《戏曲研究》第20辑，文化艺术出版社1986年版）

《金批西厢》的评点理论格局[*]

——《金批西厢》解读

明代中叶以后，由于出版业的发达，出版界出现了"评点本"，特别是戏曲、小说领域，一时间李卓吾、陈眉公等"评点本"真真假假大量出现，书商因此牟取暴利。但那一时期，所谓的"评点本"，大都是在扉页的顶端加简短空泛的评语，如"妙""妙极"之类，理论内涵极低。

《庄》、《骚》、马、杜、《水浒》、《西厢》所谓的六才子书，金圣叹仅仅完成点评了第五才子书《水浒传》和第六才子书《西厢记》。这两部书在有清以来风行于世，在中国文学史、中国文学批评史、戏曲史、戏曲批评史都有相当重要的地位。它把中国独有的"评点"形式创造性地发展到极致。就《金批水浒》和《金批西厢》研究的成就来说，在笔者看来，《金批西厢》的评点成就大大超出了《金批水浒》。

《金批西厢》的理论格局，是由"读第六才子书西厢记法"、每一折的开篇批语，以及每一折内的若干分节批语、夹批等四个层次组成，相互照应，阐述他的理论观点，所构成的庞大理论批评体系。这种评点形式可以说前无古人、后无来者，为金圣叹所独创。

---

[*] 本文所引用的《金批西厢》剧辞及批语，据甘肃人民出版社1985年版傅晓航校点《贯华堂第六才子书西厢记》录定，标点符号按照本次排版规范适当调整。

《贯华堂第六才子书西厢记》次序：

> 序一
> 序二
> 读第六才子书西厢记法
> 《西厢记》正文

明清两代刻印的戏曲书籍，包括剧本、杂记等，作者的理论观点大都容纳在它的序、跋中，而《金批西厢》的两篇序言却是十分空泛的。

"序一，恸哭古人"，是一篇玄学意味很浓，而内容十分空泛的文章。无非是说："今夫浩荡大劫，自初迄今，我则不知其有几万万年月也。几万万年月皆如水逝、云卷、风驰、电掣，无不尽去，而至于今年今月而暂有我。此暂有之我，又未尝不水逝、云卷、风驰、电掣而疾去也。"人生活在这个水逝云卷、风驰电掣飘忽不定、匆匆而逝的世上，"诸葛公之'躬耕南阳，苟全性命'可也，此一消遣法也"，"陶先生之不愿折腰，飘然归来，可也，亦一消遣法也"，"我将以何等消遣而消遣之"？他"刻苦""欲其精妙"地评点《西厢记》，亦是一种"消遣"法。然而我这样的努力，"安计后之人"是否知道有我这样一个人呢？古人（《西厢记》的作者）其"才识"十倍于我的，也是这样，"我欲恸哭之，我又不知其为谁也。我是以与之批之、刻之也。我与之批之、刻之以代恸哭之也。夫我之恸哭古人，则非恸哭古人，此又一我之消遣法也。"

"序二，留赠后人"，说他想珍重地给后世的"友生"留下一本他评点的《西厢记》。"观于我之无日不思古人，则知后之人之思我必也……若其大思我，此真后人之情也……是不可以无所赠之，而我则将如之何其赠之？后之人必好读书……夫世间之一物，其力必能至于后世者，则必书也。夫世间之书，其力必能至于后世，而世至今犹未能以知之者，则必书中之《西厢记》也。"这里表达了他对《西厢记》的珍重。

读第六才子书西厢记法

"读第六才子书西厢记法"（以下简称"读法"）共八十一条，囊括了金圣叹对《西厢记》的基本看法和理论依据，是以一组一组的条文阐述形式出现的。这八十一条，基本上是以若干条为一组阐述一个理论问题，或创作方法，或创作技法，或美学观点。每折前有一篇开篇批语，大都是结合该折提出一个重要理论问题。"读法"与每折的开篇批语，以及每折的分节批语乃至夹批，大都是相互呼应的。

第一条至第六条，高举反封建卫道士旗帜，说："《西厢记》断断不是淫书。"

第七条至第十三条，述批点《西厢记》的良苦用心，将《西厢记》比作《庄子》《史记》。《西厢记》无一字不雅驯，无一字不透脱。人们读过《西厢记》提高了鉴别能力，"遥计一二百年之后，天地间书，无有一本不似十日并出，此时则彼一切不必读、不足读、不耐读等书亦既废尽矣"。与序二观点相呼应。

第十四条，说他编辑《才子必读书》之原委："仆昔因儿子及甥侄辈，要他做得好文字，曾将《左传》、《国策》、《庄》、《骚》、《公》、《谷》、《史》、《汉》、韩、柳、三苏等书，杂撰一百余篇，依张侗初先生《必读古文》旧名，只加'才子'二字，名曰《才子必读书》。盖致望读之者之必为才子也。久欲刻布请正，苦因丧乱，家贫无资，至今未就。今既呈得《西厢记》，便亦不复更念之矣。"这一条与"序二"相呼应。《西厢记》是可以与"经典"著述相比配的优秀著作。

第十五条至第十七条，说的是写文章的技法问题：文章如何下笔、文章如何铺展。"文章最妙是目注彼处，手写此处。若有时必欲目注此处，则必手写彼处。……若不解其意，而目亦注此处……便一览已尽。《西厢记》最是解此意。"谈"写作技法"是《金批西厢》的重要内容之一。

第十八条至第二十一条，依然是写作方法问题，引申到创造规律。在这里他提出了一个创造心理学上的问题——灵感——觑见与捉住。第十八条："文章最妙是此一刻被灵眼觑见，便于此一刻放灵手捉住。盖于略前一刻亦不见，略后一刻便亦不见，恰恰不知何故，却于此一刻忽然觑见，若不捉住，便更寻不出。今《西厢记》若干文字，皆是作者于不知何一刻中灵眼忽然觑见，便疾捉住，因而直传到如今。细思万千年以来，知他有何限妙文，已被觑见，却不曾捉得住，遂总付之泥牛入海，永无消息。"

第十九条略谓有人说《西厢记》他也可以做得出来。金圣叹说，不用说他做不出来，就是王实甫还活着，烧了此本，让他重做一本也是不可能的。即令他再做一本，也是"别一刻所觑见，便用别样捉住，便是别样文心，别样手法，便别是一本，不复是此本也"。

第二十条，金圣叹说："盖觑见是天付（赋），捉住须人工也。"因此他告诫人们不要去学王实甫的"觑见"，而要学他的"捉住"。

第二十一条，金圣叹又进一步谈觑见与捉住的时限性："仆尝粥时欲作一文，偶以他缘不得便作，至于饭后方补作之。仆便可惜粥时之一篇也。"

第二十二条，以风云无定，把创作说成为不可知论。"风无成心"，"云无定规""都是互不相知，便乃偶尔如此。《西厢记》正然，并无成心之与定规，无非佳日闲窗，妙腕良笔，忽然无端，如风荡云"。谈创作灵感问题。

第二十三条、第二十四条，说的是《西厢记》告诉了你写作方法。有人说"鸳鸯绣出从君看，不把金针度与君"，《西厢记》则"绣出鸳鸯从君看，敢把金针度与君"。"今日见《西厢记》，鸳鸯既绣出，金针亦尽度"。第二十四条又以吕祖故事阐发这一问题：某人信吕祖甚虔诚，"感其至心，忽降其家，见其赤贫，不胜悯之，念当有以济之。因伸一指，指其庭中磐石，灿然化为黄金。曰：'汝欲之乎?'其人再拜曰：'不欲也。'吕祖大喜，谓：'子诚如此，便可授子大道。'其人曰：'不然！我心欲汝此指头耳'。……今此《西厢记》，便是吕祖指头，得之者，处处遍指，皆作黄金。"金圣叹要王实甫的手指头！

第二十五条、第二十六条，依然说的是文章的铺展问题，是第十五至十七条的延续，可以联系在一起看。第二十五条说："仆思文字不在题前，必在题后。若题之正位，决定无有文字。不信，但看《西厢记》之一十六章，每章只用一句两句写题正位，其余便都是前后摇之曳之，可见。"第二十六条重复此意："知文在题之前，便须恣意摇之曳之，不得便到题；知文在题之后，便索性将题拽过了，却重与之摇之曳之。若不解此法，而误向正位多写作一行或两行，便如画死人坐像……"

第二十七条至第四十六条，对《西厢记》的审美评价：化境，倡导"天然去雕饰"，说文章有字、句、章，《西厢记》的字、句、章浑然一体，分不出字、句、章，亦即看不到文字的雕琢痕迹。

第三十二条至第四十三条，是对《西厢记》的审美评价，他反复说："《西厢记》是此一'无'字。"重复一个意思。"清水出芙蓉，天然去雕饰。"看不到丝毫笔墨的斧斫痕迹。

第四十六条，进一步阐明"无"字："圣叹举赵州'无'字说《西厢记》，此真是《西厢记》之真才实学，不是禅语，不是有无之'无'字。须知……'无'字，先不是禅语，先不是有无之'无'字，真是赵州和尚之真才实学。"

以下是人物论——

第四十七条至第六十条，这一大块总题应该是：人物论，论《西厢记》人物描写。这里包括人物性格、人物主次、人物之间的陪衬关系、人物的地位以及他对人物的评价。

第四十七条，"西厢记只写得三个人：一个是双文，一个是张生，一个是红娘"，其他人物都是"忽然应用之家伙耳"！

第四十八条："双文是题目，张生是文字，红娘是文字之起承转合。有此许多起承转合，便令题目透出文字，文字透入题目也。其余如夫人等，算只是文字中间所用之乎者也等字。"

第四十九条，将张生、莺莺、红娘比作病、药、药的炮制，"便令药往就病，病来就药也"。其余人物，只是"炮制时所用之姜、醋、酒、蜜等物"。

第五十条，《西厢记》只为写得一人——双文。

第五十一条，为写双文，不得不写红娘，"是出力写双文"。

第五十二条，《西厢记》所以要写双文，是由于张生，因为没有张生写双文作甚？

第五十三条，《西厢记》写张生、红娘都是为了写双文。

第五十四条，诚悟《西厢记》只是为了写双文，"便应悟《西厢记》决是不许写到郑恒"。金圣叹在这里说出了他删掉第五本的原因。

第五十五条，人物间的衬托关系，要把张生写成什么样子："《西厢记》写张生，便真是相府子弟……异样高才，又异样苦学；异样豪迈，又异样淳厚。相其通体自内至外，并无半点轻狂、一毫奸诈。年虽二十有余，却从不知裙带之下有何缘故。虽自说颠不刺的见过万千，他亦只是曾不动心。写张生直写到此田地时，须悟全不是写张生，须悟全是写双文。锦绣才子，必知其故。"

第五十六条，怎样写红娘："《西厢记》写红娘，凡三用加意之笔：其一，于《借厢》篇中，峻拒张生；其二，于《琴心》篇中，过尊双文；其三，于《拷艳》篇中，切责夫人。一时便似周公制礼，乃尽在红娘一片心地中。凛凛然，侃侃然，曾不可得而少假借者。写红娘直写到此田地时，须悟全不是写红娘，须悟全是写双文。锦绣才子，必知其故。"

第五十七条，《西厢记》作者不但能写好《西厢记》，同样能写好任何题材。"我曾细相其眼法、手法、笔法、墨法，固不单会写佳人才子也，任凭换却题教他写，他俱会写。"

第五十八条："若教他写诸葛公白帝受托，五丈出师，他便写出普天下万万世无数孤忠老臣满肚皮眼泪来。"

第五十九条："若教他写王昭君慷慨请行，琵琶出塞，他便写出普天下万万世无数高才被屈人满肚皮眼泪来。"

第六十条："若教他写伯牙入海，成连径去……无数苦心力学人……"

第六十一条至第六十八条，表达金圣叹对《西厢记》的崇敬心情。"扫地读之"，"不得存一点尘于胸中也"，"焚香读之"，"对雪读之"，"对花读之"，

"必须尽一日一夜之力，一气读之"，"必须展半月一月之功，精切读之"。

第六十九条，"《西厢记》前半是张生文字，后半是双文文字，中间是红娘文字。"谈人物。

第七十条至第八十一条，赞美《西厢记》。

在"读法"与"正文"间，安插了一段所谓的"圣叹外书"。它是金圣叹以"声明"的形式，说他着重删改的《西厢记》的"典型环境"。在他看来，这是他删改《西厢记》的基础。

一、讲相国停丧于普救寺西厢的原因。西厢之西另有别院，"出堂俸建别院"。"普救寺有西厢，而是西厢之西又有别院，别院不隶普救，而附于普救，盖是崔相国出其堂俸之所建也。"

二、"圣叹之为是言也，有二故焉。其一，教天下以慎诸因缘也。佛言一切世间，皆从因生……然则西厢月下之事，非相国为因，又谁为之？"其二，"教天下以立言之体也。夫老夫人守礼谨严，一品国太君也。双文，千金国艳也……普救寺者，河中大刹，则其堂内堂外，僧徒何止千计。又况八部海涌，十方云集，此其目视手指，心动口说，岂复人意之所能料乎哉？……圣叹详睹作者实于西厢之西，别有别院。此院必附于寺中者，为挽弓逗缘。而此院不混于寺中者，为双文远嫌也。君子立言，虽在传奇，必有礼焉，可不敬与！"

从序一、序二，到八十一条，提出了如下一些观点和理论：

（一）《西厢记》不是"淫书"，是可以与"《国策》、《庄》、《骚》、《公》、《谷》、《史》、《汉》、韩、柳、三苏"等经典著作相媲美的优秀作品。

（二）注重典型环境问题。

（三）《西厢记》描写的中心是人物——人物论，着眼于性格分析。

以上两个方面，构成金圣叹评点《西厢记》的现实主义理论内涵。

（四）谈《西厢记》的技法问题，包括文章的铺展等问题。

（五）写作的灵感问题。

（六）《金批西厢》理论根基之一——极微论。

（七）《金批西厢》理论根基之二以"无"字论说"化境"。

正文，则以实例进一步阐述他在"读法"提出的论理观点。每一折前面都有一篇姑且叫它"开篇批语"，基本上都是一篇理论性文字；它大都是根据该折的情节或人物提出一些理论问题。它是金圣叹阐述他理论见解最为重要的地方。下面把它们的内容简要地介绍一下：

一之一　惊艳　张生主唱　开篇批语说剧中主人公为作者最心爱的人物。

一之二　借厢　张生主唱　开篇批语论语言的概括能力。

一之三　酬韵　张生主唱　开篇批语讲极微论。

一之四　闹斋　张生主唱　开篇批语以游庐山为例，谈艺术的想象力。

二之一　寺警　莺莺、惠明主唱　开篇批语　谈写作技法。

二之二　请宴　红娘主唱　开篇批语以游名山大川为例，谈审美特性，强调"别才""别眼"的审美特质。

二之三　赖婚　莺莺主唱　开篇批语通过论述为什么要莺莺主唱，谈语言的性格化问题。

二之四　琴心　莺莺主唱　开篇批语讲的是红娘教张生以"琴心""探听"莺莺，暴露了金圣叹的思想矛盾。

三之一　前候　红娘主唱　开篇批语讲的是铺展的技法——挪碾法。

三之二　闹简　红娘主唱　开篇批语讲的是"斗然变容"的章法。红娘为主体，写莺莺性格的表里不一。

三之三　赖简　红娘主唱　开篇批语讲"文章之妙，无过曲折"。

三之四　后候　红娘主唱　开篇批语讲很抽象的"生""扫""三
渐"等概念。

四之一　酬简　张生主唱　开篇批语中金圣叹赞赏崔、张的大胆
的结合。

四之二　拷艳　红娘主唱　开篇批语中的三十余则"不亦快哉"
是了解金圣叹人生观、家境、性格、
品德、生活理想的重要材料。

四之三　哭宴　莺莺主唱　开篇批语　引用佛经，证情节终于
"哭宴"之必然。

四之四　惊梦　张生主唱　开篇批语　阐述人生如梦。

一之一（即第一本第一折，以下同）　惊艳　张生主唱

这一折的"开篇批语"，阐述两个问题：

一、用最爱的心写你的主人公。剧中的主人公应是作者最珍爱的人物，
"如君瑞、莺莺、红娘、白马，皆是我一人心头口头，吞之不能，吐之不可，
搔爬无极，醉梦恐漏"的心上人物。因此对他们绝对不能作"狂荡无礼之
言"。由此"可以大悟古人寄托笔墨之法也矣"。

二、怎么写好主人公。要想写好主要人物，必须首先写好陪衬人物。在
这里金圣叹提出了"烘云托月之法"："亦尝观于烘云托月之法乎，欲画月也，
月不可画，因而画云。画云者，意不在于云也。意不在于云者，意固在于月
也。……于云略失则重，或略失则轻，是云病也。云病，即月病也。"在金圣
叹看来，"《西厢》之作也，专为双文"，"将写双文，而写之不得，因置双文
勿写，而先写张生者，所谓画家烘云托月之秘法……而于写张生时，厘毫夹
带狂且身份，则后文唐突双文乃极不小"。

正文 一之一 惊艳 张生主唱

（夫人引莺莺、红娘、欢郎上云）老身姓郑，夫主姓崔，官拜当朝相国，不幸病薨。只生这个女儿，小字莺莺，年方一十九岁，针黹女工、诗词书算，无有不能。相公在日，曾许下老身侄儿郑尚书长子郑恒为妻，因丧服未满，不曾成合。这小妮子是自幼伏侍女儿的，唤做红娘。这小厮儿唤做欢郎，是俺相公讨来压子息的。相公弃世，老身与女儿扶枢往博陵安葬。因路途有阻，不能前进，来到河中府，将灵枢寄在普救寺内。这寺乃是天册金轮武则天娘娘敕赐盖造的功德院。长老法本，是俺相公剃度的和尚，因此上有这寺西边一座另造宅子，足可安下（这是金圣叹对《西厢记》最重大的改动——是他评点《西厢记》的基础——创造典型环境），一壁写书附京师，唤郑恒来相扶回博陵去。俺想相公在日，食前方丈，从者数百，今日至亲，只这三四口儿，好生伤感人也呵！

【仙吕·赏花时】（夫人唱）夫主京师禄命终，子母孤孀途路穷，旅衬在梵王宫。盼不到博陵旧冢，血泪洒杜鹃红。

（夫人云）今日暮春天气，好生困人。红娘，你看，前边庭院无人，和小姐闲散心立一回去。

（红娘云）晓得。

（批语）于第一章大书曰"老夫人开春院"，虽曰罪老夫人之辞，然其实作者乃是巧护双文。盖双文不到前庭，即何故为游客误见？然双文到前庭而非奉慈母暂解，即何以解于女子不出闺门之明训乎？故此处闲闲一白，乃是生出一部书来之根。既伏解元所以得见惊艳之由，又明双文真是相府千金秉礼小姐。盖作者之用意苦到如此。近世忤奴乃云双文直至佛殿，我睹之而恨恨焉！

与"圣叹外书"相呼应。金圣叹在这里提出要写好主人公（典型人物），必须写好典型环境。

【后】（莺莺唱）可正是人值残春蒲郡东，门掩重关萧寺中。花落水流红，闲愁万种，无语怨东风。（原书"分节批语"正文下的小字批语，为"夹批"，以下同。此正文下的批语，略）

（夫人引莺莺、红娘、欢郎下）

（张生引琴童上，云）小生姓张，名珙，字君瑞，本贯西洛人也。先人拜礼部尚书。（夹批略）小生功名未遂，游于四方。即今贞元十七年二月上旬，欲往上朝取应。路经河中府，有一故人，姓杜，名确，字君实……曾为八拜之交……官拜征西大元帅……现今镇守蒲关。小生就探望哥哥一遭。……暗想小生，萤窗雪案，学成满腹文章，尚在湖海飘零，未知何日得遂大志也呵。（夹批略）

【仙吕·点绛唇】（张生唱）游艺中原，（夹批略）脚根无线……望眼连天，日近长安远。（夹批略）

（"右第一节"批语略）

【混江龙】向诗书经传，蠹鱼似不出费钻研。棘围呵守暖，铁砚呵磨穿。投至得云路鹏程九万里，先受了雪窗萤火十余年。才高难入俗人机，时乖不遂男儿愿。怕你不雕虫篆刻，断简残篇。（夹批略）

着眼于张生的性格（典型人物）刻画问题。

（"右第二节"批语）写张生满胸前刺刺促促，只是一色高才未遇说话，其余更无一字有所及。

（白）行路之间，早到黄河这边。你看好形势也呵！

（"右第二节"批语）张生之志，张生得自言之。张生之品，张生不得自言之也。张生不得自言，则将谁代之言？而法又决不得不言。

于是，顺便反借黄河，快然一吐其胸中隐隐岳岳之无数奇事。呜呼！真奇文大文也。"

【油葫芦】九曲风涛何处险？正是此地偏。带齐梁，分秦晋，隘幽燕。雪浪拍长空，天际秋云卷。（夹批略）竹索缆浮桥，水上苍龙偃。（夹批略）东西贯九州，南北串百川。（夹批略）归舟紧不紧如何见？似弩箭离弦。

【天下乐】疑是银河落九天，高源云外悬。（夹批略）入东洋不离此径穿。（夹批略）滋洛阳千种花，（夹批略）润梁园万顷田。我便要浮槎到日月边。（夹批略）

（"右第三节"批语）借黄河以快比张生之品量。试看其意思如此，是岂偷香傍玉之人乎哉？用笔之法，便如擘五石劲弩，其势急不可就而入，下斗然转出事来，是为奇笔。

（下张生住店、游寺、与法聪对话等情节略）

写作技法"目注此处"，"手写彼处"之一例：

【村里迓鼓】随喜了上方佛殿，（只一"了"字便是游过佛殿也。而后之忤奴必谓张、莺同在佛殿，一何悖哉！）

强调典型环境！

我数毕罗汉，参过菩萨，拜罢圣贤。（此三句不接上文之下，乃重申上文处处所见。盖上文以佛殿、僧院、厨房、法堂、钟楼、洞房、宝塔、回廊，衬出崔氏别院；而此又以罗汉、菩萨、圣贤一切相衬出惊艳也。）

（白）那里又好一座大院子，却是何处？待小生一发随喜去。（聪拖住云）那里须去不得，先生请住者，里面是崔相国家眷寓宅。（张生见莺莺、红娘科）蓦然见五百年风流业冤。

（"右第四节"批语）写张生游寺已毕，几几欲去，而意外出奇，凭空逗巧。如此一段文字，便与《左传》何异？凡用佛殿、僧院、厨房、法堂、钟楼、洞房、宝塔、回廊无数字，都是虚字。又用罗汉、菩萨、圣贤无数字，又都是虚字。相其眼觑何处，手写何处，盖《左传》每用此法。我于《左传》中说，子弟皆谓理之当然，今试看传奇亦必用此法。可见临文无法，便成狗嗥。而法莫备于《左传》，甚矣，《左传》不可不细读也！我批《西厢》，以为读《左传》例也。

【元和令】颠不剌的见了万千，这般可喜娘罕曾见。（夹批略）我眼花缭乱口难言，魂灵儿飞去半天。（夹批略）

（"右第五节"批语）写张生惊见双文，目定魂摄，不能遽语。（夹批略）

（接【元和令】）尽人调戏，靥着香肩，只将花笑拈。（尽人调戏者，天仙化人，目无下土，人自调戏，曾不知也。彼小家十五六女儿，初至门前，便解不可尽人调戏，于是如藏似闪，作尽丑态……

写大家闺秀与小家女儿的区别。

《西厢记》只此四字，便是吃烟火人道杀不到。千载徒传"临去秋波"，不知已是第二句。）

【上马娇】是兜率宫，是离恨天？我谁想这里遇神仙。（纯写尽人调戏神韵。看他用第三笔又如此，只是空写。）

"右第六节"批语评论人物性格描写，即作者是如何塑造莺莺的。金圣叹认为作者以"尽人调戏"四字，写尽了相府小姐的情态。

【"右第六节"】（原书两个第六节）批语】写双文不曾久立，张生瞥然惊见。此一顷刻，真如妙喜于阿闳佛国一现，不可再现。今乃欲于顷刻一现中，写尽眼中无边妙丽，可知着笔最是难事。因不得已而穷思极算，算出"尽人调戏"四字来。盖下文写双文见客即走入者，此是千金闺女自然之常理。而此处先下"尽人调戏"四字，写双文虽见客走入，而不必如惊弦脱兔者，此是天仙化人，其一片清净心田中，初不曾有下土人民半星龌龊也。看他写相府小姐，便断然不是小家儿女。笔墨之事，至于此极，真神化无方。

（接【上马娇】）宜嗔宜喜春风面。

（"右第七节"批语）只此七字，是双文正面，下便侧转身来也。须知自"颠不剌"起，至"晚风前"止，描画双文，凡用若干语，而其实双文止是阿闳佛国瞥然一现，盖只此七字是也。此七字以上，皆是空写，以下，则皆写双文入去。我不知双文此日亦见张生与否，若张生之见之，则止于此七字而已也。后之忏奴，必谓双文于尔顷，已作目挑心招种种丑态，岂知《西厢记》妙文，原来如此！

凡是他谴责"忏奴"或"伧父"处，都是他着笔删改处。

（接【上马娇】）偏，（【上马娇】有此一字句。此恰用著言双文侧转身来也。）宜贴翠花钿。

【胜葫芦】宫样眉儿新月偃，侵入鬓云边。（是侧转来所见也。）

（"右第八节"批语）写双文侧转身来。圣叹遂于纸上亲见其翩若惊鸿……此方是活双文，非死双文也。伧乃不解，遂谓面是面，钿是钿，眉是眉，鬓是鬓，则是泥塑双文也。

（接【胜葫芦】）未语人前先腼腆，樱桃红破，玉粳白露，半晌，恰方言。

【后】似呖呖莺声花外啭。（夹批略）

（莺莺云）红娘，我看母亲去。

（第九节批语、第十节批语及中间几句唱词略）

（莺莺引红娘下）

【后庭花】写莺莺走后，是怎样"风魔了"张解元的。金圣叹是如何夹批【后庭花】这段唱词的：

【后庭花】你看衬残红芳径软，步香尘底印儿浅。（下将凭空从脚痕上揣摹双文留情，故此特指芳径浅印，以令人看也。伧父强作解事，多添衬字，谓是叹其小，叹其轻。彼岂知文法生起哉！）休题眼角留情处，只这脚踪儿将心事传。（张生从何说起？作者从何入想？且又不便于脚痕上见鬼，又先于眼角上掉谎。行文可谓千伶百俐，七穿八跳矣。）慢俄延，投至到栊门前面，只有那一步远。（谁曾俄延？先生谎也。如此文字，真乃十分是精灵，十二分是鬼怪矣。上云你看，看底印也。看底印何也？看其将心事传也。底印何见其将心事传？看其步步慢，故步步近，即步步不忍舍我入去也。）分明打个照面，（自夸所揣如见也。写出活张生来，真不是死张生也。）风魔了张解元。

（"右第十一节"批语）上文张生瞥然惊见，双文翩然深逝。其间眼见，并无半丝一线。然则过此以往，真乃如鸿飞冥冥，弋者其奚慕哉？忽然于极无情处，生扭出情来，并不曾以点墨唐突双文，而张生已自如蚕吐丝，自缚自冏。盖下文无数借厢、附斋，皆以此一节为根也。忤奴必欲于此一折中谓双文售奸，以致张生心乱。

骂人了。

我得而知其母、其妻、其女之事焉！此一折中，双文岂惟心中无张生，乃至眼中未曾有张生也。

紧扣莺莺性格——相府千金。

不惟实事如此，夫男先乎女，固亦世之恒礼也。人但知此节为行文妙笔，又岂知其为立言大体哉！

（接【后庭花】）神仙归洞天，空余杨柳烟，只闻鸟雀喧。

【柳叶儿】门掩了梨花深院，粉墙儿高似青天。恨天不与人方便。难消遣，怎留连？有几个意马心猿。

（"右第十二节"批语）正写双文已入去也，易解。

下面写环境的细节真实。

【寄生草】兰麝香仍在，（双文既入，门便闭矣。门既闭，双文便更不见矣。看他偏要逞好手，从门外张生，再写出门里双文来。真是镜花水月，全用光影边事。此一句是向门外写也。）……珠帘掩映芙蓉面。（是魂在墙内逢神见鬼也。）这边是河中开府相公家，（墙外也。）那边是南海水月观音院。（墙内也。）【赚煞尾】望将穿，（墙外也。）涎空咽。（墙内也。）

（"右第十三节"批语）双文已入，门已闭，却写张生于墙外洞垣直透见墙内双文，又是一样凭空妙构。真正活张生，非死张生也。

（接【赚煞尾】）我明日透骨髓相思病缠，怎当他临去秋波那一转，我便铁石人也意惹情牵！（妙！眼如转，实未转也。在张生必争云转，在我必为双文争曰不曾转也。忤奴乃欲教双文转。）

（"右第十四节"批语）至此，遂放声言之也。

（接【赚煞尾】）近庭轩，花柳依然，日午当天塔影圆。春光在眼前，（夹批略）奈玉人不见。将一座梵王宫，化作武陵源。

（"右第十五节"批语）写张生从别院门前覆身入寺，见寺中庭轩花柳，日影春光，依然如故，与上第四节文字作呼应。所谓第四节入三昧，此节出三昧也。入得去，出得来，谓之好文字。杀得入去，杀得出来，谓之好健儿。入得定去，出得定来，谓之好菩萨。若前不知入去，后不知出来者，禅家谓之肚皮中鼓粥饭气也。

第一折，从开篇批语到分节批语到夹批，金圣叹阐述的主要问题有如下几个方面：一、人物性格特征、人物之间的关系、人物与环境的关系；二、归纳若干写作技法。

可与"读法"第五十五条呼应："《西厢记》写张生，便真是相府子弟……异样高才，又异样苦学；异样豪迈，又异样淳厚。相其通体自内至外，并无半点轻狂、一毫奸诈。年虽二十有余，却从不知裙带之下有何缘故。虽自说颠不剌的见过万千，他亦只是曾不动心。"

一之二　借厢　张生主唱

此折的开篇批语，依然谈的是文章写作运用语言的概括能力问题，即如何用最简短的文字，表现最丰富的内容。金圣叹说："吾尝遍观古今人之文矣，有用笔而其笔不到者，有用笔而其笔到者，有用笔而其笔之前、笔之后、不用笔处无不到者。""用一笔而一笔不到"者，"虽用十百千乃至万笔，而十百千万笔皆不到也"，"如今世间横灾梨枣之一切文集是也"；"用笔而其笔到，则用一笔，斯一笔到……用十百千乃至万笔，斯万笔并到"，"如世传韩、柳、欧、王、三苏之文是也"；"若夫用笔而其笔之前、笔之后、不用笔处，无处不到。此人以鸿钧为心，造化为手，阴阳为笔，万象为墨，心之所不得至，笔已至焉"。例如，"庄生、《孟子》、《国策》、太史公"等文章。他没有想到《西厢记》也可以称作这类作品："吾独不意《西厢记》，传奇也，而亦用其法。然则作《西厢记》者，其人真以鸿钧为心，造化为手，阴阳为笔，万象为墨者也"。金圣叹用张生在"惊艳"的第二天早晨对法聪说"不做周方，埋怨杀你个法聪和尚"那句没头没脑的话，说明"不用笔处，无处不到"来说明用笔的这一境界："张生未尝先云借房，而便发极云'不做周方'者，此其一夜心问口，口问心，既经百千万遍，则更不计他人之知与不知也。只此起头一笔二句十三字，便将张生一夜无眠，尽根极底，生描活现。所谓用笔在未用笔前，其妙则至于此。"

在这篇开篇批语中提出的另一个问题是文章的铺展。他说："红娘切责后，张生良久良久，此时最难措语。今看其【哨遍】一篇，极尽文章排荡之法，是已为奇事矣，偏有本事，又排荡出【耍孩儿】五篇，忽然从世间男长女大，风勾月引一段关窍，硬作差派，先坐煞小姐，以深明适者我并非失言。"然后云：红娘而肯做周旋耶，则我亦不过两得其便。若红娘毕竟不做周旋耶，则小姐自失便宜。已又云：既已不做周旋，则我亦决计便不思量。已又云：汝自不做周旋，我自终不得不思量。凡五煞，俱是大起大落之笔，皆所以切怨红娘也。［夹批］（……若此篇则是切怨红娘之文也……）

金圣叹批语中提到的"斗笋合缝"，笋通榫。榫头与卯眼儿完全密合，没有缝隙，形容技艺高超。清张岱《陶庵梦忆·报恩塔》："塔上下金刚佛像千百亿金身。一金身，琉璃砖十数块凑成之，其衣摺不爽分，其面目不爽毫，其须眉不爽忽，斗笋合缝，信属鬼工。"比喻小说、戏剧等文学作品的情节结构。清张岱《陶庵梦忆·阮圆海戏》："余在其家，看《十错认》《摩尼珠》《燕子笺》三剧，其串架斗笋，插科打诨，意色眼目，主人细细与之讲明，知其义味，知其指归，故咬嚼吞吐，寻味不尽。"《三侠五义》第九四回："书中有缓急，有先后。叙事难，斗笋尤难。必须将通身理清，那里接着这里，是丝毫错不得的。"

正文　一之二　借厢　张生主唱

（老夫人上云）（以下略）

（张生上云）自夜来见了那小姐，着小生一夜无眠。今日再到寺中，访他长老，小生别有话说。（与法聪拱手科）

【中吕·粉蝶儿】（张生唱）不做周方①，埋怨杀你个法聪和尚！

（"右第一节"批语）无序无由，斗然叫此一句，是为何所指耶？身自通夜无眠，千思万算，已成熟话。若法聪者，又不曾做蛆向驴胃中度夏，渠安所得知先生心中何事要人做周方耶？岂非极不成文、极无理可笑语？然却是异样神变之笔，便将张生一夜中车轮肠肚，总撮出来。……圣叹每云："不会用笔者，一笔只作一笔用。会用笔者，一笔作百十来笔用。正谓此也。

赞赏作者的语言容纳量。

（第二节至第五节【石榴花】前，对话、唱词、批语略）

【石榴花】大师一一问行藏，小生仔细诉衷肠。自来西洛是吾乡，宦游在四方，寄居在咸阳。先人礼部尚书多名望，五旬上因病身亡。平身正直无偏向，至今留四海一空囊。

"右第五节"批语，金圣叹在这里讲了个小故事，骂不体贴别人疾苦的守财奴，十分生动。原文略。

（第六节、第七节、第八节、第九节略）

（红娘上云）俺夫人着俺问长老，几时好与老相公做好事。问的

---

① 做周方：指行个方便。

当了回话。(见本科)长老万福!夫人使侍妾来问,几时可与老相公做好事?

下文描绘红娘。

（张生云）好个女子也呵!

【脱布衫】大人家举止端详,全不见半点轻狂。[夹批](……"不知其人,但观所使。"今写侍妾尚无半点轻狂,即双文之严重可知也。)

金圣叹在"右第十节"批语中,用一则寓言说明,描写人物起点要高,写好主要人物,必须写好陪衬人物。

【小梁州】可喜庞儿浅淡妆,穿一套缟素衣裳。(夹批略)

（"右第十节"批语）昔有二人于玄元皇帝殿中,赌画东西两壁,相戒互不许窃窥。至几日,各画最前幡幢毕,则易而一视之。又至几日,又画中间旌钺毕,又易而一视之。又至几日,又画近身缨笏毕,又易而一视之。又至几日,又画陪辇诸天毕,又易而共视,西人忽向东壁哑然一笑,东人殊不计也。殆明并画天尊已毕,又易而共视,而后西人始投笔大哭,拜不敢起。盖东壁所画最前人物,便作西壁中间人物。中间人物,却作近身人物。近身人物,竟作陪辇人物。西人计之:彼今不得不将天尊人物作陪辇人物矣,已后又将何等人物作天尊人物耶?谓其必至技穷,故不觉失笑。却不谓东人胸中乃别自有其日角月表、龙章凤姿,超于尘壒之外,煌煌然一天尊。于是便自后至前,一路人物尽高一层。今被作《西厢记》人偷得此法,亦将他人欲写双文之笔,先写却阿红,后来双文自不愁不出异样笔墨,别成妙丽。

（接【小梁州】）鹘伶渌老不寻常，偷晴望，眼挫里抹张郎。

【后】我共你多情小姐同鸳帐，我不教你叠被铺床。将小姐央，夫人央，他不令许放，我自写与你从良。（写红娘"鹘伶渌老不寻常"，乃张生之鹘伶渌老亦不寻常也。红娘"渌老不寻常"，故敢眼挫偷抹张郎，乃张生渌老又不寻常，便早偷晴见其抹我也。一笔下写四只渌老，好看杀人！）

写好陪衬人物。

（"右第十一节"批语）又用别样空灵之笔，重写阿红一遍也。抹，抹倒也……不以为意也。将欲写阿红不是叠被铺床人物，以明侍妾早是一位小姐矣，其小姐又当何如哉。却先写阿红眼中，全然抹倒张生，并不以张生为意，作一翻跌之笔，然后自云"你自抹杀我，我定不敢抹杀你"。此真非已下人物也。文之灵幻，全是一片神工鬼斧，从天心月窟雕镂出来……

（本云）先生少坐，待老僧同小娘子到佛殿上一看便来。（张生云）小生便同行何如？（本云）使得。（张生云）着小娘子先行，我靠后些。

【快活三】崔家女艳妆，莫不演撒上老洁郎。既不是睃趁放毫光，为甚打扮着特来晃。

【朝天子】曲廊洞房，你好事从天降。（夹批略）

（"右第十二节"批语）张生灵心慧眼，早窥阿红从那人边来，便欲深问之，而无奈身为生客，未好与人闺阁。因而眉头一皱，计上心来，忽作丑语觗突长老，使长老发极，然后轻轻转出下文云。然则何为不使儿郎，而使梅香，便问得不觉不知。此所谓明攻栈道，暗度陈仓之法也……（斫山云：怪哉圣叹，其眼至此，我疑此书便是圣叹自制。）

（本发怒云）先生好模好样，说那里话！

（接【朝天子】）好模好样忒莽戆，烦恼耶唐三藏。（夹批略）偌大个宅堂，岂没个儿郎，要梅香来说勾当。（夹批略）

（以下第十三节批语、第十四节批语，以及对话、唱词略）

（本云）都到方丈吃茶。（下略）

（张生云）小生有句话敢说么？（红云）言出如箭，不可乱发。一入人耳，有力难拔……（张生云）小生姓张，名珙，字君瑞，本贯西洛人氏，年方二十三岁，正月十七日子时建生，并不曾娶妻。（红云）谁问你来，我又不是算命先生，要你那生年月日何用。（张生云）再问红娘，小姐常出来么？（红怒云）出来便怎么？先生是读书君子，道不得个非礼勿言，非礼勿动。俺老夫人治家严肃，凛若冰霜，即三尺童子，非奉呼唤，不敢辄入中堂。先生绝无瓜葛，何得如此？早是妾前，可以容恕，若夫人知道，岂便干休？今后当问的便问，不当问的休得胡问。（红娘下）

（张生良久良久，云）这相思索是害杀我也。

【哨遍】听说罢，心怀悒怏，把一天愁，都撮在眉尖上。说夫人节操凛冰霜，不召呼，不可辄入中堂。自思量，假如你心中畏惧老母威严，你不合临去也回头望。

（"右第十五节"批语）写张生被红娘切责，一时脚插不进，头钻不入，无搔无爬，不上不落。于是不怨自己，不怨红娘，忽然反怨莺莺，真是魂神颠倒之笔。

这一折里有两个"魂神颠倒之笔"，一是埋怨法聪"不做周方"，二是埋怨莺莺"不合临去也回头望"。此折把红娘、张生写活了。

（第十六节及批语略）

（接【哨遍】）教人怎飐？赤紧的深沾了肺腑……若今生你不是

并头莲，难道前世我烧了断头香？（夹批略）我定要手掌儿上奇擎，心坎儿上温存，眼皮儿上供养。

（"右第十七节"批语）写其一片志诚，虽死不变也，如此。

【耍孩儿】只闻巫山远隔如天样，听说罢，又在巫山那厢。（夹批略）我这业身虽是立回廊，魂灵儿实在他行。莫不他安排心事正要传幽客，也只怕是漏泄春光与乃堂。春心荡，他见黄莺作对，粉蝶成双。

（"右第十八节"批语）将深怨红娘，而先硬差官派小姐春心之必荡，以见己项间之纤无差误，而甚矣红娘之谬也。

"借厢"一折，写尽张生风魔相思情态。

【四煞】红娘，你忒虑过，空算长。郎才女貌年相仿，定要到眉儿浅淡思张敞，春色飘零忆阮郎。非夸奖，他正德言工貌，小生正恭俭温良。（夹批略）

【三煞】红娘他眉儿是浅浅描，他脸儿是淡淡妆，他粉香腻玉搓咽项。下边是翠裙鸳绣金莲小，上边是红袖鸾销玉笋长。不想呵，其实强。你也掉下半天风韵，我也飚去万种思量。（绝世奇谈，自欲不思量，乃先欲人不风韵，岂非谎哉。……）

（"右第二十一节"批语）又作奇笔一纵，欲不思量也。

（下张生与法本一段对白略）

（正面写相思）【二煞】红娘，我院宇深，枕簟凉，一灯孤影摇书幌。纵然酬得今生志，着甚支吾此夜长。睡不着，如翻掌，少呵，有一万声长吁短叹，五千遍捣枕捶床。

（"右第二十二节"批语）至此节，方写"相思害杀我也"之正文。

【尾声】娇羞花解语，温柔玉有香。乍相逢，记不真娇模样……手抵着牙儿慢慢地想。

（"右第二十三节"批语）轻飘一线，递过下节，人谓其不复结上，岂悟其早已衬后耶。（益信前者之为瞽见。）

可参照"读法"第五十六条，怎样写红娘："《西厢记》写红娘，凡三用加意之笔。其一，于《借厢》篇中，峻拒张生。其二，于《琴心》篇中，过尊双文。其三，于《拷艳》篇中，切责夫人。一时便似周公制礼，乃尽在红娘一片心地中，凛凛然，侃侃然，曾不可得而少假借者。写红娘直写到此田地时，须悟全不是写红娘，须悟全是写双文。锦绣才子必知其故。"

一之三　酬韵　张生主唱

开篇批语：极微论

极微论是金圣叹评点《西厢记》的基础理论之一，金圣叹认为微观的视角，既是作家观察生活的方法，也是批评家衡量作品优劣的重要标准——细节真实。金圣叹重视"典型环境""典型性格""细节真实"，构成他现实主义评点厚重的理论内涵。

金圣叹说他在佛家曼殊室利[①]的经典中得到了他评点《西厢记》的微观视角："娑婆世界中间之一切所有，其故无不一一起于极微。此其事甚大，非今所得论。今者止借菩萨极微之一言，以观行文之人之心。"

首先它是观察生活的方法，提倡作者应该用微观的眼光去观察客观世界的种种美妙："今夫清秋傍晚，天澄地澈，轻云鳞鳞，其细若縠，此真天下之

---

① 曼殊室利，又译作"文殊师利"，即文殊菩萨，释迦牟尼左右两位侍者的一位，掌管智慧。

至妙也。野鸭成群空飞，渔者罗而致之，观其腹毛，作浅墨色，鳞鳞然，犹如天云，其细若縠，此又天下之至妙也。草木之花，于跗萼中，展而成瓣，苟以闲心谛视其瓣，则自根至末，光色不定，此又天下之至妙也。灯火之焰，自下达上，其近穗也，乃作淡碧色。稍上，作淡白色，又上，作淡赤色；又上，作干红色；后乃作墨烟，喷若细沫，此又天下之至妙也。"

金圣叹认为用微观的视角还不止于这种浮光掠影的观察，还要进一步观察其细微之处，他又以"轻云鳞鳞"、野鸭腹毛、花瓣、"灯火之焰"为例，作更为细微的观察。

一、事无巨细，都要细心地观察。他说："秋云之鳞鳞……人自下望之，去云不知几十百里，则见其鳞鳞者，其间不必曾至于寸。"然而实际上这种"鳞鳞"之间，"诚未知其为寻为丈者也"。人们不能仅仅自下仰望"轻云鳞鳞"之美妙，而不想到那"为寻①为丈"的距离，其间又有多少"层折"。"野鸭腹毛之鳞鳞"与"秋云之鳞鳞"相比，相去甚远，但"野鸭腹毛之鳞鳞"，"诚谛审而熟睹之，此其中间之层折，如相委焉，如相属焉，必也一鳞之与一鳞，真亦如有寻丈之相去。所谓极微者，此不可以不察也"。总之，大如"秋云之鳞鳞"，小如"野鸭腹毛之鳞鳞"，都要用"极微"的眼光去观察，窥视探求其中的奥妙。

二、一切细小事物的自身，都是一个不断变化的美妙世界。以花瓣为例，金圣叹有如下一段精彩议论："然则一瓣虽微，其自瓣根行而至于瓣末，其起此尽彼，筋转脉摇，朝浅暮深，粉稚香老。人自视之，一瓣之大，如指顶耳。自花计焉，乌知其道里不且有越陌度阡之远也。人自视之，初开至今，如眴眼耳。自花计焉，乌知其寿命不且有累生积劫之久也。此一极微，不可以不察也。"

三、要观察微观世界临界的微妙变化。以前面的例证"灯火之焰"加以引申，金圣叹同样有一段精彩的议论："灯火之焰也，淡淡焉，此不知于世间五色为何色也。吾尝相其自穗而上，讫于烟尽，由淡碧入淡白，此如之何

———————————

① 寻，古代计量单位，八尺为一寻。

其相际也；又由淡白入淡赤，此如之何其相际也；又由淡赤入干红，由干红
入黑烟，此如之何其相际也。必有极微于其中间，分焉而得分，又徐徐分焉，
而使人不得分。此亦又不可以不察也。"

金圣叹认为对社会生活、人际关系运用这种微观的眼光去观察，道理是
相同的："人诚推此心也以往，则操笔而书乡党馈壶浆之一辞，必有文也。书
人妇姑勃溪之一声，必有文也。书途之人一揖遂别，必有文也。何也？其间
皆有极微。"这些看来不经意的事情，若以"粗心"对待，就没有什么可写的
了，只能"废然以搁笔"了，若使用"曼殊室利"这种微观的眼光看待，"是
虽于路旁拾取蔗滓，尚将涓涓焉压得其浆满于一石"，那么天下还有什么窄
题，能束缚住我们的手腕呢？他批评那些饱食终日、无所用心的庸人："今世
人之心，竖高横阔，不计道里；浩浩荡荡，不辨牛马。设复有人语以此事，
则且开胸大笑，以为人生一世，贵是衣食丰盈，其何暇费尔许心计哉！"他坚
定地认定这不是可以不费"心计"的"闲事"！

用微观的眼光观察生活，用精细的思维写作；用微观的眼光阅读，用微
观的眼光评点，即注重细节真实。

正文　一之三　酬韵　张生主唱

这一折张生主唱，主要写张生见到莺莺后风魔的心态。

正文前一段批语说"借厢"中张生要说的话已经说尽了，还有要说的要
在下边的"闹斋"一折去说，这一折戏"斯其笔拳墨渴，真乃虽有巧媳，不
可以无米煮粥者也"。"酬韵"的情节，可以说是"从一黍米中剥出来也"。

莺莺与红娘上场后的大段对白之后，写莺莺已袒护张生。当红娘向她
讲述那"傻角"没头没脑说出"年方二十三岁"，尚未娶妻，莺莺与红娘的
对白：

（莺莺云）谁着你去问他？（夹批略）（红云）却是谁问他来？（夹

批略）他还呼着小姐名字说："常出来么？"被红娘一顿抢白，回来了。（莺莺云）你不抢白他也罢。（红云）小姐，我不知他想甚么哩，世间有这等傻角，我不抢白他？（莺莺云）你曾告夫人知道也不？（红云）我不曾告夫人知道。（莺莺云）你已后不告夫人知道罢。（夹批略）天色晚也，安排香案，咱花园里烧香去来。正是：无端春色关心事，闲倚熏笼待月华。（莺莺、红娘下）

写张生急切心情：

（张生上云）搬至寺中，正得西厢居住。我问和尚，知道小姐每夜花园内烧香。恰好花园便是隔墙，比及小姐出来，我先在太湖石畔墙角儿头等待，饱看他一回，却不是好。且喜夜深人静，月朗风清，是好天气也呵！……

【越调·斗鹌鹑】（张生唱）玉宇无尘，银河泻影，月色横空，花阴满庭。罗袂生寒，芳心自警。（二句妙人。上四句亦非妙月，下二句亦非妙人，六句总是张生等人性急，度刻如年，一片妙心。）

（"右第一节"批语）……张生闻双文每夜烧香，正在隔墙，又有太湖石可以垫脚，此那能忍而不看？那能忍而不急看耶？此真日未西便望日落，日乍落便望月升。那能月明如是，犹尚不到墙角耶？若双文则殊不然，或晚妆，或添衣，或侍坐夫人，或残针未了，皆可以迟迟吾行，而至于黄昏，而至于初更，正不必着甚死急，亦复匆匆早至也。然张生则心急如火，刻不可待，穷思极算，忽然算到夜深，其袂必寒，袂寒，其心必动；心动，则必悟烧香太迟，不可不急去矣。此谓之"芳心自警"也。看他写一片等人性急，度刻如年，真乃手搦妙笔，心存妙境，身代妙人，天赐妙想……

语言技巧：朗朗上口，运用叠字。

（接【越调·斗鹌鹑】）侧着耳朵儿听，蹑着脚步儿行。悄悄冥冥，潜潜等等。

【紫花儿序】等我那齐齐整整，袅袅婷婷，姐姐莺莺。（人爱杀是袅袅婷婷，我爱杀是齐齐整整。夫"齐齐整整"者，千金小姐也。）

（"右第二节"批语）上是等之第一层，此是等之第二层也。质言之，只是"等莺莺"三字，却因莺莺是叠字，便连用十数叠字，倒衬于上，累累然如线贯珠垂。看他妙文只是随手拈得也。

（接【紫花儿序】）一更之后，万籁无声。（夹批略）我便直至莺庭，到回廊下，没揣的见你那可憎。定要我紧紧搂定，问你个会少离多，有影无形。（……只是恨恨之辞。）

（"右第三节"批语）等之第三层也。……心忙意促，见神捣鬼。文章写到如此田地，真乃锥心取血，补接化工。

（莺莺上云）红娘，开了角门，将香案出去者！

下面的唱词，笔墨之精细，如"云之鳞鳞"。

【金蕉叶】猛听得角门儿呀的一声，（"猛听得"者，不复听中忽然听得也。自初夜至此，专心静听，杳不听得，因而心断意绝，反不复听矣。则忽然"呀"的听得，谓之"猛听得"也。）风过处衣香细生。（角门开后，不便写出莺莺，且更向暗中又空写一句。吾适言天云之鳞鳞，其间则有委委属属，正谓此等笔法也。第一句，莺莺在声音中出现。第二句，莺莺在衣香中出现。下第三、四句，莺莺方向月明中出现。）蹑着脚尖儿仔细定睛，比那初见时，庞儿越整。

【调笑令】我今夜甫能，（夹批略）见娉婷①，便是月殿姮娥，不怎般撑。

① 弘治本：娉婷语出《群玉》，美好之貌。徐士范本、陈眉公本同上。

"相得其难动手"处，"便是易动手"处，三次见莺莺的不同写法，指出作者笔墨之精微。

（"右第四节"批语）写张生第二次见莺莺，与前春院瞥见，与后附斋再见，俱宜仔细相其浅深恰妙之法。我尝谓吾子弟，凡一题到手，必有一题之难动手处。但相得其难动手在何处，便是易动手之秘诀也。

（接【调笑令】）遮遮掩掩穿芳径，料应他小脚儿难行。行近前来百媚生，兀的不引了人魂灵。

（"右第五节"批语）小脚难行，非写早便怜惜之也，是写渐渐行近来也。上第四节，只是出角门，此第五节，方是来至墙边。

金圣叹评点笔墨之精细：

（莺莺云）将香来。（张生云）我听小姐祝告甚么。（莺莺云）此一炷香，愿亡过父亲，早升天界！此一炷香，愿中堂老母，百年长寿！此一炷香……（莺莺良久不语科。红云）小姐，为何此一炷香，每夜无语？红娘替小姐祷告咱：愿配得姐夫，冠世才学，状元及第，风流人物，温柔性格，与小姐百年成对波。（莺莺添香拜科）心间无限伤心事，尽在深深一拜中。（长吁科。张生云）小姐，你心中如何有此倚栏长叹也！

指出《西厢记》语言的艺术成就"无一句一字是杂凑入来"，透过香烟、人气、月亮，写的是人——莺莺。

【小桃红】夜深香霭散空庭，帘幕东风静。（凡作文，必须一篇之中，并无一句一字是杂凑入来。即如此"帘幕东风静"之五字，是言是夜无风，便留得香烟，与下人气作氤氲。所谓有时写风是风，有时写风是无风，真正不是杂凑一句入来也。）拜罢也，斜将曲栏凭，长吁了两三声。（上是写香烟，此是写人气。）剔团圆明月如圆镜。（夹批略）又不见轻云薄雾，都只是香烟人气，两般儿氤氲得不分明。（曾见海外奇器，名曰鬼工。此等文，亦真是鬼工。）

（"右第六节"批语）不过双文长叹，若不写，则下文不可斗然吟诗耳。乃并不于双文叹上写，亦不于双文心中写，却向明月上，看他陪一香烟，便写得双文一叹如许浓至。绝世奇文，绝世妙文！

（对诗一段略）

【秃厮儿】早是那脸儿上扑堆着可憎，更堪那心儿里埋没着聪明。他把我新诗和得忒应声，一字字，诉衷情，堪听。

【圣药王】语句又轻，音律又清，你小名儿真不枉唤做莺莺。

（"右第七节"批语）"早是"二语，写惊喜意，如欲于纸上跳动。欲赞双文快酬，虽千言不可尽也。轻轻反借双文小名，只于笔尖一点，早已活灵生现，抵过无数拖笔坠墨。所谓"随手拈得"。

用张生的唱词，精练、生动、准确的笔墨描写莺莺。写得精巧，批得精细。

（接【圣药王】）你若共小生厮觑定，隔墙儿酬和到天明，（夹批略）便是惺惺惜惺惺。[1]

心理特征的精细描写，"将一时神理都写出来"。

（"右第八节"批语）双文此酬，真乃意外，若使略迟一刻，张

---

[1] 惺惺，《元乐府》："葫芦提怜惜懂，惺惺的惜惺惺。"言人各有臭味也。臭味相投。

生实将不顾唐突矣。今反因骤然接得，正来不及，于是只图再共酬和，便已心满志足，更不算到别事。此真设心处地，将一时神理都写出来。

（略）

【麻郎儿】我拽起罗衫欲行，他可陪着笑脸相迎？不做美的红娘莫浅情，你便道谨依来命！

【后】忽听一声猛惊。（关角门声也。）

……（莺莺、红娘关角门下）

评点心思的精细。

（"右第九节"批语）上写因骤然，故不及。此写略迟，却算出来也。乃张生略迟，莺莺早疾。一边尚在徘徊，一边撇然已飏。写一迟一疾之间，恰好惊鸿雪爪，有影无痕，真妙绝无比！

（接【后】）扑剌剌宿鸟飞腾，颤巍巍花梢弄影，乱纷纷落红满径。

【络丝娘】碧澄澄苍苔露冷，明皎皎花筛月影。

（"右第十节"批语）凡下宿鸟、花梢、落红、苍苔、花影无数字，却是妙手空空。……一、二、三句是双文去，四、五句是双文去矣。看他必用如此笔，真使吃烟火人何处着想！

（接【络丝娘】）白日相思枉耽病，今夜我去把相思投正。

【东原乐】帘垂下，户已扃。我试悄悄相问，你便低低应。月朗风清恰二更，厮傒倖，（夹批略）如今是你无缘，小生薄命。

写张生心理活动，赞作者笔墨精微——细节真实。

（"右第十一节"批语）来时怨其来迟，因欲直至莺庭。去时恨其去疾，又向垂帘悄问。身躯不知几何，弱魂真欲先离矣。（未来之前，已去之后，两作见神捣鬼之笔，以为章法。）

【绵搭絮】恰寻归路，伫立空庭。竹梢风摆，斗柄云横。呀！今夜凄凉有四星①，他不偢人待怎生？何须眉眼传情，你不言，我已省。（"恰寻"二句者，张生归到西厢也。"竹梢"二句者，归又不便入户，犹仰头思之也。"今夜"五句者，仰头之所思得也。"四星"者，造秤人每至一斤，则用五星，独至梢尽，一斤，乃用四星。"四星"之为言下梢也。甚言双文快酬，非本所望。）

要用心灵、感情细微地去感受作品形象的思想内涵。

（"右第十二节"批语）笔态七曲八曲，煞是写绝。记得圣叹幼年初读《西厢》时，见"他不偢人待怎生"之七字，悄然废书而卧者三四日。此真活人于此可死，死人于此可活；悟人于此又迷，迷人于此又悟者也。不知此日圣叹是死，是活，是迷，是悟，总之，悄然一卧，至三四日，不茶不饭，不言不语，如石沉海，如火灭尽者，皆此七字勾魂摄魄之气力也。先师徐叔良先生见而惊问，圣叹当时恃爱不讳，便直告之。先师不惟不嗔，乃反叹曰："孺子异日，真是世间读书种子！"此又不知先师是何道理也。看"何须眉眼传情"之六字，想作《西厢记》人，其胸中矜贵如此。盖双文之不合，则止是酬诗一节耳。……

【拙鲁速】碧荧荧是短檠灯，冷清清是旧围屏。灯儿是不明，梦儿是不成。淅泠泠是风透疏棂，忒楞楞是纸条儿鸣。枕头是孤另，被窝是寂静，便是铁石人不动情。

---

① 四星，弘治本注："今夜凄凉有四星，四星出本传，一说天南地北参辰卯酉，四星似与此不合。北斗七星，今按文势观之，斗柄云横，掩其三星，只有四星。盖以天之尚有不周，况于人乎。姑记所闻，以俟知者。"陈眉公本注："古人以二分半为一星，凄凉有四星，言十分也。"陈眉公的解释似乎合乎原意。

【后】也坐不成，睡不能。

正笔写苦况：

（"右第十三节"批语）至此始放笔正写苦况也。读之觉其一片迷离，一片悲凉。盖为数"是"字下得如檐前雨滴声，便摇动人魂魄也。

（接【后】）有一日柳遮花映，雾幛云屏，夜阑人静，海誓山盟，风流嘉庆，锦片前程，美满恩情，咱两个画堂春自生。

"龙王掉尾法"：

（"右第十四节"批语）上已正写苦况，则一篇文字已毕。然自嫌笔势直塌下来，因更掉起此一节，谓之龙王掉尾法。文家最重是此法。

【尾】我一天好事今宵定，两首诗分明互证。再不要青琐闼梦儿中寻，只索去碧桃花树儿下等。

说张生踌躇满志：

（"右第十五节"批语）踌躇满志，有此快文。想见其提笔时通身本事，阁笔时通身快乐。

一之四　闹斋　张生主唱

金圣叹在这篇开篇批语中，首先提出了一个艺术想象力的重大美学问题。金圣叹的好友王斫山对他说"匡庐真天下之奇"，"晴空中劈插翠幛，平分其中，倒挂匹练"的壮美。这使他十分兴奋，也想亲临其境，观赏一番。但由于"贫无行资"（金圣叹露穷）等原因，不能了此心愿。于是他常在睡梦中显现"江行如驶，仰观青芙蓉上插空中……"，醒来时还觉得"遍身皆畅"。他带着好奇的心，常常询问从江西来的人，回答都是"无有是也"。他只好再问他的好友王矶山：庐山真有那么壮美吗？原来王矶山也没去过，"吾亦未尝亲见"，也是听别人说的，"或言如是云，或亦言不如是"。但是他"言如是者即信之，言不如是者置不足道焉"。这是为什么？他说他确信"诚以天地之大力，天地之大慧，天地之大学问，天地之大游戏，即亦何难设此一奇以乐我后人，而顾咨不出此乎哉？"他接受这种看法，而且进一步引申到文艺作品，"不惟夜必梦之，盖日亦往往遇之。何谓日亦往往遇之"，《左传》《孟子》《史记》《汉书》都能给他这种美的感受，而今在读《西厢记》时"亦往往遇之"。在《闹斋》这一折戏里，从【新水令】之第一句云'梵王宫殿月轮高'"同样获得了这种美的感受。在【新水令】这句唱词的夹批又写道："记圣叹幼时，初读《西厢》，惊睹此七字，曾焚香拜伏于地，不敢起立焉。普天下锦绣才子，二十八宿在其胸中，试掩卷思此七字是何神理，不妨迟至一日一夜，以为快乐焉。"金圣叹对这一问题没有在理论上申述，但是他指出想象所赋予作品的动人的美感，是一切优秀作品所共有的。

想象是艺术的灵魂，没有想象就没有艺术，整合想象中的形象，是人类思维能力的最高体现，这是人们包括艺术门类在内的创造力的源泉。想象的特质是野马凌空、超越时空的思维的自由驰骋，这在古代文论中有很精确的论述，如人们所熟知的刘勰在《文心雕龙》中在写艺术构思想象的作用时说："文之思也，其神远矣。故寂然凝虑，思接千载；悄焉动容，视通万里。"陆机《文赋》说："精骛八级，心游万仞。"如《山海经》中的"轩辕之国"，"人面蛇身，尾交首上"；《西游记》的孙悟空的七十二变、上天入地的种种超现实的幻想；李白诗歌的"白发三千丈，缘愁似个长"；元曲《窦娥冤》窦娥的三桩誓愿等。

在这篇开篇批语中说的第二个问题是，写瞥见、遥见、近见之差别。他说，在前面的几折中有，第一折"惊艳"是"瞥见"，唱词则是"尽人调戏，将花笑拈，兜率院，离恨天，这里遇神仙，都作天女三昧，忽然一现之辞"；第三折"酬韵"则是"遥见"，"则曰：遮遮掩掩，小脚难行。行近前来，我甫能见娉婷，真是百媚生。都作'前殿夫人'是耶何迟之辞"；而在"闹斋"这一折戏里，则是"亲见""快见""饱见"了，"故其文曰：檀口点樱桃，粉鼻倚琼瑶，淡白梨花面，轻盈杨柳腰，满面堆着俏，一团衙是娇。方作清水观鱼，数鳞数鬣之辞"。金圣叹反驳有人以为这种"近写"是"实写"的说法："夫彼真不悟从来妙文，决无实写一法"，那种所谓的"实写"是"堆垛土墼子，虽乡里人犹过而不顾者也"。

第三点，大骂比丘（和尚）淫毒（略）。

正文 一之四 闹斋 张生主唱

【双调·新水令】（张生唱）梵王宫殿月轮高，（如此落笔，真是奇绝……记圣叹幼时，初读《西厢》惊睹此七字，曾焚香拜伏于地，不敢起立焉……）碧琉璃瑞烟笼罩。（夹批略）

极微论的体现之一：精细地阅读，体会为什么要写"梵王宫殿月轮高"。

"右第一节"批语是金圣叹对这十四个字的解析，表现了张生所处的时间和心境。"写张生用五千钱看莺莺，心急如火，不能待至明日……"说张生天还没亮就一个人来到道场。金圣叹首先解释月亮在三十天所处的方位，从而细说那天夜里的月亮所处的位置——明月当空。"盖月之行天，凡三十夜，逐夜渐渐自西而东。故初之十夜，即初昏已斜；廿之十夜，必更阑乃上。独于十四、五、六望之三夜，乃正与日之行天，起没相等。今修斋本是十五日，则必待十四夜之月落尽，众僧方可开殿建，即甚虔诚……今张生亲口唱云'月轮高'，则是从东而起，初过殿鸱[1]，殆还是十四日之初更未尽也。已又唱

---

① 鸱：鸱吻，屋脊两端的陶制的装饰物。

云'碧琉璃瑞烟笼罩'，可见殿楄正闭，悄无所睹，彷徨露下，遥夜如年，但见瓦上烟光迷漫。本意欲看莺莺，托之乎云'看道场'，今且独自一人先看月也，看琉璃瓦也。真绝倒吾普天下才子！"

他的好友王斫山看了这段批语说："圣叹肠肚如何生！"

（法本引僧众上云）今日是二十五，释迦牟尼佛入大涅槃日，纯陀长者与文殊菩萨，修斋供佛，若是善男信女今日做好事，必获大福利。张先生早已在也。大众动法器者，待天明了，请夫人、小姐拈香。

（"右第二节"批语略）

写张生情急。

【驻马听】法鼓金铙，二月春雷响殿角。钟声佛号，半天风雨洒松梢。（夹批略）

（"右第三节"批语略）

（接【驻马听】）侯门不许老僧敲，（夹批略）纱窗也没有红娘报。（夹批略）我是馋眼脑，见他时，要看个十分饱。

（"右第四节"批语）心急如火，更不能待，欲遣一僧请之，又似于礼不可，因而怨到红娘。如此妙笔，真恐纸上有一张生直走下来。

（本见张生科。本云）先生先拈香，若夫人问呵，只说是老僧的亲。（夹批略）

（张生拈香拜科）

【沉醉东风】惟愿存在的人间寿高，亡过的天上逍遥，我真正为先灵礼三宝。再焚香暗中祷告：只愿红娘休劣，夫人休觉，犬儿休恶，佛啰，成就了幽期密约。（夹批略）

（"右第五节"批语）附斋正文。

（夫人引莺莺、红娘上云）长老请拈香……

【雁儿落】我只道玉天仙离碧霄，原来是可意种来清醮。我是个多愁多病身，怎当你倾国倾城貌。（不是张生放刁，须知实有如此神理。）

【得胜令】你看檀口点樱桃，粉鼻倚琼瑶，淡白梨花面，轻盈杨柳腰。妖娆，满面儿堆着俏；苗条，一团儿衙是娇。

近写非实写，莺莺千金贵人，不能乍看就很仔细。

（"右第六节"批语）正写莺莺。世之不知文者，谓此是实写，不知此非实写也，乃是写张生直至第三遍见莺莺方得仔细，以反衬前之两遍，全不分明也。或问必欲写前之两遍不得分明者何也，曰：莺莺，千金贵人也，非十五左右之"对门女儿"也。若一遍便看得仔细，两遍便看得仔细，岂复成相国小姐之体统乎哉！……"自古至今，无限妙文必无一字是实写"，此言为更不诬也。附见。

金圣叹反对"实写"一说，也是十分有道理的。凡是优秀戏曲、小说，都没有"实写"，都是有艺术概括的描写。

（"右第七节"批语略）

【甜水令】老的少的，村的俏的，没颠没倒，胜似闹元宵。稔色人儿，可意冤家，怕人知道，看人将泪眼偷瞧。（写女儿心性，不甚分明，正尔入妙，正不以不偷瞧为佳耳。）

【折桂令】着小生心痒难挠。

（"右第八节"批语略）

（接【折桂令】）哭声儿似莺啭乔林，泪珠儿似露滴花梢。大师难学，把个慈悲脸儿朦着。点烛的头陀可恼，烧香的行者堪焦。烛影红摇，香霭云飘，贪看莺莺，烛灭香消。（妙文，奇文！六句：一、二句喝，五、六句证，又横插三、四句于中间作追。用笔之妙，真乃龙跳虎卧矣。）

（"右第九节"批语略）

（【碧玉箫】【鸳鸯煞】及"右第十节"批语略）

（本宣疏烧纸科。云）天明了也，请夫人、小姐回宅。（夫人、莺莺、红娘下。张生云）再做一日也好，那里发付小生。

（接【鸳鸯煞】）劳攘了一宵，月儿早沉，钟儿早响，鸡儿早叫。玉人儿归去得疾，好事儿收拾得早。道场散了，酩子里各回家，葫芦提已到晓。（夹批略）

（"右第十一节"批语）结亦极壮浪。我曾细算此篇结，最难是壮浪。

二之一　寺警　莺莺、惠明主唱

《西厢记》的写作方法、写作技巧，是《金批西厢》评点的主要内容。金圣叹在多处揭示《西厢记》的写作方法、写作技巧，如对莺莺"遥看""瞥看""近看"之不同，强调"临文无法，便成狗嗥"。在"寺警"的开篇批语中，比较集中地讲了文章写作的方法、技法。

"移堂就树"法（说的还是莺莺性格描写）："此言莺莺之于张生，前于酬韵夜，本已默感于心，已又于闹斋日，复自明睹其人，此真所谓口虽不吐，而心无暂忘也者。今乃不端不的，出自意外……作者深悟文章旧有移就之法，因特地于未闻警前，先作无限相关心语，写得张生已是莺莺心头之一滴血，喉头之一寸气，并心并胆，并身并命。殆至后文，则只须顺手一点，便将前文无限心语，隐隐然都借过来。"实际上这也可以叫作"铺垫法"。

"月度回廊"法写相国千金（描写莺莺要符合千金小姐身份）："……月之必由廊而栏，而阶而窗，而后美人者，乃正是未照美人以前之无限如迤如逴，如隐如跃，别样妙境。非此，即将极嫌此美人，何故突然便在月下，为了无身分也。此言莺莺之于张生，前于酬韵夜，虽已默感于心，已于闹斋日，复又明睹其人。然而身为千金贵人，上奉慈母，下凛师氏，彼张生则自是天下男子，此岂其珠玉心地中所应得念，岂其莲花香口中所应得诵哉。然而作者则无奈何也。设使莺莺真以慈母、师氏之故，而珠玉心地终不敢念，莲花香口终不敢诵，则将终《西厢记》乃不得以一笔写莺莺爱张生也乎？作者深悟文章旧有渐度之法，而于是闲闲然先写残春，然后闲闲然写有隔花之一人，然后闲闲然写到前后酬韵之事。至此却忽然收笔云：'身为千金贵人，吾爱吾宝，岂须别人陪备。'然后又闲闲然写'独与那人兜的便亲'。要知如此一篇大文，其意原来却只要写得此一句于前，以为后文张生忽然应募，莺莺惊心照眼作地。而法必闲闲渐写，不可一口便说者，盖是行文必然之次第。"

"羯鼓解秽"法变换节奏、气氛："……莺莺闻贼之顷，法不得不亦作一篇。然而势必淹笔渍墨，了无好意。作者既自折尽便宜，读者亦复干讨气急也。无可如何，而忽悟文章旧有解秽之法，因而放死笔，捉活笔，斗然从他递书人身上，凭空撰出一莽惠明，以一发泄其半日笔尖呜呜咽咽之积闷。杜工部诗云：'豫章翻风白日动，鲸鱼跋浪沧溟开。'（杜甫《短歌行，赠王郎司直》）又云：'白摧朽骨龙虎死，黑入太阴雷雨垂。'（杜甫《戏为双松图歌》）便是此一副奇笔，便使通篇文字立地焕若神明。"

正文　二之一　寺警　莺莺、惠明主唱

（孙飞虎领卒子上云）自家孙飞虎的便是。……大小三军，听吾号令……连夜进兵河中府，掳掠莺莺为妻，是我平生愿足。（引卒子下）……

（法本慌上云）祸事到。谁想孙飞虎领半万贼兵，围住寺门……

（夫人慌上云）如此却怎了，怎了。长老，俺便同到小姐房前商议去……

（莺莺引红娘上云）前日道场，亲见张生，神魂荡漾，茶饭少进，况值暮春天气，好生伤感也呵。正是，好句有情怜皓月，落花无语怨东风。

金圣叹精细地指出莺莺慕张生的思想感情发展脉络。

（于白中则云"前日道场，亲见张生"，于曲中则止反复追忆酬韵之夜。命意、措词，俱有法。）

好剧诗，写愁：

【仙吕·八声甘州】（莺莺唱）恹恹瘦损，早是多愁，那更残春。罗衣宽褪，能消几个黄昏？我只是风裛香烟不卷帘，雨打梨花深闭门。莫去倚阑干，极目行云。（都是绝妙好辞，所谓"千狐之白，萃而为裘"者也。）

（"右第一节"批语）此言早是多愁也。

好剧诗，写愁：

【混江龙】况是落红成阵，风飘万点正愁人。昨夜池塘梦晓，今朝栏槛辞春。蝶粉乍沾飞絮雪，燕泥已尽落花尘。系春情短柳丝长，（夹批略）隔花人远天涯近。（夹批略）有几多六朝金粉，三楚精神。（逐句千狐之白，而又无补接痕。）

（"右第二节"批语）……第一节，只空空说愁，第二节，方略逗隔花一"人"字。笔墨最为委婉，有好致也。

好剧诗，写"小姐"，写初恋心态，睡又睡不着：

【油葫芦】翠被生寒压绣裀，休将兰麝熏。便将兰麝熏尽，我不解自温存。分明锦囊佳句来勾引，为何玉堂人物难亲近。这些时坐又不安，立又不稳，登临又不快，闲行又困，镇日价情思睡昏昏。【天下乐】我依你搭伏定，鲛绡枕头儿上盹。

（"右第三节"批语）红娘请之睡，则不可睡。及至无可奈何，则仍睡。只一"睡"字，中间乃有如许袅娜，如许跌宕。写情种真是情种，写小姐亦真是小姐。……

（接【天下乐】）我但出闺门，你是影儿似不离身。

细致的心理刻画：

（"右第四节"批语）上文口中方吐吟诗那人实萦怀抱，忽然自嫌，我则岂如世间怀春女子，心荡不制，故骤见一人，便作如是颠倒者哉？因急转笔牵入红娘云："他人不知，你岂不晓？"其下便欲直接"见个客人，愠的早嗔"等文，以深明己之实不容易动心。却又因还嫌此意未畅，故又转笔，再将夫人提防反证己语，言"我母之知我，犹尚不及你之知我"如下文云云，以深明红娘是真正知我者，而后莺莺之不容易动心，殆非莺莺自己一人之私言。盖其笔态之曲折，有如此也。（夹批略）看书人心苦何足道，既已有此书，便应看出来耳。莫心苦于作书之人，真是将三寸肚肠，直曲折到鬼神犹曲折不到之处，而后成文。圣叹稽首，普天下及后世才子，慎勿轻视古人之书也。

（接【天下乐】）这些时他凭般隄备人，小梅香服侍得勤，老夫人拘系得紧，不信俺女儿家折了气分。

【那吒令】你知道我但见个客人，愠的早嗔。便见个亲人，厌的倒退。

（"右第五节"批语）反复以明己之实不容易动心。……

（接【那吒令】）独见了那人，兜的便亲。我前夜诗依前韵，酬和他清新。

【鹊踏枝】不但字儿真，不但句儿匀，我两首新诗，便是一合回文。谁做针儿将线引，向东墙通个殷勤？

（"右第六节"批语）直至此，方快吐"独见那人兜的便亲"之一言。看他上文，凡用无数层折，无数跌顿，真乃一篇只是一句。读此文，能将眼色，句句留向张生鼓掌应募时用，便是与作者一鼻孔出气人。……

【寄生草】风流客，蕴藉人，相你脸儿清秀身儿韵，一定性儿温克情儿定，不由人不口儿作念心儿印。我便知你一天星斗焕文章，谁可怜你十年窗下无人问。

（"右第七节"批语）已至篇尽矣，又略露闹斋日曾亲见其人，以为下文鼓掌应募时正是此人，如玉山照眼作地。通篇盖并无一句一字是虚发也。……

（夫人、法本同上，敲门科。红云）小姐，夫人为何请长老直来到房门外？（莺莺见夫人科。夫人云）我的孩儿，你知道么？如今孙飞虎领半万贼兵，围住寺门……要掳你去做压寨夫人。我的孩儿怎生是了也？

（【六么序】至"右第九节"批语略。）

（夫人云）老身年纪五旬，死不为夭，奈孩儿年少，未得从夫，早罹此难，如之奈何？（莺莺云）孩儿想来，只是将我献与贼汉，庶可免一家性命！（夹批略）（夫人哭云）俺家无犯法之男，再婚之女，怎舍得你献与贼汉，却不辱没了俺家谱？（莺莺云）母亲休要爱惜孩儿，还是献与贼汉，其便有五……

（【元和令带后庭花】、"右第十节"批语、【柳叶儿】、"右第十一节"批语、"右第十二节"批语，以及对话、唱词均略）

（法本云）咱每同到法堂上，问两廊下僧俗，有高见的，一同商议个长策。(同到科。夫人云)……如今两廊下众人,不问僧俗,但能退得贼兵的,你母亲做主,倒陪房奁,便欲把你送与为妻。虽不门当户对,还强如陷于贼人。(夫人哭云)长老,便在法堂上,将此言与我高叫者。我的孩儿,只是苦了你也。(本云)此计较可。

(【青哥儿】,"右第十三节"批语略)

(法本叫科。张生鼓掌上云)我有退兵之计,何不问我?(见夫人科。本云)……这秀才,便是前十五日附斋的敝亲。(夫人云)计将安在?(张生云)禀夫人:重赏之下,必有勇夫。……小生有一故人,姓杜名确,号为白马将军,见统十万大军,镇守蒲关。小生与他八拜至交,我修书去,必来救我。(本云)禀夫人:若果得白马将军肯来时,何虑有一百孙飞虎?夫人请放心者!(夫人云)如此多谢先生!红娘,你伏侍小姐回去者。(莺莺云)……真难得他也!

【赚煞尾】诸僧伴,各逃生,众家眷谁俸问?他不相识横枝儿着紧,非是他书生明议论,也自防玉石俱焚。(便代他辨,妙绝!)甚姻亲,可怜咱命在逡巡,济不济权将这秀才来尽。(又为自辨,妙绝!是避嫌,是护短,必有辨之者。)……下燕的书信,只他这笔尖儿敢横扫五千人。(爱之信之,一至于此。亦全从"酬韵"一夜来。)

(莺莺引红娘下)

依然是写莺莺爱张生的心理发展过程。

("右第十四节"批语)写莺莺早为张生护短,早为自己避嫌,接连二笔,便妮妮然,分明是两口儿。此称入神之笔!

(法本叫云)请将军打话。(虎引卒子上云)快送莺莺出来!(本云)将军息怒!有夫人钧命,使老僧来与将军说,云云。(虎云)既然如此,限你三日,若不送来,我着你人人皆死,个个不存。你对夫人说去,怎般好性儿的女婿,教他招了者!(虎引卒子下)

（法本云）贼兵退了也，先生作速修书者。（张生云）书已先修在此，只是要一个人送去。（本云）俺这厨房下，有一个徒弟，唤做惠明，最要吃酒厮打。若央他去，他便必不肯。若把言语激着他，他却偏要去。只有他可以去得。（夹批略）（张生叫云）我有书送与白马将军，只除厨房下惠明不许他去。其余僧众，谁敢去得？

惠明上，改变了情节的气氛。法本告诉张生惠明的脾气，越不让他去，他偏去。

（惠明上云）惠明定要去，定要去！

在【正宫·端正好】惠明唱词的"夹批"里金圣叹大骂和尚。

【正宫·端正好】（惠明唱）不念法华经，（是，是，念他做甚，我见念经者矣。）不礼梁皇忏。①（是，是，我见礼忏者矣。）颩了僧帽，袒下了偏衫。（是，是，我见戴僧帽、着偏衫者矣。农夫力而收于田，诸奴坐而食于寺。有王者作，比而诛之，所不待再计也。而愚之夫，尚忧罪业。夫今日之秃奴，其游手好闲，无恶不作，正我昔者释迦世尊于《涅槃经》中，所欲切嘱国王、大臣，近则刀剑，远则弓箭，务尽杀之，无一余留者也。圣叹此言，乃是善护佛法，夫岂谤僧之谓哉。）杀人心斗起英雄胆，我便将乌龙尾钢椽搕。（夹批略）
（"右第一节"批语略）
（【滚绣球】略）
（"右第二节"批语略）

---

① 《法华经》《梁皇忏》：是佛教的两部经典文献，这里泛指佛家经典。

（接【滚绣球】）非是我贪，不是我敢，这些时吃菜馒头委实口淡。（夹批略）五千人也不索炙煿煎燂。腔子里热血权消渴，肺腑内生心先解馋，有甚腌臜。

【叨叨令】你们的浮熳羹，宽片粉添杂糁，酸黄齑、臭豆腐真调淡……

金圣叹对佛经甚熟，运用佛经说事，但不迷信，以儒者身份大骂和尚。

（"右第三节"批语）和尚言者是也。昔日世尊于涅槃场，制诸比丘不得食肉："若食肉者，断大慈悲！"夫大慈悲，止于不食肉而已乎？麋鹿食荐，牛马食料，蚯蚓食泥，蜩螗食露，乃至蛣蜣食粪，皆不食肉，即皆得为大慈悲乎？吾见比丘稗贩如来，垄断檀越，伪铺坛场，炫招女色。一切世间不如法事，无不毕造，但不食肉，斯真无碍大慈悲乎？夫世尊制"不得食肉"者，彼必有取尔也。昔我先师仲尼氏，释迦之同流也。其教人也：务孝弟，主忠信，如是云云，至于再三。独不教人不得食肉，亦以孝弟忠信之与不食肉，其急缓大小则有辨也。若食肉，即不得为孝弟忠信，但不食肉，即是孝弟忠信，则是仲尼有遗言也。今儒者修孝弟忠信于家，而食大享于朝，比丘分卫，日中一食于其城中，而广造大恶于其屏处，此其人之相去，虽三尺童子能说之也。今诸秃奴，乃方欲以己之不食肉，救拔我之食肉，此其无理、可恨，真应唾之、骂之、打之、杀之也。故曰："和尚言者是也。"

（以下曲白批语均略）

以下的情节，惠明携带张生的求援信，请来了白马将军杜确，"将孙飞虎一人砍首号令"。虽然这些省略了的文字，也有不少好曲子、好对白，也不乏精彩之处，但却少金圣叹的理论阐述。

二之二 请宴 红娘主唱

一、开篇批语可与一之三"酬韵"的开篇批语"极微论"一并读，它是极微论的进一步延伸。以游名山大川为例，强调人的主观世界在审美过程中的积极意义。提升到老庄哲学"三十辐共一毂，当其无，有车之用"的高度，强调人的精神世界——"别才""别眼"的主观能动作用。可与"读西厢记法"之二十七条至四十六条结合起来读。"无"字是审美标准，即"化境"，强调"天然去雕饰，清水出芙蓉"。（可与一之四"闹斋"开篇批语并读。）

二、此篇是前一折戏"寺警"和后一折戏"赖婚"中间的一折重要过渡戏："前文一大篇，破贼也；后文一大篇，赖婚也。破贼之一大篇，则有莺莺寻计，惠明递书，皆是生成必有之大波大浪也。赖婚之一大篇，则有莺莺失惊，张生发怒，亦是生成必有之大哭大笑也。"

为什么要写这一折？金圣叹说："作者细思久之，细思彼张生之于莺莺，其切切思思，如得旦暮遇之，固不必论也。即彼莺莺之于张生，其切切思思，如得旦暮遇之，殆亦非一口之所得说，一笔之所得写也。""无端而孙飞虎至，无端而老夫人许，歘然二无端自天而降。此时则彼其一双两好之心头、口头，眼中、梦中，茶时、饭时，岂不当有如云浮浮，如火热热，如贼脉脉，如春荡荡者乎？……"

金圣叹说：前面一大篇"寺警"，孙飞虎兵变，欲掠莺莺为妻；莺莺当众许诺有退贼兵者，以身相许；老夫人许婚张生，而使这一对朝朝暮暮，"眼中、梦中，茶时、饭时"，切切思念的恋人，喜出望外，"岂不当有如云浮浮，如火热热，如贼脉脉，如春荡荡者乎"。而后一篇则是"赖婚"，又使这一对恋人，顿时落入谷底。金圣叹认为在这两折波澜迭起、大起大落的笔墨中间，必须有一折缓冲的笔墨，描写这一对情侣"如云、如火、如贼、如春之一段神理"，而想出作者"算出赖婚必设宴，设宴必登请，而因于两大篇中间，忽然闲闲写出一红娘请宴"。同时在红娘口中道出这一对情侣此间兴奋的心态，让红娘口中说出"恰将彼一双两好之无限浮浮热热，脉脉荡荡"的心态。与波澜迭起的"寺警""赖婚"比较，这一折戏只是红娘"走一遭""至轻、至淡"之笔，也能写出"一大篇"。金圣叹扣题，即是作家用他的别才、别眼，非在"洞天福地"的大景色，而在"这个小景色"中，"而今观其但能缓缓随笔而行，亦便真有此一大篇"。正如前面所说的："一水、一村，一桥、一树，一篱、一犬，无不奇奇妙妙，又秀，又皱，又透，又瘦，不必定至于洞天福地，而始有奇妙。"他告诫"后世锦绣才子"，"将欲操觚作史，其深念老氏当其无有文之用之言哉"。①

正文 二之二 请宴 红娘主唱

（张生上云）夜来老夫人说，使红娘来请我。天未明，便起身，直等至这早晚不见来。我的红娘也呵！

（红娘上云）老夫人着俺请张生，须索早去者。（夹批略）

【中吕·粉蝶儿】（红娘唱）半万贼兵，卷浮云，片时扫净。俺一家儿死里重生。

（"右第一节"批语略）

（接【中吕·粉蝶儿】）只据舒心的列仙灵，阵水陆，张君瑞便当钦敬。

---

① 老氏当其无有文之用之言，见《老子》十一章："三十辐共一毂，当其无，有车之用。埏（用水和泥）埴（黏土）以为器，当其无，有器之用。凿户牖（窗户）以为室，当其无，有室之用。故有之以为利，无之以为用。"

[译文] 车轮中的三十辐共同插入一毂，只有当它们各自不再突出自己的时候，才能形成车的功用。用水和黏土做器皿，只有当其中的各元素不再强调自己重要性的时候，才能做成器皿并实现其功用。凿门窗建造房屋（窑洞），只有当各部分相互协调（不再看重自己）了，才能有合适的房子（窑洞）可用。所以，强调各部分的重要性，是为了充分发挥其效能；不看重自己的重要性，是为了在和谐中实现整体功能的效用。

最后一句多有不同的解释：实存体作为利用物，虚体才是真正的用处。大都强调"无""虚"是重要的。

（"右第二节"批语）……写小女儿家又聪慧，又年轻，彼见昨日惊魂动魄，今日眉花眼笑，便从自己灵心所到，说出小小一段快乐。反若撇开本人之一场真正大功也者，而是本人之一场真正大功已不觉反于此一语中全现。才子作文，誓愿放重笔，取轻笔，此类是也。

（接【中吕·粉蝶儿】）前日所望无成，倒是一缄书，为了媒证。

【醉春风】今日东阁带烟开，（"前日""今日"，语意佳甚。"带烟开"是也。杜诗"高城烟雾开"，是招女婿诗，此用之也。）再不要西厢和月等。薄衾单枕有人温，你早则不冷、冷。你好宝鼎香浓，绣帘风细、绿窗人静。（……此十二字只并做一"人"字也。盖窗外有帘，帘内无风，鼎中有香，香中有人也。）

（"右第三节"批语）请宴正文。照定后篇《赖婚》，作此满心满愿之语。妙绝！

可早到书院里也。

【脱布衫】幽僻处，可有人行，点苍苔白露泠泠。隔窗儿咳嗽一声，（夹批略）

（张生云）是谁？（红娘云）是我。（张生开门相见科）只见启朱扉，疾忙开问。

（接【脱布衫】）【小梁州】叉手躬身礼数迎，我道不及万福先生。（写尽张生。）

描写张生性格：

（"右第四节"批语）写红娘未及敲门，张生已忙作揖。天未明起身人，便于纸缝里活跳出来。

（接【小梁州】）乌纱小帽耀人明，白襕净，角带闹黄鞓。

【后】衣冠济楚，那更庞儿整。休说引动莺莺，据相貌，凭才性，我从来心硬，一见了也留情。（夹批略）

（"右第五节"批语）写张生人物也。然而必略写人，多写打扮者，盖句句字字都照定后篇《赖婚》，先作此满心满意之笔也。

（红云）奉夫人严命……（张生云）小生便去。（红娘将欲云："奉夫人严命来请先生赴席。"今张生不及候其辞毕。）

金圣叹精细之评语，把语言的内涵开掘尽尽。

【上小楼】我不曾出声，他连忙答应。（真正出神入化之笔。）早飞去莺莺跟前，姐姐呼之，喏喏连声。（此红娘摹写其连忙答应之神理也。"姐姐呼之"者，莺莺无语，则张生欲语也。"喏喏连声"者，莺莺有语，则张生敬喏也。真正出神入化之笔，不知如何想得来。）秀才们闻道请，似得了将军令，先是五脏神愿随鞭镫。

描绘张生性格，活灵活现。

（"右第六节"批语）天未明起身人活跳出来。

（张生云）敢问红娘姐，此席为何，可有别客？……

【后】第一来为压惊，第二来因谢承。不请街坊，不会诸亲，不受人情。避众僧，请贵人，和莺莺匹聘。

（"右第七节"批语）开宴正文。俱照定后篇《赖婚》，作满心满意之笔。

细细开掘语言的内涵。

（接【后】）见他谨依来命。

【满庭芳】又来回，（句。）顾影。（句。写张生便去也。乃张生已去，而忽又来回。既已来回，而又复立定。秀才真有此情性也。下文都只写此四字。)文魔秀士,(夹批略)风欠酸丁,(一句。"欠如"字。元曲有"本性谦谦,到处干风欠"。又"改不尽强文撒醋饥寒脸,断不了'诗云''子曰'酸风欠",俱押廉纤韵。此可据也。)下功夫把头颅挣,已滑倒苍蝇,光油油耀花人眼睛,酸溜溜螫得人牙疼。安排定,(犹言:来回何也?来回而顾影何也?文魔秀士最要修容,今头颅已极光挣,则是不必又顾影也。)封锁过陈米数升,盖好过七八瓮蔓菁。(犹言不必又顾影,则来回何也?风欠酸丁,最重米瓮。今果然封锁关盖,件件经心也。真写尽秀才神理。)

【快活三】这人一事精百事精,不比一无成百无成。(此二句,乃是媒人选择女婿经,言张生真养得莺莺活也。如此奇文妙文,圣叹只有下拜。)

细细解释酸丁张生的典型行动。

("右第八节"批语)正写张生疾忙便行,却斗然又用异样妙笔写出"来回顾影"四字,一时分明便将张生勾魂摄魄,召来纸上,如前殿夫人"偏何来迟"相似。从来秀才天性,与人不同。何则?如一闻"请"便出门,一也;既出门,反回转,二也;既回转,又立住,三也。("顾影"者,立住也。)虽圣叹亦不解秀才何故必如此……今日却被红娘总付一笑也。通节只是反复写"来回顾影"四字,若云去即去矣,来回何也?回即回矣,顾又何也?意者秀士性好修容,还要对镜抿发。为复酸丁不舍米瓮,自来封锁关盖。下因趁笔极赞其一精百精,言真是养得莺莺活也。世间奇文妙文固有,亦有奇妙至此者乎?(夹批略)

斫山云:"意欲写其去,却反写其回;意欲写其急,却反写其迟。彼作者固是神灵鬼怪,乃批者亦岂非神灵鬼怪乎?"

（接【快活三】）世间草木是无情，犹有相兼并。【朝天子】这生后生，怎免相思病？天生聪俊，打扮又素净，夜夜教他孤另。

（"右第九节"批语）先写张生是一情种。

（接【朝天子】）曾闻才子多情，若遇佳人薄倖，常要耽搁了人性命。他的言行，他的志诚，你今夜亲折证。

（"右第十节"批语）次写莺莺又是一情种。

【四边静】只是今宵欢庆，软弱莺莺，那惯经。你索款款轻轻。灯前交颈，端详可憎，好煞人无干净。（夹批略）

铺垫反衬之笔法。

（"右第十一节"批语）次因话有话，遂写至两情种好煞人时，俱照定后篇《赖婚》作满心满意之笔也。

（张生云）敢问红娘姐，那边今日如何铺设？小生岂好轻造……

【耍孩儿】俺那边落花满地胭脂冷，一霎良辰美景。夫人遣妾莫消停，请先生切勿推称。正中是鸳鸯夜月销金帐，两行是孔雀春风软玉屏。下边是合欢令，一对对凤箫象板，雁瑟鸾笙。

（"第十二节"批语）正写宴也，定不可少。

（张生云）敢问红娘姐，小生客中无点点财礼，却是怎生好见夫人？

【四煞】聘不见争，亲立便成，新婚燕尔天教定。你生成是一双跨凤乘鸾客，怕他不卧看牵牛织女星。（满心满意，一至于此。）真傒倖，不费半丝红线，已就一世前程。

也是反衬之笔法。作者细心，批者亦细心。

（"右第十三节"批语）此定不可少。然使圣叹握笔，乃几欲忘

之。何也？夫前日廊下之匆匆相许，此所谓急不择声之言也。夫人
而诚一诺千金，更无食言也者。则在今日，正当遣媒议聘。嘉礼伊
始，岂有家常茶饭，挖耳相招，轻以相府金枝便草草于野合者哉。
此真不待"兄妹"之词出，而早可以料其变卦者。作者细心独到，
遂特写此。

【三煞】想是灭寇功，举将能，你两般功效如红定。先是莺娘心
下十分顺，总为君瑞胸中百万兵。自古文风盛，那见珠围翠绕，不
出黄卷青灯。（反复以明无聘也。"想是"二字，妙。）

（"右第十四节"批语）又必重言以申其意者，可见是夫人破绽，
张生心虚，红娘乖觉，真不必直至于"兄妹"二字之后也。《西厢》
妙笔如此，伧其乌知哉！

（"第十五节、第十六节"批语，是"正写请也"的文字。此间唱
词白批语略）

最后一段道白，作满心满意之笔。

（张生云）红娘去了，小生拽上书院门者。比及我到得夫人那里，
夫人道："张生，你来了也，与俺莺莺做一对儿。饮两杯酒，便去卧
房内做亲。"（笑科）孙飞虎，你真是我大恩人也！多亏了他。我改
日空闲，索破十千贯足钱，央法本做好事超荐他。惟愿龙天施法雨，
暗酬虎将起朝云。……

这一折尽写张生是一酸丁，俱作满心满意之语，以反衬下一折的赖婚。
作者已在字里行间流露出赖婚的迹象，从中既可看到作者笔墨之细，亦可看
到批者心思之细。

二之三　赖婚　莺莺主唱

"赖婚"的开篇批语讲的是为什么要莺莺主唱，深入地涉及语言（剧诗）的性格化问题。

元杂剧以一人主唱为其主要特征，通常的四折一楔子的短剧，大体是一人主唱到底的，因此有旦本、末本之说。当然有少数例外。如《西厢记》是每四折为一本，共五本二十折。除"寺警"为莺莺和惠明两人主唱外，大都是一人（莺莺、张生、红娘）主唱的。

作者按照什么原则安排主唱人物，历来没有人阐述这一问题，金圣叹在这里揭示了这一问题。元杂剧中的末、旦是演唱的承担者的意义，远远大于行当上的意义。末与旦大体都是剧中的主要人物，但是他（她）们扮演的人物是非常宽泛的。因此他（她）们是演唱者的意义远远大于行当意义。这表明元杂剧的行当体制还处于初级阶段。

元杂剧语言性格化，特别是在唱词（剧诗）塑造、揭示人物性格方面达到了极高的成就，如关汉卿塑造的窦娥、赵盼儿、谢天香等等。《西厢记》在这一方面的成就也十分突出。然而主唱以及性格化的原则是什么，没有人讲过，金圣叹在这篇开篇批语里作了细致的回答。

金圣叹自问自答地说：在"赖婚"这一折戏里，老夫人、红娘、张生主唱可以吗？不可以。为什么不可以？他说，作者早已"熟思"过了，之所以让莺莺主唱，"盖事只一事也，情只一情也，理只一理也"，但是不同的人对待同一事、情、理，由于"彼发言之人""之心""之体""之地"的不同，而有不同的态度。"有言之而正者，又有言之而反者；有言之而婉者，又有言之而激者；有言之而尽者，又有言之而半者。不观鲁敬姜①之不哭公父文伯乎？……有言之而正者。如赖婚之事、之情、之理，自张生言之，则断断必不可赖。如云：非吾所敢望也，实夫人之许也。曾口血之未干，而遽忘于心与？此其正也。若自夫人言之，则必断断必不可不赖。如云：非吾之食言也，惟先夫之故也。虽大恩之未报，奈先诺于心与？此则言之而必至于反者也。有言之而婉者。如此事、此情、此理，自莺莺言之，则赖已赖矣，夫复何言！如云：欲不啼，则无以处张生也。"这是金圣叹的性格论。

在性格论的基础上金圣叹进一步分析这一折戏所以由莺莺主唱的缘由："事固一事也，情固一情也，理固一理也，而无奈发言之人，其心则各不同也，其体则各不同也，其地则各不同也。彼夫人之心与张生之心不同，夫是故有言之而正，有言之而反也。乃张生之体与莺莺之体又不同，夫是故有言之而婉，有言之而激也。至于红娘之地与莺莺之地又不同，夫是故有言之而尽，有言之而半也。夫言之而半，是不如勿言也；言之而激，是亦适得其半也。至于言之而反，此真非复此书之言也。"金圣叹认为，经过作者一番深思熟虑之后，得出结论："而知《赖婚》一篇，必当写作莺莺唱，而不得写作夫人唱、张生唱、红娘唱者也。"即夫人唱则反，张生唱则激，红娘唱则半，都不能在一人主唱这种体制限制下，发挥一人主唱的作用。

---

① 敬姜，鲁大夫公父文伯之母。不哭文伯事，见《国语》卷五《鲁语》：

公父文伯卒，其母戒其妾曰："吾闻之：好内，女死之；好外，士死之。今吾子夭死，吾恶其以好内闻也。二三妇之辱共先祀者，请无瘠色，无洵涕，无搯膺，无忧容，有降服，无加服。从礼而静，是昭吾子也。"仲尼闻之曰："女知莫如妇，男知莫如夫。公父氏之妇知也夫！欲明其子之令德也。"

[译文]公父文伯故世，他的母亲告诫他的妾说："我听说，宠爱妻妾的人，女人为他而死；热心国家大事的人，士为他而死。如今我儿子不幸早死，我讨厌他有宠爱妻妾的名声。你们几个人在供奉亡夫的祭祀仪式上要委屈一下，请不要悲伤得消瘦下来，不要不出声地流泪，不要捶胸，不要容色忧愁，丧服要降一等穿戴，不要提高丧服的等级。遵守礼节静静地完成祭祀，这样才能昭明我儿子的美德。"孔子听到这件事后说："姑娘的见识不及妇人，男孩子的见识不及丈夫。公父家的妇人真明智！她这样做是想显扬她儿子的美德。"

正文　二之三　赖婚　莺莺主唱

（夫人上云）红娘去请张生，如何不见来？（红娘见夫人云）张生着红娘先行，随后便来也。

（张生上，拜夫人科。夫人云）前日若非先生，焉有今日？我一家之命，皆先生所活。聊备小酌，非为报礼，勿嫌轻意。（张生云）"一人有庆，兆民赖之。"此贼之败，皆夫人之福。此为往事，不足挂齿。（夫人云）将酒来，先生满饮此杯。（张生云）"长者赐，不敢辞。"（立饮科。张生把夫人酒科。夫人云）先生请坐。（张生云）小生礼当侍立，焉敢与夫人对坐。（夫人云）道不得个恭敬不如从命。（张生告坐科。夫人唤红娘请小姐科）

（莺莺上云）迅扫风烟还净土，双悬日月照华筵。

【双调·五供养】（莺莺唱）若不是张解元识人多，别一个怎退干戈。

文思细腻之又一例　就这么两句话，金圣叹在"右第一节"批语中，用四五百字加以剖析、赞美。"分节批语"都是对唱词的批语。

（"右第一节"批语）一篇文，初落笔便抬出"张解元"三字，表得此人已是双文芳心系定，香口噙定，如胶入漆，如日射壁，虽至于天终地毕、海枯石烂之时，而亦决不容移易者也。

在这里他总结一条经验：

圣叹每言作文最争落笔，若落笔落得着，便通篇增气力；如落笔落不着，便通篇减神彩。

请看他在"别一个"三字上所做的文章：

> "别一个"，妙。只除张解元外，彼茫茫天下之人，谁是别一个哉？既已漫无所指，而又自云'别一个'，然则口中自闲嗑'别一个'，心中实荡漾'这一个'也。……看他只三字，岂复三百字、三千字、三万字所得换哉！""'怎'字又妙！一似曾代此'别一个'深算也者，而其实一片只是将他张解元骄奢天下人。"

金圣叹说作者写莺莺那股得意劲儿：

> "真写杀也"！仅仅两句一十六个字，"而出神入化，乃至于此"。
> （接【五供养】）排酒果，列笙歌，篆烟微，花香细，卷起东风帘幕。他救了咱全家祸，殷勤呵正礼，钦敬呵当合。
> （右第二节批语略）

文思细腻之又一例：

> 【新水令】恰才向碧纱窗下画了双蛾，（一句是梳妆已毕也。）拂绰了罗衣上粉香浮污，（二句是梳妆已毕，立起来也。）将指尖儿轻轻的贴个钿窝。（三句是梳妆已毕，立起来了，又回身就镜看其宜称也。然则真起来得早也。）若不是惊觉人呵，犹压着绣衾卧。（谁敢惊觉小姐？小姐谎也。）

写相国小姐在起床时间上大做文章。

> （"右第三节"批语）此真异样笔墨也。盖欲写双文方始梳妆，则此日双文不应一如平日迟起。然欲写双文梳妆已毕，则双文又自有

双文身分，不可过于早起。于是而舒俏笔，蘸浅墨，轻轻只写其梳妆之后一半，而双文之此日起身，遂觉迟固不迟，早亦不早；早虽不早，迟已不迟；翩翩然便有一位及瓜解事千金小姐，活现于此双开一幅玉版笺中，真非世伧之所梦得也。(《西厢记》写双文，至此日犹作尔笔。吾恨近时忤奴，于最初惊艳时，便作无数目挑心招丑态。愿天下才子，同心痛骂之。)另找"犹压"一句者，非写双文自家文饰，乃是深明他日决无如此早起，以见双文今日之得意杀也。

（红白略）

【后】你看没查没例谎偻科，道我宜梳妆的脸儿吹弹得破。你那里休聒，不当一个信口开合。知他命福如何，我做夫人便做得过。

【乔木查】除非说我相思为他，他相思为我，今日相思都较可。这酬贺，当西州贺。(忽然将"他""我"二字分开，忽然将"他""我"二字合拢，写得双文是日与解元贴皮贴肉，入骨入髓，真乃异样笔墨。)

细写双文心理变化，作"满心满愿"之笔。

（"右第四节"批语）双文快哉！便敢纵口呼一"他"字，敢问"他"之为他，乃谁耶？自谦未必做夫人，而公然牵连及人云"看他福命"，何意卿之与他，同福共命遂至此耶？快哉双文！此为是卿心头几日语，何故前曾不说，今忽然说？岂卿今日之与"他"，便得更无羞涩耶？甚至畅然承认云："我相思，他相思。"甚矣，双文此日之无顾无忌，满心满愿也！"我"之与"他"，最是世间口头常字，然独不许未嫁女郎香口轻道，此则正将此字翻剔出异样妙文来。作《西厢记》人，真是第八童真住菩萨[①]，无法不悟者也。

---

① 真是第八童真住菩萨，住，大乘修行阶位，第八童真住与第八不动地同。见《佛说十地经》卷第六。

（接【后】）母亲你好心多。

【搅筝琶】我虽是赔钱货，亦不到两当一弄成合。（"两当一"者，一来压惊，二来就亲也。）况他举将除贼，便消得你家缘过活。（妙！妙！是非平心语哉！然自旁人言之，则公论也。今出双文口便是护惜解元。圣叹先欲笑也。）你费甚么便结丝萝，（写出是日不似结亲席面也，与前"卷起东风帘幕"映耀。）休波，省钱的妳妳忒虑过，恐怕张罗，（"休波"，双文又急自收科也。此写双文小不得意于其母，所以衬后文之大不得意也。其法只应如是即止，不可信笔便怎么去也。）

写莺莺思想发展历程。

（"右第四节"① 批语）上写双文快，此又忽写双文不快。写快，所以反衬后文不快也。写不快，所以反衬后文大不快也。盖双文于筵席草草，便已不快，殊未知筵席之所以草草，后文则有其故，而双文方在梦中也。此"我""他"二字，更奇更妙。便将自己母亲之一副家缘过活，立地情愿双手奉与解元。自古云"女生外向"，岂不信哉！只不知作者如何写得到。真是第八童真住菩萨，无法不悟者也。（夹批略）

【庆宣和】门外帘前，未将小脚儿挪，我先目转秋波。（夹批略）

（张生云）小生更衣咱。（做撞见莺莺科）

（接【庆宣和】）谁想他识空便的灵心儿早瞧破，慌得我倒躲，倒躲。

（"右第五节"批语）分明一对新人，两双俊眼，千般传递，万种羞惭，一齐纸上活灵生现也。写双文出来，为欲快出来，反得迟出

---

① 右第四节：据上下文意，此当作"右第五节"，底本误，并及后续各节。本文照录底本。

来。又解元看见双文出来，方将等不得快出来，不意反弄成不出来。妙！妙！盖美人出来，本是难写，何况新人出来，加倍难写。因而极力写之，不意其直写至此。作者真是第八童真住人也。

金圣叹精细地感受到活脱脱的人物，不只是作者是第八童真菩萨，金圣叹同样是。

（夫人云）小姐近前来，拜了哥哥者！（张生云）呀！这声息不好也！（莺莺云）呀！俺娘变了卦也！（红娘云）呀！这相思今番害也。

【雁儿落】只见他荆棘刺怎动挪？死懵腾无同互！措支哩不对答，软兀剌难蹲坐。

使用了很多"乡语"，可参见《西厢记集解》。

（"右第六节"批语）写惊闻怪语，先看解元也。（先看解元，妙！妙！）

【得胜令】真是积世老婆婆，甚妹妹拜哥哥？（夹批略）白茫茫溢起蓝桥水，扑腾腾点着祆庙火。碧澄澄清波，扑剌剌把比目鱼分破。急攘攘因何？扢搭地把双眉锁纳合。

【甜水令】粉颈低垂，烟鬟全堕，芳心无那，还有甚相见话偏多？星眼朦胧，檀口嗟咨，撧窨不过，这席面真乃乌合。

描写莺莺。

（"右第七节"批语）惊闻怪语，次诉自家也。先看解元，次诉自家，中有神理，不容倒转。

（夫人云）红娘，看热酒来，小姐与哥哥把盏者。（莺莺把盏科。

张生云）小生量窄。（莺莺云）红娘，接了台盏去者。

老夫人让莺莺"把盏"一段情节，金圣叹的细致分析。

【折桂令】他其实咽不下玉液金波。（"他其实"，妙！怜惜呜咽，一至于此！解元不肯饮固也，乃今先是双文不肯教解元饮也。下逐句皆深明此句。）他谁道月底西厢，变做梦里南柯？（"他谁道"，妙！代解元诉所以不饮之故也。）泪眼偷淹，他酩子里都揾湿衫罗。（"他酩子里"，妙！言解元只有工夫哭，那有工夫饮也。）他眼倦开，软瘫做一垛。他手难抬，称不起肩窝。（"他眼倦开"，妙！言解元亦不看人把盏。"他手难抬"，妙！言解元亦接不起台盏也。）病染沉疴，他断难又活。（夹批略）母亲！你送了人呵，还使甚喽啰。（结言真不必劝之饮也。一篇只是一句。）

只是写不必劝饮。

（"右第八节"批语）写夫人初命把盏，解元必不肯饮，乃双文亦不肯教解元饮也。其文如此。（此皆唤红娘接去台盏之辞。）

（夫人云）小姐，你是必把哥哥一盏者。（莺莺把盏科。张生云）说过小生量窄。（莺莺云）张生，你接这台盏者。

【月上海棠】一杯闷酒尊前过，你低首无言只自摧挫。（"你自摧挫"，妙！忽然换一言端，劝解元不如饮此一杯之愈也。）你不甚醉颜酡，（"你不甚酡"，妙！言亲见解元面也。）你嫌玻璃盏大，（……深体解元意也。）你从依我，（只四字中，下得"你""我"二字。）你酒上心来较可。（夹批略）

【后】你而今烦恼犹闲可，你久后思量怎奈何？（夹批略）我有意诉衷肠，怎奈母亲侧坐，与你成抛躲，咫尺间天样阔。（夹批略）

（"右第九节"批语）写夫人再命把盏，解元坚不肯饮，乃双文忽又欲强解元饮也。其文又如此。只一把盏，看他一反一覆，写成如此两节。前节向他人疼解元，后节向解元疼解元。前节分明玉手遮护解元，直将藏之深深帐中，几于风吹亦痛。后节分明身拥解元，并坐深深帐中，通夜玉手与之按摩也。文章至于此极，真惟第八童真佳人或优为之，余子岂所望哉。

（张生饮酒科。莺莺入席科。夫人云）红娘，再斟上酒者。先生满饮此杯！（张生不答科）

【乔牌儿】转关儿虽是你定夺，

王本："'转关儿没定夺'，言其无准诚也。"

哑谜儿早已人猜破。还要把甜话儿将人和，越教人不快活。（讥其还欲劝酒也。）

莺莺埋怨老夫人。

（"右第十节"批语）几于热揭面皮，痛锥顶骨，何止眼瞅口唾而已。快文哉！

【清江引】女人自然多命薄，秀才又从来懦。（妙！妙！不但自悲，兼怨解元，便宛然夫妻两口一心一意然。）闷杀没头鹅，撇下赔钱货。（夹批略）不知他那答儿发付我。（痛哭其父，所以深致怨于其母也。而其父不闻也，真乃哀哉！）

（"右第十一节"批语）忽然哀叫死父，痛衔生母，而夫妻之同床共命，并心合意，分明如画。妙绝！

（张生冷笑科）

【殿前催】你道他笑呵呵，这是肚肠阁落泪珠多。（夹批略）若不是一封书把贼兵破，俺一家怎得存活？他不想姻缘想甚么？（段段夫妻两口，并心合意。妙绝！奇绝！）难捉摸，你说谎天来大，成也是你母亲，败也是你萧何！

（"右第十二节"批语）索性畅然代解元言之也。

【离亭宴带歇拍煞】从今后，我也玉容寂寞梨花朵，朱唇浅淡樱桃颗，如何是可？昏邓邓黑海来深，白茫茫陆地来厚，碧悠悠青天来阔。

（"右第十三节"批语）索然畅然并自己言之，真不复能忍也。

（接【离亭宴带歇拍煞】）前日将他太行山般仰望，东洋海般饥渴，如今毒害得怎么！（夹批略）把嫩巍巍双头花蕊搓，香馥馥同心缕带割，长挽挽连理琼枝挫。只道白头难负荷，谁料青春有耽搁。将锦片前程已蹬脱。一边甜句儿落空他，一边虚名儿误赚我。（夹批略）

（夫人云）红娘，送小姐卧房里去者。（莺莺辞张生下）

（"右第十四节"批语）看他至篇终，越用淋淋漓漓之墨，作拉拉杂杂之笔。盖满肚怨毒撑喉拄颈而起，满口谤讪触齿破唇而出。其法必应如是，非不能破作两三节也。（有文应用次第者，有文应用拉杂者。所谓"欢愉之音啴缓，烦闷之音焦杀"也。）

张生与老夫人讲道理，斥其失信；红娘为张生出谋划策，大段对白略。

二之四　琴心　莺莺主唱

"琴心"的开篇批语，是一篇专门谈《西厢记》思想内容的文章，对张生、莺莺所处的时代背景，张生、莺莺、红娘所处的地位，以及在老夫人赖婚后的他们各自的特定心理和行动，作了深刻的分析，也可以看作是对《西厢记》主题思想、时代背景的概括分析。金圣叹既肯定张生是"绝代之才子”，莺莺是“绝代之佳人”，他们都是“天下之至宝”，“无端一日而两宝相见，两宝相怜，两宝相求”乃是“必至之情”。金圣叹又看到这种“必至之情”即使到死也是“无由能以其情通之”。这是由于有“万万世不可毁”的“先王”制定的森严的“礼”的存在：“外言不敢或入于阃，内言不敢或出于阃。斯两言者，无有照鉴，如临鬼神。童而闻之，至死而不容犯也。”张生既爱莺莺，莺莺既爱张生，他们还应该爱他们所敬畏的“先王之礼”，否则他们就不成其为才子、佳人了。“男必有室，女必有家”是古今的常理。但是这种“家室”的建立，“必听之于父母，必先之以媒妁……非是，则父母国人先贱之；非是，则孝子慈孙终羞之”。金圣叹又指出在张生与莺莺所处的环境下，是无法将对对方之爱告知对方的。“夫两人之互爱，盖至于如是之极也，而竟亦互不得知，则是两人虽死焉可也。然两人死则宁竟死耳，而终亦无由互出于口、互入于耳者，所谓礼在则然，不可得而犯也。”是“寺警”给他们造成机会：“殆至于万万无幸，而大幸猝至，而忽然贼警，而忽然许婚……而今而后，双文真张生之双文也。”他们之间无须一个传言递语的使者。倏然老夫人毁婚，双文非张生之双文，张生也不是双文之张生，他们之间就需要有一个传话的使者了。这位使者就是红娘。金圣叹认为“若夫人而既许之矣，张生虽至无所忌惮，而俨然遂烦一介之使，排闼以明告之双文……何则？曲已在彼，不在此也”，而红娘恰好应这份差事，因为老夫人许婚她听到了，赖婚她也听到了，无须张生告诉她。她为此事怀抱不平，也无须张生求她，而伸出援助之手也不会有多大困难。她察言观色，已经看到莺莺的“怨念之诚”。她将张生的话传给莺莺，犹如“以水入水”，应该不会有什么阻碍的，“此真所谓天下之不难更无有不难于此也者”。但是红娘感到真把张生的话传递给莺莺，是一件“至难至难”的事情。为什么？“今夫崔家，则潭潭赫赫，当朝一品，调元赞化之相国府中也。崔之夫人，则先既堂堂巍巍一品国太，而今又为斩斩棱棱之冰心铁面孀居严母也。崔夫人之女双文，则雍雍肃肃，胡天胡帝，春风所未得吹、春日所未得照之千金一品小姐也。”红娘只不过是“相国府中有夫人，夫人膝下有小姐，小姐位侧有侍妾”，她只不过是侍妾中的一个丫鬟，"如以小姐之恩论之，则其尤不敢轻以一无故之言干冒尊严者"。金圣叹认为只有红娘可以担当这件事情，因为莺莺对红娘特有的信赖。红娘允诺为张生专递信息，"虽在所必不得不诺，而红之告双文，乃在所必不可得告"，然而森严的"礼"仍然是无法突破的难关。金圣叹似乎在肯定红娘的行为，但是最终还是站在维护"礼"的立场上说话的，"先王制礼，有外有内，有尊有卑，不但外言之不敢或闻于内，而又卑言之不敢或闻于尊。盖其严重不苟有如此者，凡以坊天下之非僻奸邪，使之必不得伏于侧，乘于前，乱于后，溃败于无所底止，其用意为至深远也"。这样便可以知道红娘教张生："其意真非欲张生之以琴挑双文也，亦非欲双文之于琴感张生也。其意则徒以双文之体尊严，身为下婢，必不可以得言。夫必不可以得言，而顷者之诺张生，将终付之沉浮矣乎？又必不忍，而因出其阴阳狡狯之才，斗然托之于琴。而一则教之弹之，而一则教之听之。教之听之而诡去之，诡去之而又伏伺之，伏伺之而得其情与其语，则突如其出，而使莫得赖之，夫而后缓缓焉从而钓得之。"纵然突破了许多关口，但这种做法依然是有悖于礼的。经过这一番分析之后，金圣叹又返回封建主义立场，感慨万分地说："呜呼！向使千金双文深坐不来，乃至来而不听与听而无言，其又谁得行其狡狯乎哉！盖圣叹于读《西厢》之次，而犹忾然重感于先王焉。后世之守礼尊严千金小姐，其于心所垂注之爱婢，尚慎防之矣哉！"

正文　二之四　琴心　莺莺主唱

（张生上云）红娘教我今夜花园中，待小姐烧香时，把琴心探听他。寻思此言，深有至理。天色晚也，月儿你于我分上，不能早些出来呵！（夹批略）呀！恰早发擂也。……恰早撞钟也。（夹批略）（理琴科。云）琴呵，小生与足下湖海相随，今日这场大功，都只在你身上。天那，你于我分上，怎生借得一阵轻风，将小生这琴声，送到我那小姐的玉琢成、粉捏就、知音俊俏耳朵里去者！

（莺莺引红娘上，红云）小姐，烧香去来，好明月也。（好！只增四字一句，怂恿之意如画。）（莺莺云）红娘，我有甚心情烧香来？月儿呵，你出来做甚那！（夹批略）

写景即是写情写人：

【越调·斗鹌鹑】（莺莺唱）云敛晴空，冰轮乍涌。（此非写月也，乃是写美人见月也。）风扫残红，香阶乱拥。（此非写落红，乃是写美人走出月下来也。）离恨千端，闲愁万种。（上四句之下如何斗接此二句，故知上二句，是人也，非景也。试反覆诵之。）

（"右第一节"批语）只写云，只写月，只写红，只写阶，并不写双文，而双文已现。有时写人是人，有时写景是景；有时写人却是景，有时写景却是人。如此节四句十六字，字字写景，字字是人。伧父不知，必曰景也。

（第二、三、四、五、六、七节俱写莺莺听琴，已为琴声所感动，略。）

（"右第七节"批语）……写得双文早自心如合璧，便将下文张生特地弹成一曲，谓之《凤求凰操》，恰如反被双文先出题目相似。真乃文章妙处，索解人不得也。伧谓"张生挑之"，岂非大梦！"

（红云）小姐，你住这里听者，我瞧夫人便来。……

引用轶闻：

【麻郎儿】不是我他人耳聪，知你自己情衷。（……昔赵松雪学士，信手戏作小词，赠其夫人管曰：我侬两个，忒煞情多。譬如将一块泥，捏一个你，塑一个我。忽然间欢喜呵，将他来都打破。重新下水，再团再炼，再捏一个你，再塑一个我。那其间，那其间我身子里有你也，你身子里也有了我。）

（接【麻郎儿】）知音者芳心自同，感怀者断肠悲痛！

（"右第八节"批语略）

（张生云）窗外微有声息，定是小姐。我今试弹一曲。（莺莺云）我近这窗儿边者。（张生叹云）琴呵！昔日司马相如求卓文君，曾有一曲，名曰《文凤求凰》……我今便将此曲依谱弹之……

听琴的效果：

（莺莺云）是弹得好也呵！其音哀，其节苦，使妾闻之，不觉泪下。

【后】本宫，始终，不同。（夹批略）这不是清夜闻钟，（夹批略）这不是黄鹤醉翁，（夹批略）这不是泣麟悲凤……

【络丝娘】一字字是更长漏永，一声声是衣宽带松，别恨离愁做这一弄，越教人知重。（此越、重字，则为今夜又知其精于琴理至此故也。夫双文精于琴理，故能于无文字中听出文字，而知此曲之为别恨离愁也。而今反云越重张生，从来文人重文人，学人重学人，才人重才人，好人重好人，如子期之于伯牙，匠石之于郢人，其理自然，无足怪也。绝世妙文！）

（"右第九节"批语略）

（张生推琴云）夫人忘恩负义，只是小姐，你却不宜说谎。（红娘掩上科。莺莺云）你错怨了也。

【东原乐】那是娘机变，如何妄脱空？他由得俺乞求效鸾凤？（九字便是九点泪，便是九点血。双文之多情，双文之秉礼，双文之孝顺，双文之爽直，都一笔写出来。）

（接【东原乐】）他无夜无明并女工，无有些儿空。他那管人把妾身咒诵？（夹批略）

（"右第十节"批语）此双文不觉漏入红娘耳中之文也。如含如吐，如浅如深，在双文出之，已算尽言；在红娘闻之，尚非的据。便令后文一简再简，玄之又玄，几乎玄杀也。无夜、无明、无空之为言，不得乞求也。写慈母、娇女之如可乞求，与严母、庄女之终不乞求，两两如画。俗本误入衬字，直写作如欲私奔然，恶是何言也？……

【绵搭絮】外边疏帘风细，里边幽室灯青。中间……疏棂。不是云山几万重，（夹批略）怎得个人来信息通？便道十二巫峰，也有高唐来梦中。（夹批略）

（红娘突出云）小姐，甚么"梦中"？那夫人知道怎了？（夹批略）

（"右第十一节"批语）此漏入红娘耳中之后半也。在红娘闻之，已算尽言；在双文出之，反无的据。如浅如深，如含如吐，遂成后文玄杀也。妙哉！

写莺莺性格：

【拙鲁速】走将来气冲冲，不管人恨匆匆，吓得人来怕恐。我又不曾转动，女孩儿家怎响喉咙。我待紧磨砻，将他拦纵，怕他去夫人行把人葬送。（此亦后文低垂粉颈，改变朱颜之根，可细细寻之。）

（"右第十二节"批语）写双文胆小，写双文心虚，写双文娇贵……色色写到。写双文又口硬，又心虚，全为下文玄杀红娘地也。妙绝！

（红云）适才闻得张先生要去也，小姐却是怎处？（莺莺云）红娘，你便与他说，再住两三日儿。

【尾】只说到，夫人时下有些唧哝，好和歹你不脱空。（此亦不为深言犯口，不过偶借前题略作相留数日计耳。而自红娘闻之，岂非双文已作满口相许哉？世间真有如此错认，写来入妙。）我那口不应的狠毒娘，你定要别离了这志诚种！（再读此句，益知上句之偶作相留，并无所许也。）

（"右第十三节"批语）直写至红娘有问，双文有答，而双文口中终无犯口深言，而红娘意中竟谓满心相许。玄之又玄，几乎玄杀，真世间未见之极笔也。

（下略）

三之一　前候　红娘主唱

开篇批语：那辗法

这一折的开篇批语集中谈的是写作技法中的文章铺展问题和较深层次的写作心理学。他说："上《琴心》一篇，红娘既得莺莺的耗，则此篇不过走覆张生，而张生苦央代递一书耳。题之枯淡窘缩，无逾于此。"这么枯涩的题目怎么展开？对这个问题，他从双陆高手陈豫叔那里得到了启示，陈豫叔对他说：

"独吾子性好深思鄙事者也，吾不妨私一述之：今夫天下一切小技，不独双陆为然。凡属高手，无不用此法已，曰：那辗（挪碾）……""那之为言搓那，辗之为言辗开也。搓那得一刻，辗开得一刻；搓那得一步，辗开得一步。于第一刻、第一步，不敢知第二刻、第二步，况于第三刻、第三步也。于第一刻、第一步，真有其第一刻、第一步；莫贪第二刻、第二步，坐失此第一刻、第一步也。""凡小技，必须与一人对作。其初，彼人大欲作，我乃那辗如不欲作。夫大欲作，必将有作，有不及作也。而我之如不欲作，则固非不作也。其既彼以大欲作故，将多有所不及作，其势不可不与补作。至于补作，则先之所作将反弃如不作也。我则以那辗故，寸寸节节而作，前既不须补作，今又无刻不作也。其后，彼以补作故，彼所先作既尽弃如不作，而今又更不及得作也。我则以不烦补作故，今反听我先作，乃至竟局之皆我独作也。"

豫叔又曰：

所贵于那辗者，那辗则气平，气平则心细，心细则眼到。夫人而气平、心细、眼到，则虽一黍之大，必能分本分末；一咳之响，必能辨声辨音。人之所不睹，彼则瞻瞩之；人之所不存，彼则盘旋之；人之所不悉，彼则入而抉剔，出而敷布之。一刻之景，至彼而可以如年；一尘之空，至彼而可以立国。

豫叔又曰：

那辗之妙，何独小技为然哉？一切世间凡所有事，无不用之。

然而豫叔则独不言此法为文章之妙门。……而我心独知其为作文之高手。何以言之？凡作文必有题，题也者，文之所由以出也。乃吾亦尝取题而熟睹之矣，见其中间全无有文。夫题之中间全无有文，而彼天下能文之人，都从何处得文者耶？

夫题有以一字为之，有以三五六七乃至数十百字为之。今都不论其字少之与字多，而总之题则有其前，则有其后，则有其中间……且有其前之前，且有其后之后；且有其前之后，而尚非中间，而犹为中间之前；且有其后之前，而既非中间，而已为中间之后。此真不可以不致察也。

题固急，而吾文乃甚纡迟也；题固直，而吾文乃甚委折也；题固竭，而吾文乃甚悠扬也。如不知题之有前有后，有诸迤逦，而一发遂取其中间，此譬之以槌击石，确然一声，则遽已耳，更不能多有其余响也。盖"那辗"与不"那辗",其不同有如此者。而今红娘此篇,则正用其法,吾是以不觉有感而漫识之。……此篇如【点绛唇】【混江龙】,详叙前事,此一那辗法也,甚可以不详叙前事也,而今已如更不可不详叙前事也。【油葫芦】,双写两人一样相思,此又一那辗法也,甚可以不双写相思也,而今已如更不可不双写相思也。【村里迓鼓】,不便敲门,此又一那辗法也,甚可以即便敲门也。【上马娇】,不肯传去,此又一那辗法也,甚可以便与传去也。【胜葫芦】,怒其金帛为酬,此又一那辗法也。【后庭花】,惊其不用起草,此又一那辗法也。乃至【寄生草】,忽作庄语相规,此又一那辗法也。……文章真如云之肤寸而生,无处不有,而人自以气不平,心不细,眼不到,便随地失之。夫自无行文之法,而但致嫌于题之枯淡窘缩,此真不能不为豫叔之所大笑也。

此"开篇批语"也是治疗写作时心绪浮躁之良方。

"前候"即"递简",是紧接着"琴心"后的一折戏,红娘主唱,说的是莺莺派红娘探候张生,张生求红娘带回一封给莺莺的信。正如金圣叹所说"题之枯淡窘缩,无逾于此"。作者为何能写出如此洋洋一大篇?他认为是作者掌握了一种高超的写作技巧。此折的开篇批语集中阐述了这一问题。

正文　三之一　前候　红娘主唱

（莺莺引红娘上云）自昨夜听琴,今日身子这般不快呵!（夹批略）红娘,你左则闲着,你到书院中看张生一遭。看他说甚么,你来回我话者。（红云）我不去,夫人知道呵,不是耍。（莺莺云）我不说,夫人怎得知道?……（红云）我便去了,单说:张生你害病,俺的小姐也不弱。……春昼不曾双劝酒,夜寒无那又听琴。

【仙吕·赏花时】（红娘唱）针线无心不待拈,脂粉香消懒去添,

春恨压眉尖。灵犀一点，医可病恹恹。（夹批略）

（红娘下。莺莺云）红娘去了，看他回来说甚么。十分心事一分语，尽夜相思尽日眠。（夹批略）

（张生上云）害杀小生也！我央长老说将去，道我病体沉重，却怎生不着人来看我？困思上来，我睡些儿咱。（睡科）

（红娘上云）奉小姐言语，着俺看张生，须索走一遭。俺想来，若非张生，怎还有俺一家儿性命呵！

【仙吕·点绛唇】（红娘唱）相国行祠，寄居萧寺。遭横事，幼女孤儿，将欲从军死。

【混江龙】谢张生伸致，一封书到便兴师。真是文章有用，何干天地无私？若不剪草除根了半万贼，怕不灭门绝户了一家儿。莺莺君瑞，许配雄雌。夫人失信，推托别辞。婚姻打灭，兄妹为之，而今阁起成亲事。

（"右第一节"批语）因此题更无下笔处，故将前事闲闲自叙一遍作起也。……

（接【混江龙】）一个糊涂了胸中锦绣，一个淹渍了脸上胭脂。

【油葫芦】一个憔悴潘郎鬓有丝，一个杜韦娘不似旧时，带围宽过了瘦腰肢。一个睡昏昏不待观经史，一个意悬悬懒去拈针黹；一个丝桐上调弄出离恨谱，一个花笺上删抹成断肠诗。笔下幽情，弦上的心事，一样是相思。

【天下乐】这叫做才子佳人信有之。（夹批略）

以下批语，谈语言文字技巧。

（"右第二节"批语）连下无数"一个"字，如风吹落花，东西夹堕，最是好看。乃寻其所以好看之故，则全为极整齐却极差脱，忽短忽长，忽续忽断，板板对写中间又并不板板对写故也。……

（接【天下乐】）红娘自思：……乖性儿，何必有情不遂皆似此。他自恁抹媚，我却没三思，一纳头只去憔悴死。（忽然红娘自插入来。忽然插入红娘来，乃是此中加一倍人。文情奇绝，妙绝！）

（"右第三节"批语）言才子佳人，一个如彼，一个如此，两人一般作出许多张致。若我则殊不然，亦不啼，亦不笑，亦不起，亦不眠，一口气更无回互，直去死却便休。盖是深识张生、莺莺之张致，而不觉己之张致乃更甚也。此等笔墨，谓之"加一倍法"，最是奇观。

却早来到也。俺把唾津儿湿破窗纸，看他在书房里做甚么那。（便画出红娘来。单画出红娘来，何足奇，直画出红娘聪明来，故奇耳。）

【村里迓鼓】我将这纸窗儿湿破，悄声儿窥视。（夹批略）多管是和衣儿睡起，你看罗衫上前襟褶径。（从窗外人眼中写窗中人情事，只用十数字，已无不写尽。）孤眠况味，（夹批略）凄凉情绪，（夹批略）无人服侍。（夹批略）涩滞气色，（夹批略）微弱声息，（夹批略）黄瘦脸儿。（夹批略）张生呵，你不病死多应闷死。（夹批略）

写作技巧。

（"右第四节"批语）与其张生申诉，何如红娘觑出？与其入门后觑出，何如隔窗先觑出？盖张生申诉便是恶笔，虽入门觑出，犹是庸笔也。今真是一片镜花水月。

（张生与红娘对话、曲子及第五、六节批语略。）

（张生云）小姐既有见怜之心，红娘姐，小生有一简，不敢寄得去，意便欲烦红娘姐带回。

【上马娇】他若见甚诗，看甚词，他敢颠倒费神思。

（红云）他拽扎起面皮，道：红娘，这是谁的言语，你将（讲）

来。接【上马娇】这妮子，怎敢胡行事？嗤，（夹批略）扯做了纸条儿。（画出红娘来，画出红娘一双纤手，两道轻眉……唇上一声来。画绝也！）

（"右第七节"批语）此分明是后篇莺莺见帖时情事，而忽于红娘口中先复猜破者，所以深表红娘灵慧过人，而又未尝漏泄后篇，故妙。（夹批略）

（张生云）小姐决不如此，只是红娘姐不肯与小生将去，小生多以金帛拜酬红娘姐。（笔墨之事，随手生发。所谓文亦有情，情亦有文。如不因张生此白，下即岂有红娘如此一段快文哉？）

【胜葫芦】你个挽弓酸徕，没意儿，卖弄你有家私。（夹批略）我图谋你东西来到此？把你做先生的钱物，与红娘为赏赐，（夹批略）我果然爱你金赀？

【后】你看人似桃李春风墙外枝，卖笑倚门儿。（夹批略）

（"右第八节"批语）世间有斤两可计算者，银钱；世间无斤两不可计算者，情义也。如张生、莺莺，男贪女爱，此真何与红娘之事？而红娘便慨然将千金一担，两肩独挑，细思此情此义，真非秤之可得称，斗之可得量也……盖近日天地之间，真纯是此一辈酬酢也。

（接【后】）我虽是女孩儿，有志气。你只合道，可怜见小子只身独自，我还有个寻思。

（"右第九节"批语）写煞红娘。

（张生云）依着红娘姐，"可怜见小子只身独自"，这如何？（红云）……你写波，俺与你将去。

（写信及对话情节略）

【后庭花】我只道拂花笺打稿儿，元来是走霜毫不构思，先写下几句寒温序，后题着五言八句诗。不移时，翻来覆去，叠做个同心方胜儿。（夹批略）你忒聪明，忒煞思，忒风流，忒浪子。虽是些假意儿，（分明赞不容口，忽又谓之假意，写红娘真有二十分灵慧，二十分松快。真正妙笔！）小可的难到此。

【青哥儿】又颠倒写鸳鸯二字，方信道在心为志。（夹批略）

（"右第十节"批语）写张生拂笺、走笔、叠胜署封，色色是张生照入红娘眼中，色色是红娘印入莺莺心里。一幅文字，便作三幅看也。（一幅是张生，一幅是红娘眼中张生，一幅是红娘心中莺莺之张生。真是异样妙文！）

（接【青哥儿】）喜怒其间我觑意儿，放心波学士，我愿为之，并不推辞。自有言辞：我只说昨夜弹琴那人教传示。（《赖婚》之前文，先作满语者，所以反挑后文之不然也。此亦先作满语，却非反挑后文，正是畅明前夜《琴心》一篇，已尽得其底里。）

（"右第十一节"批语）一担千金，两肩独任。看他急口便作如许一连数语，而下正接之云"昨夜弹琴那人"，信乎《琴心》一篇，为红娘之袖里兵将，不谬也。

（下略）

写尽红娘之乖巧伶俐。

三之二　闹简　红娘主唱

此折开篇批语，细致分析红娘的心理变化，描绘莺莺性格的复杂性。写的是红娘带张生的书信回来，一边是她座上"门生"，一边是她了解的莺莺。"于张生前满心满意，满口满语，轻将一担千斤，两肩都任者，实是其胸中默默然牢有一篇把柄耳。"满心快乐，成就此事。不期莺莺的"斗然"变容，"只是我自信平日精灵，又兼夜来郑重仔细跨踏此事，何得逢彼之怒耶？""明明隔墙酬韵，蚤漏春光；明明昨夜听琴，倾囊又尽。我本非聋非瞎，悉属亲闻……此岂前日莺莺是鬼，抑亦今日莺莺是鬼？岂红娘今日在梦，抑亦红娘前日在梦?"红娘被莺莺的"斗然变容"弄糊涂了。

正文　三之二　闹简　红娘主唱

（莺莺上云）红娘这早晚敢待来也。起得早了些儿，俺如今再睡些。（睡科。红娘上云）奉小姐言语，去看张生，取得一封书来，回他话去。呀！不听得小姐声音，敢又睡哩。俺便入去看他。绿窗一带迟迟日，紫燕双飞寂寂春。

从张生处回来，带简帖回复小姐。从【中吕·粉蝶儿】夹批看金圣叹文思细密之实例。

【中吕·粉蝶儿】（红娘唱）风静帘闲，绕窗纱麝兰香散，（二句写红娘自外行来。帘内是窗，窗外是帘。有风则下帘，无香则开窗。今因无风，故不下帘；却因有香，又不开窗。只十一字，写女儿深闺便如图画。我从妙文得认莺莺，我又从妙文得认莺莺闺中也。）启朱扉摇响双环。（一句写红娘行入门。）绛台高，金荷小，银钉犹灿。（三句写红娘已入门。细想红娘回时，灯犹未息，则其遣去，一何早乎！）

（"右第一节"批语）写红娘从张生边来入闺中，慢条斯理，如在意如不在意，一心便谓自今以后，三人一心，更无嫌疑者。盖特作此骀宕之句，以与下文通篇怨毒照耀也。

（接【中吕·粉蝶儿】）我将他暖帐轻弹，揭起海红罗软帘偷看。

【醉春风】只见他钗軃玉斜横，髻偏云乱挽。（小姐正睡，侍儿弹帐，一不可也。弹帐不应，揭开偷看，二不可也。盖红娘此日已易视莺莺矣。见书而怒，得毋为是与？）日高犹自不明眸，你好懒……懒。（……不惟弹帐，不惟偷看，乃至竟敢率口讥之。莺莺慧心人，又何待见书而始悟红娘之易视我哉。)

（"右第二节"批语）不知者谓是写莺莺，不知此正写红娘也。夫写莺莺，不过只作一幅美人晓睡图看耳。今正写红娘之满心参透，满眼瞧科，满身松泛，满口轻忽，便使莺莺今早眼中忽觉有异，而下文遂不得不变容也。（真是写得妙绝，此为化工之笔。）

（莺莺起身，欠身长叹科）

（接【醉春风】）半晌抬身，（不问红娘，此其事可知也。妙！妙！）几回搔耳，（不问红娘也，妙！妙！）一声长叹。（不问红娘也，妙！妙！）

活灵活现！

（"右第三节"批语）不知者，又谓写莺莺春倦，非也。夫红娘之看张生，乃莺莺特遣也，则今于其归，急问焉可也。乃半晌矣，不问而抬身。抬身矣，又不问而搔耳。几回矣，又不问而长叹。岂非亲见归时红娘，已全不是去时红娘，慧眼一时觑破，便慧心彻底猜破故耶？看他纯是雕空镂尘之文，而又全不露一点斧凿痕，真是奇绝一世。（若作描写莺莺春倦，有何多味耶！且何故不问红娘回来几时耶？）

（红云）是便是，只是这简帖儿，俺那好递与小姐？俺不如放在妆盒儿里，等他自见。（放科）

（莺莺整妆，红娘偷觑科）（终不问也，妙！妙！）

【普天乐】晚妆残，乌云亸，轻匀了粉脸，（犹不问也，妙！）乱挽起云鬟。（已见简帖也。）将简帖儿拈，把妆盒儿按，拆开封皮孜孜看，颠来倒去不害心烦。（"颠来倒去"，是思何以处红娘，非于张书加意也。）

金圣叹贼心眼儿!

只见他厌的扢皱了黛眉,(是恼此帖如何传来。)忽的低垂了粉颈,(是算今日还宜寝搁,还宜发作。)氲的改变了朱颜。(是决计发作,无有再说也。看他三句写出莺莺心头曲折。)

(红做意科,云)呀!决撒了也!

("右第四节"批语)写莺莺见简帖。(或问:"莺莺见简帖,亦可以不发作耶?"圣叹答曰:"不发作,则是一拍即合也。今之世间比比者皆是也。")

(莺莺怒科。云)红娘过来!(红云)有!(莺莺云)红娘,这东西哪里来的?我是相国的小姐,谁敢将这简帖儿来戏弄我?我几曾惯看这样东西来?我告过夫人,打下你个小贱人下截来!(红云)小姐使我去,他着我将来。小姐不使我去,我敢问他讨来?我又不识字,知他写的是些甚么?(其快如刀,其快如风。)

【快活三】分明是你过犯,没来由把我摧残。教别人颠倒恶心烦!你不惯,谁曾惯?

("右第五节"批语)写红娘妙口,真是妙绝。轻轻只将其一个"惯"字劈面翻来,便成异样扑跌。盖下文莺莺之定不复动,正是遭其扑跌也。(夹批略)

(红云)小姐休闹,比及你对夫人说科,我将这简帖儿先到夫人行出首去。(红娘眼快手快,其妙如此。)

(莺莺怒云)你到夫人行,却出首谁来?(夹批略)

(红云)我出首张生。(夹批略)

(莺莺做意云)红娘,也罢,且饶他这一次。(夹批略)(红云)小姐,怕不打下他下截来!(红娘又妙。每读此白,如听小鸟斗鸣,最足下酒也。)

(右第六节、第七节莺莺询问病情略)

【四边静】怕人家调犯，早晚怕夫人行破绽，只是你我何安？又问甚他危难？你只撺掇上竿，拔了梯儿看。

（"右第八节"批语）索性畅然劝之，以不负张生之托。

（莺莺云）虽是我家亏他，他岂得如此？你将纸笔过来，我写将去回他，着他下次休得这般。（红云）小姐，你写甚的那？你何苦如此？（莺莺云）红娘，你不知道！（写科）

（莺莺云）红娘！你将去对他说：小姐遣看先生，乃兄妹之礼，非有他意。再一遭儿是这般呵，必告俺夫人知道。红娘，和你小贱人都有话说也！（红云）小姐，你又来！这帖儿我不将去。你何苦如此？（莺莺掷书地下，云）这妮子好没分晓！（莺莺下）

（红娘拾书叹云）咳，小姐，你将这个性儿那里使也！

【脱布衫】小孩儿口没遮拦，一味的将言语摧残。把似你使性子，休思量秀才，做多少好人家风范。（用笔真乃一鞭一条痕，一痕一条血，遂令举世口是心非、言清行浊之徒，诵之吃惊，固不只是莺莺闻之无以自解也。）

以下重墨描写红娘心理活动——是描写红娘性格的重要笔墨。

（"右第九节"批语）自此以下四节，则红娘持书出户，背过莺莺，自将心头适才所受恶气，曲曲吐而出之也。此一节，重举莺莺适才盛怒之无礼也。

【小梁州】我为你梦里成双觉后单，废寝忘餐。罗衣不耐五更寒，愁无限，寂寞泪阑干。

【换头】似等辰勾，空把佳期盼。（夹批略）我将角门儿更不牢栓，愿你做夫妻无危难。（细玩此句，乃透过一步法也，言我何止与之传递简帖而已。）你向筵席头上整扮，我做个缝了口的撮合山。

（"右第十节"批语）此一节，申言莺莺自于我无礼，乃我之知之实深，为之实切，我于莺莺诚乃不薄也。

【石榴花】你晚妆楼上杏花残，（七字写尽三春时和）犹自怯衣单。（看他妙笔妙墨，无中造有，造出如此二句，以反剔下文。却令读者于不意中又别睹一位无愁莺莺，另是身分绝世。）那一夜听琴时，露重月明间，为甚向晚不怕春寒？（夹批略）几乎险被先生馔。

写与王斫山的深厚友谊，写出王斫山的豪放性格。一段好文字。

用《论语》入，妙。汤晦若先生《牡丹亭》传奇，杜丽娘拜师，语曰"酒是先生馔，女为君子儒"，用《论语》入，妙也。吾友斫山王先生，文恪之文孙也。目尽数十万卷，手尽数千万金。今与圣叹并复垂老，两人相邻，如一日也。偶于舟中，时方九日，忽一女郎掉文曰："何故此时则雀入大水化为蛤？"座中斗然未有以应也。先生信口答曰："我亦不解汝家何故雀入大蛤皆化为水也。"一时满舟喧然，至有翻酒濡首者，此真用《礼记》入，妙也。斫山读尽三教书，而不愿以文名，倾家结客，而不望人报。有力如虎，而轻裘缓带，趋走扬扬。绘染刻雕，吹竹弹丝，无技不精，而通夜以佛火蒲团作伴。今头毛皑皑，而尚不失童心。瓶中未必有三日粮，而得钱犹以与客。彼视圣叹为弟，圣叹事之为兄，有过吴门者问之，无有两人也。嗟乎！未知余生尚复几年，脱诚得并至百十岁，则吾两人当不知作何等欢笑。如或不幸而溘然俱化，斯吾两人便甘作微风淡烟，杳无余迹。盖斫山二十年前曾与圣叹诗，早便及之，曰："风雷半夜吴王墓，天地清秋伍相祠。一例冥冥谁不朽，早来把酒共论之。"今圣叹亦是寒鸟啁啾，不忘故群，故时时一念及之；岂犹有意互相叹誉为荣名哉？

这是研究王斫山与金圣叹关系的重要材料。

（接【石榴花】）那其间岂不胡颜？为他不酸不醋风魔汉，隔窗儿险化做望夫山。（夹批略）

（"右第十一节"批语）此一节，特恐写莺莺不承，故举听琴一夜以实之。（夹批略）

【斗鹌鹑】你既用心儿拨雨撩云，我便好意儿传书递简。（夹批略）不肯搜自己狂为，（夹批略）只待觅别人破绽。（夹批略）受艾焙，我权时忍这番。（妙！妙！怨毒之极。半吞不吐，便有授记后日之意。今便请问红娘：卿权忍这番之后，将欲如何？真写尽女儿慧心毒心也。）畅好是奸。对别人巧语花言，背地里愁眉泪眼。（夹批略）

（"右第十二节"批语）此一节，咬定听琴一夜，以明简帖之所自来。而莺莺犹谓人在梦，然则莺莺真在梦耶？写红娘理明辞畅，心头恶气，无不毕吐，真乃快活死人也！

（红云）俺若不去来，道俺违拗他。张生又等俺回话，只得再到书房。（推门科）

（张生上云）红娘姐来了，简帖儿如何？（红云）不济事了！先生休傻。（张生云）小生简帖儿是一道会亲的符箓，只是红娘姐不肯用心，故致如此。（红云）是我不用心？哦！先生，头上有天哩。你那个简帖儿里面好听也！

【上小楼】这是先生命悭，不是红娘违慢。那的做了你的招伏，他的勾头，我的公案！若不觑面颜，厮顾盼，担饶轻慢，争些儿把奴拖犯。（夹批略）

（"右第十三节"批语）自此以下四节，则红娘见张生且不出回简，先与尽情覆绝之。此覆其去简已成祸本，不应更问也。

【后】从今后，我相会少，你见面难。（夹批略）月暗西厢，便如凤去秦楼，云敛巫山。（夹批略）你也讪，我也讪，请先生休讪，早寻个酒阑人散。（夹批略）

（"右第十四节"批语）覆其此后连红娘亦不复更来。使我读之，分明腊月三十夜，听楼子和尚高唱"你既无心我亦休"之句，唬吓死人，快活死人也。细思作《西厢记》人，亦无过一种笔墨，如何便写成如此般文字，使我读之，通身抖擞，骨节尽变。闻古人有痁疾大发，神换其齿者，有如此般文字得读，便更不须痁疾发也。（最苦是子弟作文，粘皮带骨，我以此跳脱之文药之。）

只此，（夹批略）足下再也不必伸诉肺腑。（夹批略）怕夫人寻我，我回去也！（……泪迸肠绝之笔。）

（《西厢》白，其妙至此……"以下略）

（张生云）红娘姐！（定科）（夹批略）

（良久，张生哭云）红娘姐，你一去呵，更望谁与小生分剖？（夹批略）

（张生跪云）……红娘姐，你是必做个道理，方可救得小生一命！（夹批略）

（批语）看其袖中回简，不惟前不便出，至此犹不便出也。岂真忘之哉？正是尽情尽意，作此大决撒之笔，至于险绝斗绝矣。然后趁势一落，别开奇境……（伧读此等白，便学一副涎脸，东涂西写，无不哭者，无不跪者。我每见而痛骂焉。嗟乎！亦尝细察张生此哭此跪，悉是已上已下妙文之落处乎？只因不出回简，故有张生此哭，哭以结上文之奇妙也。……夫张生一哭一跪，乃是结上逼下，非如伧所写涎脸也。）

（红白）先生，你是读书才子，岂不知此意？

【满庭芳】你休呆里撒奸，你待恩情美满，苦我骨肉摧残。他只少手搭棍儿摩娑看，我粗麻线怎过针关。（夹批略）定要我挂着拐帮闲钻懒，缝合口送暖偷寒。前已是踏着犯。（……凡能使人失笑文字，悉是刳心沥血而出……）

（"右第十五节"批语）袖中回简，不惟来时不便取出，项且欲去矣，犹不便取出。直至今欲去不去，又立住矣，犹不便取出也。行文如张劲弩，务尽其势，至于几几欲绝，然后方肯纵而舍之。真恣心恣意之笔也。

（张生跪不起，哭云）小生更无别路，一条性命，都只在红娘姐身上。红娘姐。

（接【满庭芳】）我又禁不起你甜话儿热趱，好教我左右做人难。（夹批略）

（"右第十六节"批语）欲覆绝之，直至终不得覆绝之，夫然后方始出其袖中书，使自绝之。而不意峰回岭变，又起奇观。

（张生拆书。读毕，起立笑云）呀！红娘姐！（又读毕云）红娘姐，今日有这场喜事！（又读毕云）早知小姐书至，理合迎接。接待不及，切勿见罪。红娘姐，和你也欢喜。（红云）却是怎么？（张生笑云）小姐骂我都是假，书中之意，哩也波哩也啰哩。（红云）怎么？（张生云）书中约我今夜花园里去。（红云）约你花园里去怎么？（张生云）约我后花园里相会。（红云）相会怎么？（张生笑云）红娘姐，你道相会怎么哩？（红云）我只不信。（张生云）不信由你。（红云）你试读与我听。（张生云）是五言诗四句哩，妙也！"待月西厢下，迎风户半开。拂墙花影动，疑是玉人来。"红娘姐，你不信？（红云）此是甚么解？（张生云）有甚么解？（红云）我真个不解。（张生云）我便解波："待月西厢下"，着我待月上而来；"迎风户半开"，他开门等我；"拂墙花影动"，着我跳过墙来；"疑是玉人来"，这句没有解……不敢欺红娘姐，小生乃猜诗谜的杜家，风流隋何，浪子陆贾。不是这般解，怎解？（红云）真个如此写？（张生云）现在。（红定科，良久。张生又读科。红云）真个如此写？（张生笑云）红娘姐，好笑也。如今现在。（红怒云）你看我小姐，原来在我行使乖道儿！

（批语）或云，春枝小鸟，双双斗口，却不是小鸟斗口。或云，深院回风，晴雪乱舞，却不是风回雪舞。或云，花拳绣腿，少年短打，却不是花绣短打。或云，鸣琴将终，随指泛音，却不是琴终泛音。我细察之，一片纯是光影，一片纯是游戏，一片纯是白净，一片纯是开悟。维摩诘室中，天女变舍利弗，一时不知所云。我于此文不知所云。……（斫山云，圣叹自论文，非论禅也。）

【耍孩儿】几曾见寄书的颠倒瞒着鱼雁？（夹批略）小则小，（夹批略）心肠儿转关，教你跳东墙，女字边干。（避此字不雅驯，故拆之……）原来五言包得三更枣，四句埋将九里山。你赤紧将人慢，你要会云雨闹中取静，却教我寄音书忙里偷闲。（夹批略）

（"右第十七节"批语）前恼尚可不说，今恼真不可说不可说也。前恼红娘几欲哭，今恼红娘反欲笑也。于虚空中驾构楼阁，旧闻其语，今见其事矣。

【四煞】纸光明玉版，字香喷麝兰。行儿边湮透非娇汗，是他一缄情泪红犹湿，满纸春愁墨未干。（从来"娇汗"字，"红泪"字，"春愁"字，俱入丽句，填成妙辞。此独作极鄙、极丑字用，所以痛诋莺莺，自抒愤懑也。）我也休疑难，放着个玉堂学士，任从你金雀鸦鬐。（夹批略）

（"右第十八节"批语）忽取其简痛诋之，盖一肚愤懑，搔爬不得也。

【三煞】将他来别样亲，把俺来取次看，（夹批略）是几时孟光接了梁鸿案？（妙！妙！妙绝！昨夫人赖婚，本是恨事，至此日反成红娘心头快意，口头快语。）将他来甜言媚你三冬暖，把俺来恶语伤人六月寒。今日为头看，看你个离魂倩女，怎生的掷果潘安？（夹批略）

（"右第十九节"批语）佛言：欲过彼岸，而于中间撤其桥梁，无有是处。今莺莺方思江皋解佩[①]，而忽欲中废灵修，此真大失算也。观【四煞】云"放着玉堂学士，任从金雀鸦鬟"，盖云不复援手，此已不可禁当。今【三煞】云"看你离魂倩女，怎生掷果潘安"，则是乃至欲以恶眼注射之。危哉莺莺，真有何法得出红娘圈襀哉？史公尝云"怨毒于人实甚"，此最写得出来。

（张生云）只是小生读书人，怎生跳得花园墙过？

【二煞】拂墙花又低，迎风户半拴，偷香手段今番按。你怕墙高怎把龙门跳，嫌花密难将仙桂攀。疾忙去，休辞惮。（夹批略）他望穿了盈盈秋水，蹙损了淡淡春山。（夹批略）

（"右第二十节"批语）乃至为劝驾之辞，此岂忞恿张生，正是痛诋莺莺。盖恶骂丑言，遂至不复少惜。史公尝言"怨毒于人实甚"，此最写得出来也。尝闻大怒后不得作简者，多恐余气未降，措语尚激也。然则不怒时欲作激气语，此亦决不可得也。今作《西厢记》人，吾不审其胸中有何大怒耶？又何其毒心衔，毒眼射，毒手挥，毒口喷，百千万毒，一至于是也。

（张生云）小生曾见花园，已经两遭。

【煞尾】虽是去两遭，敢不如这番。你当初隔墙酬和都胡侃，证果是他今朝这一简。

（"右第二十一节"批语）曾记吴歌之半云："故老旧人尽说郎偷姐，如今是新翻世界姐偷郎。"此真清新之句也。然实不知《西厢》先有之。盖红娘怨毒莺莺，诋之无所不至，因谓张生：汝偷不如他偷。夫至谓张生犹不必如莺莺，而莺莺之为莺莺竟何如哉。怨毒于人，史公尝言实甚，此真写得出来也。

（红娘下）

---

① 《列仙传》："江妃二女者，不知何所人也，出游于江汉之湄。逢郑交甫，见而悦之，不知其神人也。谓其仆曰：'我欲下请其佩。'……遂手解佩与交甫。"

张生大段独白略。有人说元杂剧的白是后人填写的。此段白绝无后人填写的可能。一、他是性格化了的，与剧情紧密结合。二、"自白"十分成熟。三、其"量"堪称元人第一。

三之三　赖简　红娘主唱

此折开篇批语，是《西厢记》二十折二十篇开篇批语中篇幅最长的一篇，近五千言。中心内容是剖析莺莺性格的内涵："相国之女""天下之至尊贵女子也""天下之至有情女子也""天下之至灵慧女子也""天下之至矜尚女子也"，细致地分析莺莺性格发展的过程。金圣叹盛赞文章的"曲折"，以及"自容与其间"所获得的无比的乐趣。他说"惊艳之一日"，莺莺并没有注意到张生；自从"酬韵之夜"，才开始感叹张生的才华；"闹斋之日"，又看到张生足以使莺莺动心的容貌；又经过"破贼"危难中张生逢凶化吉、化险为夷的种种不寻常的表现，在这个大惊险中使她心目中暗恋的张生，竟成为她未来的"夫君"；而倏然老夫人"赖婚"，这使得莺莺的心更加贴近张生。金圣叹说："此其时，此其际，我亦以世间儿女之心，平断世间儿女之事。"古今人情心理未必相差太远，才能理解莺莺必定要有"酬简"的行动之必然。"何则？感其才，一也；感其容，二也；感其恩，三也；感其怨，四也。以彼极娇小、极聪慧、极淳厚之一寸之心，而一时容此多感，其必万万无已，而不自觉忽然溢而至于阃之外焉。此亦人之恒情恒理，无足为多怪也。""如此写双文，便真是不惯此事女儿也。夫天下安有既约张生而尚瞒红娘者哉？真写尽又娇稚、又矜贵、又多情、又灵慧千金女儿，不是洛阳对门女儿也。"

正文　三之三　赖简　红娘主唱

（红娘上云）今日小姐着俺寄书与张生，当面偌多假意儿，诗内却暗约着他来。小姐既不对俺说，俺也不要说破他，只请他烧香，看他到其间怎生瞒俺。

（红娘请云）小姐，俺烧香去来。（莺莺上云）花香重叠晚风细，庭院深沉早月明。

对曲文感受之细——细节真实。

【双调·新水令】(红娘唱）晚风寒峭透窗纱，（从闺中行出来，未开窗也。）控金钩绣帘不挂。（方开窗见帘垂也。）门阑凝暮霭，（临阶正望也。）楼阁抹残霞。（下阶回望也。）恰对菱花，楼上晚妆罢。已上四句皆写景，然景中则有人。此一句写人，然人中又有景也……

强调细节真实。

（"右第一节"批语）写双文乍从闺中行出来。前篇【粉蝶儿】是红娘从外行入闺中来，故先写帘外之风，次写窗内之香。此是双文从内行出闺外来，故先写深闭之窗，次写不卷之帘。夫帘之与窗，只争一层内外，而必不得错写者，此非作者笔墨之精致而已，正即《观世音菩萨经》所云："应以闺中女儿身得度者，即现闺中女儿身而为说法。"盖作者当提笔临纸之时，真遂现身于双文闺中也。

【驻马听】不近喧哗，嫩绿池塘藏睡鸭。（想见双文低头而行。）自然幽雅，淡黄杨柳带栖鸦。（想见双文抬头而行。）金莲蹴损牡丹芽，（想见双文一直而行。）玉簪儿抓住荼蘼架。（想见双文回顾而行。）早苔径滑，露珠儿湿透凌波袜。（想见双文行而忽停，停而又行也。妙绝！）

（"右第二节"批语）写双文渐渐行出花园来。是好园亭……是好女儿；是境中人，是人中境，是境中情。写来色色都有，色色入

妙！（夹批略）

……

【乔牌儿】自从那日初时，（夹批略）想月华，捱一刻，似一夏。见柳稍斜日迟迟下，（夹批略）道好教贤圣打。

（"右第三节"批语略）

【搅筝琶】打扮得身子儿乍，准备来云雨会巫峡。（夹批略）为那燕侣莺俦，扎杀心猿意马。

（"右第四节"批语略）

（接【搅筝琶】）他水米不沾牙，越越的闭月羞花。（水米不沾，则似有情。"闭月羞花"，则又似无情。只二句，写尽红娘贼。）……这其间性儿难按捺，（分明从前篇毒心中生出毒眼来也。）我一地胡拿。（言亦更不反覆相猜，只待下文做出便见也。）

一箭双雕：通过红娘的描写，写好了红娘的性格，又通过红娘的眼睛，写好莺莺。

（"右第五节"批语）此节之妙，莫可以言。据文，乃是红娘描尽双文，而细察文外之意，却是作《西厢记》人描尽红娘也。盖作《西厢记》人，细思红娘从上篇来，此其心头虽说一半全是怨毒，然亦一半毕竟还是狐疑。岂有昨日于我扎起面皮，既已至于此极，而今夜携我并行，忽然又有他事者？我亦独不解张生所诵之诗，则何故而明明又若有其事耳。只此一点委决不下，自不免有无数猜测。然而此时又用直笔反复再写，则彼红娘于上篇，已不啻作数十反复者，今至此篇犹尚呶呶不休，岂不可厌之极也。今看其轻轻只换作双文身上，左推右敲，似真还假，一样用笔，而别样用墨。文章乃如具茨之山①，便使七圣入之皆迷，真异事也！

（红云）小姐，这湖山下立地，我闭了角门儿，怕有人听咱说话。（一面是打探，一面是抽身。）（红娘瞧门外科）

（张生上云）此时正好过去也。（张生瞧门内科）

【沉醉东风】是槐影风摇暮鸦，（斫山云：从来只谓人有魂，今而后知文亦有魂也。如此句七字，乃是下句七字之魂，被妙笔文人摄出来也。）是玉人帽侧乌纱。

（"右第六节"批语）槐影、乌纱，写张生来，却作两句。只写两句，却有三事。……红娘吃惊，一也；张生胆怯，二也；月色迷离，三也。妙绝！妙绝！

（接【沉醉东风】）你且潜身曲槛边，他今背立湖山下。

细心揣摩戏词儿。

（"右第七节"批语）妙绝！妙绝！昨与一友初看，谓此句是红娘放好张生。此友人便大赏叹，谓真是妙事、妙人、妙情、妙态也。今日圣叹偶尔又复细看，却悟此句乃是红娘放好自家。盖昨日只因一简，便受无边毒害，今若适来关门，而反放入一人，安保双文变计多端，不又将捉生替死，别起波澜乎？故因特命张生且复少停，得张生少停，而红娘蚤已抽身远去。便如耸身云端，看人厮杀者，成败总不相干矣。谚云：千年被蛇咬，万年怕麻绳。真是写绝红娘也！（夹批略）

（接【沉醉东风】）哪里叙寒温打话。

（张生搂红娘云）我的小姐。（红云）是俺也。早是差到俺，若差到夫人，怎了也？（夹批略）

---

① "具茨之山，便使七圣入之皆迷"，意出《庄子·徐无鬼》："黄帝将见大隗乎具茨之山……至于襄城之野，七圣皆迷，无所问涂。"

（接【沉醉东风】）便做道搂得慌，也索觑咱，多管是饿得你穷神眼花。

（红云）我且问你，真个着你来么？（夹批略）（张生云）小生是猜诗谜杜家，风流隋何，浪子陆贾，准定扢扢帮便倒地。（夹批略）

（"右第八节"批语）红娘安插张生，而张生不辨，竟直来搂之。此虽写傻角急色，然是夜一片月色迷离，亦复如画。

（红云）你却休从门里去，只道我接你来，你跳过这墙去。张生，你见么？今夜一弄儿风景，分明助你两个成亲也！

【乔牌儿】你看淡云笼月华，便是红纸护银蜡。（夹批略）柳丝花朵便是垂帘下，（夹批略）绿莎便是宽绣榻。（夹批略）

【甜水令】良夜又迢遥，（夹批略）闲庭又寂静，（夹批略）花枝又低亚。（夹批略）

（"右第九节"批语略）

（接【乔牌儿】）只是他女孩儿家，你索意儿温存，话儿摩弄，性儿浃洽，（夹批略）休猜做路柳墙花！

【折桂令】他娇滴滴美玉无瑕，莫单看粉脸生春，云鬓堆鸦。（夹批略）

（"右第十节"批语）写红娘前篇之饮恨双文实惟不浅，至此而忽然又作千怜万惜之文者，不惟此人实足使人千怜万惜，实则此事亦真不得不作千怜万惜也。双文之去我也，已不知几百千年矣，乃我于今夜读之，而犹尚为之千怜万惜也。曰：双文尔奈何，双文尔奈何。

接【折桂令】，我也不去受怕担惊，我也不图浪酒闲茶。妙！妙！言适与我无干也，总是昨日芥蒂未平。

（"右第十一节"批语略）

（接【折桂令】）是你夹被儿时当奋发，指头儿告了消乏。（夹批略）打叠起嗟呀，毕罢了牵挂，收拾过忧愁，准备着撑达。

（"右第十二节"批语）自【乔牌儿】至此，如引弓至满，快作十成语也。

（张生跳墙科）

（莺莺云）是谁？（张生云）是小生。

（莺莺唤云）红娘！（红娘不应科）

（莺莺怒云）哎哟！张生，你是何等之人？我在这里烧香，你无故至此，你有何说？

（张生）哎哟！（夹批略）

【锦上花】为甚媒人心无惊怕，赤紧夫妻意不争差。

（"右第十三节"批语）上文双文已来花园矣，红娘犹不信其真肯也；不信得最妙！此双文文已自发作矣，红娘犹不信其真不肯也。不信得又最妙。"赤紧"二句，犹言贴肉夫妻，有何闲话。

（接【锦上花】）我蹑足潜踪去悄地听他：一个羞惭，一个怒发。

【后】一个无一言，一个变了卦。一个悄悄冥冥，一个絮絮答答。

（"右第十四节"批语）此虽双写二人之文，然妙于第一、二句也。笔下纸上便明明白白共见红娘抽身另住一边，自称局外闲人，以谨避双文之波及。明是第三篇文字矣，却偏能使第二篇文字，尸尸闪闪，重欲出现，真是奇绝。

（红娘远立低叫云）张生，你背地里硬嘴哪里去了？你向前呵！告到官司，怕羞了你？

（接【后】）为甚迸定隋何，禁住陆贾，叉手躬身，如聋似哑？

【清江引】你无人处且会闲嗑牙，就里空奸诈。怎想湖山边，不似西厢下。

（"右第十五节"批语）此翻跌前文成趣也。（夹批略）

（莺莺云）红娘，有贼！（红云）小姐，是谁？（夹批略）

（张生云）红娘，是小生。（妙！妙！问小姐也，而张生答哉。三句，三人，三心，三样，分明是三幅画。）

（批语）《西厢》中如此白，真是并不费笔费墨，一何如花如锦。看他双文唤红娘，红娘唤小姐，张生唤红娘，三个人各自胸前一片心事，各自口中一样声唤。真是写来好看煞人也。

《西厢记》中的白，可作一题。

（红云）张生，这是谁着你来？（妙绝！妙绝！须知其不是指扳小姐，只图脱卸自身。）你来此有甚么的勾当？（张生不语科）

（莺莺云）快扯去夫人那里去。（张生不语科）

（红云）扯去夫人那里，便坏了他行止，我与小姐处分罢。张生，你过来跪者。你既读孔圣之书，必达周公之礼，你黄夜来此何干？

（接【清江引】）香美娘处分花木瓜。

【雁儿落】不是一家儿乔坐衙，（夹批略）要说一句儿衷肠话。只道你文学海样深，谁道你色胆天来大。

【得胜令】你黄夜入人家，我非奸做盗拿。你折桂客做了偷花汉，不去跳龙门，来学骗马。

（"右第十六节"批语）坐堂是小姐，听勘是解元，科罪是红娘。昨往僧舍，看晱摩变相，归而竟日不怡，忽睹此文，如花奴鼓声也。

（红云）小姐，且看红娘面，饶过这生者。（莺莺云）先生活命之恩，恩则当报。既为兄妹，何生此心。万一夫人知之，先生何以自安。今看红娘面，便饶过这次。若更如此，扯去夫人那里，决不干休！

（红云）谢小姐贤达，看我面，做情罢。若到官司详察，先生整备精皮肤一顿打。（夹批略）

（"右第十七节"批语）写红娘既不失轻，又不失重，分明一位极滑脱问官，最是松快之笔。红娘此时，一边出豁张生，正是一边出豁双文也。极似当时玄宗皇帝，花萼楼下与宁王对局，太真手抱白雪猊儿，从旁审看良久，知皇帝已失数道，便斗然放猊儿踩乱其子，于是天颜大悦也。

（莺莺云）红娘，收拾了香桌儿，你进来波！（莺莺下）

（红娘羞张生云）羞也呸，羞也呸，却不道猜诗谜杜家，风流隋何，浪子陆贾，今日便早死心塌地也！

【离亭宴带歇拍煞】再休题春宵一刻千金价，准备去寒窗重守十年寡。

（"右第十八节"批语）结文。

（接【离亭宴带歇拍煞】）猜诗谜的杜家，衍拍了"迎风户半开"，山障了"隔墙花影动"，云髻了"待月西厢下"。（夹批略）一任你将何郎粉去搽，他已自把张敞眉来画。（夹批略）强风情措大，晴干了尤云殢雨心，忏悔了窃玉偷香胆，涂抹了倚翠偎红话。（夹批略）淫词儿早则休，简帖儿从今罢。犹古自参不透风流调法。（夹批略）

（"右第十九节"批语）于既结后，忽然重放笔，作极尽淋漓之文，使我想皓布裩"昨夜雨滂烹，打倒葡萄棚"一颂，不觉遍身快乐！

（红云）小姐，你息怒嗔波卓文君！（夹批略）

（"右第二十节"批语）此重作双结也。此结双文，请大人打鼓退堂。妙！妙！

（红云）张生，你游学去波渴司马！

（"右第二十一节"批语）此结张生，犯人免供逐出。妙！妙！于红娘口中，我亦细思，必应作双结。作者真乃极尽能事。

三之四　后候　红娘主唱

此开篇批语，无理论价值。金圣叹认为人生是"生生，扫扫"，《西厢记》的情节也是"生生扫扫"，又以"三渐""三纵"解说《西厢记》的结构和情节的发展，同样缺少理论价值。

正文　三之四　后候　红娘主唱

张生害相思病，老夫人遣红娘问候张生，莺莺遣红娘给张生送一简，"只说道药方"大段对白略。

【越调·斗鹌鹑】(红娘唱)先是你彩笔题诗，回文织锦，(夹批略)引得人卧枕着床，忘餐废寝。(夹批略)到如今鬓似愁潘，腰如病沈。恨已深，病已沉。(夹批略)多谢你热劫儿对面抢白，冷句儿将人厮侵！(夹批略)

("右第一节"批语)"先是你"、"引得人"，言病之所由起也。"到如今"、"多谢你"，言病之所由剧也。如此望、闻、问、切，真乃神圣巧功矣。"先是你"句，便放过张生者，红娘只知莺莺酬韵，不知张生借厢也。"多谢你"句，又放过夫人者，张生深恨莺莺赖简，过于夫人赖婚也。此皆写红娘细心切脉，洞见脏腑处，非等闲下笔也。(《西厢》笔笔不等闲，《西厢》篇篇起笔尤不等闲。)

【紫花儿序】你倚着枕门儿待月，依着韵脚儿联诗，侧着耳朵儿听琴。

(红白)昨夜忽然撒假偌多，说："张生，我与你兄妹之礼，甚么勾当？"

(接【紫花儿序】)忽把个书生来跌窨。

今日又是："红娘，我有个好药方儿，你将去与了他！"

(接【紫花儿序】)又将我侍妾来逼凌。难禁，倒教俺似线脚儿般殷勤……

("右第二节"批语)凡作三折，折到题，写红娘心头全无捉摸，最为清辨之笔。犹言：如此则不应如彼，如彼则不应又如此也。一、

二、三、四句，似与第一节复者，第一节是叙张生病源，此是叙莺莺药方，两节固各不相蒙也。"难禁"者，自言难煞。莺莺自《前候》至此，凡三遣红娘到书房矣，不进一缝，不通一风，真何以堪之哉。

（接【紫花儿序】）从今后由他一任。

（"右第三节"批语）既多番遣到书房，而终于不进一缝，不通一风，则我亦惟有袖手旁立，任君自为，谁能尚有眷眷不释也耶？观此言，则前两番遣到书房，红娘之喜，红娘之怒，不言可知。

（接【紫花儿序】）甚么义海恩山，无非远水遥岑。（夹批略）

（"右第四节"批语）不觉为"好药方儿"四字哑地失笑也。

（见张生问云）先生，可怜呵！你今日病体如何？（张生云）害杀小生也。我若是死呵，红娘姐，阎罗王殿前，少不得你是干连人。（红云）普天下害相思，不像你害得忒煞也。小姐，你那里知道呵？

（批语）真正妙白！不是写红娘怜张生，乃是写张生病至重也。写张生病至重者，写莺莺之得以回心转意也。盖张生病至重，而犹不回心转意，则是豺虎之不如也。若张生病不至于至重，而早便回心转意，则又为雀鸽之类也。作文实难，知文亦甚不易，于此可见。

【天净沙】你心不存学海文林，梦不离柳影花阴，只去窃玉偷香上用心。又不曾有甚，我见你海棠开想到如今。（"又不曾有甚"五字，妙绝！便将夫人许婚、小姐传简一齐赖过。前夫人赖，小姐赖，此红娘又赖……）

（"右第五节"批语）总批后节下。

（红云）你因甚便害到这般了？（张生云）你行，我敢说谎？我只因小姐来。昨夜回书房一气一个死。我救了人，反被人害。古云："痴心女子负心汉。"今日反其事了。（红云）这个与他无干。

（批语）真正妙白。写来便真是气尽喘急，逐口断续之声。至于红答之奇妙绝世，又反不论矣。

【调笑令】你自审这邪淫，看尸骨嵓嵓是鬼病侵。（夹批略）便道秀才们从来恁，（夹批略）似这般单相思好教撒吞。（……"撒吞"之为言……吴音言吃屁；盖云：不成其为相思也。）功名早则不遂心，（夹批略）婚姻又反吟伏吟。（此亦扯语也，竟如张生命宫填注，全与莺莺无涉也。前张生告红娘生辰八字，至此忽推成命书。笑绝！）

（"右第六节"批语）此二节之妙，都在字句之外。何以言之？只看其各用一"你"字起，便是藏过莺莺，更不道及，为弃绝之至也。若更道及者，即不独莺莺羞，红娘先自羞也。前《闹简》一篇，既作如许尽情极致之文，此如再作一篇，世安得崔颢诗下又有诗耶？看他只用两"你"字，纯责张生，便将莺莺直置之不足又道，而其尽情极致，不觉遂转过于前文。天下真有除却死法，则是活法之理也。（前"你"是说张生病源，后"你"是说张生病证。）

（红云）夫人着俺来看先生吃甚么汤药。这另是一个甚么好药方儿，送来与先生。

（批语）真正妙白！盖"另是一个甚么"者，甚不满之辞也。不言谁送来与先生者，深恶而痛绝之之至也。前一简出之何其迟，迟得妙绝。此一简出之何其速，速得又妙绝。唐人作画，多称变相，以言番番不同。今如此两篇出简，真可谓之变相矣。

好对白！

（张生云）在哪里？（红授简云）在这里。（张生开读，立起笑云）我好喜也，是一首诗。（揖云）早知小姐诗来，礼合跪接。红娘姐，小生贱体，不觉顿好也。（红云）你又来也，不要又差了一些儿。（张生云）我那有差的事。前日原不得差，得失亦事之偶然耳。（夹批略）（红云）我不信，你念与我听呵。（张生云）你欲闻好语，必须致诚敛衽而前。（张生整冠带，双手执简科）（科白俱好！）（念诗云）

休将闲事苦萦怀，取次摧残天赋才。不意当时完妾行，岂防今日作君灾。仰酬厚德难从礼，谨奉新诗可当媒。寄语高唐休咏赋，今宵端的雨云来。（诗丑绝！）红娘姐，此诗又非前日之比。（红低头沉吟云）哦，有之，我知之矣。（妙！妙！绝世聪明人语也。）小姐，你真个好药方儿也。

【小桃红】桂花摇影夜深沉，酸醋当归浸。（夹批略）紧靠湖山背阴，里窨最难寻。（夹批略）一服两服令人恁。（夹批略）忌的是知母未寝，怕的是红娘撒沁。（夹批略）这其间使君子一星儿参。（夹批略）

（"右第七节"批语）便撰成一药方，其才之狡狯如此。

【鬼三台】只是你其实啉，休妆唔。真是风魔翰林，无投处问佳音，向简帖上计禀。（夹批略）得了个纸条儿恁般绵里针，若见了玉天仙，怎生软厮禁？

（"右第八节"批语）又非笑之。细思此时，真有得红娘非笑也。

（接【鬼三台】）俺小姐正合忘恩，偻人负心。

（"右第九节"批语）又唬吓也。细思此时，真有得红娘唬吓也。

【秃厮儿】你身卧一条布衾，头枕三尺瑶琴，他来怎生一处寝，冻得他战兢兢。

（"右第十节"批语）又奚落之。细思此时，真有得红娘奚落也。

（接【秃厮儿】）知音。

【圣药王】果若你有心，他有心，昨宵鞦鞁院宇夜深沉。花有阴，月有阴，便该春宵一刻抵千金，何须又诗对会家吟？（夹批略）

（"右第十一节"批语）又辨驳之。细思此时，真有得红娘辨驳也。

【东原乐】我有鸳鸯枕，翡翠衾，便遂杀人心，只是如何赁。（夹批略）

（"右第十二节"批语）又骄奢之。细思此时，真有得红娘骄奢也。

（接【东原乐】）你便不脱和衣更待甚，不强如指头儿恁？（夹批略）你成亲已大福荫。（夹批略）

（"右第十三节"批语）又欺诳之。细思此时，真有得红娘欺诳也。右自第八节至此皆极写红娘满心欢喜之文。

（红云）先生，不瞒你说，俺的小姐呵，你道怎么来？

【绵搭絮】他眉是远山浮翠，眼是秋水无尘，肤是凝酥，腰是弱柳，俊是庞儿俏是心。体态是温柔，性格是沉。他不用法灸神针，他是一尊救苦观世音。

（"右第十四节"批语）描画莺莺一通，乃是断不可少。如看李龙眠①白描观音也，又不似脱侯病语。妙绝！

（接【绵搭絮】）然虽如此，我终是不敢信来。

（批语）妙！妙！其事本不易信，何况其人又最难信。殷鉴不远，便在前夜。

【后】我慢沉吟，你再思寻。（夹批略）

（张生云）红娘姐，今日不比往日。（红云）呀，先生不然。

（接【后】）你往事已沉，我只言目今。（夹批略）

（红云）不信小姐今夜却来。

（接【后】）今夜三更他来恁。（夹批略）

（"右第十五节"批语）上文一路都作满心欢喜之文，至此忽又移宫换羽，一变而为惊疑不定之文。真乃一唱三叹，千回万转矣。世间有如此一气清转，却万变无方，万变无方又一气清转之文哉。普天下后世锦绣才子，读至此处，谁复能不心死哉。

（张生云）红娘姐，小生吩咐你，来与不来，你不要管，总之，其间望你用心。（夹批略）

---

① 即宋画家李公麟，字伯时，号龙眠居士，舒城人。善白描，工山水、观音。

（唱）我是不曾不用心，（夹批略）怎说白璧黄金，满头花，拖地锦？

【煞尾】夫人若是将门禁，早共晚，我能教称心。

（"右第十六节"批语）真心实意，代人担忧，而反遭人所疑，于是满口分说，急不得明。世间多有此事，又何独一红娘哉？只是笔墨之下，不知如何却写到。

（红云）先生，我也要吩咐你：总之，其间你自用心，来与不来，我都不管。（妙白！可谓行文如戏。）

（接【尾煞】）来时节肯不肯怎由他，见时节亲不亲尽在您。

（"右第十七节"批语）一句刚克，一句柔克，天下之能事毕矣。

四之一　酬简　张生主唱

开篇批语高举反封建大旗。首先，金圣叹对很有势力的"《国风》好色而不淫"，以及"发乎情之谓'好色'，止乎礼之谓'不淫'"的传统说法，提出了大胆的怀疑，"好色与淫，相去则真有几何也耶"。金圣叹认为，"人未有不好色者也，人好色未有不淫者也，人淫未有不以好色自解者也"。"子不我思，岂无他人？"号称"三代之盛音"的《国风》都不避讳此事，还有什么好避讳的呢？第二层意思，"自古至今，有韵之文"，"大抵十七皆儿女此事"，可以证实它是"妙事"，但是"人之相去，不可常理计也。同此一手，手中同此一笔，而或能为妙文焉，或不能为妙文焉"。第三层意思，"有人谓《西厢》此篇（《酬简》），最鄙秽者，此三家村中冬烘先生之言也。夫论此事，则自从盘古至于今日，谁人家中无此事者乎？若论此文，则亦自从盘古至于今日，谁人手下有此文者乎？谁人家中无此事，而何鄙秽之与有？……盖事则家家家中之事也，文乃一人手下之文也。借家家家中之事，写吾一人手下之文者，意在于文，意不在于事也"。这就要看作者、读者注意的是什么，"意在于文，意不在于事也。意不在事，故不避鄙秽"。

正文 四之一 酬简 张生主唱

（莺莺上云）红娘传简帖儿去，约张生今夕与他相会，等红娘来，做个商量。（红娘上云）小姐着俺送简帖儿与张生，约他今夕相会，俺怕又变卦，送了他性命，不是要。俺见小姐去，看他说甚的。（莺莺云）红娘，收拾卧房，我去睡。（红云）不争你睡呵，那里发付那人？（莺莺云）甚么那人？（红云）小姐，你又来也，送了人性命不是要。你若又翻悔，我出首与夫人："小姐着我将简帖儿约下张生来！"（莺莺云）这小妮子倒会放刁。（红云）不是红娘放刁，其实小姐切不可又如此。（莺莺云）只是羞人答答的。（红云）谁见来？除却红娘，并无第三个人。（斫山云："天下事之最易最易者，莫如偷期。"圣叹问何故，斫山云："一事止用二人做，而一人却是我。我之肯，已是千肯万肯，则是先抵过一半功程也。"）（红娘催云）去来，去来。（莺莺不语科）……

（红娘催云）小姐，没奈何，去来，去来。（莺莺不语，做意科）……

（红娘催云）小姐，我们去来，去来！（莺莺不语，行又住科）……

（红娘催云）小姐，又立住怎么？去来，去来。（莺莺不语，行科）……

（红娘云）我小姐语言虽是强，脚步儿早已行也。

【正宫·端正好】（红娘唱）因小姐玉精神，花模样，无倒断晓夜思量。今夜出个至诚心，改抹咱瞒天谎。出画阁，向书房；离楚岫，赴高唐。学窃玉，试偷香。巫娥女，楚襄王。楚襄王敢先在阳台上。

（莺莺随红娘下）

（张生上云）小姐着红娘，将简帖儿约小生，今夕相会，这早晚初更尽呵，怎不见来？（夹批略）人间良夜静复静，天上美人来不来？

此一折红娘、张生同唱，特例。

　　【仙吕·点绛唇】（张生唱）伫立闲阶，（夹批略）
　　（"右第一节"批语）下文皆极写双文不来，张生久待。而此于第一句先写"伫立"字，便是待已甚久，而下文乃久而又久也。……
　　（接【仙吕·点绛唇】）夜深香霭横金界，潇洒书斋，闷杀读书客。
　　（"右第二节"批语略）
　　【混江龙】彩云何在？（夹批略）
　　（"右第三节"批语略）
　　（接【混江龙】）月明如水浸楼台。僧居禅室，鸦噪庭槐。
　　（"右第四节"批语）"月明如水"，天上不见下来也；"僧居禅室"，静又不是也；"鸦噪庭槐"，动又不是也。皆写张生搔爬不着之情也，非写景也。

此种解释牵强！

　　（接【混江龙】）风弄竹声，只道金珮响。月移花影，疑是玉人来。（夹批略）
　　（"右第五节"批语略）
　　（接【混江龙】）意悬悬业眼，思攘攘情怀。身心一片，无处安排。呆打孩，倚定门儿待。（夹批略）
　　（"右第六节"批语略）
　　（接【混江龙】）越越的青鸾信杳，黄犬音乖。
　　【油葫芦】我情思昏昏眼倦开，单枕侧，梦魂几入楚阳台。

（夹批略）

（"右第七节"批语略）

（接【混江龙】）早知恁无明无夜因他害，想当初不如不遇倾城色。人有过，必自责，勿惮改。

（"右第八节"批语）……看其轻轻只写一句云"我欲改过"，却不觉无数胡思乱想，早已不写都尽也。盖改过正是胡思乱想之天尽底头语也。……

（接【混江龙】）我却待贤贤易色将心戒，怎当他兜的上心来？

【天下乐】我倚定门儿手托腮。（夹批略）

（"右第九节"批语略）

（接【天下乐】）好着我难猜，来也那不来？

（"右第十节"批语）恨之。

（接【天下乐】）夫人行料应难离侧。

（"右第十一节"批语略）

（接【天下乐】）望得人眼欲穿，想得人心越窄。

（"右第十二节"批语略）

（接【天下乐】）多管是冤家不自在。

（"右第十三节"批语略）

（白）偌早晚不来，莫不又是谎？

【那吒令】他若是肯来，早身离贵宅。

（"右第十四节"批语略）

（接【那吒令】）他若是到来，便春生敝斋。

（"右第十五节"批语略）

（接【那吒令】）他若是不来，似石沉大海。

（"右第十六节"批语）不来。须知来句是不来句，不来句是来句也。口中说此句，心中反是彼句。一片全是搔爬不着神理也。

（接【那吒令】）数着他脚步儿行，靠着这窗楹儿待。

（"右第十七节"批语略）

（接【那吒令】）寄语多才。

【鹊踏枝】恁的般恶抢白，并不曾记心怀。博得个意转心回，许我夜去明来。

分节十分琐碎，没有意义，且多主观臆想。

（"右第十八节"批语略）

（接【鹊踏枝】）调眼色已经半载，这其间委实难捱。

（"右第十九节"批语略）

【寄生草】安排着害，准备着抬。

（"右第二十节"批语略）

（接【寄生草】）想着这异乡身，强把茶汤捱。只为你可憎才，熬定心肠耐。办一片至诚心，留得形骸在。试教司天台，打算半年愁。端的太平车，敢有十余载。

（"右第二十一节"批语略）

（红娘上云）小姐，我过去，你只在这里。（敲门科。张生云）小姐来也！（红云）小姐来也，你接了衾枕者。（张生揖云）红娘姐，小生此时一言难尽，惟天可表。（红云）你放轻者，休唬了他。你只在这里，我迎他去。（红娘推莺莺上云）小姐，你进去，我在窗儿外等你。（张生见莺莺跪抱云）张珙有多少福，敢劳小姐下降。

【村里迓鼓】猛见了可憎模样，早医可九分不快。

（"右第二十二节"批语略）

（接【村里迓鼓】）先前见责，谁承望今宵相待。

（"右第二十三节"批语）……今看其第一句紧承前篇，第二句紧承前前篇，譬如眉、目、鼻、口，天生位置，果非人工之得与也。

批得细致得过分了。

（接【村里迓鼓】）教小姐这般用心，不才珙，合跪拜。小生无宋玉般情，潘安般貌，子建般才。小姐，你只可怜我为人在客。

（"右第二十四节"批语略）

（莺莺不语。张生起，捱莺莺坐科）

【元和令】绣鞋儿刚半折，

（"右第二十五节"批语）此时双文安可不看哉？然必从下渐看，而后至上者，不惟双文羞颜不许便看，惟张生亦羞颜不敢便看也。此是小儿女新房中真正神理也。

说得过细了，没有理论价值。一个"看"字，多为主观臆想，费了多少笔墨。

（接【元和令】）柳腰儿恰一搦，

（"右第二十六节"批语略）

（接【元和令】）羞答答不肯把头抬，只将鸳枕捱。

（"右第二十七节"批语）夫看双文止为欲看其面也。今为不敢便看，故且看其脚，故且看其腰。乃既看其脚，既看其腰，渐渐来看其面，而其面则急切不可得看。此真如观如来者不见顶相，正是如来顶相也。不然，而使写出欲看便看，此岂复成双文娇面哉？（夹批略）

（接【元和令】）云鬟仿佛坠金钗，（夹批略）偏宜鬆髻儿歪。（夹批略）

【上马娇】我将你纽扣儿松，（夹批略）我将你罗带儿解，（夹批略）兰麝散幽斋，不良会把人禁害。哈！怎不回过脸儿来？（夹批略）

（"右第二十八节"批语）看其钗，看其髻，则知独不得看其面也。看其钗，钗不坠；看其髻，髻不歪。而给之曰"钗坠髻歪"者，其心必欲得一看其面也。给之曰"钗坠",给之曰"鬐歪",而终不得一看其面,于是不免换作重语,猛再给之。而何意终不可得而看哉?真写尽双文神理也。双文之面虽终不得而看,而双文之扣、双文之带,则趁势已解矣。夫双文之扣、双文之带,此真非轻易可得而解也。今用明修栈道、暗度陈仓之法,轻轻遂已解得。世间真乃无第二手也。

(张生抱莺莺,莺莺不语科)

【胜葫芦】软玉温香抱满怀。

("右第二十九节"批语)抱之。已下看其逐一句逐一句,节节次次,不可明言也。

(接【胜葫芦】)呀!刘阮到天台,

("右第三十节"批语)初动之。

(接【胜葫芦】)春至人间花弄色。

("右第三十一节"批语)玩其忍之。

(接【胜葫芦】)柳腰款摆,花心轻拆,露滴牡丹开。

【后】蘸着些儿麻上来,

("右第三十二节"批语)更复连动之。

(接【胜葫芦】)鱼水得和谐。

("右第三十三节"批语略)

嫩蕊娇香蝶恣采。你半推半就,我又惊又爱。

("右第三十四节"批语)遂大动之。

(接【胜葫芦】)檀口揾香腮。

("右第三十五节"批语)毕之。写毕,作此五字,真写尽毕也。

【柳叶儿】我把你做心肝般看待,点污了小姐清白。

("右第三十六节"批语)伏而惭谢之。圣叹欲问普天下锦绣才子,此"伏而惭谢之"五字,可是圣叹出力批得出来?"点污了小姐清白",此其语可知也,圣叹更不说也。

(接【柳叶儿】)我忘餐废寝舒心害,若不真心耐,至心捱,怎能勾这相思苦尽甘来?

【青歌儿】成就了今宵欢爱,魂飞在九霄云外。

("右第三十七节"批语)此真如堂头大和尚说行脚时事,状元及第归来思量做秀才日,其一片眼泪,正是一片快活也。(夹批略)

(接【青歌儿】)投至得见你个多情小奶奶,你看憔悴形骸,瘦似麻秸。

("右第三十八节"批语)将一片眼泪,一片快活,又覆说一遍也。(夹批略)便于言外想见其脱衣并卧,其事既毕,犹不起来。

(接【青歌儿】)今夜和谐,犹是疑猜。(夹批略)露滴香埃,(夹批略)……云锁阳台。(夹批略)我审视明白:难道是昨夜梦中来?(夹批略)

("右第三十九节"批语)偏是决无疑猜之事,偏有决定疑猜之理。盖不快活,即不疑猜;而不疑猜,亦不快活。越快活,越要疑猜,而越疑猜,亦越见快活也。真是写杀。

(张生起,跪谢云)张珙今夕得侍小姐,终身犬马之报!(莺莺不语科)

(红娘请云)小姐,回去波,怕夫人觉来。(莺莺起行,不语科。张生携莺莺手再看科)

(接【青歌儿】)愁无奈。

【寄生草】多丰韵,忒稔色,乍时相见教人害,霎时不见教人怪,些时得见教人爱。(夹批略)今宵同会碧纱幮,何时重解香罗带?

("右第四十节"批语)订后期,文自明。

(红娘催云)小姐,快回去波,怕夫人觉来。(莺莺不语,行下阶科。张生双携莺莺手再看科)

【赚煞尾】春意透酥胸,(夹批略)春色横眉黛,(夹批略)贱却那人间玉帛。(夹批略)杏脸桃腮,乘月色,娇滴滴越显红白。(夹批略)

（"右第四十一节"批语）写张生越看越爱，越爱越看，临行抱持，不忍释手，固也。然此正是巧递后篇夫人疑问之根。最为入化出神之笔。

（接【赚煞尾】）下香阶，懒步苍苔，非关弓鞋凤头窄。叹鲰生不才，谢多娇错爱。

（"右第四十二节"批语）欲写张生订其再来，反写双文今已不去。文章入化出神，一至于此哉！（夹批略）

（接【赚煞尾】）你破工夫今夜早些来。

（"右第四十三节"批语）伧读之谓是要其来，锦绣才子读之，知是要其去也。若说要其来，则是只写张生，其文浅；必说要其去，则直写出双文，其文甚深也。诗云："最是五更留不住，向人枕畔着衣裳。"此最是不可奈何时节也。圣叹自幼学佛，而往往如汤惠休①绮语未除。记曾有一诗云："星河将夜半，云雨定微寒。屦响私行怯，窗明欲度难。一双金屈戌，十二玉栏干。纤手亲扪遍，明朝无迹看。"亦最是不可奈何时节也。

四之二　拷艳　红娘主唱

这一折开篇批语，是金圣叹坦露心怀，痛说"快事"——三十三则"不亦快哉"，是我们了解圣叹世界观、家境、思想、性格、情趣的重要材料。

在这三十三则畅说快事——"不亦快哉"里，特别突出的是他的重视友情和他那豪爽的性格，（在金圣叹的诗文中，我们可以看到他重视友情是一贯的，而这种重视友情又与他的豪爽性格密切联系）又得到了进一步的印证。

———————

① 汤惠休，南宋人，僧人，文笔极其艳丽。绮语为藻饰之词。佛教以绮语为口业。后世常以绮语代指描绘男女私情的文字。在金圣叹的世界观中，儒、释、道对他都有影响，儒家的伦理观念仍然是他思想的根基，而在认识论和方法论上，则杂糅释家与道家。

这三十三则"不亦快哉"的记述本身就是他重视友谊的一个见证。

> 与斫山同客共住,霖雨十日,对床无聊。因约赌说快事,以破积闷。至今相距既二十年,亦都不自记忆。偶因读《西厢》至《拷艳》一篇,见红娘口中作如许快文,恨当时何不检取共读,何积闷之不破。于是反自追索,犹忆得数则,附之左方,并不能辨何句是斫山语,何句是圣叹语矣。

在这三十三则"快事"中,多处提到他交友的"快事":

> 箧中无意忽捡得故人手迹,不亦快哉!
>
> ……
>
> 久欲觅别居,与友人共住,而苦无善地。忽一人传来云:"有屋不多,可十余间,而门临大河,嘉树葱然。"便与此人共吃饭毕,试走看之。都未知屋如何,入门先见空地一片,大可六七亩许,异日瓜菜不足复虑,不亦快哉!
>
> ……
>
> 十年别友,抵暮忽至,开门一揖毕,不及问其船来陆来,并不及命其坐床坐榻,便自疾趋入内,卑辞叩内子:"君岂有斗酒,如东坡妇乎?"内子欣然拔金簪相付,计之可作三日供也,不亦快哉!
>
> ……
>
> 读《虬髯客传》,不亦快哉!
>
> ……
>
> 寒士来借银,谓不可启齿,于是唯唯,亦说他事。我窥见其苦意,拉向无人处,问所需多少,急趋入内,如数给与。然后问其必当速归料理是事耶,为尚得少留共饮酒耶?不亦快哉!
>
> ……

再看他在这三十三则"不亦快哉"所表达的爱憎：

> 街行见两措大①执争一理，既皆目裂颈赤，如不戴天；而又高拱
> 手，低曲腰，满口仍用"者也之乎"等字，其语剌剌，势将连年不
> 休。忽有壮夫掉臂行来，振威从中一喝而解，不亦快哉！
> ......
> 朝眠初觉，似闻家人叹息之声，言某人夜来已死。急呼而讯之，
> 正是一城中第一绝有心计人，不亦快哉！

小康生活理想：

> "本不欲造屋，偶得闲钱，试造一屋"，自此日始准备各种建筑材
> 料，"无晨无夕"，"忽然一日，屋竟落成"，不亦快哉。
> ......

金圣叹说："不图《西厢记》之《拷艳》一篇，红娘口中则有如是之快
文也！不图其【金蕉叶】之便认"知情犯由"也，不图其【鬼三台】之竟说

---

① 措大，亦作"醋大"。旧指贫寒失意的读书人。唐李匡乂《资暇集》卷下："代称
士流为醋大，言其峭醋而冠四人之首；一说衣冠俨然，黎庶望之，有不可犯之
色，犯必有验，比于醋而更验，故谓之焉。或云：往有士人，贫居新郑之郊，以
驴负醋，巡邑而卖，复落魄不调。邑人指其醋驮而号之。新郑多衣冠所居，因总
被斯号。亦云：郑有醋沟，士流多居。其州沟之东，尤多甲族，以甲乙叙之，故
曰醋大。愚以为四说皆非也。醋，宜作'措'，止言其能举措大事而已。"《类说》
卷四十引唐张鷟《朝野佥载》："江陵号衣冠薮泽，人言琵琶多于饭甑，措大多于
鲫鱼。"宋吴曾《能改斋漫录·议论》："太祖曰：'安得宰相如桑维翰者，与之谋
乎？'普对曰：'使维翰在，陛下亦不用，盖维翰爱钱。'太祖曰：'苟用其长，亦
当护其短。措大眼孔小，赐与十万贯，则塞破屋子矣。'"元王仲文《救孝子》
第一折："读书的功名须奋发，得志呵做高官，不得志呵为措大。"清青城子《志
异续编·陈自明》："酸措大正气逼人，妾不愿近。"郁达夫《她是一个弱女子》
四："还有天才、学问等也是空的，不过是穷措大在那里吓人的傲语。"

"权时落后"也，不图其【秃斯儿】之反供"月余一处"也，不图其【圣药王】之快讲"女大难留"也，不图其【麻郎儿】之切陈"大恩未报"也，不图其【络丝娘】之痛惜"相国家声"也。夫枚乘①之七治病，陈琳②之檄愈风，文章真有移换性情之力。我今深恨二十年前赌说快事，如女儿之斗百草，而竟不曾举此向斫山也！"金圣叹在《西厢记》里，得到了心理上的更大的快娱。

正文　四之二　拷艳　红娘主唱

（夫人引欢郎上，云）这几日见莺莺语言恍惚，神思加倍，腰肢体态，别又不同。心中甚是委决不下。（欢云）前日晚夕，夫人睡了，我见小姐和红娘去花园里烧香，半夜等不得回来。（夫人云）你去唤红娘来。（欢唤红娘科。红云）哥儿，唤我怎么？（欢云）夫人知道你和小姐花园里去，如今要问你哩。（红惊云）呀，小姐，你连累我也。哥儿，你先去，我便来也。金塘水满鸳鸯睡，绣户风开鹦鹉知。（夹批略）

【越调·斗鹌鹑】（红娘唱）只若是夜去明来，倒有个天长地久。（夹批略）不争你握雨携云，常使我提心在口。（夹批略）你只合戴月披星，谁许你停眠整宿？（夹批略）

（"右第一节"批语）虽为追怨莺莺之辞，然《西厢》每写一事，必中其中窾会。……只此平平六句，而一切痴男痴女，狂淫颠倒，无不写尽。作《西厢记》人，定是第八童真住菩萨，又岂顾问哉！

（接【越调·斗鹌鹑】）夫人他心数多，情性㑋，还要巧语花言，将没作有。

---

① 西汉辞赋家，字叔，著有《七发》。《七发》是以七件事启发太子，体弱多病的太子听了辩士之言，"霍然病已"。

② 字孔璋，汉末广陵人，原为袁绍属下，后归曹操。《三国志》引《典略》曰："琳作诸书及檄，草成呈太祖。太祖先苦头风，是日疾发，卧读琳所作，翕然而起曰：'此愈我病。'"

【紫花儿序】猜他穷酸做了新婿，猜你小姐做了娇妻，猜我红娘做的牵头。（夹批略）

（"右第二节"批语）忽故作翻跌。言我三人即使并无其事，渠一人还要猜说或有其事。一节只作一句读也。

（接【紫花儿序】）况你这春山低翠，秋水凝眸，都休。（夹批略）只把你裙带儿拴，纽门儿扣，比旧时肥瘦，出落得精神，别样的风流。（夹批略）

（"右第三节"批语）"况你"，妙！"都休"，妙！"只把"，妙！与上节成翻跌……便总无落笔处。才落笔，便是唐突莺莺。

（接【紫花儿序】）我算将来，我到夫人那里，夫人必问道：兀那小贱人，

【金蕉叶】我着你但去处，行监坐守，谁教你迤逗他，胡行乱走。这般问。如何诉休？

（"右第四节"批语略）

我便只道：夫人在上，红娘自幼不敢欺心。（接【金蕉叶】）便与他个知情的犯由。

（"右第五节"批语）此即下去一篇大文认定之题目也。稍复推诿，便成钝置。《西厢记》从前至后，誓不肯作一笔钝置也。

（接【金蕉叶】）只是我图着什么来？（夹批略）

【调笑令】他并头效绸缪，倒凤颠鸾百事有。我独在窗儿外，几曾敢轻咳嗽？（夹批略）立苍苔只把绣鞋儿冰透。（夹批略）

（"右第六节"批语）上既算定登对，此便忽然转笔作深深埋怨语，而凡前篇所有不及用之笔，不及画之画，不觉都补出来。（前于《酬简》篇中，真是何暇写到红娘？然而《酬简》篇中之红娘，岂可以不写哉？此特补之。）

（接【调笑令】）如今嫩皮肤，去受粗棍儿抽，我这通殷勤的着甚来由？

（"右第七节"批语略）

（红云）咳，小姐，我过去呵，说得过，你休欢喜；说不过，你休烦恼。你只在这里打听波。

（红娘见夫人科。夫人云）小贱人，怎么不跪下？你知罪么？（红云）红娘不知罪。（夫人云）你还自口强哩！若实说呵，饶你；若不实说呵，我只打死你个小贱人。谁着你和小姐半夜花园里去。（红云）不曾去！谁见来。（夫人云）欢郎见来，尚兀自推哩！（打科）（只略推耳，不力推也。力推便成钝置，岂复是红娘人物，岂复是《西厢》笔法哉！可想。）

（红云）夫人，不要闪了贵手。且请息怒，听红娘说。

（批语略）

【鬼三台】夜坐时停了针绣，（夹批略）和小姐闲穷究。（夹批略）说哥哥病久，（夹批略）咱两个背着夫人，向书房问候。（夹批略）

（"右第八节"批语）更不力推，他便自招，已为妙绝，而尤妙于作当厅招承语，而闲闲然只如叙情也，只如写画也，只如述一好事也，只如谈一他人也。嘻，异哉！技盖至此乎。细思若一作力推语，笔下便自忙，此正为更不复推，因转得闲耳。

（夫人云）问候呵，他说甚么？（夹批略）

（接【鬼三台】）他说，夫人近来恩做仇，教小生半途喜变忧。（批略）他说，红娘你且先行。他说，小姐权时落后。（批略）

（"右第九节"批语）红娘之招承可也，但红娘招承至于此际，则将如何措辞？忽然只就夫人口中"他说甚么"之一句，轻轻接出三个"他说"，而其事遂已宛然。此虽天仙化人，乘云御风，不足为喻矣。

（夫人云）哎哟，小贱人，他是个女孩儿家，着他落后怎么？（夹批略）

【秃厮儿】定然是神针法灸，难道是燕侣莺俦？（夹批略）

（"右第十节"批语）普天下锦绣才子，齐来看其反又如此用笔，真乃天仙化人，通身云雾，通身冰雪。圣叹惟有倒地百拜而已。既有夫人"哎哟"之句，则其事已自了然，便定应向万难万难中，轻轻抽出笔来也。再说便不是说话也。（妙批！）

（接【秃厮儿】）他两个经今月余，只是一处宿。

（"右第十一节"批语略）

（接【秃厮儿】）何须你一一搜缘由。

【圣药王】他们不识忧，不识愁，一双心意两相投。夫人你得好休，便好休，其间何必苦追求。

（"右第十二节"批语）已上是招承，已下是排解。忽然过接，疾如鹰隼。人生有如此笔墨，真是百年快事。

（夫人云）这事，都是你个小贱人。（红云）非干张生、小姐、红娘之事，乃夫人之过也。

（批语略）

好道白！

（夫人云）这小贱人，倒拖下我来。怎么是我之过？（红云）信者，人之根本，人而无信，大不可也。当日军围普救，夫人许退得军者，以女妻之。张生非慕小姐颜色，何故无干建策？夫人兵退身安，悔却前言，岂不为失信乎？既不允其亲事，便当酬以金帛，令其舍此远去，却不合留于书院，相近咫尺，使怨女旷夫，各相窥伺，因而有此一端。夫人若不遮盖此事，一来，辱没相国家谱；二来，张生施恩于人，反受其辱；三来，告到官司，夫人先有治家不严之罪。依红娘愚见，莫若恕其小过，完其大事，实为长便。

（接【秃厮儿】）常言女大不中留。

【麻郎儿】又是一个文章魁首，一个仕女班头；一个通彻三教九流，一个晓尽描鸾刺绣。

【后】世有，便休，罢手。

（"右第十三节"批语）快然泻出，更无留难。人若胸膈有疾，只须朗吟《拷艳》十过，便当开豁清利，永无宿物。

（接【后】）大恩人怎做敌头？启白马将军故友，斩飞虎幺么草寇。

（"右第十四节"批语）再申说彼。

【络丝娘】不争和张解元参辰卯酉，便是与崔相国出乖弄丑，到底干连着自己皮肉。

（"右第十五节"批语）再申说此。

（接【络丝娘】）夫人你体究。

（"右第十六节"批语）总结之，读竟请浮一大白。

（夫人云）这小贱人，到也说得是。我不合养了这个不肖之女，经官呵，其实辱没家门。罢，罢，俺家无犯法之男、再婚之女，便与了这禽兽罢！红娘，先与我唤那贱人过来。

（红娘请云）小姐，那棍子儿只是滴溜溜在我身上转，吃我直说过了，如今夫人请你过去。（莺莺云）羞人答答的，怎么见我母亲？（红云）哎哟！小姐你又来，娘跟前有甚么羞，羞时休做。

（批语）都是清绝丽极之文。

【小桃红】你个月明才上柳梢头，却早人约黄昏后。羞得我脑背后，将牙儿衬着衫儿袖。怎凝眸，只见你鞋底尖儿瘦。一个姿情的不休，一个哑声儿厮耨，（夹批略）那时不曾害半星儿羞。

（"右第十七节"批语）忽又接双文口中"羞"字，另作一篇沉郁顿挫之文。伧读之，谓是点染戏笔，不知正是纷披老笔也。我又忽想《酬简》一篇，只是写定情初夕，然则此处，真不可不补写此节也。此方是一月以来张生、双文也，然而遂成虐谑矣。

（莺莺见夫人科。夫人云）我的孩儿！（夹批略）（夫人哭科。莺莺哭科。红娘哭科）（写红娘亦哭，便写尽女儿心性也。妙绝，妙绝！记幼时曾见一《打枣竿歌》云："送情人直送到丹阳路，你也哭，我也哭，'赶脚的'也来哭。'赶脚的'，你哭是何故？"去的不肯去，哭的只管哭。你两下里调情也，我的驴儿受了苦！"此天地间至文也。）

（批语）《西厢》科白之妙，至于如此！俗本皆失，一何可恨！

（夫人云）我的孩儿，你今日被人欺负，（夹批略）做下这等之事，都是我的业障，待怨谁来！（批略）我待经官呵，辱没了你父亲。这等事，不是俺相国人家做出来的。（莺莺大哭科。夫人云）红娘，你扶住小姐。罢，罢！都是俺养女儿不长进！你去书房里，唤那禽兽来！

（批语）《西厢》科白之妙，至于如此！

（红娘唤张生科。张生云）谁唤小生？（夹批略）（红云）你的事发了也。夫人唤你哩！（张生云）红娘姐，没奈何，你与我遮盖些。不知谁在夫人行说来？小生惶恐，怎好过去？（红云）你休佯小心，老着脸儿，快些过去。

【后】既然泄露怎干休？（夹批略）

（"右第十八节"批语）写红娘，只是一味快，真乃可见。

（接【后】）是我先投首。（夹批略）

（"右第十九节"批语略）

（接【后】）他如今赔酒赔茶倒捆就，你反担忧。（夹批略）

（"右第二十节"批语略）

（接【后】）何须定约通媒媾，我担着个部署不周。

（"右第二十一节"批语略）

（接【后】）你元来苗而不秀。吥！一个银样镴枪头。

（"右第二十二节"批语略）

（张生见夫人科。夫人云）好秀才，岂不闻"非先王之德行不敢行"，我便待送你到官府去，只辱没了我家门。我没奈何，把莺莺便配与你为妻。只是俺家三辈不招白衣女婿。你明日便上朝取应去，俺与你养着媳妇儿。得官呵，来见我；剥落呵，休来见我。（张生无语，跪拜科）

（红云）谢天谢地，谢我夫人！

【东原乐】相思事，一笔勾，早则展放从前眉儿皱，密爱幽欢恰动头。

（"右第二十三节"批语略）

（接【东原乐】）谁能够，（只三个字，便抵一大篇《感士不遇赋》。）

批语超出文字内涵，分节很主观。

（"右第二十四节"批语）只用三个字作一篇，却动人无限感慨，只如圣叹便是不能够也。何独圣叹不能够，即张生、双文少前一刻，亦便不能够也。痛定思痛，险过思险，只三个字，洒落有心人无限眼泪。

（接【东原乐】）兀的般可喜娘庞儿也要人消受。（夹批略）

（"右第二十五节"批语）妙绝，妙绝！……真是龙跳天门，虎卧凤阙，岂复寻常手腕之所得学哉。

（夫人云）红娘，你分付收拾行装，安排酒肴果盒，明日送张生到十里长亭，饯行去者。寄语西河堤畔柳，安排青眼送行人。（夫人引莺莺下）

（红云）张生，你还是喜也，还是闷也？

【收尾】直要到归来时，画堂箫鼓鸣春昼，方是一对儿鸾交凤友。如今还不受你说媒红，吃你谢亲酒。（夹批略）

（"右第二十六节"批语略）

四之三　哭宴　莺莺主唱

开篇批语是一大段佛经。"已上出《大藏》拟字函《佛化孙陀罗难陀入道经》。[1] 由是言之，然则《西厢》之终于《哭宴》一篇，岂非作者无尽婆心，滴泪滴血而抒是文乎？如徒以昌黎'欢愉难工，忧愁易好'[2] 之言目之，岂不大负前人津梁一世之盛心哉？"

正文　四之三　哭宴　莺莺主唱

（夫人上云）今日送张生赴京。红娘，快催小姐，同去十里长亭。我已吩咐人安排下筵席，一面去请张生，想亦必定收拾了也。

（莺莺、红娘上云）今日送行，早则离人多感。况值暮秋时候，好烦恼人也呵。

（张生上云）夫人夜来逼我上朝取应，得官回来，方把小姐配我。没奈何，只得去走一遭。我今先往十里长亭，等候小姐，与他作别呵。（张生先行科）

（莺莺云）悲欢离合一杯酒，南北东西四马蹄。（悲科）

【正宫·端正好】（莺莺唱）碧云天，黄花地，西风紧，北雁南飞。晓来谁染霜林醉，总是离人泪。（夹批略）

（"右第一节"批语）恰借范文正公"穷塞主"语作起。纯写景，未写情。

怎么没写情？

---

① 孙陀罗难陀（五百罗汉第二百五十九尊）。佛有三个叫陀罗的弟子，即难陀（又叫难努、难屠、难提）、阿难陀、陀罗难陀。陀罗难陀娶妻孙陀利，为有别于牧牛难陀，故称孙陀罗难陀。有研究认为本经是金圣叹在孙陀罗难陀故事基础上仿作的。

② 见韩愈《荆潭唱和诗序》。

【滚绣球】恨成就得迟，怨分去得疾。柳丝长，玉骢难系。

（"右第二节"批语）此"迟"、"疾"二句，方写情。通篇反反覆覆，曲曲折折，都只写此"迟"、"疾"二句也。又添"柳丝"一句者，只是甚写其疾也。

（接【滚绣球】）倩疏林，你与我挂住斜晖。（夹批略）

（"右第三节"批语）……吴歌云："做天切莫要做个四月天，（夹批略）蚕要温和麦要寒。种小菜个哥哥要落雨，采桑娘子要晴干。"……

（接【滚绣球】）马儿慢慢行，车儿快快随！

分析莺莺性格，十分细致。

（"右第四节"批语）二句十字，真正妙文！直从双文当时又稚小、又憨痴、又苦恼、又聪明一片微细心地中，的的描画出来。盖昨日拷问之后，一夜隔绝不通，今日反借饯别，图得相守一刻。若又马儿快快行，车儿慢慢随，则是中间仍自隔绝，不得多作相守也。即马儿慢慢行，车儿慢慢随，或马儿快快行，车儿快快随，亦不成其为相守也。必也，马儿则慢慢行，车儿则快快随，车儿既快快随，马儿仍慢慢行。于是车在马右……男左女右，比肩并坐，疏林挂日，更不复夜，千秋万岁，永在长亭。此真小儿女又稚小、又苦恼、又聪明、又憨痴一片的的微细心地。不知作者如何写出来也。（夹批略）

（接【滚绣球】）恰告了相思回避，破题儿又早别离。（夹批略）

（"右第五节"批语）此即上文"迟"、"疾"二句也。通篇忽忽只写此二句。

（接【滚绣球】）猛听得一声去也，松了金钏；遥望见十里长亭，减了玉肌。

（"右第六节"批语）上写行来，此写已到也。惊心动魄之句，使读者亦自失色。

（红云）小姐，你今日竟不曾梳裹呵。（莺莺云）红娘，你那知我的心来。

（接【滚绣球】）此恨谁知？

【叨叨令】见安排车儿马儿，不由不熬熬煎煎的气！（夹批略）甚心情花儿靥儿，打扮得娇娇滴滴的媚？（夹批略）眼看着衾儿枕儿，只索要昏昏沉沉的睡。（夹批略）谁管他衫儿袖儿，湿透了重重叠叠的泪！（夹批略）兀的不闷杀人也么哥，闷杀人也么哥，谁思量书儿信儿，还望他恓恓惶惶的寄。（夹批略）

（"右第七节"批语）自第一节至第五节，写行来；第六节，写已到。此第七节，则重写未来时也。此非倒转写也。只为匆匆出门，其事须疾，则不应多写家中情事，诚恐一写便见迟留。今既至此时，正是不妨补写也。《史记》最用此法，异日尽欲呈教。又写得沉郁之至，最为耐读文字。

（夫人、莺莺、红娘作到科。张生拜见夫人科。莺莺背转科）

（夫人云）张生，你近前来。自家骨肉，不须回避。孩儿，你过来见了呵。（张生、莺莺相见科）（夹批略）

（夫人云）张生这壁坐。老身这壁坐。孩儿这壁坐。……张生，你满饮此杯。我今既把莺莺许配于你，你到京师，休辱没了我孩儿，你挣扎个状元回来者。（张生云）张珙才疏学浅，凭仗先相国及老夫人恩荫，好歹要夺个状元回来，封拜小姐。（各坐科。莺莺吁科）（夹批略）

【脱布衫】下西风黄叶纷飞，染寒烟衰草凄迷。酒席上斜签着坐的。

（"右第八节"批语略）

（接【脱布衫】）我见他蹙愁眉，死临侵地。

【小梁州】阁泪汪汪不敢垂，恐怕人知。（夹批略）猛然见了把头低，长吁气，推整素罗衣。（是何神理，直写至此？）

（"右第九节"批语）真写杀张生也，然是写双文看张生也。然则真看杀张生也。写双文如此看张生，真写杀双文也。《打枣竿歌》云："捎书人，出得门儿骤。赶梅香，唤转来，我少吩咐了话头：见他时，切莫说我因他瘦。现今他不好，说与他又担忧。他若问起我的身中也，只说灾悔从没有。"已是妙绝之文，然亦只是自说。今却转从双文口中，体贴张生之体贴双文，便又多得一层。文心潆复，真有何限！

金圣叹满脑袋民歌。

【后】虽然久后成佳配，这时节怎不悲啼。

（"右第十节"批语）此句于最前《借厢》篇中即有之，而今于此篇复更作之者。有文作已不许又作，又作即成矢橛；有文作已不妨又作，不作反成空缺也。

分节批语，多有以该节文为例讲解作文的方法。

（接【后】）意似痴，心如醉，只是昨宵、今日清减了小腰围。

【上小楼】我只为合欢未已，离愁相继。前暮私情，昨夜分明，今日别离。我恰知那几日相思滋味，谁想那别离情更增十倍？（夹批略）

（"右第十一节"批语略）

（夫人云）红娘，服侍小姐把盏者。（莺莺把盏科。张生吁科。莺莺低云）你向我手里吃一盏酒者。

【后】你轻远别，便相掷，全不想腿儿相压，脸儿相偎，手儿相持。

（"右第十二节"批语）一月余夫妻，不复为唐突语。

（接【后】）你与崔相国做女婿，妻荣夫贵，这般并头莲，不强如状元及第？（夹批略）

（"右第十三节"批语略）

（重入席科，吁科）

【满庭芳】供食太急，你眼见须臾对面，顷刻别离。

（"右第十四节"批语）斗然怨到供食人，真是出奇无穷。"眼见"妙！老杜《绝句》云："眼见客愁愁不醒，无赖春色到江亭。即遣花开深造次，便教莺语太丁宁。"夫客自愁，春何尝见？春若见，春那有眼？今只因自己烦闷，怕见春来，却无端冤其眼见，骂其无赖，是为真正无赖之至也。此正用其"眼见"字。

（接【满庭芳】）若不是席间子母当回避，有心待举案齐眉。（夹批略）虽是厮守得一时半刻，（夹批略）也合教俺夫妻每共桌而食。（滴滴是泪，滴滴是血。偏写得出，岂非天分。）眼底空留意，寻思就里，险化个望夫石。

（"右第十五节"批语）前文闲闲写得"张生这壁坐，孩儿这壁坐"，不意中间，又有如是一节至文妙文，真乃"应以离别身得度，即现离别身而为说法"矣。

金圣叹多处强调，作者写作时，要以剧中人物的心身现身说法，去写作。

（夫人云）红娘！把盏者。（红把张生盏毕，把莺莺盏云）小姐，你今早不曾用早饭，随意饮一口儿汤波。

【快活三】将来的酒共食，尝着似土和泥。假若便是土和泥，也有些土气息，泥滋味。（奇文！妙文！天地中间数一数二之句。）

（"右第十六节"批语）岂惟奇文妙文，便可竖作丛林，勘遍天下学者。庵主半夜被婆子遣丫角女儿抱住，凝然说颂云："枯木倚寒岩，三冬无暖气。"此即"酒共食"一似"土和泥"也。婆子明日便烧却庵……恶其有"土气息，泥滋味"也。^①今双文不但似"土和泥"，乃至无有"土气息，泥滋味"。此正香严^②"去年无立锥之地，今年锥也无"时候也。文章一道，乃至于此，令人失惊！

【朝天子】暖溶溶玉醅，白泠泠似水，多半是相思泪。

（"右第十七节"批语）此节是说酒，是说泪，不可得辨也。李后主云"此中日夕，只以眼泪洗面"^③，便是如出一口说话也。

（接【朝天子】）面前茶饭不待吃，恨塞满愁肠胃。

（"右第十八节"批语略）

（接【朝天子】）只为蜗角虚名，蝇头微利，拆鸳鸯坐两下里。（夹批略）一个这壁，一个那壁，（夹批略）一递一声长吁气。（笔力雄大，遂能兼写张生。）

（"右第十九节"批语略）

【四边静】霎时间杯盘狼藉，还要车儿投东，马儿向西，两处徘徊，大家是落日山横翠。（夹批略）

（"右第二十节"批语略）

（接【四边静】）知他今宵宿在那里？有梦也难寻觅。

（"右第二十一节"批语）看他忽然逗漏后篇，即知此篇之文已毕。乃下去，更作【耍孩儿】【六煞】者，换过【正宫】，借转【般涉】。盖从来送别之曲，多作三叠唱之，最是变色动容之声。又不比

---

① 庵主一段："婆子焚庵"，禅宗公案名。见《五灯会元》卷六，旨在阐示真实之修行，不仅须压抑一己之欲求，尤须明白彻见一己之本来面目。

② 香严句：香严禅师悟道时说："去年贫，犹有卓锥之地；今年贫，锥也无。"见《五灯会元》卷九。

③ 李后主，为南唐后主李煜，亡国后，与金陵旧宫人书云："此中日夕，只以眼泪洗面。"见陆游《避暑漫抄》。

李謩吹笛^①，每一哨遍，必迟其声以媚之^②之例也。

（夫人云）红娘！吩付辆起车儿，请张生上马，我和小姐回去。（各起身科。张生拜夫人科。夫人云）别无他嘱，愿以功名为念，疾早回来者。（张生谢云）谨遵夫人严命。（张生、莺莺拜科。莺莺云）此一行，得官不得官，疾便回来者。（此嘱语妙！妙！岂为官哉？岂虑张生哉？全是昨日夫人怒辞犹在于耳，遂不觉不吐于口必不得快也。娇憨女儿，其性格真有如此。）（张生云）小姐放心，状元不是小姐家的，是谁家的？小生就此告别。（夹批略）（莺莺云）住者。君行别无所赠，口占一绝，为君送行："弃掷今何道？当时且自亲。还将旧来意，怜取眼前人！"（张生云）小姐差矣！张珙更敢怜谁？此诗，一来小生此时方寸已乱，二来小姐心中到底不信。且等即日状元及第回来，那时敬和小姐。（夹批略）

【般涉·耍孩儿】淋漓红袖淹情泪，知你的青衫更湿。（夹批略）伯劳东去燕西飞，未登程先问归期。分明眼底人千里，已过尊前酒

---

① 《太平广记》卷二〇四"李謩"条引《逸史》："謩开元中吹笛为第一部，近代无比。有故，自教坊请假至越州，公私更宴，以观其妙。时州客……同会镜湖，欲邀李生湖上吹之……独孤生者，年老，久处田野，人事不知。……时轻云蒙笼，微风拂浪，波澜陡起。李生捧笛，其声始发之后，昏曀（曀，天色阴沉多风）齐开，水木森然。……坐客皆更赞咏之，以为钧天之乐不如也。独孤生乃无一言，会者皆怒。李生为轻己，意甚忿之。良久，又静思作一曲，更加妙绝，无不赏骇，独孤生又无言。……李生曰：'公如是，是轻薄，为复是好手？'独孤生乃徐曰：'公安知仆不会也？'……李生更有一笛，拂拭以进。独孤视之曰：'此都不堪取，执者粗通耳。'乃换之，曰：'此至入破必裂，得无客惜否？'李生曰：'不敢。'遂吹。声发入云，四座震栗，李生蹇踏（心情紧张而惭愧）不敢动。……及入破，笛遂败裂，不复终曲。李生再拜，众皆帖息，乃散。"
"入破"，是唐宋大曲的专用语。大曲每套都有十余遍，分别归入散序、中序、破三个大段，入破即为破这一段的第一遍。独孤生是乐坛高人，其发声响入行云，不待曲终竟将长笛吹裂，果然震惊四座，使众人心悦诚服。后因用为咏笛声演奏之典。宋辛弃疾《贺新郎·把酒长亭说》："问谁使，君来愁绝？铸就而今相思错，料当初，费尽人间铁。长夜笛，莫吹裂。"此用表心绪悲摧之情怀。

② 必迟其声以媚之：唐明皇为杨贵妃吹笛伴奏之举，典出唐李濬《松窗杂录》。

一杯。我未饮心先醉，眼中流血，心内成灰！

（"右第二十二节"批语）妙文自明。

【五煞】到京师，服水土，趁程途，节饮食，顺时自保千金体。荒村雨露眠宜早，野店风霜起要迟。鞍马秋风里，无人调护，自去扶持。

（"右第二十三节"批语）妙文自明。

【四煞】忧愁诉与谁？相思只自知，老天不管人憔悴。泪添九曲黄河溢，恨压三峰华岳低。到晚西楼倚，看那夕阳古道，衰柳长堤。

（"右第二十四节"批语）妙文自明。

【三煞】方才还是一处来，如今竟是独自归。（夹批略）归家怕看罗帏里，昨宵是绣衾奇暖留春住，今日是翠被生寒有梦知。留恋应无计，一个据鞍上马，两个泪眼愁眉。

（"右第二十五节"批语）妙文自明。

【二煞】不忧文齐福不齐，只忧停妻再娶妻，河鱼天雁多消息。（夹批略）……青鸾有信频须寄，你切莫金榜无名誓不归！君须记：若见些异乡花草，再休似此处栖迟！

（"右第二十六节"批语）妙文自明。

（张生云）小姐金玉之言，小生一一铭之肺腑。相见不远……小生去也。忍泪佯低面，含情假放眉。（莺莺云）不知魂已断，那有梦相随。（张生下。莺莺吁科）

【一煞】青山隔送行，疏林不做美，淡烟暮霭相遮蔽，夕阳古道无人语，禾黍秋风尚马嘶。懒上车儿内，来时甚急，去后何迟。

（"右第二十七节"批语）妙文自明。

（夫人云）红娘，扶小姐上车，天色已晚，快回去波，终然宛转从娇女，算是端严做老娘。（夫人下。红娘云）前车夫人已远，小姐只索快回去波。（莺莺云）红娘，你看他在哪里？

【收尾】四围山色中，一鞭残照里。（夹批略）

（"右第二十八节"批语）入梦之因。

（接【收尾】）将遍人间烦恼填胸臆，量这般大小车儿，如何载得起？（夹批略）

四之四　惊梦　张生主唱

第四本第四折"惊梦"的开篇批语，却比较集中地暴露了他理论风格中的缺点，这就是，好"忽悠"，"绕脖子"，卖弄才学，好标新立异。这篇开篇批语汇集了诸多儒、释、道经典，论证了梦就是人生，人生就是梦。

首先他把"惊梦"这一折戏提到"立言"的高度。金圣叹说："旧时人读《西厢记》，至前十五章既尽，忽见其第十六章乃作《惊梦》之文，便拍案叫绝，以为一篇大文，如此收束，正使烟波渺然无尽。于是以耳语耳，一时莫不毕作是说。独圣叹今日心窃知其不然。"那么这一折戏表现的是什么主旨呢？金圣叹大谈儒家的"立德""立功""立言"。他认为"伶伦"所做的事情虽为"小道"，但与圣贤提倡的"立言"并行不悖。第一折戏漫不经心地写出来了，第十六折漫不经心地写完了，假如没有"惊梦"这一折戏，过此以往，《西厢记》就会像雪的融化、风息后窟窿没有呼啸声一样地消声灭迹了。

本书有《金圣叹说"梦"——〈金批西厢〉四之四〈惊梦·开篇批语〉解读》一文，对这一折戏的开篇批语，作了较详细的注释，请参阅。

正文　四之四　惊梦　张生主唱

（张生引琴童上云）离了蒲东，早二十里也。兀的前面是草桥店，宿一宵，明日早行。（批语略）这马百般的不肯走呵。（批语略）

【双调·新水令】（张生唱）望蒲东萧寺暮云遮，惨离情半林黄叶。

（"右第一节"批语）只用二句文字，便将上来一部《西厢》

一十五篇若干泪点、血点，香痕、粉痕，如风迅扫，隔成异域。最是慈悲文字也。

（接【双调·新水令】）马迟人意懒，风急雁行斜。愁恨重叠，破题儿第一夜。（夹批略）

（"右第二节"批语）此入梦之因也。

【步步娇】昨宵个翠被香浓熏兰麝，欹枕把身躯儿趄。（夹批略）脸儿厮揾者，（夹批略）仔细端详，可憎得别。（夹批略）云鬓玉梳斜，恰似半吐的初生月。（夹批略）

因缘、因果论！金圣叹受佛家影响很深。

（"右第三节"批语）此入梦之缘也。佛言："亲者为因，疏者为缘。"亲者，为第一夜之张生；疏者，为前一夜之莺莺。第一夜之张生为结业，前一夜之莺莺为谢尘，因而因缘遂以入梦也。（"谢尘"者，落谢之前尘也，即花谢之"谢"字也。"谢"字之又奇者。庄子云："孔子谢之矣。"附识。）

（张生云）早至也。店小二哥哪里？（店小二云）官人，俺这里有名的草桥店，官人头房里下者。（张生云）琴童，撒和了马者。点上灯来，我诸般不要吃，只要睡些儿。（琴童云）小人也辛苦，待歇息也。就在床前打铺。（琴童先睡着科）

（张生云）今夜甚睡魔到得我眼里来？

【落梅风】旅馆欹单枕，乱蛩鸣四野，助人愁，纸窗风裂。乍孤眠，（夹批略）被儿薄又怯，冷清清几时温热？

（"右第四节"批语略）

（张生睡科，反覆睡不着科，又睡科，睡熟科，入梦科，自问科，云）这是小姐的声音。呀！我如今却在那里？待我立起身来听咱。

（内唱，张生听科）

（批语）北曲从无两人互唱之例，故此只用张生听，不用莺莺唱也。须知。

【乔木查】走荒郊旷野，把不住心娇怯，喘吁吁难将两气接。疾忙赶上者。

（张生云）呀，这明明是我小姐的声音，他待赶上谁来？待小生再听咱。

（"右第五节"批语）此先写其赶已到也。必先写赶已到，而后重写未赶时者，此固张生之梦，初非莺莺之事也。必如此写，方在张生梦中。若倒转写，便在莺莺家中也。

（接【乔木查】）他打草惊蛇。

【搅筝琶】把俺心肠撺，因此不避路途嶮；瞒过夫人，稳住侍妾。

（"右第六节"批语）此倒写其未赶前也。"瞒过夫人，稳住侍妾"，最为巧妙，最为轻利。不然，几于通本《西厢》，若干等人，一齐入梦矣。

（张生云）分明是小姐也。再听咱。

（接【搅筝琶】）见他临上马痛伤嗟，哭得我似痴呆。不是心邪，自别离已后，到西日初斜，愁得陡峻，瘦得嗄喋。半个日头，早掩过翠裙三四褶，我曾经这般磨灭。（夹批略）

（张生云）然也，我的小姐，只是你如今在哪里呵。（又听科）

（"右第七节"批语）只写别后梦前，一刻中间，有如许苦事。

【锦上花】有限姻缘，方才宁贴；无奈功名，使人离缺。害不倒愁怀，恰才较些。掉不下思量，如今又也。（沉郁顿挫之作。）

（"右第八节"批语略）

（张生云）小姐的心，分明便是我的心。好不伤感呵！（吁科，再听科）

【后】清霜净碧波，白露下黄叶。下下高高，道路坳折。四野风来，左右乱蓻。俺这里奔驰，你何处困歇？

（张生云）小姐，我在这里也，你进来波。

（"右第九节"批语）又补写起句"荒郊旷野"之四字也。必不可少。

（忽醒云）哎呀！这里却是哪里？（看科）呸！原来却是草桥店！（唤琴童。童睡熟不应科。仍复睡科，睡不着，反覆科，再看科，想科）

【清江引】（张生唱）呆打孩店房里，没话说，闷对如年夜。（夹批略）

（张生云）竟不知此时，是甚时候了。

（接【清江引】）是暮雨催寒蛩，（为复上半夜。）是晓风吹残月，（为复下半夜。杜诗"北城击柝复欲罢"，则是已宴；"东方明星亦不迟"，则是尚早。客中真有此理也。）真个今宵酒醒何处也？

（睡着科，重入梦科）

（"右第十节"批语）忽然轻作一隔，将梦前后隔断，便如老杜《不离西阁》诗所云"江云飘素练，石壁断空青"，真为绝世奇景也。若不隔断，则一篇只是一梦。何梦之整齐匝致，一至于斯也。今略隔断，便不知七颠八倒，重重杳杳，如有无数梦然。此为写梦之极笔也。俗本不知。

（莺莺上，敲门云）开门，开门。（张生云）谁敲门哩，是一个女子声音，作怪也，我不要开门呵。

【庆宣和】是人呵，疾忙快分说，是鬼呵速灭！

（"右第十一节"批语）妙！妙！前梦云"分明小姐"，后梦云"是鬼速灭"，真是一片迷离梦事也。

（莺莺云）是我，快开门咱。（张生开门科，携莺莺入科）

（接【庆宣和】）听说，将香罗袖儿拽，原来是小姐，小姐。

（"右第十二节"批语）真是一片迷离梦事也。

（莺莺云）我想你去了呵，我怎得过日子？特来和你同去波。（张生云）难得小姐的心肠也。

【乔牌儿】你为人真为彻。将衣袂不藉。绣鞋儿被露水泥沾惹，脚心儿管踏破也。

（"右第十三节"批语）此是梦中初接着语也。轻怜痛惜，至于如此。欲其梦觉，正未易得也。

【甜水令】你当初废寝忘餐，香消玉减，比花开花谢，犹自较争些。又便枕冷衾寒，凤只鸾孤，月圆云遮，寻思怎不伤嗟。

（"右第十四节"批语）此是梦中细叙述语也。牵前惹后，至于如此。欲其梦觉，正未易得也。

【折桂令】想人生最苦是离别，你怜我千里关山，独自跋涉，似这般挂肚牵肠，倒不如义断恩绝。

（"右第十五节"批语略）

（接【折桂令】）这一番花残月缺，怕便是瓶坠簪折。你不恋豪杰，不羡骄奢，只要生则同衾，死则同穴！（夹批略）

（"右第十六节"批语）此是梦中加倍作梦语也。作如是梦语，欲其梦觉，正未易得也。

（卒子上。张生惊科。卒子云）方才见一女子渡河，不知那里去了。打起火把者。走入这店里去了。将出来！……（张生云）却怎生了也！小姐，你靠后些，我自与他说话。（莺莺下）

【水仙子】你硬围着普救下锹撅，强当住我咽喉仗剑钺。贼心贼脑天生劣！

（卒云）他是谁家女子，你敢藏着？

（接【水仙子】）休言语，靠后些！杜将军你知道是英杰，觑觑着你化为醢酱，指指教他变做齑血，骑着匹白马来也。

（"右第十七节"批语）是张生此时极不得意梦，是张生多时极得意事。谚云："要知前世因，今生受者是；要知后世因，今生作者是。"若使张生多时心中无因，即是此时枕上无梦也。危哉！危哉！

（卒子怕科。卒子下）（张生抱琴童云）小姐，你受惊也。（童云）官人，怎么？（张生醒科，做意科）呀！元来是一场大梦！且将门儿推开看，只见一天露气，满地霜华，晓星初上，残月犹明。

（批语）何处得有《西厢》一十五章，所谓《惊艳》《借厢》《酬韵》《闹斋》《寺警》《请宴》《赖婚》《听琴》《前候》《闹简》《赖简》《后候》《酬简》《拷艳》《哭宴》等事哉？自归于佛，当愿众生体解大道，发无上心；自归于法，当愿众生深入经藏，智慧如海；自归于僧，当愿众生统理大众，一切无碍。

在这里将《西厢记》的主题归之于释家的虚无。

（张生云）无端燕雀高枝上，一枕鸳鸯梦不成！

【雁儿落】绿依依墙高柳半遮，静悄悄门掩清秋夜，疏剌剌林梢落叶风，惨离离云际穿窗月。

【得胜令】颤巍巍竹影走龙蛇，虚飘飘庄生梦蝴蝶。絮叨叨促织儿无休歇，韵悠悠砧声儿不断绝。痛煞煞伤别，急煎煎好梦儿应难舍；冷清清咨嗟，娇滴滴玉人儿何处也！（是境是人，不可复辨。）

（"右第十八节"批语）《周易》六十四卦之不终于《既济》，而终于《未济》。《春秋》二百四十二年之不终于十有二年冬，而终于十有三年春。《中庸》三十三章之不终于"固聪明圣智达天德者"，而终于无数"诗曰""诗云"。"大悲阿罗尼"之不终于"娑啰娑啰悉唎悉唎，苏嚧苏嚧"，而终于十四娑婆诃也。

大掉书袋子。

（童云）天明也。早行一程儿，前面打火去。

（批语）还着甚死急，天下真有如此人，天下真有如此理。

【鸳鸯煞】柳丝长咫尺情牵惹，（夹批略）水声幽仿佛人呜咽。（夹批略）斜月残灯，半明不灭。（杜诗："楼下长江百尺清，山头落日半轮明。"又云："邻鸡野哭如昨日，物色生态能几时？"与此八事，一样警策矣。）旧恨新愁，连绵郁结。（夹批略）

（"右第十九节"批语）只要梦觉，政不必作悟语。维摩诘固云："何等为如来种？以无明有爱为种矣。"（夹批略）

（接【鸳鸯煞】）别恨离愁，满肺腑难陶写。除纸笔代喉舌，千种相思对谁说？

（"右第二十节"批语）此自言作《西厢记》之故也，为一部一十六章之结，不只结"惊梦"一章也。于是《西厢记》已毕。（何用续？何可续？何能续？今偏要续，我便看你续！）

以上便是对《金批西厢》的粗浅解读，但愿它能对读者有帮助。

金圣叹的密友王斫山说：《西厢记》作者是神灵鬼怪，批者亦是神灵鬼怪。优美的词曲让你心醉，极富情趣的白让你笑破了肚皮，精辟评语开通你写作的心窍。《金批西厢》实在是一本值得精读、细读、品味的好书。

金圣叹与书的情结

　　说到金圣叹与书的情结，我们说：金圣叹就是为"书"而生的，是非常恰当的。少年时经过一番周折才弄个"庠生"，连个举人都没混上，更不用说一官半职的了。他是终身以著书、评书、讲书，以书为谋生手段。他一生的著述不下数十种，特别是《金批水浒》《金批西厢》已成为入清以来家喻户晓的读物。说他是我国理论批评学史、戏曲理论批评史最为杰出的理论家、评点家，是毫不过分的。

　　金圣叹自幼便被人们认定是"读书种子"，对书有很高的领悟才能。他在《金批西厢》的批语中，多处提到他读《西厢记》的激动感悟，譬如在他读到"梵王宫殿月轮高，碧琉璃瑞烟笼罩"张生那句唱词时，"记圣叹幼时，初读《西厢》，惊观此七字，曾焚香拜伏于地，不敢立起焉"（见第一本第四折《闹斋》【双调·新水令】夹批）。再如："记得圣叹幼年初读《西厢》时，见'他不僔人待怎生'之七字，悄然废书而卧者三四日。此真活人于此可死，死人于此可活，悟人于此又迷，迷人于此又悟者也。不知此日圣叹是死，是活，是迷，是悟，总之，悄然一卧，至三四日，不茶不饭，不言不语，如石沉海，如火灭尽者，皆此七字勾魂摄魄之气力也。先师徐叔良先生见而惊问，圣叹当时恃爱不讳，便直告之。先师不惟不嗔，乃反叹曰：孺子异日真是世间读书种子。"（见第一本第三折《酬韵》右第十二节批语）所谓的"读书种子"，说的是"天才"或"天赋"。然而细心地体会、领悟是读书时所必需的心态，容不得半点浮躁。这是普通人也能做到、必须做到的。

金圣叹对"书"这一精神财富有独到的理解，为"后世友生"评好书、编好书是他一生的最大的抱负，在他和他的好友王斫山坦露胸怀的"赌说快事"中，透露了他对"后生""读书"深深地关切。他说："昔与斫山，同客共住，霖雨十日，对床无聊，因约赌说快事，以破积闷。至今相距既二十年，亦都不自记忆……于是反自追索，犹忆得数则，附之左方，并不能辨何句是斫山语，何句是圣叹语矣。"其中的一则就是："子弟背诵书烂熟，如瓶中泻水，不亦快哉。"（见第四本第二折《拷艳》"开篇批语"）由此可见"子弟"读书在他心目中的地位。

明清两代刻印的戏曲书籍，包括剧本、杂记等，作者的理论观点大都容纳在书的序、跋中。金圣叹创造了崭新的评点格局，而《贯华堂第六才子书西厢记》中的两篇序言并非是阐发他理论观点之所在，其中的序二"留赠后人"，则重新宣示了他对书的理念、对《西厢记》的推崇以及对后世"友生"的期望：

> 观于我之无日不思古人，则知后之人之思我必也……若其大思我，此真后人之情也，如之何其谓之无亲也。是不可以无所赠之，而我则将如之何其赠之？后之人必好读书……夫世间之一物，其力必能至于后世者，则必书也。夫世间之书，其力必能至于后世，而世至今犹未能以知之者，则必书中之西厢记也……而我适能尽智竭力，丝毫可以得当于其间者，则必我比日所批之西厢记也。

金圣叹一生著述不下数十种（详见拙文《金圣叹著述考》），其中有著述、编选、评点。当然这些书都是为读者撰写的。其中主要为"后世友生"而写的是他企图评点的庄（《庄子》）、骚（《离骚》）、马（司马迁《史记》）、杜（杜甫诗）、《水浒传》、《西厢记》等"六才子书"。但遗憾的是只有后两种完成了，便因卷入哭庙案被清王朝杀害了。另一部为"后世友生"编撰的便是《天下才子必读书》，收录《左传》、《国语》、《战国策》、秦文、西汉文、东汉文、晋文、唐文、宋文等共十五卷。

清顺治十八年（1661），金圣叹以哭庙案被清廷杀害。临刑前还想到的是他没有完成的那几本书："鼠肝虫臂久萧疏，只惜胸前几本书。虽喜唐诗略分解，庄骚马杜待何如。"只好把期望留给他的儿子和后人了，《绝命词·与儿子雍》："与汝为亲妙在疏，如形过影只于书。今朝疏到无疏地，无着天亲果宴如。"第三首诗，《临刑前又口号遍谢弥天大人谬知我者》："东西南北海天疏，万里来寻圣叹书。圣叹只留书种在，累君青眼看何如。"金圣叹对生活理想、信念的自信，对书、对"后生"的执着，真是可以感天动地了！

2012 年 11 月 10 日

《西厢记集解》前言

　　《西厢记》产生的年代，如按元钟嗣成《录鬼簿》的记载，当在元代初年，从那时起到明代中叶之前，在这二百多年的时间里，虽然可见朱权对王实甫的创作风格"如花间美人"的赞美，却很少见到其他评论。这期间，它的演出情况如何，亦不甚了了。这给《西厢记》的研究留下了一段难以填补的空白。直到明代嘉靖、万历之后，随着传奇创作高潮的出现，《西厢记》像久藏的璞玉，它的光泽才逐渐显露出来，成为戏曲家们热烈讨论的话题。同时，随着印刷业的发展，《西厢记》已是书商们牟利的主要书目之一。出生在万历年间的王骥德，他看到的《西厢记》版本不下数十种，可见其刊刻数量之多。经过历代战乱兵燹和封建统治者毁禁洗劫之后，今天尚可搜罗到明代《西厢记》不同刊本名目六十余种，清代不同刊本近百种（当然其中绝大多数是《金批西厢》的不同刊本）。这在我国小说戏曲出版史上也是一件值得一提的盛事。它从一个侧面反映了《西厢记》在我国人民文化生活中的重要地位。

　　如此众多的《西厢记》刊本，按其内容可分如下三类：一类是校勘本，如继志斋《重校北西厢记》《张深之先生正北西厢秘本》《何璧校正北西厢记》等。这类刊本大都标榜力图体现原本的风貌，但事实上它们都是体现各自编者观点的改订本。一类是题评本，或者叫作批评本，如容与堂刊刻的《李卓吾先生批评北西厢记》，王世贞、李卓吾合评的《元本出相北西厢记》，以及金圣叹的《贯华堂第六才子书西厢记》等。这类刊本着眼于艺术分析与鉴赏和创作经验的总结。还有一类是笺注解证本，它们的主要内容是对《西厢记》语词的训诂和曲文的解释或阐发。事实上单纯的"笺注"本和"解证"本的数量是很少的。

"笺注"本是《西厢记》曲文释义的早期形态，它只是对《西厢记》曲文中所涉及的典籍故实加以解释，帮助一般读者了解其内容，而很少结合剧本。这种笺注形式大约在元末明初已可能出现了。现在所能见到的最早的笺注本，是明弘治十一年（戊午）金台岳家刊刻的《新刊奇妙全相注释西厢记》（下简称弘治本），在明刊本中这种单纯的笺注本留传下来的极少。流传下来较多的是那种"笺注"与"题评"兼容的刊本。它们除了笺注典籍、故实之外，增添了"题评"这一内容，这是适应读者艺术欣赏的要求，对单纯的笺注本的发展。如徐士范《重刻元本题评音释西厢记》（以下简称徐士范本）、收藏在日本东北大学图书馆的熊龙峰《重刻元本题评音释西厢记》、《鼎镌陈眉公先生批评西厢记》（以下简称陈眉公本）等，仅明刊本便不下二十余种。它们流传久远，十分普及。但从释义这一内容看，它们仅仅是笺注本的延续而缺少发展。这种不结合剧本内容、就典释典的笺注方式，逐渐不能满足人们对《西厢记》本体深入了解的要求。于是便产生了那种结合《西厢记》剧本，对典籍故实、方言俗语、曲词文义、声韵格律做全面训诂、释义、考证的解证本。

"解证"本是人们对《西厢记》深入研究的产物，它不可能出现太早，根据现在掌握的材料，是明嘉靖以后，随着剧坛日趋活跃产生的新事物。大约是刊刻于嘉靖二十二年（癸卯）的碧筠斋本的"首署疏注"者和徐渭等人开其端倪，而由王骥德集其大成。王骥德谈他解证的宗旨时说："凡注，从语意难解。若方言、若故实稍僻、若引用古诗词句，时一着笔。于浅近事，概不琐赘，非为俗子设也。"（见附录《新校注古本西厢记·例三十六则》）即解证的着眼点是语意"难解"处，它是不为"俗子"而设的高层次读物。这个宗旨被跟踵其后的著名戏曲家凌濛初、闵遇五、毛西河等人所遵循，使《西厢记》的释义，成为相对独立的学术研究范畴。从单纯的"笺注"到"笺注"与"题评"兼容，再到单一的解证本、批评本的出现，反映了明清两代人对《西厢记》本体的研究不断深入的过程。当然，所谓的"单一"是相对而言的，所有的解证本中，难免时有评语的夹入，这是因为释义解证与理论批评是相通的，它们只有分工，而不能相互隔绝。

本书力图忠实、客观地概括明清两代主要戏曲家对《西厢记》语词文义的训诂、解证的研究成果，作为今日进一步研究《西厢记》的参考。

下面对选用的刊本略作说明：

本书根据明清两代戏曲家对《西厢记》本体研究的实际情况及其发展过程，容纳了"笺注"与"解证"两方面内容。关于笺注本，明清两代附有典故笺注的《西厢记》刊本，不下数十种，但大多数笺注是因袭抄录，很少有新的见地。有关这一内容的刊本，本书选用了弘治本、徐士范本、陈眉公本作为"笺注"的参照本。弘治本虽然不一定是笺注本的祖本，但它的条目繁芜，文字冗长，较多地保留了这类刊本的原始风貌，代表着《西厢记》笺注本一定历史阶段的形态，可以清楚地看到后来的笺注本与它的继承发展关系。徐士范本为明清两代戏曲评点家所重视，王骥德称它是那时少见的善本之一；凌濛初的《西厢记五本解证》也常引述他的评语，这大约是因为它是载有"题评"内容较早的刊本，至少是现在所能见到的最早的题评本，而且其评语多有真知灼见。如前所述，徐士范本是"题评"与"笺注"的兼蓄本，仅就其笺注这一内容，可以清楚地看到它是弘治本一类刊本的直接承继者。这不仅表现在它们的笺注条目基本一致，文字也大体相同，甚至连弘治本条目排列秩序颠倒的错误也一并继承了。比如弘治本把第二本第三折最后一支曲牌【离亭宴煞尾】中的故实"登坛拜将"以及这支曲牌后张生念白"可怜刺骨悬梁志。险作离乡背井魂"中的"刺股""悬梁"两个故实的释文，都放在第二本第四折的开端。徐士范本因袭了这个错误，同样把它们放在第二本第四折的笺注里。所不同的是徐本笺注中的若干释文，是经过订正的，把弘治本中许多误刻的错别字改正了。如"贤圣打"释文中的"鲁场"，更正为"鲁阳";"望夫石"释文中的"某夫从役,远赴困难",改为"某夫从役,远赴国难",等等,便不一一枚举了。还有少数释文是全部重写的。如第四本第一折【油葫芦】曲文中所用的成语"贤贤易色"(语出《论语》卷一《学而第一》),弘治本的释文是:"人能贤人之贤,易改也;好色之心最诚切,人能改好色之心以好贤,则好贤有诚也。"徐本改为:"言人不能以贤人之贤,而易其好色之心;言能以好色之心好贤,则好贤有诚也。"这个释文就比弘治本高明多了。在徐本的眉批中虽有少量的语词训诂,"辰勾""反吟伏吟"等,则出自徐士范的创释,并为后人所继承。由此可知,徐本的眉批出自徐士范的手笔,而附录的笺注则来诸如弘治本一类的刊本,只对其条目的文字略作增删修订而已。陈眉公本的性质与徐士范本相同,是"题评"与"笺注"兼蓄的刊本。陈继儒是明代颇负盛名的古文学家,但同代的戏曲家却很少提及陈本,因此陈本的题评是否出自陈继儒的手笔,是大可怀疑的。陈本的笺注形式与所列的典故条目,与徐士范本基本相同,连同前面所说的那个条目排列的错误,也一样照搬了。然而条目的数量却大大地削减了,文字也变得十分简练了。稍后的笺注本,大都接近于陈本。它在一定程度上代表了笺注的发展趋向。笔者认为这三种本子,基本上概括了明代人在笺注方面的成就。总体来说成就不高。

辑录诸家的解证是本书的重点。关于解证本,本书选择了王骥德《新校注古本西厢记》(以下简称王本)、凌濛初《西厢记五本解证》(以下简称凌本)、闵遇五《六幻西厢记五剧笺疑》(以下简称闵本)、《毛西河论定西厢记》(以下简称毛本)四种。这里首先要谈一谈为什么没有选用一种徐文长本《西厢记》。现存徐文长评点本《西厢记》有五种之多,它们是《田水月山房北西厢藏本》《重刻订正元本批点画意北西厢》《徐文长先生批评北西厢记》《新订徐文长先生批点音释北西厢》《新刻徐文长公参订西厢记》。后三种学术界大多数意见已认定它们为赝本,而对田水月本与画意本的真伪问题尚存有争议。在这里不可能用很多的笔墨论证它们的真伪问题,我只想提出明代人对这一问题的看法,或许对我们的认识有所裨益。对这一问题最有发言权的王骥德说："往先生（徐渭）居，与予仅隔一垣，就语无虚日，时口及崔传，每举新解，率出人意表。人有以刻本投者，亦往往随兴偶疏数语上方，故各本不同，有彼此矛盾不相印合者。余所见凡数本，惟徐公子而兼本较备而确，今而兼没不传。世动称先生注本，实多赝笔。"（《新校注古本西厢记》卷六《明徐渭和唐伯虎题崔氏写真》的按语）王骥德此话与现存各种徐文长本存在诸多"矛盾"可相印合，可知他的话是很可信的。稍后的戏曲家凌濛初也提出了相同的看法："近有改窜本二，一称徐文长，二称方诸生。徐赝笔也，方诸生，王伯良别称，观其所引徐语，与徐本时时异同。王即徐乡人，益征徐之为讹矣。"（《西厢记五本解证·凡例十则》）王骥德、凌濛初的意见，虽然不能说已将现存的徐文长本全部否定，但至少提醒我们对现存徐文长本应持十分慎重的态度。蒋星煜先生说："我感到王骥德在《新校注古本西厢记》所引用的'徐师新释'，这部分实际上比现存徐文长本还可靠一些。"（《明刊本西厢记研究》《六种徐文长本西厢记的真伪问题》）我认为这个意见是有道理的。由于上述原因，本书没有采用任何一种徐文长本。

王骥德实在是一位中国戏曲理论史上不可多得的理论巨擘。他的《曲律》内容广博，从多方面总结了元明以来的戏曲创作问题。他的《新校注古本西厢记》中的解证和若干附录，实际上是对明中叶以来《西厢记》研究的总结，回答了人们提出的各种疑义。特别是他的解证，显示了他的渊博学识和深厚功力。尽管他对《西厢记》的删改显得十分鲁莽，他的解证还存在不少牵强附会尚欠妥切之处，由此遭到了凌濛初、毛西河等人的严厉批评，然而他对《西厢记》研究的巨大贡献，是后人所公认的。把《西厢记》研究引向深入，并将"解证"扩展为一个相对独立的研究领域，这条道路无疑是王骥德开辟的。

凌濛初的解证还没有完全摆脱眉批、夹批形式的局限，批语堆满眉额。对那些眉批、夹批实在无法容纳的内容，才不得不采用附录的办法。这在很大程度上限制了他的见解充分阐发。他是一位不失大家风范的严肃的理论家，凡是他所提出的解证，大都中肯而有说服力；他从不夺人之美，凡是他赞同的见解，大都注明出处、姓氏，忠实转录；对那些望文生义随意曲解曲文的注解，他的批评是严厉的，甚至是尖刻的，体现了一个理论家的严肃、求实作风。

闵遇五的《六幻西厢记五剧笺疑》，严格说来还不能算作真正的解证本，正如书名标示的是笺疑。他的注解，既有对故实的笺释，也有对曲文某一局部问题的释疑。虽然他提出了不少很通达的见解，但不少释文是重述王骥德、凌濛初的意见。另外，他的注带有校勘性质。但是由于他没有注明各本的名称，仅注"一本作"某某，"一本作"某某，这就降低了它的价值和意义。

《毛西河论定西厢记》是一部"解证"总其成的大作。毛本解证的特点，不仅仅在很大程度上概括了王骥德、凌濛初等人的笺注、解证的成果，值得注视的是他的解证更重视曲文的整体性。他批评了金圣叹对《西厢记》的某些"窜改"，同时他也接受了金圣叹的影响，他往往把几支曲子连接在一起作为"一节"，加以阐述。他批评王骥德删砍大段道白的莽撞，而强调"曲白互补"、曲白的一体性，常见他说某曲文"顶上白来"。同时他还强调"原本"的不可更易性。

本书选择了弘治本、徐士范本、陈眉公本、王骥德本、凌濛初本、闵遇五本、毛西河本等七种有代表性的重要刊本，把它们的笺注、解证集中起来，这将给《西厢记》的研究家们带来很大的便利。孤立地看某一种解本，都只能是一个片面；把它们集中起来，便可以同时看到明清诸家对同一问题的不同看法。事实上他们对许多问题的看法存在着巨大分歧，他们唇枪舌剑，各不相让，争论十分激烈。正确、深入地认识《西厢记》的本体，是深入研究《西厢记》的基础。我想在这方面它会给研究者们以更多的启迪。

笔者认为上述七种笺注解证本，基本上概括了明清两代在《西厢记》的训诂释义、体例、格律方面的研究成果。同时由于它们广泛地涉及了已散佚的古善本，如碧筠斋本、朱石津本、金在衡本、顾玄纬本等，使我们窥见了这些善本的某些风貌，这将有助于我们了解现存《西厢记》各种版本之间存在着的某些差异的历史原因。对于我们鉴别版本系统，鉴别目前尚压在不少图书馆里的一些仅有《西厢记》名目，而不附任何款识的抄本，将会有所裨益。

本书的底本，选用了凌濛初《西厢记五本解证》本。这不仅是由于凌濛初宣称他的本子是"不更一字"的"周宪王本"，从它的体例看，是现存《西厢记》诸刊本中最接近于原本风貌的本子，这是海内外学者所公认的。现存有两种凌濛初解证本，一种是暖红室刊刻的通行本，另一种是较为罕见的闵遇五刊刻的朱墨套版本。对这两种刊本，笔者进行了互校，使其更为完善了。

本书仅限于笺注和解证，因而徐士范本、陈眉公本的题评一概不录。关于笺注本，弘治本、徐本、陈本笺注的条目，相同者甚多，尽可能按时代的先后采用前者，但又要照顾释文的优劣，事实上更多地采用了徐士范本的释文。对四种解证本，则尽可能完整无缺地摘录其原文。各刊本的笺注或解证，错别字很多，有些释文竟无法句读。对于明显可辨的错别字给予改正，为了减少篇幅，未作附录。有些没有把握的则原文照录，不敢妄自删改。用毛西河的话说："以误字亦馘羊也"，以俟识者。断读采用近代汉语句逗，未加惊叹、疑问号，谅读者自能理解。由于才识所限，难免有错误，敬请同行和读者指正。

1988年除夕于红庙北里

《西厢记》笺注解证本

　　《西厢记》产生的年代，如按元钟嗣成《录鬼簿》的记载，当在元代初年。从那时起到明代中叶之前，在这两百多年的时间里，虽然可见朱权对王实甫创作风格如"花间美人"的赞美，但很少见到其他评论。在这期间，它的演出情况是怎样的，也不甚了了。这给《西厢记》的研究，留下了一段难以填补的空白。直到明代嘉靖、万历之后，随着传奇创作高潮的出现，《西厢记》像一块久藏的璞玉，它的光泽才逐渐显露出来，成为戏曲家们热烈讨论的话题。同时，随着印刷业的阔步发展，以及由此而兴起的戏曲评点，《西厢记》已是书商牟利的主要书目之一。生长在万历年间的王骥德（？—1623），他当时看到的不同版本的《西厢记》，已不下数十种①。经过历代的战乱兵燹和统治者毁禁的洗劫之后，今天尚可搜罗到明代不同刊本《西厢记》的名目，不下六十余种；清代不同刊本《西厢记》近百种（当然其中大多数是金圣叹批点的《贯华堂第六才子书西厢记》的不同刊本）。这在我国戏曲小说出版史上也是一件值得一提的盛事。它从一个侧面反映了《西厢记》在我国人民文化生活中的重要地位。

　　尽管清刊本《西厢记》流传下来的数量很大，其中也不乏较好的善本，

---

① 王骥德《新校注古本西厢记》自述。

但从总体上看清刊本杂而芜 ①,《西厢记》刊刻的黄金时代,依然是明代。如此众多的《西厢记》刊本,按其内容可分为三类:一是校勘本,如继志斋刊刻的《重校北西厢记》《张深之先生正北西厢秘本》《何璧校正北西厢记》等。这类刊本大都声称力图体现"原本"的风貌,但事实上它们都是体现各自编者观点的改订本。二是题评本,或者叫作批评本,如容与堂刊刻的《李卓吾先生批评北西厢记》,王世贞、李卓吾合评的《元本出相北西厢记》,以及金圣叹评点的《贯华堂第六才子书西厢记》等。这类刊本数量不少,但真本不多。三是笺注解证本,它们是对《西厢记》的语词的训诂、考证和曲文的释义。这是就其内容的基本状况来说的,事实上单纯的"笺注""解证""题评""批评"本的数量很少。由单纯的笺注本到笺注、题评混合本,再由笺注、题评混合本发展为单纯的解证本和批评本,反映了明清两代人对《西厢记》本体的研究不断深入的过程。

本文着重探讨的是《西厢记》笺注解证本的发展情况和古人在这方面取得的成就。

笺注,是《西厢记》释文的早期形态,它只是对《西厢记》曲文中所涉及的典籍故实加以解释,帮助一般读者了解其内容,释文很少结合剧本。典籍故实的释文大都放在每折之后。这种笺注形式大约在元末明初即可能出现了。现在所能见到的最早的笺注本,是弘治十一年(戊午)金台岳家刊刻的《新刊奇妙全相注释西厢记》(以下简称弘治本)。这种单纯的笺注本流传下来的极少。大约在明中叶以后,便产生了"题评音释"本。它是伴随着印刷业的发展和戏曲艺术的逐渐兴旺而产生的戏曲评点的早期形态,它除了笺注故实,标注一些不常见或难读的字读音之外,还在扉页的顶部增添了眉批"题评"这一内容。这是适应读者艺术欣赏要求对单纯笺注本的发展。现在所能见到的最早的"题评音释"本,是刊刻于万历八年(庚辰)徐士范《重刻元本题评音释西厢记》(以下简称徐士范本)。在

---

① 参见拙著《金批西厢诸刊本纪略》,载《戏曲研究》第20辑,文化艺术出版社1986年版。

明清两代《西厢记》刊本中，这种类型的刊本不下数十种，流行久远，十分普及。但从"笺注"这一内容来看，它仅仅是笺注本的延续而缺少发展，依然是就典释典，不结合剧本内容。笔者翻阅了一些国内所能见到的"题评音释"本，它们的"音释"与"笺注"，大都是因袭抄录，缺少新的内容。以徐士范本与陈继儒《鼎镌陈眉公先生批评西厢记》（以下简称陈眉公本）的笺注为例，同弘治本的笺注作一比较，便可清楚地看到它们之间的因袭承继关系。

弘治本虽然不一定是笺注本的祖本，但它较多地保留了这类刊本的原始风貌却是可以肯定的。它的笺注条目，大都是一些浅近常见的典故，诸如"杜鹃""雪窗""萤火""武陵源""芙蓉面"之类，它的释文繁缛冗长。又由于它是坊间刻本，释文的错误连篇累牍，有些竟无法句读。可见条目释文的撰写者是文墨不多的下层文人，阅读的对象自然是那些文化层次较低的民众。然而它却可以代表笺注本的早期形态，可以清楚地看到它与后来题评本笺注部分的承继关系。

徐士范本颇受明清两代《西厢记》评点家的重视。王骥德称它是那时少数的善本之一。①这大约是因为它是附有"题评"这一内容的较早的刊本，而且其"题评"常有十分精彩的见解。比如第五出"白马解围"【寄生草】的眉批："《西厢》词多用'儿'字，于情近，于事谐，故是当家。"这无疑是赞扬《西厢记》的语言表现"情"与"事"的完美性；肯定它的语言的通俗性和剧诗的口语化。这在当时来说自然是相当精辟的见解。凌濛初的《西厢记五本解证》引证徐士范的眉批竟有十余处之多，可见他对徐士范本的重视②。如前所述，徐士范本并不是单纯的"题评"本，而是"题评"与"笺注"的兼蓄本。仅就它所附录的笺注这一内容，便可以清楚地看到它与弘治本一类

---

① 参见王骥德《新校注古本西厢记》自序。

② 徐士范《重刻元本题评音释西厢记》现存两本，一本藏于上海图书馆，一本藏于北京图书馆。这里引述的是上图藏本。经核对，凌濛初本引录徐本的眉批，与徐本基本相同（仅个别字有出入），已证上图本为原本。北图藏本，在笔者撰写此文时，正逢北图乔迁新址，未便核对。

笺注本的承继关系。这不仅表现在它们笺注的条目基本相同，释文也大体一致，甚至连同弘治本笺注条目排列次序的错误也一并承继了。比如弘治本把第二本第三折最后一支曲牌【离亭宴煞尾】中的一个故实"登坛拜将"，以及这支曲牌后的张生的念白："可怜刺骨悬梁志，险作离乡背井魂"中的"刺股""悬梁"两个典故的释文，都放在第二本第四折笺注的开端。徐士范本因袭了这个错误，同样把它们放在第八出（第二本第四折）笺注的开端。所不同的是徐本笺注的若干释文是经过订正了的，把弘治本中的许多误刻的错误字改正了。如"贤圣打"释文中的"鲁场"，更正为"鲁阳"；"望夫石"释文中的"其夫从役，远赴困难"，改为"其夫从役，远赴国难"，等等。只有少数释文是重写的。如第四本第一折【油葫芦】曲文中引用《论语》"贤贤易色"[①]，弘治本的释文是："人能贤人之贤，易改也；好色之心最诚切，人能改好色之心以好贤，则好贤有诚。"徐本改为："人不能以贤人之贤，而易其好色之心；言能以好色之心好贤，则好善有诚也。"两相比较，这个释文就比弘治本高明多了。

徐本的眉批，不尽是艺术鉴赏分析的题评，其中杂有相当数量对典故、方言俗语的诠释或训诂，如"颠不刺""周方""渌老""演撒""没揣的""四星""辰勾""反吟伏吟"，等等，不下数十条，这些条目都可能是出自徐士范的创释。眉批中还有若干条典故释文与每折后附录的笺注重复，如"吓蛮书""蓝桥水""袄庙火"，等等。眉批的释文与附录笺注的释文常常出现歧义。比如第五出《白马解围》【赚煞】曲中的"吓蛮书"，眉批："'吓蛮书'，旧解谬。此自工部'笔阵独扫千人军'来，可谓化腐为新矣。"明显地表白了对其附录笺注旧解的异议。第七出《母代停婚》【得胜令】曲中的"蓝桥水"与"袄庙火"，眉批："蓝桥水，白公事。袄庙火，陈氏子事。"笺注："蓝桥水"为尾生事，"袄庙火"与眉批解相同。诸如此类的异议与重复处甚多。由此可以看出，眉批是出自徐士范的手笔，附录的笺注则是因袭旧注而略作修订。对前后出现的歧义与重复现象，可以认为这本来是古人茶余饭后的戏笔，不

---

① 《论语》卷一《学而第一》。

可作认真的要求。况且书商只以营利为目的，更难作严肃的要求了，这里要着重指出的是，徐士范的眉批，尚非是单纯的艺术鉴赏与分析，还有相当一部分是语词的训诂与释义，特别是其中对方言俗语的训诂，这是在留传下来的《西厢记》刊本中最早见到的。

徐士范本的价值不仅表现在它的题评有不少精当的见解，也在于它对许多方言俗语的训诂与创释。

陈眉公本的性质与徐士范本大体相同，是题评与笺注的兼蓄本。陈继儒是明代颇负盛名的古文学家，但同代的戏曲家却很少提及陈本，因此陈本的题评是否出自陈继儒的手笔是大可怀疑的。但是陈本却代表了题评、笺注本的新的发展趋向。陈本的笺注形式与所列的典故条目与徐士范本基本相同，连同上述徐本承继弘治本的错误，也延续下来。所不同的是陈本眉批的题评，已是比较单一的艺术鉴赏与分析。笺注删掉了一些浅近、重复的典故条目，增添了若干方言俗语的训诂释义，如"周方""没揣的""获钵""酪子里"，等等。这些新添的条目，大都见于徐本的眉批，可见它做了题评与笺注的分类规范工作。它的笺注的释文也变得十分简练了。所有这些都代表着一种新的发展趋向，而稍后的一些题评笺注本，大都更接近于陈本。

总之，明清两代的题评笺注本，是一种以文化层次较低的下层读者为对象的通俗读物。仅就笺注这一内容来说，它们的成就是不高的。

如前所述，笺注本对典故诠注不结合剧本的内容，这种就典释典的笺注方式，逐渐已不能满足人们对《西厢记》本体深入了解的要求，于是便产生了那种结合剧本的内容，对故实、方言俗语、曲词词义、声韵格律做全面训诂考证、释义的解证本。它们代表明清两代戏曲家对《西厢记》本体研究的最高水平。

解证本是人们对《西厢记》研究深化的产物，它不可能产生过早。根据现在掌握的材料，大约刊刻于嘉靖二十二年（1543）的碧筠斋本开其端倪。碧筠斋本现已不存，根据徐渭的记述，其注释的特点是："于典故不大注释，所注者正在方言、调侃语、伶坊中语、拆白道字，与俚雅相杂讪笑、冷语入奥而难解者。"①中经徐渭，而由王骥德集其大成。王骥德说他的注释："其微词隐义，类以以意逆；而一二方言不敢漫为揣摩，必杂证诸剧，以当左契。大抵取碧筠斋古注十之一，取徐师新释亦十之二。"②明确解证的宗旨是："凡注，从语意难解。若方言，若故实稍僻，若引用古诗词，时着一笔。余浅近事，概不琐赘，非为俗子设也。"③即解证的着眼点是剧本的"语意难解"处，它是"非为俗子设"的高层次读物。这个宗旨被跟踵其后的凌濛初、闵遇五、毛西河所遵循。凌濛初在《西厢记五本解证·凡例十则》中重申解证的宗旨："评语及解证，无非以疏疑滞、正讹谬为主，而间及文字之入神者。至如'兜率宫''武陵源''九里山''天台''蓝桥'之类，虽俱有原始，恐非博雅所须，故不备。近又有注'孤孀'二字云：'孤谓子，孀谓母'。此三尺童子所不屑训诂也。诸如此类，急汰之。"经过明清两代戏曲家的研讨，对《西厢记》文词的释义，已成为一种相对独立的学术研究范畴。

徐渭对《西厢记》研究的贡献，根据现存的材料很难作出确切的评价。这是因为：徐渭的学生王骥德已对当时所谓的徐文长本持否定态度。他说："往先生居，与予仅隔一垣，就语无虚日。时口及崔传，每举新解，率出人意表。人有以刻本投者，亦往往随兴偶疏数语上方，故本各不同，有彼此矛盾不相印合者。余所见凡数本，惟徐公子尔兼本较备而确，今尔兼没不传。世动称先生注本，实多赝笔。"④笔者认为这段话非常重要：一、他证实徐渭确实评点过《西厢记》，但也仅仅是在不同刻本上"随兴偶疏数语"而已，所谓徐文长本，大都是假货色。二、正是因为"随兴偶疏数语"，"各本不同"，便存在着"彼此矛盾不相印合"之处，这从现存的徐文长本《西厢记》中可以找

---

① （明）徐渭：《西厢记题词》。
② （明）王骥德：《新校注古本西厢记·自序》。
③ 《新校注古本西厢记·凡例三十六则》。
④ 《新校注古本西厢记》卷六《明徐渭和唐伯虎题崔氏真》的按语。

到充分的印证。三、唯一"较备而确"的徐尔兼藏本，在当时即已"不传"。这对于我们认识现存的各种徐文长本是极有帮助的。稍后的凌濛初也提出了类似的看法。他说："自赝本盛行，览之每为发指……近改窜本有二，一称徐文长，一称方诸生。徐赝笔也。方诸生，王伯良别称，观其所引徐语，与徐本时有异同。王即徐乡人，益证徐之为讹矣。"① 凌濛初肯定了王骥德《新校注古本西厢记》的解证中所引述的徐文长语是可信的，否定了其他所谓的徐文长本。笔者认为凌濛初的意见同样值得重视。

可以认为解证本只有王骥德的《新校注古本西厢记》、凌濛初的《西厢记五本解证》、闵遇五的《六幻西厢五剧笺疑》、《毛西河论定西厢记》是货真价实的。它们数量不多，却代表了明清两代关于《西厢记》的文词训诂、考证、释义的最高水平。

王骥德是中国戏曲理论史上不可多得的一位巨擘，他对戏曲理论问题论述的广泛性，超过了古代任何一位戏曲理论家。可以这样说，他从多方面总结了元明以来的戏曲创作问题，而使戏曲理论初具系统或规模。他的《新校注古本西厢记》中的解证和若干附录，实际上是对明中叶以来人们研究《西厢记》的总结，回答了研讨《西厢记》过程中提出的各种疑义。特别是他的解证，显示了他的渊博知识和深厚功力。尽管他对《西厢记》的删改显得十分鲁莽，他的解证还存在不少牵强附会尚欠妥切之处，由此遭到了凌濛初、毛西河等人的严厉批评，然而他对《西厢记》研究的巨大贡献，是人们所公认的；把《西厢记》研究引向深入，并扩展为一个相对独立的学术研究领域，这条道路无疑是王骥德开拓的。

凌濛初《西厢记五本解证》(以下简称凌濛初本或凌刻本)② 是一部得到普遍重视的刊本。他自称"此刻悉遵周宪王之本"③。学术界也较为一致地认定他

① （明）凌濛初：《西厢记五本解证·凡例十则》。
② （明）凌濛初：《西厢记五本解证》现存两种，一种常见的暖红室刻本，一种较为难见的闵遇五刊刻的朱墨套印本。
③ （明）凌濛初：《西厢记五本解证》。

的刻本最接近原本的风貌。他所说的"一字不易置增损"①，也是可信的。比如第四本第二折【紫花儿序】中的"老夫人心教多，性情刍"，他怀疑"心教"的"教"字，夹批写道："'教'疑为'较'，王（骥德）本作'数'。"而未作更易。又如同折【甜水令】的首句"良夜迢迢"，他在眉批中写道："'迢迢'，王易以'迢遥'，似是。"同样未作更易。这样的例子不胜枚举，大都采取"未经见，不敢从"②的严肃态度。凌濛初的解证还没有完全摆脱眉批夹批形式的局限，批语常常堆满扉页眉额，字里行间也常常夹有密密麻麻的小字。对那些眉批夹批实在无法容纳的内容，才不得不采用附录的办法，这在很大程度上限制了他的见解的阐发。他是一位不失大家风范的理论家，凡是他提出的见解大都中肯而有说服力；凡是他赞同的见解注明出处，忠实转录；他的批评也是严厉的，体现了一个理论家的求实作风。

闵遇五的《六幻西厢五剧笺疑》③严格说来不能算作真正的解证本，正如它的书名标示的是"笺疑"性的；他的注解，既有对故实的笺释，也有对曲文某一问题的释疑。虽然他常常提出一些相当通达、有创造性的见解，比如对方言俗语的解释，他感到徐渭、王骥德、凌濛初等人过于执着。他认为："'空荆棘列''死没腾''措支刺''软兀刺'，皆方言也，总是谑得木笃、气得软瘫之貌，不必下解，甚至有体认者，以江南之耳目作燕赵之训诂，徒为识者笑。"④但大多数释疑是重复王骥德、凌濛初的见解。另外，他的注解常有校勘性质。但遗憾的是它没有注明各本的名称，仅作"一本作"某某，"一本作"某某，其意义和价值便降低了。

《毛西河论定西厢记》（以下简称毛本），是一部解证总其成的作品。它在很大程度上概括了王骥德、凌濛初等人的研究成果，而后来居上。值得注意的是他的解证更重视曲文的整体性。他批评了金圣叹对《西厢记》的某

---

① （明）凌濛初：《西厢记五本解证》。
② 凌刻本四本三折【滚绣球】批语。
③ 闵遇五《六幻西厢五剧笺疑》与凌濛初《西厢记五本解证》同刻于崇祯年间，但在闵本中常见复述凌濛初解证语，闵本当出于凌本之后。
④ 闵本第二本第三折笺疑。

些"篡改"或"妄解",同时他又接受了金圣叹的影响,往往把几支曲子连接在一起作为"一节"加以阐释。他批评王骥德删砍道白的鲁莽,而十分强调"曲白互补"的一体性,在其评语中常见某曲"顶上白来"。同时他还十分强调"原本"的不可更易性。所有这些构成了毛本的鲜明特征。

王骥德逝世的时候(1623),恰好是毛奇龄的生年。在这一百年左右的时间里,可以说是《西厢记》研究的黄金时代,其中包括校勘、理论批评、曲文释义等方面。其中以曲文释义的成绩更为突出。它已由原来的单词或典故的笺注,发展为对《西厢记》曲文文义的整体研究,其中包括方言俗语的解证,一般文词的辨释,以及声韵格律的考订等。王骥德、凌濛初、闵遇五、毛奇龄等人,生不同时,又没有现代的思想交流工具,然而他们通过评点笺注的形式,唇枪舌剑,对许多问题的争辩是十分激烈的。比如关于故实的深入的研讨,以第一本第三折【绵搭絮】曲中的"今夜凄凉有四星"的"四星"的解释为例,弘治本已见对"四星"的笺注:

> "今夜凄凉有四星",出本传。一说天南地北,参辰卯酉,"四星"似与此不合。北斗星,今以文势观之,"斗柄云横"掩其三星,只有四星。盖以天之尚有不周,况于人乎。姑记所闻,以俟知者。

徐士范本笺注与弘治本相同,但其眉批则谓:

> 古人以二分半为一星,"凄凉有四星",言十分也。旧解"斗柄云横"掩其三星,故云"四星"。如元人乐府:"愁烦迭万垓,凄凉有四星",上无"斗柄云横",当作何解。

王骥德的解证是:

> "今夜凄凉有四星","四星"调侃谓下梢也。制称之法,梢用四

星，故云。元乔梦符《两世姻缘》剧："我比卓文君，有了上梢，没了四星。"足为证明。又马东篱《青衫泪》剧："直到梦撒撩丁，也才子四星归天。"石君宝《曲江池》剧："倒宅计抗的他四星。"《玉镜台》剧："折莫发作半生，我也忍得四星。"《云窗秋梦》剧："瘦得那俊庞儿没了四星。"皆可证。旧解"十分"，谬甚。张生盖言今夜虽说凄凉，然隔墙酬和，似后来尚有美意，是有下梢矣。

凌濛初的解证则认为：

旧解为"十分"，未知何据。然揣其义，不过言其甚也。徐（渭）解乃曰：古人钉称末梢用四星，"四星"，谓下梢也。《两世姻缘》杂剧云："比卓文君，有了上梢，没了四星。"是言有上梢没了下梢也。今夜虽然凄凉，然隔墙酬和，是有下梢矣。其说如此。玩本折尾声语气，此说近似。然词中有："却遮了北斗勺儿柄，这般凄凉有四星"；乐府："愁烦迭万埃，凄凉有四星"；《玉镜台》剧："折莫你发作我半生，我也忍得四星。"又当作何解，恐又非下梢之说可通耳。要之十分之意为是。成曰：天南地北，参辰卯酉四星，盖此星朝暮不得相见，词家往往用为阻隔之义意或少近耳。

毛奇龄的解证基本上同意徐渭、王骥德的见解：

"四星"，隐语下梢。徐天池云：制称之法，末梢有四星，故云。《两世姻缘》剧："我比卓文君，有了上梢，没了四星。"可证。言今夜虽凄凉，但得一酬和，便有下梢了。假若他不俫俫人，不酬和待怎生他耶，况入去时又眉眼间嘿相会耶，此照证也。

其他如"辰勾""三楚""满头花""拖地锦"等故实，以及大量的方言俗语，如"鹘伶渌老""颠不刺"等，经过争辩而由浅入深，使释义更加贴切，这样的例子难以一一备举。

也有由于底本的不同或各自的改动，而对一般词语的解释引起的争论。比如第一本第二折【上小楼】这支曲牌，张生向法本交纳了一两谢银之后的一段唱词，按凌濛初本原词是这样的：

> （末唱）小生特来见访，大师何须谦让。（洁云）老僧决不敢受。（末唱）这钱也难买柴薪，不够斋粮，且备茶汤。（觑聪云）这一两银未为厚礼。（唱）你若有主张，对艳妆，将言词说上，我将你众和尚永生难忘。

王骥德认为，"有主张"应为"把小张"。他说："'把小张，对艳妆，将言词说上'，是央及和尚之词，故曰'小张'，俗本改作'有主张'，谬。"凌濛初反对这样改动和解释，他说："'有主张'以下，以意中事私心作谑也。徐（文长）改作'把小张'无是理，元人谑语自雅，决无如此酸气。王（骥德）反谓'有主张'为谬，可谓阿所好矣。"毛奇龄则同意徐、王的改动和解释，却也容纳了凌濛初的看法，他认为："'把小张'，误作'有主张'，此是假调笑为顾题处，然亦私语如此。"这两种见解似乎各有千秋了。其他如"闹装"与"傲装"、"牵头"与"饶头"、"蜡枪头"与"镴枪头"，因不同底本或不同改动引起的争论，同样是大量的，这里也难以一一备述。

此外还有因为对音韵格律的不同理解，由此所做的改动而引起的争论，同样是大量的。比如第二本第一折惠明唱【滚绣球】，其中有："这些时吃菜馒头委实口淡，五千人也不索炙煿煎燀"的"燀"字，王骥德说："'炙煿煎燀'之'燀'，元作'燂'，音览，不叶。"凌濛初认为："'燂'，罗槛切，平声阳韵。王以为不叶，而改为'燀'，岂未考韵耶。"指出王在声韵问题上的粗忽，改动的失当。也有只顾韵律、不顾字义的重复而顾此失彼的。如第一本第二折【醉春风】："一见了有情娘，着小生心儿里早痒，痒，迤逗得肠荒，断送得眼乱，引惹得心忙。"王骥德改"心忙"为"心痒"。凌濛初说："'心忙'王改'心痒'，此句自宜仄声住，然恐与'心痒，痒'复。"指出王的改动是合律的，却忘了用字的重复，同样是不可取的。也有由于对格律的不同认识而引起的争论，如第四本第三折【上小楼】："我念知，这几日，相思滋味，却原来比别离情更增十倍。"凌濛初在批语中写道："'我念知，这几日，相思滋味'，三字二句，四字一句，【么篇】同（'崔相国，做女婿，妻荣夫贵'）。王伯良以上三字（'我念知'）作衬字，则本调实字缺。"

他们的争论是激烈的，有时甚至是十分尖刻的，然而他们却服从于"真理"，表现了良好的学风。比如第二本第一折惠明唱【二煞】："远的破开步，将铁棒彪；近的顺着手把戒刀钐。有小的提起来，将脚尖蹿；有大的扳下来，把髑髅勘。"对这一段唱词王骥德的解证是："'撒楼'，本作撒楼，方言谓调侃头也。犹《说文》之谐声，见《墨娥小录》。诸本作'髑髅'，非。'髑髅'，人死之头耳。'勘'，校也，于文亦甚用力之意。《辍耕录》，元院本有《大勘刀》，言以刀相勘比也。言小的则提起来，以己之脚撞之；大的则攀下来，以己之头而勘之，非他人之头也。俗作'砍'，谬甚。"这样解释显然是有毛病的，凌濛初抓住不放。他批评说："'髑髅'，今人詈人之头，犹云。王谓是死人之头以为非，而改作'撒楼'，谓方言头也，亦多事矣。'勘'即'砍'，元人每用之。王谓扳下来以己之头而勘之，不知己之头如何勘。"这种诘问令人发噱。再如第二本第二折，写红娘"请宴"来至张生门前唱【脱布衫】：

> 幽静处可有人行，点苍苔白露冷，冷。隔窗儿咳嗽了一声。（红敲门科）（末云）是谁来也。（红云）是我。（唱）他启朱唇急来答应。

徐文长本将"朱唇"改为"朱扉"，这样改的理由是"朱唇"句与"隔窗"句不搭配。凌濛初批评他这样改动的迂执，他说："夫'启朱唇'，不过言其启口耳。'朱唇'自是词家语，岂必面见而后知其唇之朱，隔窗遂不可，仿佛以为有黑有白耶。其议论拘而可笑。"①这种奚落的口气增加了争论的活泼气氛。

但是这种争论都是为了寻求更准确的释义，从这里看到了明末清初良好的学风。王骥德对他的老师徐渭是很尊重的，徐渭对《西厢记》的删改以及语词释义，不少被他继承下来。但是王骥德也并非一味地盲从。比如第二本第一折【天下乐】曲中的"则怕俺女孩儿折了气氛"，对"气氛"二字，徐解为"名分之分"，而王解为："折了气氛，犹言折了声势也。"凌濛初批评徐解"酸甚"②，而肯定王解接近原意。王骥德也有"初从徐说"而后改变了的，比如第二本第二折【粉蝶儿】中有"列仙灵，陈水陆"，他"初从徐说，言贼兵既退，可放心列仙之像，而陈水陆道场"。后来他认为应该解作："盖红言今日可舒展其心，列仙灵之画，备水陆之珍，以酬谢张生而致其钦敬，即后折'殷勤呵于礼，钦敬呵当合'之谓。"③凌濛初同样肯定了王解，认为："王伯良谓列仙灵之画，陈水陆之珍较是。"再如第二本第一折【赚煞】曲中的"横枝"，王骥德解证："'横枝'，非正枝也。《传灯录》道信大师曰：'庐山紫云如盖，下有白气，横分六道，汝等会否。'弘忍曰：'莫是和尚化后，横出一枝佛法否。'诸僧伴既各自逃生，众家眷又无人俅问，张生非亲非故，乃曰我能退兵，是所谓横枝着紧也。"凌濛初忠实地转录了这段解语。

总之，他们的争论是坦诚的，是实事求是的。争论涉及《西厢记》的文词、声韵、格律乃至体例诸方面的问题。深入地了解这些争论，对于我们进一步研究《西厢记》的本体，将会十分有益。同时，他们的争论也必然涉及《西厢记》的原始风貌、诸版本的变异，以及误刻、篡改有关版本的各方面问题。特别是王骥德、凌濛初的解证经常提及时至今日尚未发现的碧筠斋、朱石津、金白屿等珍贵的版本，使我们对它们的若干特征窥见一斑，这给我们

---

① 傅晓航：《西厢记集解》，甘肃人民出版社1989年版，第112—113页。
② 凌刻本第二本第一折【天下乐】眉批。
③ 王本第二本第二折【粉蝶儿】解证。

鉴别《西厢记》的版本问题，全面地认识《西厢记》的版本流变，提供了弥足珍贵的依据。可以预计，《西厢记》也有可能像《红楼梦》那样成为一个专门的研究领域，而对《西厢记》版本、文词、声韵、格律、体例的研究，将会是《西厢记》研究的一个重要方面。

（原载《戏曲研究》第35辑，文化艺术出版社1990年版）

金圣叹著述考

金圣叹生长在明末清初那个改朝换代的时代，这个时代的特征是社会思潮极为活跃、而社会生活却极为动荡不安，正是这个时代背景孕育了这位天才的文学评论家。金圣叹一生布衣，科场的失意，窘困的生活，讲学、著述、评书衡文既是他的生活乐趣，也是他生活的唯一出路。贫困造就了他，他将一生的心血奉献给文学批评事业。金圣叹一生评释了大量的书籍，就其评书的质与量，在中国文学史上堪称第一。由于他是被清王朝杀害的"叛逆"，没有一部书被收入《四库全书》。金圣叹对自己的著述非但没有著录，反而由于他那信口开河的毛病，在谈及他著书的过程有许多自相矛盾之处，还由于他期望做的，与他所完成的，还有许多不相一致之处，加之后人有不少假借金圣叹名号的伪作，尽管后人为他的著述作过总目，可以说他的著述都有哪些，其评书的过程、完成的时间、完成的情况是怎样的，并不是很清晰。下面将对这些问题做些梳理、探索。

金圣叹的著述，吴门诸子校订的《唱经堂才子书汇稿》和他的女婿沈六书抄录的《沉吟楼诗选》，均附有唱经堂遗书总目，使我们约略地可以窥其全貌。但两种目录稍有不同。

《唱经堂才子书汇稿》卷首有金昌撰写的"叙第四才子书""才子书小引"，附唱经堂遗书总目："外书"9 种、"内书"13 种，共 22 种：

外书总目：

第五才子书（《水浒传》）	已刻
第六才子书（《西厢记》）	已刻
唐才子书	已刻
必读才子书	已刻
杜诗解四卷	已刻
左传释	已刻
古诗二十首	已刻
释小雅七首	已刻
孟子释	嗣刻

内书总目：

法华百问	
西域风俗记	已刻
法华三昧	
宝镜三昧	
圣自觉三昧	以上三种集结未竟
周易义例全钞	嗣刻
三十四卦全钞	嗣刻
南华经钞	嗣刻
通宗易论	
语录类纂四卷	
圣人千案	
杂篇	
随手通	

《唱经堂才子书汇稿》实录：

《杜诗解》四卷 附金昌《才子书小引》《叙第四才子书》落款"顺治己亥春同学矍斋法记圣瑗书"

古诗解（二十首）

左传释

释小雅

释孟子（四章）

欧阳永叔词（十二首）

《唱经堂随手通》圣叹杂篇：南华释名、南华字制、童寿六书·序、序离骚经、序略、先后天胜义幢、大势至缘起、念佛三昧、"江南采莲曲"释、唱经堂易钞引、通宗易论。

沉吟楼借杜诗

语录纂

杂华林

圣人千案

作为"汇稿"或"全集"来看，它没有收录的尚有《天下才子必读书》《沉吟楼诗选》《西域风俗记》等。

《沉吟楼诗选》中，附有金圣叹的女婿沈六书所抄"唱经堂遗书目录""外书""内书"共 34 种。

其中：

"外书"：

第一才子书《庄子》七篇是经外篇，杂篇分配未竟。

第二才子书《离骚》亦有经有传，未竟。

第三才子书《史记》未竟。

第四才子书杜诗。

第五才子书（《水浒传》）。

第六才子书（《西厢记》）。

批左传

才子古文

唐才子诗

程墨才子

小题才子

杂批未竟书

诗文全集

"内书"：

大易义例私钞　二本

大易讲稿私钞　四本

涅槃讲稿私钞　共十一期一本

（法）华讲稿私钞　一本

法华三昧私钞　一本

宝镜三昧私钞　一本

一代时教私钞　一本

第四佛事私钞　一本

圣自觉三昧私钞　一本

内界私钞　一本

法华百问　一本

南华前摩　未竟一本

五智印图　未竟一本

讲稿仪轨　一本

杂疏　一本

西域风俗记　一本

童寿六书　一本

离文字说　一本

圣人千案　一本

通宗易论　一本

庄子制字　一本

以上两种目录相比较，以《沉吟楼诗选》中所附的目录较为完备，而《汇稿》的目录更接近于现存的书目。但从总体方面可以看出金圣叹一生的著述相当丰富。如前所述，所谓的"外书"，是他对文艺书籍的评解；所谓的"内书"，是对儒、释、道哲理的探讨。这些著作除了《第五才子书水浒传》、《第六才子书西厢记》广泛流传外，他所说的"庄、骚、马、杜"，即第一、第二、第三、第四才子都没有成为完整的著述；目录中还有不少著述只存名目，只字未存。他在《西厢记·读第六才子书法》中说："久欲布刻请正，苦因丧乱，家贫无资，至今未就。"这是流失的重要原因。然而金圣叹有幸，他生前未能刊刻的著作，其中大部分已被他的"吴门同学"和他的族兄金昌，以及他的儿子释弓和女婿沈六书先后付印了，这使我们尚可以看到金圣叹著述的基本面貌。

除他评点的流布甚广的"第五才子书《水浒传》""第六才子书《西厢记》"外，中华人民共和国成立前可见到的金圣叹的出版著述有：

《唱经堂才子书汇稿》（以下简称"汇稿"），"吴门同学诸子校订"原本未见，有乾隆甲子（1744）重订本，传万堂梓行。

《金圣叹全集》，民国期间，上海锦文堂印行。

《金圣叹奇书十八种》，上海广益书局印行。

《贯华堂选批唐才子诗甲集》（大约有"乙集"的设想，没有实现）

《圣叹秘书七种》

《天下才子必读书》周雪客复刻本。

《评注才子古文》

《唱经堂古诗解》

《沉吟楼诗选》

《圣叹尺牍》苏州振兴书局，民国六年版。

《圣叹才子尺牍》

《西域风俗记》

《绣像汉宋奇书》

《圣叹手批中国预言七种》

这些书的编撰情况分别考述如下：

《唱经堂才子书汇稿》的内容已如前述。《天下才子必读书》、《评注才子古文》、《唱经堂古诗解》、《沉吟楼诗选》、《圣叹尺牍》(《鱼庭闻贯》)、《西域风俗记》诸篇皆为金圣叹著述，无须考索。

《金圣叹全集》，上海锦文堂刊印。注明是"依唱经堂原本校印"的，与《汇稿》内容相同。

《金圣叹奇书十八种》，与《汇稿》的内容基本相同，只缺少《语录类纂》一卷。

《贯华堂选批唐才子诗·甲集·七言律》上海有证书局刊刻。此书内容即《贯华堂选批唐才子诗》共七卷附《鱼庭闻贯》。

《金圣叹秘书七种》证楹社丛刻第一种。内收：《释小雅》、《左传释》、《释孟子》、《南华释名》、《南华字制》、《序离骚经》、附录《沉吟楼借杜诗》。

《圣叹才子尺牍》，内辑录陈继儒和金圣叹两人尺牍若干篇。此书有尤侗（1618—1704）一篇序文，他概括地指出陈、金辑录的尺牍的各自特点："陈徵君眉公、金先生圣叹辑著尺牍各一编，一以富浅人之贫，一以增深人之慧，浅深各致，雅俗并宜。"该书刊刻年代不详，它的真伪是很可怀疑的。

《圣叹手批中国预言七种》，它是清代中叶以后流传在民间的一种预卜形式，即所谓的"推背图"，它的内容是预言清王朝即将垮台。此书的首页有英人曼根和苕溪李中、清溪散人的题识，以及金圣叹的一篇自序。曼根、李中、清溪散人的题识，详细地叙说了获得此书的始末。清溪散人的题识说：

> 茗溪李公，是君述其尊人信卿先生商于伦敦时，与彼中人来往素
> 稔。一日于其友某英人处得见此书，惊为我国秘本。详询颠末，知
> 圆明园灾后遗失者。此友即曼根氏之孙。因以大珠十二易之。清禁
> 特严，秘之箧笥。兹届民国时代，例无忌讳。李君承其先志，嘱为
> 刊行，以公诸世，以一矫正坊刻之多讹，以一警勤国民于将来，庶
> 不负先哲指示之心云。

获书的过程可能是真的，但书确系假古董。金圣叹的序，是一篇拙劣的模仿金圣叹鬼狐禅腔调的伪作。大约赝品的作者尚不清楚金圣叹的生年，题为"癸亥人日金喟"，在金圣叹的生年里"癸亥"只有天启三年（1623），年仅弱冠的金圣叹，断难作出此等阴阳怪气的话语。更为荒谬的是，按推背图的某些批语，十四五岁的金圣叹，不仅预言清亡，而且预言到列强分割中国了。无名氏《金圣叹考》说："近日乃以忏纬鄙俚之言，有所谓中国预言者，亦以金圣叹评定为名，致烦政府查禁。而圣叹之魔力，跃跃有生气焉！"这本书的存在，的确说明金圣叹在人民群众中的影响。

《英雄谱》，又名《绣像汉宋奇书》，系坊间刻本，它将《三国志》与《水浒传》合编一起，标金圣叹批。自然是书商牟利之作。内有仿金圣叹"读三国法"一章，其中有如下一段文字："读《三国》胜读《水浒传》，《水浒》文字之真，虽较胜《西游》之幻，然无中生有，任意起灭，其匠心不难终。不若《三国》叙一定之事，无容改易，而卒能匠心之难为也。且《三国》人才之盛，写来各各出色，又有高手出于吴用、公孙胜等万万者。吾谓才子之目，宜以《三国演义》为第一。"这与金圣叹对《三国》的看法大相径庭，他曾明确表示他不喜欢《三国演义》《西游记》。在金圣叹评点《水浒》时，《三国演义》《西游记》在民众中已普遍流传。金圣叹认为《水浒》优于《三国演义》《西游记》，除《水浒》之外"更无有文章"。在《水浒传·读第五才子书法》中，谈了他对《三国》《西游》的看法：

题目是作书第一件事，只要题目好，便书也作得好。

或问：题目如《西游》、《三国》，如何？答曰：这个都不好，《三国》人物事体说话太多了，笔下拖不动，趱不转，分明如官府传话奴才，只是把小人声口，替得这句出来，其实何曾自敢添减一字。《西游》又太无脚地了，只是逐段捏捏摄摄，譬如大年夜放烟火，一阵一阵过，中间全没贯串，便使人读之，处处可住。

《英雄谱》的编者这一伪造，并非首创，清初大名鼎鼎的评点家毛宗冈批《三国演义》即载有金圣叹序，序云：

予尝集才子书六，其目曰《庄》也，《骚》也，马之《史记》也，杜之《律诗》也，《水浒》也，《西厢》也。已谬加评订，海内君子皆许予以为知言。

近又取《三国志》读之，……予尝欲探索其奇，以证诸世，因病未果。忽于友人案上，见毛子所评《三国志》之稿，观其笔墨之快，心思之灵，先得吾心之所同然，因称快者再，而今而后，知第一才子书之目，又果在《三国》也！故予序此数言，授毛子刻之日，弁诸简端，使后之阅者，知予与毛子，有同心也。

陈登原先生在《金圣叹传》中说："《水浒传》之为人把玩，户有其书，亦圣叹之力。无论其评书之当否，其开重视小说之风气，批评文艺之新路，要可谓有功艺苑。故今存毛批《三国志演义》，至伪为圣叹序以自重。"这一分析是确切的。按，毛为金圣叹的友人，金雍集结的《鱼庭闻贯》有金圣叹《与毛序始》书信。

新中国成立以后出版的金圣叹的主要著述有：1979 年上海古籍出版社出版的《沉吟楼诗选》；1981 年北京大学出版社的陈曦钟等辑校的《水浒传会评本》；1983 年成都古籍书店出版的《金圣叹选批杜诗》；1985 年江苏古籍出版

社出版的《金圣叹全集》，收录了《贯华堂第五才子书水浒传》《贯华堂第六才子书西厢记》《唱经堂杜诗解》《天下才子必读书》《沉吟楼诗选》《西域风俗记》《圣人千案》《通宗易论》《易钞引》《随手通》《语录纂》《释孟子四章》《左传释》《唱经堂古诗解》《唱经堂释小雅》《唱经堂批欧阳永叔词十二首》等；1985 年甘肃人民出版社出版的傅晓航校点的《贯华堂第六才子书西厢记》；1986 年岳麓书社出版的张国光选编的《金圣叹诗文评选》；1997 年光明日报出版社出版的《金圣叹评点才子全集》，分四卷：首卷收《唐才子诗》《杜诗解》《释小雅》《古诗解》《欧阳修词》；二卷收评点《西厢记》《天下才子必读书》《左传释》《孟子四章》；三、四卷收评点《水浒传》。

金圣叹对书有独特的领悟天才，他的私塾先生称赞他是"读书种子"。在他的幼年、少年时期，便涉猎群书，可以认为金圣叹读书评书的历程，青少年时期是一个泛读的过程，经史子集、佛经道忏、稗官野史、戏曲小说、民间歌谣，无所不过其目。随着思想的逐渐成熟，在他的中年以后，他的著述便陆续产生了。明王朝覆灭前至他被清王朝杀害，是他一生创作最为旺盛的时期。而他评书的进程，正如陈登原先生所说的："固非专致力于某一书，俟是竣而移力他书。盖亦同时进行，忽此忽彼。"这一特征可以概括他的全部评书历程。

下面首先我们按照金圣叹评书的理想"庄、骚、马、杜"、《水浒》、《西厢》六部"才子书"的完成情况，略作考述。

这六部"才子书"从完整的意义上讲，金圣叹一生只完成了《贯华堂第五才子书水浒传》和《贯华堂第六才子书西厢记》这两种。最早完成评点的是《水浒传》，金圣叹在《水浒传》序三中说：

> 吾年十岁，方入乡塾，随例读《大学》《中庸》《论语》《孟子》等书，意昏如也。每与同塾儿窃作是语："不知习此将何为者？"又窥见大人彻夜吟诵，其意乐甚，殊不知其何所得乐？又不知尽天下书当有几许？其中皆何所言不雷同耶？如是之事，总未能明于心。明

年十一岁，身体时时有小病。病作，辄得告假出塾。吾既不好弄，大人又禁不许弄，仍以书为消息而已。吾最初得见者，是《妙法莲华经》；次之，则见屈子《离骚》；次之，则见太史公《史记》；次之，则见俗本《水浒传》，是皆十一岁之创获也。……吾既喜读《水浒》，十二岁便得贯华堂所藏古本，吾日夜手抄，谬自评释，历四五六七八月，而其事方竣，即今此本是已。……

金圣叹给后人留下很多疑团，他那令人无法恭维的爱编造个人神话，是其重要原因之一。他说在十二岁时，仅用五个月的时间便完成了《水浒传》的评点，而所谓的七十回贯华堂古本《水浒传》根本是不存在的，百回本的《忠义水浒传》，有李卓吾评点本。胡适考证《水浒传》版本时，十分重视金圣叹评点本，可见金圣叹批改的《贯华堂古本》即明万历年间容与堂刊刻的《李卓吾先生批评施耐庵水浒传》(详见胡适《胡适文存》卷三《水浒传考证》)。由此金圣叹可能接受了李贽的观点，而做起那评点的事体了。经他删改为七十回本，比较合理的解释应是，十一岁接触《水浒传》，为其艺术魅力所倾倒，达到了爱不释手"无晨无夜不在怀抱者"的痴迷的程度。十二岁时可能产生了不少心得体会，便模仿李卓吾做起评点的事体。经过二十余载的漫长岁月，随着他学识阅历的增长，不知经过了多少次的增删修改，直到崇祯十四年才完成了这部书的评点，定稿付梓。《第五才子书施耐庵水浒传》有"贯华堂古本《水浒传》自序"一篇，这是金圣叹所作的伪序，他在这篇伪序中说："是《水浒传》七十一卷，则吾友散后，灯下戏墨为多；风雨甚，无来人之时半之。然而经营于心，久而成习，不必伸纸执笔，然后发挥。盖薄莫（暮？）篱落之下，五更卧被之中，垂手捻带、睨目观物之际，皆有所遇矣……"可证。

金圣叹对《水浒传》的删改，是按他理解的再创造，做到他的评释与删改观点的统一。他在《西厢记·捷报》的批语中说："常叹街头巷说，童歌妇唱，一经妙手点定，便成绝代奇文。任是《尧典》《舜典》《周南》《召南》，忽招俗笔横涂，意如溷中不净。"凡是他认为不妥之处，便诡称"俗本"，或斥之为"忤奴"的篡改。

金批本《水浒传》出现后，风行海内，取代了其他版本《水浒传》。《俞樾香室续抄》卷十三说："周亮工《书影》云：'……当温陵《焚藏书》盛行时，坊间种种借温陵之名以行者，如《四书第一评》、《第二评》、《水浒传》、《拜月》、《琵琶》诸评，皆出文通手。'按今人只知有金圣叹《水浒》评本，前乎此有叶文通，则无闻矣。"

关于《西厢记》的评点。金圣叹在评点王实甫的《西厢记》之前，曾评点过董解元诸宫调《西厢记》。金圣叹的友人徐增在《才子必读书·序》中说：

> 《董西厢》评十之四五，散于同学箧中，皆未成书……同学诸子，望其成书，百计怂恿之。于是刻《制义才子书》，历三年（丙申），又刻王实甫《西厢》，应坊间请，正二月。皆从饮酒之暇，诸子迫促而成也。

可知金圣叹在评《王西厢》之前，还批过《董西厢》，惜未成书。

可以认为包括《会真记》、《董西厢》以及《西厢记》都是他"幼时初读"的。由此看来，金圣叹对《水浒传》《西厢记》的接触都是在幼年，那时对它们便有很深的感悟，使他抛弃那些庸俗腐朽的教条和成见，达到审美、评判的高度。对《会真记》的结尾，将张生处理成"善补过"而始乱终弃的行为，大为愤慨，《西厢记·赖简》一折"右第八节"批语：

> 吾幼读《会真记》，至后半改过之文，几欲拔刀而起。

《西厢记》的评点过程与《水浒传》的评点极其相似。金圣叹在幼年时便接触了《西厢记》，并为它的艺术魅力"勾魂摄魄"了。请看《西厢记·酬韵》折"右第十二节"批语：

右第十二节。笔态七曲八曲，煞是写绝。记得圣叹幼年初读《西厢》时，见"他不偢人待怎生"之七字，悄然废书而卧者三四日。此真活人于此可死，死人于此可活，悟人于此可迷，迷人于此又悟者也。不知此日圣叹是死、是活、是迷、是悟。总之，悄然一卧，至三四日，不茶不饭，不言不语，如石沉海，如火灭尽者，皆此七字勾魂摄魄之气力也。先师徐叔良见而惊问，圣叹当时特爱不讳，便直告之。先师不惟不嗔，乃反叹曰：孺子异日，真是世间读书种子。此又不知先师是何道理也。

又见《西厢记·闹斋》一折中张生唱"梵王宫殿月轮高"，金圣叹批道：

如此落笔，真是奇绝。庶几昊天上帝能想至此，世间第二第三辈，便已无处追捕也。记圣叹幼时初读《西厢记》，惊睹此七字，曾焚香拜伏于地，不敢起立焉。普天下锦绣才子二十八宿在其胸中，试掩卷思此七字，是何神理，不妨迟至一日一夜。

经历了四十余年的酝酿，于顺治十三年，金圣叹四十九岁时《贯华堂第六才子书西厢记》付梓。

对《西厢记》的删改，金圣叹也采用删改《水浒传》同样的手法，佯称是按贯华堂"古本"评改的，没有透露他删改《西厢记》真实的底本是什么。这成为数百年来的不解之谜，使人们确切地批评他删改《西厢记》的得失失去了前提。后人用来批评金圣叹的所谓的"原本"，都没有注明是什么刊本，大都是信手拈来之物，而成为无的放矢。但是要想找到《金批西厢》的底本，要比寻求《水浒》的原本困难得多，因为不同的明刊本《水浒传》只有数种，而不同的明刊本《西厢记》，据日本学者传田章统计，不下六十种。我们在国内现在所能见到的也不下四十种。为了确切地批评金圣叹删改《西厢记》的得失，笔者对此问题曾做过初步的探索，查阅了国内可能见到的数十种明刊本《西厢记》，经过归类排比，认为金圣叹删改《西厢记》的底本，最有可能是《张深之正北西厢》。（详见《金批西厢的底本问题》载于《文献》1988 年第三期）

《金批西厢》出现之后，几乎取代了所有其他《西厢》刊本，清末著名刻书家暖红室主人刘世珩说："《西厢记》，世只知圣叹外书第六才子书，若为古本，多不知也。"（《暖红室汇刻西厢记·董西厢题识》）

金圣叹完成《第五才子书水浒传》《第六才子书西厢记》的评点，使他稍感欣慰，然而还有四部书没有完成，他已深感时间的紧迫了，"庄骚马杜待何如？"可以说在《西厢记》评点完成之后，文选、杜诗、唐诗的评选几项大工程是以冲刺的速度齐头并进。这些工程并没有完全完成，他便怀着莫大的遗憾罹难了。

金圣叹喜爱唐诗，而在唐诗中又对杜诗情有独钟，所谓的"庄、骚、马、杜"，将批注杜诗列为《第四才子书》。金圣叹评释杜诗着力较多，金昌在《叙第四才子书》中叙说了金圣叹批杜诗的某些情景，和他收罗编辑此书的过程：

> 唱经在舞象之年，便醉心于斯集，因有《沉吟楼借杜诗》。《庄》、《屈》、《龙门》而下，列之为第四才子。每于亲友家，素所往还酒食游戏者，辄每置一部，以便批阅。风晨月夕，醉中醒里，朱墨纵横。不数年，所批殆已过半，以为计日可奏成事也，而竟不果。悲夫！临命寄示一绝，有"且喜唐诗略分解，庄骚马杜待何如"句。余感之，欲尽刻遗稿，首以杜诗从事，已刻若干首，公之同好矣。兹泏上归，多方收集，补刻又若干首。而后《第四才子》之面目略备，读者直作全牛观可乎！

"舞象之年"是十五岁的年纪，按钱牧斋的《天台泓法师灵异记》所记，金圣叹在二十岁时即在吴中享有大名，根据他对文学的领悟能力，此时便着手于杜诗的评释是可能的。但是他的评点杜诗同样是时此时彼、时断时续的，是一个漫长的过程。在《唱经堂杜诗解》中即可找到评语写于顺治八年的证据，如《发潭州》的批语中有："辛卯夏六月甚暑，当午读之，寒栗竟日。"按：辛卯是顺治八年，但是比较集中做这件事是顺治十六、十七年之间。无名氏《辛丑纪闻》中说：

> 亥、子（顺治十六年至十七年）间方从事杜诗，未卒业而难作，天下惜之。谓天之忌才，一至于斯。

《鱼庭闻贯》中有关评杜诗情况。《与任升之炅》：

> ……弟行年向暮，住世有几？设有不当，转盼身后，岂能禁人哕骂哉。今因先分得老杜七律数十余首，特命雍儿缮写呈正。若此数十余首，其中乃有一首却是中四句诗者，便请下笔，快然批之驳之，直直示弟。弟于世间，不惟不贪嗜欲，亦更不贪名誉。胸前一寸之心，眷眷惟是古人几本残书。自来辱在泥涂者，却不自揣力弱，必欲与之昭雪。只此一事，是弟前件，其余弟皆不惜。

任升之，待考，是金圣叹书信往还较多的朋友。这封信推断它的时间，应是金圣叹亥、子间从事杜诗评点时所写，劝说任升之支持他分解律诗的观点，其语气之凄凉，令人感叹。它可以代表当时金圣叹的心境无疑。

大约在圣叹评点《西厢记》的同时，圣叹已着手编选《天下才子必读书》了。他在《西厢记》《读第六才子书西厢记法》中说：

> 仆者因儿子、甥侄辈要他做好文字，曾将《左传》、《国策》、《庄》、《骚》、《公》、《谷》、《史》、《汉》、韩、柳、三苏等书杂撰一百余篇，依张侗初先生《必读古文》旧名，只加"才子"二字，

《才子必读书》，盖致望读者之必为才子也。今欲刻布请正，苦因丧乱，家贫无赀，至今未就。今呈得《西厢记》，便亦不复念矣。

但事实上金圣叹并没有因为出版了《西厢记》，而放弃了《才子必读书》的编撰。在《西厢记》出版后不久，金圣叹陆续完成他的《才子必读书》。现传之《天下才子必读书》，收三百五十余篇，与《西厢记》"读法"所说的"一百余篇"，增加很多，可见他在完成《西厢记》之后的几年里，在这本书上同样花费不少力气。《西厢记》"读法"里所说的一百余篇，应容纳《左传》《国策》《庄》《骚》《公》《谷》《史》《汉》、韩、柳、三苏"等内容，现传的《才子必读书》，却没有收《公羊传》《谷梁传》《庄子》《离骚》的篇目，可见编撰的内容、思路与其初衷已有所不同。《才子必读书》共十六卷，按周、秦、汉、晋、唐、宋顺序排列。在金昌的催促下，金圣叹拿出了《才子必读书》旧稿，重新加以编排，于庚子年（顺治十七年）最后完成了《才子必读书》的编选评释工作。

金圣叹理想中的《第三才子书》——司马迁的《史记》一书，虽然没有成书，然而在《才子必读书》中却容纳了《史记》九十余篇，也算是部分地完成了他的心愿。

《天下才子必读书》对后世的影响不可低估，几乎成为有清一代以及民国时期的官学、私学认可的教科书——《古文观止》，即是在《天下才子必读书》的基础上编撰而成的。

《贯华堂选批唐才子诗》是一部重要著作，其中除批解唐代六百多首律诗之外，还有金圣叹（《鱼庭闻贯》）一卷。这部书大约是他评点《西厢记》之后，最后一部重要著作。他在"绝命词"中说："虽喜唐诗得分解，庄、骚、马、杜待何如！"就是指的这部书。金圣叹在该书《序言》中说：

顺治十七年春二月八日，儿子雍强欲予粗说唐诗七言律体，予不能辞。既受其请矣，至夏四月望之日，前后通计所说过诗可得满六百首。则又强欲予粗为之序，予又不能辞也，因复序之。

可知金圣叹分解唐诗最后定稿时间是顺治十七年，"自端午之日"在"金墅太湖之滨三小女草屋中"完成的，而最后定稿的时间当是这一年的夏七月。

金雍于《贯华堂选批唐才子诗》附录的《鱼庭闻贯》，它是以书信形式表现的，习称"圣叹尺牍"，实际上是金圣叹的诗歌理论——诗话，其中有金圣叹与其好友的书信，探讨、阐发他分解唐律诗的理论见解，说服对方求得支持的急切心情溢于言表；以及"居常在家之书"上的"空白之处"，或"浮贴"于其"壁间柱上"的"有说律体者"。可见当时金圣叹分解唐诗的投入和专注、勤奋与痴迷。金雍为他的老子做了一件十分有益的事情，他将这些零散的书信和纸条汇集起来提名为《鱼庭闻贯》：

> 雍既于今年二月吉日，力请家先生上下快说唐人七言律体，得五百九十五首，从旁笔受其语，退而次第成帙矣。既复自发敝箧，又得平日私钞家先生与其二三同学所有往来手札。中间但有关涉唐诗律体者，随长随短，雍皆随手割裁，去其它语，止存切要，都来可有百三四十余条。今拣去其重叠相同者，止录得三十余条，又根据先生居常在家之书，其头上尾后，纸有空白之处，每多信笔题记，其凡涉律体者，又得数十余条。又寒家壁间柱上，有浮贴纸条，或竟实署柱壁，其有说律体者，又得数十余条。一一罗而述之，亦复自成一卷。既不敢没先生生平勤勤之心，又思从来但有一书之前，必有凡例一通，今亦于义为近，因遂列之于首也。

关于《庄子》的评释，今仅存两篇——《（南华）释名》《南华字制》。《南华字制》约作于顺治四年。

以上两篇皆列为"内书"。

关于评释《离骚》，尚存《序离骚经》一文，收入《随手通》书札。然作此文著述年代不可考。《序离骚经》之后有金昌跋：

> 此唱经未完稿也。相其笔势，如黄河发足昆仑，正不知何以遂
> 止，惜哉！

从《序离骚经》一文可以看出，金圣叹对《离骚》的评释，似乎已胸有
成竹，有了明确的指导思想，他在这篇序文中提出了读《离骚》的总的原则：

> 善读《离骚》之书也者，必当释名第一，循本第二，明志第三，
> 审时第四，历变第五，择正第六，彰后第七，谋篇第八，格物第九，
> 避谪第十。

这种原则性的提示，由于没有释文，很难推断其内涵。

所谓的"《庄》《骚》《马》《杜》"，列为《庄（子）》——"第一才子书"、
《（离）骚》——"第二才子书"就这样不明不白地了结了。

《沉吟楼诗选》是一部过去不易见到的书，20世纪80年代初上海古籍出
版社根据中国社会科学院文学研究所藏清手抄本影印出版，使大家有机会看
到这一珍贵文献。该诗集一部分为刘献廷（1648—1695）所录，大抵按年序
排比。另一部分是金圣叹的女婿沈六书所辑，多标明为"逸诗"。该书有清雍
正五年李重华《沉吟楼遗诗序》，叙说这部"诗选"成书的经过：

> ……世徒见金先生书偶近游戏，知为滑稽之流，顾其人实心学佛
> 人。其读书千古如面要，于诗道甚深。论古人则曰庄、骚、马、杜。
> 夫南华、楚辞、太史之书间有所发，已足流示。……及见《沉吟楼
> 遗诗》若干篇，乃知先生于少陵寝卧言笑，才弥高而用心盖弥笃也。
> 平生吟咏极多，不自惜。此为女婿沈君六书所抄，什佰之一。外孙
> 元一、元景，慧而博，有先生风，幼受书母夫人。与余酬倡，相厚

无间，故得悉征其残书是刻也。

《沉吟楼诗选》共辑录各种诗体三百八十四首，《汇稿》中的"沉吟楼借杜诗"的二十五首并没有超出《诗选》。见于他处金圣叹所作诗，《杜诗解》中《肖八明府实处觅桃栽》批语中自引所作《幼年》一首："营营共营营，情性易为工。留湿生萤火，张灯诱小虫。笑啼兼饮食，来往自西东。不觉闲风月，居然白头翁。"《随园诗话》评其诗时引用一首："金圣叹好批小说，人多薄之，然其《宿野庙》一绝云：'众响渐已寂，虫于佛面飞。半窗关夜雨，四壁挂僧衣。'殊清绝。"李重华说他颇有诗才，随其吟咏即可成诗，《诗选》只不过是金圣叹全部诗作的"什佰之一"。然而仅就这些对于我们了解金圣叹的思想、性格、生活际遇也弥足珍贵。

此外还有《唱经堂古诗解》《唱经堂释小雅》《唱经堂批欧阳永叔词十二首》大都是晚年之作。

《唱经堂古诗解》应是圣叹晚年之作，估计距圣叹罹难时间不久。廖燕《金圣叹先生传》记载了如下一则传说：

> 传先生解杜诗时，自言有人从梦中语云："诸诗皆可说，惟不可说《古诗十九首》"，先生遂以为戒。后因醉，纵谈"青青河畔草"一章，未几，遂罹难惨祸。……

金圣叹《唱经堂释小雅》，提示说：

> 《诗》之微言奥义，都入《易钞》，兹《小雅》七篇，不过随俗训解耳。

《唱经堂批欧阳永叔词十二首》，金圣叹选录了欧阳修词作《长相思·美人》《诉衷情·春闺》《踏莎行·寄内》《减字木兰花·艳情、歌姬》等十二首作了批释。

以上两种著述皆难考证成稿时间。

金圣叹的"内书"是有关佛、道学说或哲学的著述。如前所述，金昌所辑《唱经堂才子书汇稿》载金圣叹书目"内书"有：

> 法华百问
>
> 西域风俗记
>
> 法华三昧
>
> 宝镜三昧
>
> 圣自觉三昧
>
> 周易义例全钞　嗣刻
>
> 三十四卦全钞　嗣刻
>
> 南华经钞　嗣刻
>
> 通宗易论
>
> 语录类纂四卷
>
> 圣人千案

现在所能看到的仅有《西域风俗记》《通宗易论》《圣人千案》《语录类纂》，以及未列出的《易钞引》《随手通》。其中《圣自觉三昧》，廖燕《金圣叹先生传》载："……于所居贯华堂（唱经堂），设高座，召徒讲经。经名《圣自觉三昧》，稿本自携自阅，秘不示人。"以及《周易义例全钞》《三十四卦全钞》《南华经钞》三种注明"嗣刻"，已无从查找；《法华百问》《法华三昧》《宝镜三昧》三种待考"内书"大都是他晚年之作，这有其主观客观原因。明代末年盛行谈佛论道，金圣叹对佛经道忺兴趣浓厚，结交许多高僧和道士。加之"甲申"之变，血腥严酷的现实，使金圣叹的人生观转向佛学禅宗人生哲学的探索。他更加随心适性，唯以著书讲学为最大快乐。廖燕《金圣叹先生传》说："每升座开讲，声音宏亮，顾盼伟然，凡一切经史子集，笺疏训诂，与夫释道内外经典，以及稗官野史，九彝八蛮之所载，无不供其齿颊，纵横颠倒，一以贯之，毫无剩义。座下缁白四众，顶礼膜拜，叹未曾有。"圣叹讲学，不拘一格，儒、释、道三教典籍，以及稗官野史，皆信手拈来，即兴发挥。在三教中，圣叹明显地偏于佛学禅理的讲解。在他的交游中也以高僧为多。

金圣叹四十二岁作《圣人千案》，他在该书序言中说：

> 己丑夏日，日长心闲，与道树坐四依楼下，啜茶吃饭，更无别事。忽念虫飞草长，俱复劳劳，我不耽空，胡为兀坐？因据其书次第看之，看老吏下手，无得生之囚，不胜快活；看良医下手，无误用之药，又不胜快活。同其事者，家兄文长，友刘逸民，皆所谓不有博弈贤于饱食君居者也。圣叹书。

《西域风俗记》作于顺治十二年（1655），它的题目与内容毫不相干，杨复吉在该书题跋中说："唱经堂主人以禅学入门，即以禅学为归宿，故谈禅诸文，靡不三藏贯切。即此一编，微语妙谛，触手纷披，雅不同缁流语录，为梦呓，为优诨，令观者如坐黑漆。……至命名之意，了不可解。原评曰：全是机语，而云《西域风俗记》，即此五字是机语，亦佳。乙未初夏震泽杨复吉识。"

《唱经堂随手通》内，收有《南华释名》《南华字制》《童寿六书·序》《序离骚经》《先后天胜义幢》《大势至缘起》《念佛三昧》《江南采莲曲》诸篇。

《南华字制》作于顺治四年，其中对《童寿六书》未能成书的心曲有所阐释，并叙说了《南华字制》的编写历程："……故前岁长夏，欲就舍下后堂，开局建标，延诸道士，并共论撰述，为《童寿六书》，大都一百卷。而迁延两月，竟亦中辍。所以然者，行年四十，心血虽竭，黾勉著书，尚不敢爱，独是日夜矻矻，鬓发为之尽白。而其书一成，便遭痛毁，不惟无人能读，乃至反生一障……今年二三学者，请以夏九十日，解衣露项，快说漆园遗书。于谊莫辞，竟受斯托，话语既多，诠释略具。存之未全，弃之可惜，则命儿子释弓掌而记之，别题为《南华制字》一卷。"

《江南采莲曲》收入《随手通》内，是按佛理"释"其内容的："陈隋间，有《江南采莲曲》，是赞叹第七不动住菩萨。惜千年以来，人只作乐府诵去也。"

（原载《戏曲研究》第70辑，文化艺术出版社2006年版）

《西厢记集解》《贯华堂第六才子书西厢记》
再版说明

　　时光荏苒，一晃《贯华堂第六才子书西厢记》(以下简称《第六才子书》) 已出版三十年，《西厢记集解》也有二十五个春秋了。从一些信息来看，甘肃人民出版社决定再版这两部书，应该是适应了社会的需求。

　　《西厢记》是我国文学史最为杰出的作品之一，更是我国戏曲史的众口一词的压卷之作；《第六才子书》则是我国文学批评、戏曲理论史具有划时代意义的理论经典。笔者生逢盛世，在 20 世纪 80 年代那个戏曲研究相对最为活跃的年代，有幸看到《西厢记》和《第六才子书》众多版本。笔者斗胆地说一句大话，在汇集众多善本方面，上述两种《西厢记》超越了过去任何一部汇校本、集释本。因此也得到了学术界的广泛认可。《第六才子书》获得 1985 年香港国际图书博览会图书销售奖；《西厢记集解》曾获得原新闻出版总署 1992 年首届古籍整理三等奖（盲选），1999 年文化部第一届文化艺术科学优秀成果奖二等奖。但是由于笔者的才力、学识的限制，原作还存在不少缺憾。此次再版，笔者和出版社的责编共同努力，将所能看到的错处一一改正了，当然肯定还会遗留一些不足之处，期盼方家的指正。

　　两部《西厢记》的再版，除订正一些错误，对字体、字形做了一些规范化的工作，其他未做任何改动，依如原貌。这是因为两部西厢记的"前言"，大部分是说明版本的流传或版本使用情况所必需的文字，笔者没有新意加以更改;《第六才子书》的"前言",有些论述金圣叹的文字,现在看来已经有点过时了,为了保留原书的时代风貌,笔者还是没有忍心割爱。

甘肃有古丝绸之路、敦煌壁画、西北"花儿",是文化积存丰厚的省份,又是创作名噪一时的歌舞剧《丝路花雨》的文化大省。《西厢记集解》和《贯华堂第六才子书西厢记》曾经为甘肃的文化事业赢得过一点荣誉。这次再版,甘肃人民出版社创造性地将《集解》与《第六才子书》联袂出版,珠联璧合,八珍玉食,将给读者提供丰盛的精神食粮;也希望它能为当前甘肃省文化建设事业再增添一束光彩。

笔者识

2014 年 3 月 5 日

附:《西厢记集解》再版后记

这次再版,笔者对原书做了全面的修订,除了改正一些错字、标点,各种不规范的符号,还对不统一的简化字、异体字做了统一规范的工作。在这个过程,感谢张宏渊同志帮助我加校一遍。

笔者看到的明刊本《西厢记》不下四十种,它们同人面一样,是只有相似的没有相同的"这一个"。各种刊本都存在大量的不同的简化字,诸如"咱""喒""偺""昝","个""個""箇",等等,以及各种异体字,这是因为刻板时,一部书不下数百块,要由许多刻板工人完成,明代有关部门没有颁布过统一标准的字型,刻工都是按照各自头脑中的"字库"去刻,不仅坊间刻本用字十分混乱,即或如本书采用的底本——学术界公认的最好的善本,"悉遵周宪王本,一字不易置增损"的凌濛初"五本解证本",也存在不少不规范的字型。整理古籍有两种做法,一种做法是一字不差,如同影印一样对原书的翻印,以保持古籍的原貌,本书的初版基本是这样做的;另一种做法是在充分尊重"这一个"的前提下,对简化字、异体字,按照该书出版的年代,认定一种字体、字型加以统一。这次再版，采用了这种办法。如"咱""咱"，"閑""閒"，"吕""呂"，"娯""娱"等一律用旧字型，加以规范，这样做似乎更好一些。

这次再版，笔者对初版的错处做了全面细致的订正。甘肃人民出版社的总编李树军先生对此书再版提出了严格的要求，要当作"一座名山"工程来做，要求尽力做到原新闻出版总署所规定的差错率不超出万分之一，争取出的是精品；责编马海亮先生有良好的古汉语、古文献功底，加上他的细心和敬业精神，为本书减少不少错处，保证了本书的质量。对他们这种对事业高度负责的精神，在此一并表示敬意。

笔者识

2014 年 4 月 28 日

附:《贯华堂第六才子书西厢记》再版后记

这次再版，笔者对原书做了全面的修订，除了改正一些错字、标点，各种不规范的符号，还对不统一的简化字、异体字做了统一规范的工作。

《贯华堂第六才子书西厢记》不同版本不下百种，它的发行数量有人形容如同"恒河沙数"，成为有清一代家喻户晓的读物。不少坊间刻本粗制滥造，几乎不能卒读。我们选用的底本是附有清代大诗人陈维崧《醉心篇》的宝淳堂刊刻的精刻本。即或如此，它同样存在相当数量的错字，不同的简化字、异体字。整理古籍有两种做法，一种做法是一字不差，如同影印一样的对原书翻印，以保持古籍的原貌，本书的初版基本是这样做的；另一种做法是在充分尊重原版的特点的前提下，对简化字、异体字，根据原书的具体情况，认定一种字体、字型加以统一。这次再版的修订是按照这个原则做的，这样做似乎更好一些。

这次再版，甘肃人民出版社的总编李树军先生对此书提出了严格的要求，要当作"一座名山"工程来做，要求尽力做到原新闻出版总署所规定的差错率不超出万分之一，争取出的是精品；责编马海亮先生有良好的古汉语、古文献功底，加上他的细心和敬业精神，为本书减少不少错处，保证了本书的质量。对他们这种对事业高度负责的精神，在此一并表示敬意。

笔者识

2014 年 4 月 28 日

无心插柳柳成荫

——写在《西厢记集解》《第六才子书》再版之际

　　《贯华堂第六才子书西厢记》《西厢记集解》两部书都是 20 世纪 80 年代甘肃人民出版社出版的，距今已经是三十年前的事情了。两书都曾经获得学术界一定的好评。《贯华堂第六才子书西厢记》（校点），1985 年出版，同年获得香港国际图书博览会图书销售奖；《西厢记集解》（汇释）1989 年出版，曾获得原新闻出版总署颁发的 1992 年全国首届古籍图书整理三等奖（盲选）、1999 年文化部第一届文化艺术科学优秀成果奖二等奖。2012 年甘肃人民出版社决定创造性地将两本书以联袂形式再版。我得到这个消息后十分高兴，因为两书都在不同程度上存在一些舛误，如同一碗美味佳肴落上个苍蝇，抠不掉，挖不掉，让你十分难受，再版使我得到修正的机会。出版社的领导对这次再版十分重视，投入了大量的人力、物力，要求要当作"一座名山"工程来做，尽力做到原新闻出版总署规定的差错率不得超过万分之一。经过出版社两年的艰苦运作，书出版了，两书合二为一，珠联璧合，全部精装，绒布封面，烫金书名，十分精美。

　　在这里我想说明的是，这两部书并不是我有计划、有目的要做的，纯粹是一种机遇，一种巧合，是"无心插柳柳成荫"，更确切地说，它是我研究金圣叹的副产品。

　　我是 1949 年考入中央戏剧学院普通科的，1951 年 3 月毕业留校，跟从周贻白先生学习中国戏剧史。1954 年以后就独立开课了，为全校戏文、表演、导演、舞美各系讲授戏曲史、戏曲名著选读。那时还没有给自己确定一个研究重点，但对深邃的戏曲历史的许多空白点，已略有兴趣了。

1979 年底，我调到中国艺术研究院戏曲研究所之后，才把研究重点确定尚属于"处女地"的戏曲理论史这个领域。到所后的第一件事情就是参加《中国大百科全书·戏曲　曲艺》卷的编撰工作。张庚先生与郭汉城先生同为该书的主编，又分别为"戏曲文学分支""戏曲历史分支"的主编。刘世德、沈达人、颜长珂和我是"戏曲文学分支"的副主编，由我负责戏曲理论条目的组稿、审稿的编辑工作，并撰写一些条目。经过三年这方面的编审撰写工作，在脑海里已初步形成了戏曲理论史的框架，于是写了一篇《戏曲文学理论批评一瞥》。同时也初步认识到传统戏曲理论非常有特色，内容相当丰富，但有规模自成体系的，可与世界一流戏剧理论家平起平坐的理论家并不多，在我看来只有金圣叹、李渔和近代的王国维。"文革"前和 20 世纪 80 年代初，研究李渔的已经很多了，我在研究王国维之后，便把研究重点放在金圣叹身上了。但是金圣叹这个人儒、释、道、戏曲、小说都摸，他又好"玄"，他的文风像迷魂阵，像一口陷阱，一下子就陷进去了，一时让你摸不着头脑，无故地耗费许多心血。特别是对于我这个根底浅又好较真的人来说，研究他每走一步都困难重重。到了今天，我不能不对这位评点家说几句不恭的话，尽管他可以称得上是划时代的人物，对文学理论、戏曲理论都有极大的贡献，但他不是一位好理论家。好的理论家应该是把复杂的问题简单化，用浅显的语言，让你明白；而他不是，他常常是把简单的问题复杂化，说绕脖子话，故弄玄虚，让你糊涂。

有清一代《金批西厢》在出版领域已成为家喻户晓的出版物，其数量有人形容如同"恒河沙数"。粗制滥造的《第六才子书》随处可见。我想寻找一种好的版本，也想了解一下这个《第六才子书》究竟有多少种版本，于是在北京各大图书馆，和借出差的机会到天津、上海、沈阳、四川等地的图书馆翻阅了数百部《第六才子书》，查找出五十多种不同作坊、不同堂号排印的刊本，而后写了那篇《〈金批西厢〉诸刊本纪略》（见《漫漫求索》）。书商为了牟利，大都标榜自己的特色，对它们的体例作了大体的分类。正在这时在甘肃人民出版社做编辑的老同学王曼生同志向我约稿，于是我手到擒来地很快地出版了那部由张庚先生题写书名的《贯华堂第六才子书西厢记》校点本。

《西厢记集解》的产生过程则曲折一些。在我研究金圣叹的过程中，很多问题困扰着我，比如他的人生观、哲学思想、美学思想与儒、释、道的关系，究竟以何种思想体系为根基，在晚明复杂社会思潮中属于哪一类，继承关系是什么，等等。这些问题似乎还有线索可以摸索，而最困扰我的，以至于使研究工作无法进行下去的是：由于金圣叹是作为叛逆被清廷杀害的，那些批评金圣叹的人，几乎都是拿起棒子就揍：他们随便拿起一种明刊本的所谓的"原本"，便指责金圣叹胡乱篡改。你想为金圣叹分辩一下，或者说你要想准确地评价金圣叹，你必须知道他删改的《西厢记》的底本到底是什么，而这个问题金圣叹并没有说过，它几乎可以说是一个无头公案了。

我的老师周贻白先生常说：做学问，一要学会干粗活；二要重视第一手材料；三要有一竿子插到底的精神。这些话对我影响很大，这个"一竿子插到底的精神"鼓动着我，用极大的耐力去探索这个问题的究竟。于是我又开始跑北京各大图书馆，包括中国科学院、清华大学图书馆、社会科学院文研所资料室，以及上海、浙江、甘肃、四川、天津、沈阳等省市级的图书馆，和所在地区的大学图书馆，耗费了将近一年的时间，查看了四十多种不同刊本，可以说国内现存的明刊本《西厢记》我都看了。20 世纪 80 年代是戏曲研究的黄金时代，那时的图书馆还是原来的体制，没有现代化，那些可尊敬的图书管理员不辞辛苦地从书库里一摞一摞往出给我拿，使我有机会轻易地看到那么多的《西厢记》珍贵版本。经过仔细的勘比，最后得出结论：金圣叹删改《西厢记》的底本是《张深之秘本西厢记》，而后写了一篇论文《金圣叹删改〈西厢记〉的得失》（见论文集《漫漫求索》），并以这篇论文参加了规模宏大的中国第一届国际戏曲学术研讨会。与此同时，对所看到的众多的明刊本《西厢记》作了归纳，写了那篇《〈西厢记〉笺注解证本》论文（见论文集《漫漫求索》)。1988 年 8 月我的老同学王曼生又来了，向我约稿，为国庆四十周年献礼。我又手到擒来地作了这本《西厢记集解》。她限定我 1988 年底交稿。汇集七种《西厢记》的笺注，是一项十分繁重细致的工作，我日夜兼程，仅仅用四个月的时间就把它完成了。也累坏了我，一拿起笔就想吐。

这部《西厢记集解》有什么特色呢？笔者在本书的扉页上作了这样的介绍：

> 本书集中了弘治岳家本、徐士范、陈眉公、王骥德、凌濛初、闵遇五、毛西河等七种珍贵的具有代表性的《西厢记》刊本的笺注和解证。它们基本上概括了明清两代《西厢记》的训诂、释义以及体例、格律等方面的研究成果。从中可以看到明清两代著名戏曲家对《西厢记》众多问题的不同见解和激烈争论。同时由于它们广泛涉及了已经散佚的《西厢记》古善本，如碧筠斋本、朱石津本、金在衡本、顾玄纬本等，使我们窥见了这些古善本的风貌，这对于我们了解现存《西厢记》各种版本之间的渊源与差异，将会有所裨益。本书具有工具书性质，是研究《西厢记》文词体例不可缺少的书籍。

这些话在今天看来还是比较准确恰当的。请读者原谅笔者说一句不谦虚的话，此书容纳《西厢记》珍贵版本之众多，解证之丰富性、全面性，超越了当代任何一种笺注、解证本。

这就是这本《西厢记集解》产生的过程。今天看来笔者自认为对金圣叹研究的成果是有限的，而《西厢记集解》的成就或许超过了笔者对金圣叹的研究。正应了那句话："有意栽花花不发，无心插柳柳成荫。"

2014 年 11 月 10 日于红庙北里

（原载《甘肃文艺》2015 年第 2 期）

南戏《西厢记》简论

　　王实甫的《西厢记》，被人们称作"北曲之冠""传奇之祖"，以它的思想成就和艺术成就在中国戏曲史上取得了无可取代的地位。也正是这一显赫的地位，在某种程度上掩盖了人们对南戏《西厢记》的注视。然而就现在我们所能看到的历史文献，崔张爱情故事这一戏剧题材，在宋元时期南方流布得更为广泛。北方除董解元诸宫调《西厢记》和杂剧王实甫的《西厢记》之外，不见其他存目，而在南方见于文献可查的则有宋官本杂剧《莺莺六幺》，《永乐大典》卷一三九八三、戏文十九收录的《崔莺莺西厢记》，《宦门子弟错立身》【排歌】所述名目中有"张珙西厢记"，徐渭《南词叙录》"宋元旧篇"中列有《莺莺西厢记》。然而由于当时人们对尚属于民间戏曲的南戏的忽视，宋元南戏《西厢记》仅存一些残曲之外，已成为广陵散。可以进行研讨的完整的剧本只有明代的崔时佩、李日华的《南西厢记》和陆采的南《西厢记》了。说它们是南曲传奇是毫无异议的，但是它们是不是严格意义上的"南戏"，则是可以商议的问题了。

　　崔、李的《南西厢记》和陆采的《南西厢记》历来为人们所注视。《西厢记考》张凤翼（1527—1613）序中提到他的友人江东洵美对他说："董解元、王实甫演为北剧，李日华、陆天池演为南调，此四君者，辖字束句，磨韵谐声，能发微之所未发。其词大都翩跹婉丽，语意含蓄，才藻高华，缺一不可者。"这至少可以代表明代人的一种看法。崔、李本和陆本都有多种刊本（参见傅惜华《明传奇总目》）；明末闵遇五所编的《六幻西厢》，崔、李本和陆本皆为"六幻"之一；民国初年刘世珩编辑的《重刻暖红室传剧》收有《西厢记》十三种，崔、李本和陆本是其中最后两种。其影响可见。

然而崔、李的《南西厢记》署名问题一直很混乱。第一种说法是李景云、崔时佩作，没有李日华的事，如毛晋编的《六十种曲》第二套第一种《绣刻南西厢记定本》，即标李景云、崔时佩作。第二种说法是李日华作。如明万历间"金陵书坊富春堂梓"《新刻出像音注李日华南西厢记》，即标为李日华作。第三种说法是崔时佩作、李日华增。如明万历间刻本，题"明姑苏李日华编本"，卷首有梁伯龙"南西厢记序"；另闵遇五《六幻西厢》所收本卷末的"识语"都有梁伯龙这段话："梁伯龙谓：此崔时佩笔，李日华特校增耳，间有换韵几调，疑李增也。崔割张腴，李夺崔席，俱堪齿冷。"《远山堂曲品》也说："此实崔时佩笔，李第较增之，人知李之窃王，不知李之窃崔也。"

李景云编有《崔莺莺西厢记》，最早见于具有权威的徐渭的《南词叙录》，"本朝"传奇目录录此记，题"李景云编"。长期以来人们对李景云一无所知，大都笼统地认定他是"明中叶以前时人"。也有人说他是"元人"，但是没有提出依据，而他所作的《崔莺莺待月西厢记》"久已不见流传之本"。钱南扬先生在《南曲九宫正始》辑录宋元南戏遗存残曲的过程中，似乎使这一问题得到了解决。钱南扬先生《宋元戏文辑佚·崔莺莺西厢记》项下有如下一段考证：

> 《永乐大典》卷一三九八三，"戏文"十九：《南词叙录》"宋元旧篇"作《莺莺西厢记》，而在"本朝"下首列李景云编《崔莺莺西厢记》。按《南曲九宫正始》【端云侬】下注云："此调按蒋（孝）、沈（憬）二谱收李景云所撰《西厢记》之'春容渐老'一调，与此同体。"又【三段子】下注云："按：此李景云所撰《西厢记》，其【啄木儿】【三段子】皆与蔡伯喈体大不同，然此二传皆系元人首（手）

笔，但不知孰先孰后？况据元人词套，凡遇此二调，每用此《西厢》格者居多。况'元谱'（元天历间〈1328—1330〉）的《九宫十三调谱》——见《九宫正始》冯旭序，那时距元亡（1368）尚有四十年光景，已收李景云《西厢》曲文，可见李为元人无疑。李可能活到明初，而《西厢》确为元时所作。）及'蒋谱'亦皆收此二格，后因时谱皆以《琵琶》体易去之，致后人不知有此二体也。"《九宫正始》称李景云，一则云"元人"，再则云"元人手笔"，且所作之曲又是为元人时行之格，而云谱已收之，可见他是元人甚明。今《正始》所引元戏文《西厢记》，即是李景云的作品。

我以为这考证是有说服力的，把包括徐文长在内的南戏研究的大家没有搞清楚的问题弄清楚了。那么《绣刻南西厢记定本》有没有可能是李景云所作？没有这种可能，因为《九宫正始》所收录的李景云《西厢记》残曲，其曲格、词语的风格与《绣刻南西厢记定本》风马牛不相及。可以肯定《六十种曲》本所标"李景云、崔时佩作"，李景云不是李日华的误写，而是"内行"人为了提高版本的价值而妄加的。

崔时佩、李日华生平事迹均无考，仅知崔为浙江海盐人，李为江苏吴县人，大都是笼统地说他们是明中叶以前的人，这种说法是没有错误的，因为生于弘治年间的陆采，曾提到过他们的姓名。一些文献可证，《南西厢记》原为崔时佩著，后为李日华增补。《百川书志》著录李日华《南西厢记》条，注文谓：原记为"海盐崔时佩编集"；《远山堂曲品》著录李日华条，亦称："此实崔时佩笔，李第较增之。"《南西厢记》为崔作李增，这个结论大约是可以认定的了。

有人说万历年间金陵富春堂刊刻的《新刻出像音注李日华南西厢记》是原刻本。就现在我们所能见到的《南西厢记》刊本，它可能是比较早的刊本，但是说它是"原刻本"的可能性不大，因为在这个刻本上，崔时佩的名字已不见了。究竟是怎样造成这一现象的？按《南曲九宫正始》册二【锦鱼儿】

下注："……今之所行者，即其友崔时佩，而以王实甫北《西厢记》之文稍加增减，改易南词。"崔时佩与李日华是朋友，是同代人。有崔改本在先，这个本子已经见不到了。李在崔本的基础上再做改编，就是现存的富春堂本。我们很难说这是什么不道德行为，因为在明代篡改前人的戏曲作品已成为时病，特别是王实甫的《西厢记》，现在所能见到的数十种《王西厢》几乎没有一种相同的，而又大都诡称"原本"。见惯不怪，人们对《南西厢记》的作者却为什么这样较起真儿来？这是因为《王西厢》在人们心目中的地位太重了。尽管有人对它妄加篡改，还没有一个人敢于堂而皇之地将自己的名号冠在王实甫《西厢记》头顶。尽管崔、李劳作的性质已属于"改编"了，但是在当时这样的"改编"还没有成为公众认可的行为，李日华就敢于大胆地认定是自己的"创作"，理所当然地要受到人们的攻讦了，被看作是一种剽窃行为，连同崔时佩一并指责了。

现在看来，崔、李将北《西厢》改为南《西厢》的作为是应该肯定的，因为将"四折一楔子"、一人主唱的北曲，改为多人主唱的南曲，本身就是一种创造性的劳动；在改编的过程中部分地吸收《王西厢》的唱词，也无可厚非。更为重要的是，崔、李十分尊重《王西厢》的反封建精神和《王西厢》原有的生动情节。莺莺、张生、红娘的个性是鲜明的；张生与红娘的调侃是有分寸的，与明代某些《王西厢》版本中的张生与红娘的恶劣戏谑，自是高上一筹。明清两代各种名目的南《西厢》不下数种，唯催、李本能在舞台上存活下来，昆曲上演的《游殿》《闹斋》《惠明》《寄简》《跳墙》《佳期》《拷红》《长亭》《惊梦》诸出，其文词多出此剧。这是与其思想成就和艺术成就分不开的。崔、李的改编，功不可没。

陆采要比崔时佩、李日华幸运得多，他的生平事迹可考。他生于弘治十年（1497），卒于嘉靖十六年（1537），字子元，号天池，自号清痴叟，江苏吴县人。著有《冶城客论》《题铁瓶草堂》《余史》《天池声隽》等。剧作有《怀香记》《椒觞记》《分鞋记》《明珠记》《南西厢记》。唯《南西厢记》《怀香记》传世。是明中叶知名的戏曲家。

陆天池不满于崔、李的未摆脱王西厢的窠臼。在他的《南西厢记》自序中十分自负地说："……逮金董解元元演为《西厢记》，元初盛行，顾当时专尚小令，率一二阕即改别宫。至都事王实甫，易为套数。本朝周宪王，又加【赏花时】于首，可谓尽善尽美，真能道人意中事者，固非后世学士所敢轻议而可改作为哉。迨后，李日华取实甫之语翻为南曲，而措词命义之妙，几失之矣。予自退休之日，时缀此编，固不敢媲美前哲，然较之生吞活剥者，自谓差见一班……"而在该记"自报家门"第一折的【临江仙】又重复了这一心迹："千古西厢推实甫，烟花队里神仙。是谁翻改，污瑶编词源全，剽窃气脉欠相连。试看吴机新织锦，别生花样天然。从今南北并流传，引他娇女荡，惹得老夫颠。"

陆天池确实没有使用《王西厢》的只言片语，在情节、结构上也有新的创造。最为突出的是让涎脸郑恒开场便出现，贯穿全剧，并和张生几次谋面，增添了戏剧性。其他重要关节依如《王西厢》。凌濛初说："陆天池作《南西厢》，悉以己意自创，不袭北剧一语，志可谓悍矣。然元调在前，岂易角胜耶！"（见《南音三籁》）看过《王西厢》，再看陆《西厢》，我们会得出与凌濛初相同的感受。

（摘自《南戏国际研讨会文集》）